Super ET

www.einaudi.it

ISBN 978-88-06-22188-1

Agatha Christie, Arthur Conan Doyle,
Ellery Queen, Jacques Futrelle,
Émile Gaboriau, Maurice Leblanc,
Catherine Louisa Pirkis, Edgar Allan Poe,
Rex Stout, Fred Vargas

Gialli d'estate

Con la partecipazione di Marcello Fois

Einaudi

Nota dell'editore.

Ogni delitto ha la sua stagione, ma la stagione migliore per compiere un delitto sembra l'estate. Che sia la canicola a dare alla testa o il vuoto delle città a ispirare fantasie di sangue, il crimine colpisce soprattutto nel periodo piú scottante dell'anno. Ecco perché abbiamo deciso di raccogliere undici racconti che, dalle origini della *detection* fino a oggi, offrono un panorama rappresentativo del «giallo d'estate», disponendoli secondo un ordine stagionale, dalle prime calure agli ultimi temporali.

Si comincia, nella notte tra il 22 e il 23 giugno, con un furto messo a segno da Arsène Lupin, il «ladro gentiluomo» inventato da Maurice Leblanc, e si continua con Ellery Queen, in una New York già infuocata a soli dieci giorni dal solstizio, tra delitti piú o meno tentati e piú o meno riusciti. Si passa cosí, in compagnia di Rex Stout, alla festa per l'Indipendenza americana, teatro dell'omicidio che Nero Wolfe deve risolvere per non rimanervi fatalmente implicato.

Ci narra di due misteriose scomparse, avvenute il 7 luglio a vent'anni di distanza, Marcello Fois, mentre Jacques Futrelle costruisce un delitto di passione attorno a una rosa rossa. Negli stessi giorni, ma a Parigi, si occupa della scomparsa di Marie Rogêt, in un giallo che ha fatto storia, il celebre Auguste Dupin, nato dalla penna di Edgar Allan Poe. In una non meglio precisata sera di luglio, poi, il francese Émile Gaboriau dà avvio all'inchiesta sulla morte di un vecchio e ricco parrucchiere.

Sono agostane le indagini di cui parlano Agatha Christie, Catherine Louisa Pirkis e Arthur Conan Doyle. La prima, condotta da Hercule Poirot, è semplicemente perfetta. La seconda vede l'investigatrice Loveday Brooke, apparentemente in vacanza a Brighton, alle prese con il furto di un assegno ma, soprattutto, con il fantasma di Napoleone il Grande. La terza ci fa assistere ai giochi di prestigio che Sherlock Holmes mette in scena per scoprire chi ha spedito un paio di orecchie a una vecchia signora.

La raccolta si conclude con una storia che ripercorre l'intera stagione, quella di Fred Vargas, dove l'eccezionale «spalatore di nuvole», il commissario Adamsberg, è impegnato in un estenuante braccio di ferro con un fuorilegge che ha la passione per le lettere e con un barbone che parla come un poeta.

Gialli d'estate

Maurice Leblanc

Il Sette di cuori

Una domanda, che mi è stata posta sovente, è d'obbligo: «Come ho conosciuto Arsène Lupin?»

Nessuno dubita che io lo conosca. I particolari che ho accumulato su quest'uomo sconcertante, i fatti irrefutabili che espongo, le nuove testimonianze raccolte, l'interpretazione che io do di certi suoi atti, dei quali non si erano recepite che le manifestazioni esteriori, senza penetrarne né le ragioni segrete, né i meccanismi invisibili, tutto questo dimostra, se non un'intimità, che lo stesso modo di vivere di Lupin renderebbe impossibile per lo meno l'esistenza di relazioni amichevoli e di confidenze continue.

Ma come l'ho conosciuto? Da cosa mi deriva il vantaggio di essere il suo biografo? Perché io e non un altro?

La risposta è facile: il caso solamente ha determinato una scelta nella quale i miei meriti non hanno alcun peso. È il caso che mi ha messo sulla sua strada. È per caso che sono stato coinvolto in una delle sue piú strane e misteriose avventure, per caso che sono stato attore di un dramma da lui inscenato perfettamente, un dramma oscuro e complesso, irto di tali peripezie, che provo un certo imbarazzo al momento di intraprenderne il racconto.

Il primo atto ha luogo nel corso della famosa notte dal 22 al 23 giugno, della quale si è tanto parlato. E da parte mia, diciamolo subito, attribuisco la condotta molto irregolare che tenni in quell'occasione alle condizioni d'animo molto particolari, nelle quali mi trovavo al momento del mio rientro a casa. Cenammo con amici al ristorante Cascade, e, tutta la sera, mentre fumavamo e l'orchestra tzigana suonava malinconici valzer, non parlammo d'altro che di furti e di crimini, di intrighi raccapriccianti e oscuri. Un tipo di conversazione che non ci avrebbe predisposti a un buon sonno.

I Saint-Martin se ne andarono in automobile, Jean Daspry – l'affascinante e spensierato Daspry, che doveva sei mesi piú tardi venire ucciso in maniera cosí tragica alla frontiera del Marocco –, Jean Daspry e io, dunque, ritornammo a piedi nella notte calda e scura. Quando arrivammo di fronte alla piccola residenza nella quale abitavo da piú di un anno a Neuilly, sul Boulevard Maillot, egli mi chiese:

– Non avete mai paura?

– Che idea!

– Diavolo, quest'ala del palazzo è talmente isolata! Nessun vicino... terreni incolti... Io non sono un vile, e tuttavia...

– Eh sí! Siete molto spiritoso voi!

– Oh! dico questo come direi qualsiasi altra cosa. I Saint-Martin mi hanno impressionato con le loro storie di briganti.

Dopo avermi salutato, si allontanò. Presi la chiave e aprii.

– Ecco qua! Antoine ha dimenticato di lasciarmi una candela accesa.

Poi, d'improvviso, mi ricordai. Antoine era assente, lo avevo messo in libertà.

Improvvisamente l'ombra e il silenzio mi divennero sgradevoli. Salii fino alla mia camera, a tentoni, il piú presto possibile, e subito, contrariamente alle mie abitudini, girai la chiave e spinsi il chiavistello. Poi feci luce.

La fiamma della candela mi restituí il sangue freddo. Tuttavia sentii il bisogno di estrarre il mio revolver dal fodero, un grosso revolver a lunga portata, e lo posai a fianco del letto. Questa precauzione ebbe l'effetto di rassicurarmi. Mi misi a letto e per addormentarmi presi, come ogni sera, il libro che mi aspettava sul tavolino da notte.

Fui molto stupito. Al posto del tagliacarte lasciato come segnalibro la sera prima, si trovava una busta, con cinque sigilli di ceralacca. Portava come indirizzo il mio nome e cognome, accompagnati dall'indicazione: URGENTE.

Una lettera! una lettera indirizzata a me! Chi poteva averla messa là sopra? Un po' nervoso, strappai la busta e lessi:

> A partire dal momento in cui aprirete questa lettera, qualsiasi cosa succeda, qualsiasi cosa sentiate, non muovetevi, non fate un solo gesto, non gridate. Altrimenti sarete perduto.

Neppure io sono un vigliacco, e come qualsiasi persona normale, so come comportarmi davanti a un pericolo reale, o so sorridere dei pericoli immaginari che spesso turbano la nostra fantasia. Ma, lo ripeto, ero in una condizione di spirito anormale, piú facilmente impressionabile, con i nervi a fior di pelle. D'altronde, non c'era in tutto questo qualcosa di inquietante e inesplicabile, che avrebbe scosso anche la persona piú coraggiosa?

Le mie dita stringevano febbrilmente il pezzo di carta e i miei occhi continuavano a rileggere le frasi minacciose: NON FATE UN SOLO GESTO... NON GRIDATE... ALTRIMENTI SARETE PERDUTO... Andiamo, via, pensai, tentando di reagire, questo è uno scherzo, una commedia imbecille.

Fui sul punto di mettermi a ridere, avrei voluto ridere rumorosamente, ma chi me lo impedí? Quale misterioso terrore mi stringeva la gola?

Avrei voluto almeno spegnere il lume. No, non potevo soffiare sulla fiamma. NON FATE UN SOLO GESTO, ALTRIMENTI SARETE PERDUTO, c'era scritto.

Ma perché lottare contro questo tipo di autosuggestione, spesso piú imperiosa della realtà stessa? Non potevo far altro che chiudere gli occhi. Li chiusi.

Nello stesso istante, un leggero rumore ruppe il silenzio. Poi si udí uno scricchiolio. Proveniva, mi parve, da una grande stanza vicina, dove avevo sistemato il mio studio e dalla quale ero separato soltanto dall'anticamera.

L'avvicinarsi del pericolo reale scatenò la mia eccitazione, credetti di essere sul punto di alzarmi, afferrare il revolver, precipitarmi nello studio. Ma non mi mossi; davanti a me, uno dei tendoni della finestra di sinistra si era mosso.

Non c'era dubbio, si era mosso. Si muoveva ancora! E vidi – oh! vidi distintamente – che c'era fra la tenda e la finestra, in quello spazio troppo stretto, una forma umana che impediva al tessuto della tenda di ricadere diritto.

Anche l'individuo là nascosto mi vedeva, ero certo che mi vedeva attraverso il tessuto rado della tenda. Allora capii tutto. Mentre gli altri portavano via il bottino, lui aveva il compito di tenermi lontano. Alzarmi? Afferrare il revolver? Impossibile… Era là! al minimo gesto, al minimo grido, ero perduto.

Un colpo violento scosse la casa, seguito da piccoli colpi in serie di due o tre per volta, come di un martello che colpisca e rimbalzi. O perlomeno, questo immaginai, nella confusione della mia mente. Altri colpi si interposero, un vero fracasso, che dimostrava come essi non si facessero alcuno scrupolo, sentendosi del tutto sicuri.

Avevano ragione: non mi mossi. Fu viltà? No, piuttosto annientamento totale, incapacità totale a compiere anche un solo gesto. Nello stesso tempo saggezza dato che, infine, perché avrei dovuto lottare? Dietro a quest'uomo ve n'erano altri dieci, pronti ad accorrere al suo richiamo. Dovevo rischiare la vita per salvare qualche tappeto e qualche gingillo?

Questo supplizio durò tutta la notte. Supplizio intollerabile, angoscia terribile! Il rumore si era interrotto, ma *io non smettevo di aspettare* che esso ricominciasse. E l'uomo! l'uomo che mi sorvegliava, arma alla mano! Il mio sguardo spaventato non lo lasciava mai. Il cuore mi batteva, e il sudore mi scorreva sulla fronte e per tutto il corpo!

E d'improvviso un benessere inesprimibile s'impossessò di me: il carro del lattaio, del quale conoscevo assai bene il rumore delle ruote, passò sul viale; nello stesso tempo ebbi l'impressione che l'alba scivolasse tra le persiane chiuse e che all'ombra si mescolasse, proveniente dall'esterno, un po' della luce del giorno.

Il giorno penetrò finalmente nella camera. Altri carri passarono. E tutti i fantasmi della notte svanirono.

Allora lasciai scivolare un braccio verso il tavolo, lentamente, subdolamente. Nessun movimento mi rispose. Fissai la piega della tenda, il punto preciso dove dovevo mirare, feci il conto esatto dei movimenti che dovevo effettuare, e, rapidamente, impugnai il revolver e feci fuoco.

Saltai fuori dal letto con un grido di sollievo e mi gettai sopra la tenda. Sia la stoffa che il vetro erano forati. Quanto all'uomo, non l'avevo raggiunto per il semplice fatto che non c'era nessuno.

Nessuno! Cosí, tutta la notte, ero stato ipnotizzato dalla piega di una tenda! E nel frattempo, quei malfattori...

Furiosamente, con uno slancio che nulla avrebbe potuto fermare, girai la chiave nella serratura, aprii la porta, attraversai l'anticamera, aprii un'altra porta, e mi precipitai in sala.

Ma lo stupore mi pietrificò sulla soglia, ansimante, attonito; piú sbalordito ancora di quanto fossi stato dell'assenza dell'uomo: niente era sparito. Tutto quello che supponevo asportato, mobili, quadri, velluti e sete antichi, tutte queste cose erano al loro posto!

Spettacolo incomprensibile! Non credevo ai miei occhi! Perché allora quel fracasso, quel rumore di mobili smossi? Feci il giro della stanza, ispezionai le pareti, feci l'inventario di tutti quegli oggetti che conoscevo cosí bene. Non mancava nulla! E, cosa che mi sconcertò maggiormente, niente rivelava il passaggio dei malfattori, nessun indizio, non una sedia fuori posto, non una traccia di passi.

«Vediamo, – mi dicevo, prendendomi la testa a due mani, – non è possibile che sia pazzo! Eppure ho sentito!...»

Centimetro per centimetro, con un procedimento di indagine dei piú minuziosi, esaminai la sala. Tutto fu vano. O piuttosto... ma potevo considerare ciò come una scoperta? Sotto un piccolo tappeto persiano, steso sul parquet, raccolsi una carta, una carta da gioco. Era un sette di cuori, uguale a tutti i sette di cuori dei giochi di carte francesi, ma attirò la mia attenzione per un particolare assai curioso. La punta estrema di tutti i sette segni in forma di cuore era forata, un foro rotondo e regolare, come quello che avrebbe potuto produrre l'estremità di un punzone.

Ecco tutto. Una carta e una lettera trovata in un libro. Al di fuori di ciò, nulla. Bastava per non affermare che ero stato la vittima di un incubo?

Per tutta la giornata, proseguii le mie ricerche nel salone. Era una stanza molto grande, sproporzionata rispetto alle dimensioni ridotte dell'appartamento, e la sua decorazione attestava il gusto bizzarro di colui che l'aveva concepita. Il pavimento era un mosaico di piccole pietre multicolori, che formavano ampi disegni simmetrici. Un uguale mosaico rivestiva i muri, diviso in pannelli: allegorie pompeiane, composizioni bizantine, affreschi medioevali. Un Bacco cavalcava una botte. Un imperatore con una corona d'oro, la barba fluente, teneva una spada nella mano destra.

In alto, alla maniera degli studi di pittura, si stagliava l'unica e ampia finestra, sempre aperta durante la notte. Era probabile che gli uomini fossero passati da qui, aiutati da una scala. Ma non potevo avere nessuna certezza. I piedi della scala avrebbero dovuto lasciare tracce sulla terra battuta del cortile: non ve ne erano assolutamente. L'erba del terreno incolto intorno alla residenza avrebbe dovuto essere calpestata di fresco: non lo era affatto.

Confesso che non ebbi assolutamente l'idea di rivolgermi alla polizia, tanto apparivano inconsistenti ed assurdi i fatti che ho dovuto narrare. Si sarebbero presi gioco di me. Ma il secondo giorno dopo il fatto, era il mio giorno di cronaca al «Gil Blas», per il quale scrivevo allora, ossessionato dalla mia avventura la raccontai per esteso.

L'articolo non passò inosservato, ma mi resi conto che non veniva preso sul serio, e che veniva considerato come una fantasia, piuttosto che come una storia reale. I Saint-Martin mi canzonarono. Daspry, che non mancava di una certa competenza in questi fatti, venne a farmi visita, si fece spiegare la questione e la studiò... senza miglior esito.

Ora, una delle mattine seguenti, suonò il campanello al cancello, e Antoine venne ad avvisarmi che un signore desiderava parlarmi. Non aveva voluto lasciare il suo nome. Dissi di lasciarlo salire.

Era un uomo di circa quarant'anni, molto scuro, dal volto energico, i cui abiti puliti e ordinati, anche se lisi, comunicavano una pretesa di eleganza che contrastava con i suoi modi piuttosto volgari.

Senza preamboli mi disse, con una voce rauca e con un accento che mi suonò a conferma della sua presunta estrazione sociale:

– Signore, durante un viaggio, in un caffè mi è caduto sotto gli occhi il «Gil Blas». Ho letto il vostro articolo. Mi ha interessato... molto.

– Vi ringrazio.

– E sono tornato a Parigi.

– Ah!

– Sí, per parlarvi. Tutti i fatti che avete raccontato, sono esatti?

– Assolutamente esatti.

– Non uno solo è di vostra invenzione?

– Non uno solo.

– In questo caso, avrei forse delle informazioni da darvi.

– Vi ascolto.

– No.

– Come, no?

– Prima di parlare, bisogna che verifichi se sono giuste.

– E per verificarlo?

– Devo restare da solo in questa stanza.

Lo guardai sorpreso.

– Non capisco molto bene...

– È un'idea che ho avuto leggendo il vostro articolo. Certi dettagli stabiliscono una coincidenza veramente straordinaria con un'altra avventura che il caso mi ha fatto conoscere. Se mi sono ingannato, è preferibile che mantenga il silenzio. E l'unico mezzo di sapere, è di restare solo...

Cosa nascondeva questa proposta? Piú tardi mi sono ricordato che, formulandola, l'uomo aveva un'aria inquieta, un'espressione d'ansia sul volto. Ma, al momento, sebbene un poco stupito, non trovai niente di particolarmente anormale nella sua domanda. Mi sentivo inoltre stimolato da un'enorme curiosità.

Risposi: – E sia. Di quanto tempo avete bisogno?

– Oh! tre minuti, non di piú. Da qui a tre minuti, vi raggiungerò.

Uscii dalla stanza. Di sotto, estrassi l'orologio. Un minuto passò. Due minuti. Perché mi sentivo oppresso? Perché questi istanti mi sembravano piú solenni di altri?

Due minuti e mezzo... Due minuti e tre quarti... E improvvisamente risuonò un colpo d'arma da fuoco.

Inciampando piú volte, salii i gradini ed entrai. Mi sfuggí un grido di orrore.

L'uomo giaceva nel mezzo della sala, immobile, sdraiato sul fianco sinistro. Dal suo cranio colava sangue, mescolato a pezzetti di cervello. Accanto alla sua mano un revolver, fumante.

Un moto convulso l'agitò, e fu tutto.

Ma piú ancora di questo spettacolo spaventoso, qualcosa mi afferrò, qualcosa che fece sí che non chiamassi soccorso immediatamente e che non mi gettassi in ginocchio per vedere se l'uomo respirava. A due passi da lui, per terra, vi era un sette di cuori!

Lo raccolsi. Le sette estremità dei sette segni rossi erano trapassate da un foro...

Mezz'ora dopo, arrivarono il commissario di polizia di Neuilly, il medico legale, e anche il capo della Sûreté, signor Dudois. Mi ero ben guardato dal toccare il cadavere. Niente doveva falsare le prime indagini.

Furono brevi, tanto piú brevi per il fatto che dapprima non si scoprí nulla, o molto poco. Nelle tasche del morto nessun documento, sui suoi vestiti nessun nome, sulla sua biancheria nessuna iniziale. Insomma, nessun indizio da cui poter stabilire la sua identità. E nella sala lo stesso ordine di prima. I mobili non erano stati spostati, e gli oggetti avevano mantenuto la loro originaria posizione. Tuttavia quest'uomo non poteva essere venuto da me con la sola intenzione di uccidersi, giudicando il mio domicilio un posto migliore di altri per fare ciò! Un motivo doveva averlo spinto a quest'atto di disperazione, e questo motivo doveva essere risultato da un fatto nuovo, da lui constatato nel corso dei tre minuti che aveva passato da solo nella sala.

Quale fatto? Cosa aveva visto? Cosa lo aveva sorpreso? Quale segreto spaventoso aveva capito? Nessuna supposizione ci sembrò plausibile.

Ma, all'ultimo momento, vi fu un incidente, che a noi parve di interesse considerevole. Allorché due agenti si abbassarono per sollevare il cadavere e porlo su di una barella si accorsero che la mano sinistra, sino ad allora chiusa e contratta, si era aperta e ne era sfuggito un biglietto da visita, tutto gualcito.

Sopra portava impresso: GEORGES ANDERMATT - 37, RUE DE BERRI.

Che cosa significava? Georges Andermatt era un grosso banchiere di Parigi, fondatore e presidente di quella Banca dei Metalli, che aveva dato cosí grande impulso all'industria metallurgica in Francia. Conduceva vita agiata, possedeva carrozze, un'automobile, una scuderia da corsa. Le sue riunioni mondane erano ambitissime e la signora Andermatt era famosa per la sua grazia e la sua bellezza.

– Sarà lui il morto? – mormorai.

Il capo della Sûreté si chinò a guardarlo: – Non è lui. Il signor Andermatt è un uomo pallido e un po' grigio.

– Ma allora perché questo biglietto?

– Avete il telefono, signore?

– Sí, nell'anticamera. Se volete venire con me...

Cercò sull'elenco e chiese il 415-21.

– Il signor Andermatt è in casa? Vogliate dirgli che il signor Dudois lo prega di venire in tutta fretta al 102 di Boulevard Maillot. È urgente.

Venti minuti piú tardi, il signor Andermatt scese dalla sua automobile. Gli furono esposte le ragioni che avevano richiesto il suo intervento, poi fu condotto di fronte al cadavere.

Ebbe un secondo di emozione che gli fece contrarre il volto, e pronunciò a voce bassa, come se parlasse controvoglia:

– Étienne Varin.

– Lo conoscete?

– No... o meglio sí... ma di vista solamente. Suo fratello...

– Ha un fratello?

– Sí, Alfred Varin... Suo fratello è venuto altre volte a sollecitarmi... non so piú a quale proposito...

– Dove abita?

– I due fratelli abitavano assieme. Rue de Provence, credo.

– E non avete idea del perché questo qui si sia ucciso?

– Assolutamente no.

– Tuttavia, il biglietto che teneva in mano?... Il vostro biglietto con il vostro indirizzo?

– Non ne capisco nulla. Evidentemente non è che un caso che l'indagine chiarirà.

«Un caso comunque ben curioso», pensai, e mi accorsi che tutti provavano la medesima impressione.

Quell'impressione, la ritrovai all'indomani sui giornali, e nelle parole di tutti gli amici coi quali mi capitò di parlare della mia avventura. Tra i misteri che la complicavano, dopo la doppia scoperta, cosí sconcertante, del sette di cuori forato sette volte, dopo i due avvenimenti assai enigmatici dei quali era stata teatro la mia casa, il biglietto da visita sembrava infine promettere un poco di luce. Grazie a esso si sarebbe arrivati alla verità.

Ma, contrariamente a quanto previsto, il signor Andermatt non forní alcuna indicazione.

«Ho detto quello che sapevo, – ripeteva. – Che cosa si vuole di piú? Sono il primo a essere stupito che questo biglietto sia stato ritrovato là, e aspetto, come tutti, che questo punto venga chiarito».

Non fu cosí. L'inchiesta stabilí che i fratelli Varin, svizzeri d'origine, avevano condotto sotto nomi diversi una vita molto movimentata, frequentando bische, in relazione con un'intera banda di stranieri, dei quali la polizia si occupava, e che si erano dispersi dopo una serie di furti, ai quali la loro partecipazione fu accertata in seguito. Al numero 24 della Rue de Provence, dove i fratelli Varin avevano effettivamente abitato per sei anni in precedenza, non si sapeva piú nulla di loro.

Confesso che, da parte mia, quell'affare mi sembrò cosí intricato da non credere affatto alla possibilità di una soluzione, e mi sforzai di non pensarci piú. Ma Jean Daspry, invece, che vedevo spesso in quel periodo, si appassionava al mistero ogni giorno di piú.

Fu lui che mi segnalò una notizia apparsa su un giornale straniero, e che tutta la stampa riproduceva e commentava. Diceva:

> Si procederà in presenza dell'imperatore, e in un luogo che verrà tenuto segreto sino all'ultimo minuto, alle prime sperimentazioni di un sottomarino che rivoluzionerà le condizioni future della guerra navale. Un'indiscrezione ce ne ha rivelato il nome: *Sette di cuori*.

Sette di cuori? Era una coincidenza? O si doveva stabilire un legame tra il nome del sottomarino e gli incidenti dei quali abbiamo parlato? Ma un legame di quale natura? Ciò che succedeva in questo caso non poteva collegarsi a ciò che succedeva nell'altro.

«Che ne sapete voi? – obiettava Daspry. – Gli effetti piú diversi provengono spesso da una causa unica».

Due giorni dopo fu pubblicato un altro articolo:

> Si sostiene che i piani del *Sette di cuori*, il sottomarino che viene sperimentato incessantemente, siano stati portati a termine da ingegneri francesi. Gli ingegneri, dopo aver sollecitato invano l'appoggio dei loro compatrioti, si sarebbero indirizzati in seguito, senza maggiore successo, all'Ammiragliato inglese. Forniamo questa notizia con ogni riserva.

Non oso insistere su fatti di natura estremamente delicata, che provocarono, come si ricorda, una grande emozione. Tuttavia, poiché ogni pericolo di complicazioni è ormai scongiurato, posso tranquillamente parlare dell'articolo dell'«Écho de France», che fece a quel tempo gran rumore, gettando sull'affare del *Sette di cuori*, come ormai veniva chiamato, qualche barlume di luce… confusa. Ecco l'articolo, come apparve, a firma di un certo Salvator:

L'AFFARE DEL SETTE-DI-CUORI

SOLLEVATO UN LEMBO DEL VELO

Saremo brevi. Dieci anni fa, un giovane ingegnere minerario, Louis Lacombe, desideroso di consacrare il suo tempo e il suo denaro agli studi che stava seguendo, diede le dimissioni e affittò, al numero 102 di Boulevard Maillot, una palazzina che un conte italiano aveva fatto costruire e decorare poco tempo prima. Con l'intermediazione di due individui, i fratelli Varin di Losanna, uno dei quali assisteva ai suoi esperimenti come preparatore, mentre l'altro cercava di procurargli dei soci, entrò in relazione con il signor Georges Andermatt, che aveva appena fondato la Banca dei Metalli.

Dopo parecchi incontri, riuscí a interessarlo a un progetto di sottomarino al quale stava lavorando, e si accordarono che, alla messa a punto finale del progetto, Andermatt avrebbe usato la sua personale influenza per ottenere dal Ministero una serie di prove.

Per due anni, Louis Lacombe frequentò assiduamente palazzo Andermatt e sottopose al banchiere i perfezionamenti che apportava al progetto, fino al giorno in cui, soddisfatto del proprio lavoro, avendo trovato la formula definitiva che aveva cercato, pregò il signor Andermatt di mettersi all'opera. Quel giorno, Louis Lacombe cenò dagli Andermatt. Se ne andò la sera verso le undici e mezzo. Da allora, non fu mai piú visto.

Rileggendo i giornali dell'epoca, si vedrà che la famiglia del giovane scomparso si rivolse alla giustizia la quale se ne occupò molto seriamente, ma non arrivò a nessuna conclusione certa. Genericamente, si concluse che Louis Lacombe, che aveva fama di persona originale e fantasiosa, doveva essere partito per un viaggio, senza avvisare nessuno.

Accettiamo questa ipotesi... inverosimile. Una domanda comunque s'impone, fondamentale per il nostro paese: che fine hanno fatto i piani del sottomarino? Louis Lacombe li ha forse portati con sé? Sono stati distrutti?

Dall'inchiesta molto seria che abbiamo svolto, risulta che quei progetti esistono. I fratelli Varin li hanno avuti fra le mani. Come? Non abbiamo ancora potuto stabilirlo, e non sappiamo neppure perché non hanno mai tentato di venderli. Temevano che venisse chiesto loro come ne erano venuti in possesso? In ogni caso questo timore non è durato a lungo e ora possiamo, in tutta sicurezza, affermare che i progetti di Louis Lacombe sono in mano a una potenza straniera, e noi siamo in grado di pubblicare la corrispondenza intercorsa a questo proposito, fra i fratelli Varin e il rappresentante di questa potenza. Ora, il *Sette di cuori* progettato da Louis Lacombe, è stato realizzato dai nostri vicini.

La realtà corrisponderà alle previsioni ottimiste di coloro che hanno preso parte a questo tradimento? Abbiamo buoni motivi per sperare il contrario e vogliamo credere che i prossimi avvenimenti non ci smentiranno.

Un *post scriptum* aggiungeva:

> Ultim'ora. Avevamo ragione di sperare. Nostre informazioni particolari ci permettono di annunciare che le prove del *Sette di cuori* non sono state soddisfacenti. È molto probabile che i progetti consegnati dai fratelli Varin alla potenza straniera mancassero dei documenti relativi alle ultime modifiche apportate da Louis Lacombe e consegnate al signor Andermatt, la sera della sua scomparsa, documenti indispensabili alla comprensione totale del progetto, una specie di riassunto nel quale sono comprese le conclusioni definitive, le valutazioni e le misure del contenuto delle altre carte. Senza questo documento, i piani sono incompleti; allo stesso modo, senza i piani, il documento è inutile.
>
> Pertanto, si è ancora in tempo per agire e riprendere ciò che ci appartiene. Per questa impresa, molto difficile, contiamo molto sulla collaborazione del signor Andermatt, il quale, si spera, vorrà spiegare la condotta ambigua tenuta sin dall'inizio. Dirà non solo perché non ha raccontato quello che sapeva al momento del suicidio di Étienne Varin, ma anche perché non ha mai rivelato la scomparsa delle carte di cui conosceva l'esistenza. Dirà perché, da sei anni, faceva sorvegliare i fratelli Varin da agenti da lui ingaggiati.
>
> Aspettiamo da lui non solo parole ma anche fatti. Altrimenti...

La minaccia era esplicita. Ma in cosa consisteva? Quale mezzo di intimidazione possedeva Salvator, autore... anonimo dell'articolo, per spingere Andermatt a fare il suo dovere?

Un nugolo di giornalisti assalí il banchiere, e dieci interviste da lui concesse esprimevano il disprezzo con il quale respingeva le minacce del giornalista, al che, il collaboratore dell'«Écho de France» ribatté con due righe:

> Che il signor Andermatt lo voglia o no, da questo momento egli è nostro collaboratore nell'azione che abbiamo intrapresa.

Il giorno in cui apparve questa replica, Daspry e io pranzammo insieme. La sera, con i giornali aperti sul mio tavolo, discutemmo l'affare e l'esaminammo in tutti i suoi aspetti, con l'irritazione che si prova quando si cammina lungamente al buio urtando sempre contro gli stessi ostacoli.

Improvvisamente, senza che il domestico mi avesse avvertito, e senza che il campanello avesse suonato, la porta si aprí ed entrò una signora, con il viso coperto da uno spesso velo.

Mi alzai subito e mi feci avanti. Essa mi chiese:

– Siete voi, signore, che abitate qua?

– Sí, signora, ma vi confesso...

– Il cancello sul viale non era chiuso, – spiegò lei.

– Ma la porta dell'anticamera?

Non rispose e pensai che avesse fatto il giro della scala di servizio. Conosceva dunque il modo di entrare?

Vi fu un silenzio un po' imbarazzato. L'ospite guardò Daspry. Controvoglia lo presentai, come se fossimo in un salotto. Poi la pregai di sedersi e di spiegarmi la ragione della sua visita.

Sollevò il velo e vidi che era bruna, con lineamenti regolari e, se non addirittura molto belli, certo di un fascino grandissimo, che proveniva soprattutto dai suoi occhi, due occhi seri e addolorati.

Disse semplicemente: – Sono la signora Andermatt.

– La signora Andermatt! – ripetei, sempre piú stupito.

Fu ancora silenzio, e lei riprese con voce calma, e con l'aria piú tranquilla:

– Vengo per parlare di quella questione... che voi sapete. Ho pensato che avrei potuto avere da voi qualche informazione...

– Mio Dio, signora, non ne so niente di piú di quanto dicano i giornali. Vi prego di spiegarmi in cosa potrei esservi utile.

– Non so... non so...

Solamente allora ebbi l'impressione che la sua calma fosse finta, e che, sotto l'aria di perfetta sicurezza, si nascondesse un grande travaglio. Allora tacemmo, ambedue imbarazzati.

Ma Daspry, che non aveva smesso di osservarla, le si avvicinò e proruppe:

– Mi permettete, signora, di porvi alcune domande?

– Oh! sí, – esclamò lei, – questo mi aiuterà a parlare.

– Risponderete... a qualsiasi domanda vi faccia?

– Qualsiasi.

Ebbe un attimo di riflessione e poi iniziò:

– Conoscete Louis Lacombe?

– Sí, attraverso mio marito.

– Quando l'avete visto per l'ultima volta?

– La sera in cui ha pranzato da noi.

– Quella sera, niente vi ha fatto pensare che non l'avreste visto piú?

– No. Aveva sí fatto allusione a un viaggio in Russia, ma molto vagamente!

– Contavate allora di rivederlo?

– Due giorni dopo, a pranzo.

– E come ne spiegate la sparizione?

– Non me la spiego.

– E il signor Andermatt?

– Lo ignoro.

– Tuttavia...

– Vi prego di non chiedermi piú nulla su questo punto.

– L'articolo dell'«Écho de France» sembra voler dire...

– Ciò che sembra voler dire, è che i fratelli Varin non sarebbero estranei a questa sparizione.

– Anche voi credete cosí?

– Sí.

– Su cosa si basa la vostra convinzione?

– Lasciandoci, Louis Lacombe aveva con sé una cartella che conteneva tutti i documenti relativi al suo progetto. Due giorni dopo, vi è stata tra mio marito e uno dei fratelli Varin, quello ancora vivo, una conversazione nel corso della quale mio marito ottenne la prova che i documenti erano in mano ai due fratelli.

– E non li ha denunciati?

– No.

– Perché?

– Perché nella cartella si trovava anche un'altra cosa oltre ai documenti di Louis Lacombe.

– Cosa?

Essa esitò, fu sul punto di rispondere, poi mantenne il silenzio. Daspry continuò:

– Ecco dunque la ragione per cui vostro marito, senza avvisare la polizia, ha fatto sorvegliare i due fratelli. Sperava di rientrare in possesso dei documenti e di questa certa cosa...

compromettente, grazie alla quale i due fratelli esercitavano su di lui una specie di ricatto.

– Su di lui... e su di me.

– Ah! anche su di voi?

– Su di me principalmente.

Articolò queste tre parole con voce sorda. Daspry lo notò, fece qualche passo, e poi si rivolse nuovamente alla signora:

– Avete mai scritto a Louis Lacombe?

– Certo... mio marito era in relazione...

– Al di fuori delle lettere ufficiali, non avete scritto a Louis Lacombe... altre lettere? Scusate la mia insistenza, ma è indispensabile che io sappia tutta la verità. Avete scritto altre lettere?

Arrossendo tutta, mormorò: – Sí.

– E sono queste lettere ciò di cui si sono impossessati i fratelli Varin?

– Sí.

– E il signor Andermatt lo sa?

– Non le ha viste, ma Alfred Varin gliene ha rivelata l'esistenza, minacciando di pubblicarle, qualora mio marito agisca contro di loro. Mio marito ha avuto paura... è arretrato davanti allo scandalo.

– Tuttavia ha fatto il possibile per strappare loro le lettere.

– Ha fatto il possibile... almeno, lo suppongo, dato che, dopo l'ultimo colloquio con Alfred Varin, e dopo alcune parole molto cattive con le quali mi informava di sapere, non vi è piú stata tra noi alcuna intimità, alcuna confidenza. Viviamo come due estranei.

– In questo caso, se non avete nulla da perdere, che cosa temete?

– Per quanto indifferente gli sia divenuta, sono quella che lui ha amato, quella che avrebbe ancora potuto amare. Oh! di questo sono certa, – mormorò con voce ardente, – mi avrebbe ancora amata, se non si fosse impadronito di queste maledette lettere...

– Come! c'è riuscito... Eppure i due fratelli dovevano stare ben attenti...

– Sí, e si vantavano persino, pare, di avere un nascondiglio sicuro.

– Allora?...

– Ho ogni ragione di credere che mio marito abbia scoperto il nascondiglio!

– Andiamo dunque! dove sarebbe?

– Qua, in questa casa.

Trasalii.

– Qua?

– Sí, e l'ho sempre pensato. Louis Lacombe, molto ingegnoso, appassionato di meccanica, si divertiva, nel tempo libero, a fabbricare cassette e serrature. I fratelli Varin debbono aver scoperto, e in seguito, utilizzato uno di questi nascondigli per occultare le lettere... e senza dubbio altre cose.

– Ma non abitavano qui, – esclamai.

– Fino al vostro arrivo, quattro mesi fa, quest'ala del palazzo è rimasta vuota. È probabile dunque che vi siano tornati, e abbiamo peraltro pensato che la vostra presenza non sarebbe stata un ostacolo il giorno in cui avessero avuto bisogno di ritirare tutti i loro documenti.

Ma facevano i conti senza mio marito, che, nella notte dal 22 al 23 giugno ha forzato la cassetta, ha preso... quello che cercava, e ha lasciato il suo biglietto per dimostrare ai due fratelli che non aveva piú niente da temere e che il gioco sarebbe cambiato. Due giorni piú tardi, avvertito dall'articolo del «Gil Blas», Étienne Varin si è presentato da voi in tutta fretta, è restato solo nel salone, ha trovato la cassetta vuota, e si è ucciso.

Un attimo dopo, Daspry domandò:

– È una semplice congettura, vero? Il signor Andermatt non vi ha detto niente?

– No.

– Il suo atteggiamento verso di voi non è cambiato? Non vi è parso piú tetro, preoccupato?

– No.

– E voi credete che sarebbe cosí se avesse trovato le lettere? Io credo che non le abbia trovate. Che lui non sia entrato qui.

– E chi, allora?

– Il personaggio misterioso che dirige tutta questa faccenda, che ne tiene in mano i fili e che la spinge verso un finale che riusciamo appena a intravedere attraverso tutte queste complicazioni, il personaggio misterioso del quale abbiamo avvertito la presenza attiva e molto potente fin dall'inizio. È lui, con i suoi amici, che è entrato in questo palazzo il 22 giugno, lui che ha scoperto il nascondiglio, lui che ha lasciato il biglietto da visita al signor Andermatt, lui che possiede la corrispondenza e le prove del tradimento dei fratelli Varin.

– Ma chi è questo *lui*? – interruppi con impazienza.

– È il corrispondente dell'«Écho de France», perbacco! È quel Salvator. La cosa è di una evidenza abbagliante. Non fornisce forse nel suo articolo particolari che può conoscere soltanto colui che ha penetrato i segreti dei due fratelli Varin?

– In questo caso, – balbettò la signora Andermatt, con spavento, – quell'uomo ha in mano anche le mie lettere, e ora, può ricattare mio marito! Cosa posso fare, mio Dio!

– Gli potete scrivere, – intervenne decisamente Daspry, – potete confidarvi con lui senza remore, potete raccontargli tutto quello che sapete e tutto quello che verrete a sapere.

– Cosa dite mai?

– Il vostro interesse coincide con il suo. È fuori dubbio che lui agisca contro il fratello superstite. Non è contro il signor Andermatt che ha puntato le armi, ma contro Alfred Varin. Aiutatelo.

– E come?

– Vostro marito ha sicuramente il documento che completa e che permette di utilizzare i piani di Louis Lacombe, vero?

– Sí.

– Ebbene, informatene Salvator. Se occorrerà, cercherete di procurargli quel documento. Insomma, entrate in contatto con lui. Che cosa rischiate?

Il consiglio era audace e a prima vista appariva anche pericoloso; ma la signora Andermatt non aveva altra scelta. D'altra parte, come diceva Daspry, che cosa rischiava? Se lo sconosciuto era un nemico, questa mossa non avrebbe aggravato la situazione.

Se un estraneo si era proposto un fine particolare, costui avrebbe attribuito alle lettere soltanto un'importanza secondaria.

Comunque fosse, quella era un'idea, e la signora Andermatt, nel suo smarrimento, fu ben felice di adottarla. Ci ringraziò con calore, e promise che ci avrebbe tenuti al corrente.

Due giorni dopo, infatti, ci inviò queste due righe che aveva ricevuto in risposta: LE LETTERE NON C'ERANO. MA LE AVRÒ. STATE TRANQUILLA: SO TUTTO. S.

Presi il foglio di carta. La calligrafia era la stessa del biglietto che era stato introdotto nel mio libro sul comodino, la sera del 22 giugno.

Daspry aveva dunque ragione, Salvator era proprio il grande regista di questa vicenda.

Cominciavamo, in verità, a intravedere qualche barlume nelle tenebre che ci circondavano, anzi alcune cose venivano rischiarate da una luce inattesa. Ma quante altre restavano ancora oscure, come la scoperta delle due carte da gioco col sette di cuori! Quelle due carte non mi uscivano mai di mente. Forse davo un peso eccessivo a quelle sette piccole figure forate, che avevano colpito la mia immaginazione in circostanze cosí drammatiche. Qual era il loro significato in questa terribile storia? Quale importanza bisognava attribuirgli? Quale conclusione si doveva trarre dal fatto che il sottomarino costruito sui piani di Louis Lacombe era stato battezzato con il nome di *Sette di cuori*?

Daspry, da parte sua, attribuiva poca importanza a queste carte, si dedicava interamente allo studio di un altro problema, la cui soluzione gli pareva piú urgente: cercava senza sosta il famoso nascondiglio.

– Chissà, – diceva, – che non ci trovi le lettere che Salvator non ha recuperato... forse per distrazione. È poco credibile che i fratelli Varin abbiano prelevato da un luogo che sapevano inaccessibile l'arma che per loro aveva un valore incalcolabile.

Continuava a cercare. Poiché il salone ben presto non ebbe piú segreti per lui, estese le sue investigazioni a tutte le altre stanze del mio appartamento: ne studiò l'interno e l'esterno, esaminò pietre e mattoni dei muri, sollevò le ardesie del tetto.

Un giorno arrivò con una zappa e una pala, mi mise in mano quest'ultima, tenne l'altra per sé e indicandomi il terreno incolto del giardino, disse: – Andiamo.

Lo seguii senza entusiasmo. Divise il terreno in diverse sezioni e le ispezionò una dopo l'altra. In un angolo, formato dai muri delle due proprietà vicine, un mucchio di pietra e massi ricoperti da erbe e sterpi, attirò la sua attenzione. Cominciò a zappare.

Dovetti aiutarlo. Faticammo inutilmente per un'ora, in pieno sole. Ma quando, tolte le pietre, arrivammo al terreno vero e proprio, dopo pochi colpi di zappa, Daspry riportò alla luce delle ossa, dei resti di scheletro attorno al quale c'erano ancora avanzi di abiti sfilacciati.

Mi sentii impallidire. Accanto ai resti, piantata nel terreno, avevo visto una piccola piastra metallica, un rettangolo sul quale mi parve di vedere delle macchie rosse. Mi chinai. Era proprio cosí: la piastra aveva le dimensioni di una carta da gioco e le macchie rosse, di un rosso vivo, in alcuni punti scolorito, erano sette, disposte come i sette segni del sette di cuori, e bucate a ciascuna delle sette estremità.

– Sentite, Daspry, ne ho abbastanza di tutte queste storie. Se a voi interessano, fate pure. Io lascio la compagnia.

Era stata l'emozione? Era stata la fatica di un lavoro pesante eseguito sotto un sole troppo forte? Fatto sta che mi allontanai barcollando e che dovetti mettermi a letto, dove restai per quarantotto ore, nel delirio della febbre, ossessionato da visioni di scheletri che danzavano attorno a me e mi gettavano in faccia i loro cuori sanguinolenti.

Daspry non mi abbandonò, ogni giorno mi dedicava tre o quattro ore del suo tempo, che passava, è vero, nella grande sala, a frugare e battere dappertutto.

– Le lettere sono là, in quella stanza, – veniva a dirmi ogni tanto. – Sono là, metterei una mano sul fuoco.

– Lasciatemi in pace, – rispondevo irritato.

La mattina del terzo giorno mi alzai, ancora debole ma guarito. Mi rimisi in forze con una colazione sostanziosa. Ma una piccola busta che ricevetti verso le cinque del pomeriggio, contribuí piú di ogni altra cosa alla completa ripresa, tanto la mia curiosità venne stimolata. Questo il contenuto della lettera:

Signore,

il dramma, il cui primo atto si è svolto nella notte fra il 22 e il 23 giugno, sta per giungere alla fine. Poiché la forza stessa delle cose esige che io metta in presenza l'uno dell'altro i due personaggi principali di questa storia e che questo confronto avvenga in casa vostra, vi sarò infinitamente riconoscente se vorrete prestarmi la vostra casa per questa sera stessa. Sarà bene che, dalle nove alle undici, voi allontaniate il vostro domestico, e sarebbe preferibile che anche voi aveste l'estrema cortesia di lasciare campo libero agli avversari. Come avete potuto constatare la notte dal 22 al 23 giugno, io spingo fino allo scrupolo il rispetto per tutto ciò che vi appartiene. Da parte mia, riterrei di farvi offesa se dubitassi per un solo istante della vostra assoluta discrezione verso colui che si dichiara il vostro devoto,

Salvator

C'era in questa lettera un tono di cortese ironia e, nella richiesta che esprimeva, una fantasia cosí piena di spirito che mi divertí molto. Era di una disinvoltura affascinante, il mio corrispondente sembrava assolutamente sicuro del mio consenso! Per niente al mondo avrei voluto deluderlo o rispondere alla sua fiducia con l'ingratitudine.

Alle otto il mio domestico, al quale avevo offerto un posto a teatro, stava per uscire, quando Daspry arrivò. Gli mostrai la lettera.

– Ebbene? – mi disse.

– Ebbene! lascio aperto il cancello del giardino, affinché possano entrare.

– E ve ne andate?

– Nemmeno per sogno.

– Ma dato che vi si domanda...

– Mi si domanda di usare discrezione e sarò discreto. Ma ho una voglia matta di vedere quello che accadrà.

Daspry si mise a ridere: – In effetti avete ragione, resto anch'io. Credo che non ci annoieremo.

Fu interrotto dal suono del campanello.

– Già loro! con venti minuti di anticipo? Impossibile.

Dal vestibolo tirai il cavo che apriva il cancello. Una figura femminile traversò il giardino: era la signora Andermatt.

Sembrava sconvolta, e con voce soffocata balbettò:

– Mio marito... sta per arrivare... ha un appuntamento... gli daranno le lettere...

– Come lo sapete? – le chiesi.

– È stato per caso. Un messaggio che mio marito ha ricevuto durante la cena.

– Era una lettera di città?

– Un messaggio telefonico. La domestica l'ha dato a me per errore. Lui me l'ha tolto subito, ma era troppo tardi... avevo già letto.

– Avete letto...

– Piú o meno questo: «Alle nove, questa sera, venite al Boulevard Maillot con i documenti relativi all'affare. In cambio, le lettere». Finito di pranzare, sono salita nelle mie stanze e poi sono uscita.

– A sua insaputa?

– Sí.

Daspry mi guardò e chiese:

– Cosa ne pensate?

– Penso quello che pensate anche voi, che il signor Andermatt sia uno degli avversari convocati.

– Ma da chi, a quale scopo?

– È proprio quello che sapremo fra poco.

Li portai nella grande sala.

Potevamo, comodamente, nasconderci tutti e tre sotto la grande cappa del camino, dietro la tenda di velluto. Ci sistemammo. La signora Andermatt si sedette fra noi due. Attraverso la fessura della tenda, potevamo vedere tutta la scena.

Suonarono le nove. Qualche minuto dopo, sentimmo cigolare il cancello del giardino.

Confesso che provavo una certa angoscia e mi sentivo eccitato, come in preda a una nuova febbre. La soluzione dell'enigma era vicina! La sconcertante avventura le cui peripezie si svolgevano da mesi davanti a me, nella mia casa, stava per svelare il suo reale significato, ed era proprio davanti a me, sotto i miei occhi, che la battaglia finale si sarebbe svolta.

Daspry afferrò la mano della signora Andermatt e mormorò: – Soprattutto, non un solo movimento! Qualsiasi cosa sentiate o vediate, restate impassibile.

Qualcuno entrò. Riconobbi subito, data la grande somiglianza con Étienne Varin, suo fratello Alfred. Stessa andatura pesante, stesso volto terreo, coperto dalla barba.

Entrò con l'aria inquieta come di chi si aspetta un tranello, lo fiuta e lo evita. Con un'occhiata circolare abbracciò tutta la stanza ed ebbi l'impressione che il camino, mascherato dalla tenda di velluto, gli riuscisse sospetto. Fece tre passi verso di noi. Ma un'idea, sicuramente piú impellente, lo distrasse, perché deviò verso il muro, si arrestò davanti al vecchio re del mosaico, con la barba fluente e la spada fiammeggiante, e lo esaminò a lungo, in piedi su una sedia, seguendo con il dito il contorno delle spalle e della figura, palpando certe parti dell'immagine.

Poi, improvvisamente, saltò giú dalla sedia e si allontanò dal muro. Risuonò un rumore di passi. Sulla porta era apparso il banchiere Andermatt.

Quest'ultimo gettò un grido di stupore:

– Voi! Voi! Siete voi che mi avete chiamato?

– Io? Niente affatto! – protestò Varin con una voce rauca che mi ricordò quella del fratello. – Siete voi, con la vostra lettera che mi avete convocato!

– La mia lettera?

– Una lettera firmata da voi, nella quale mi offrite...

– Io non vi ho scritto.

– Come non mi avete scritto!

Istintivamente, Varin si mise in guardia non contro il banchiere, ma contro il nemico comune che lo aveva attirato in un tranello. Una seconda volta, il suo sguardo indugiò sulla tenda del camino, poi si diresse rapidamente verso la porta.

Il signor Andermatt gli sbarrò la strada.

– Che cosa fate, Varin?

– Qui sotto c'è qualcosa che non mi piace. Me ne vado. Buonasera.

– Un istante!

– Via, signor Andermatt, non insistete, non abbiamo niente da dirci.

– Invece abbiamo tante cose da dirci, e l'occasione è troppo buona...

– Lasciatemi passare.

– No, non passerete.

Varin indietreggiò, impaurito dell'atteggiamento deciso del banchiere, e brontolò: – Allora, presto, parliamo, e che sia finita!

Una cosa mi lasciava perplesso, ed ero certo che i miei due compagni provavano la stessa delusione. Come era possibile che Salvator non fosse presente? Il piano non prevedeva la sua presenza? Gli sembrava sufficiente l'incontro tra Varin e il banchiere? Provavo uno strano turbamento. La sua assenza, dava a quel confronto, da lui voluto, da lui combinato, l'impronta tragica degli avvenimenti suscitati e decisi dall'ordine rigoroso del destino, e la forza che spingeva quei due uomini l'uno contro l'altro era tanto piú impressionante in quanto non apparteneva a loro...

Dopo un attimo, Andermatt si avvicinò a Varin e, guardandolo bene in faccia, fissandolo negli occhi:

– Ora che sono passati degli anni, e che non avete piú nulla da temere, rispondetemi francamente, Varin, che ne avete fatto di Louis Lacombe?

– Che problema! Come posso sapere cosa gli è capitato?

– Lo sapete! lo sapete! Voi e vostro fratello ne seguivate i passi, vivevate sempre presso di lui, nella stessa casa dove siamo ora. Eravate al corrente di tutti i suoi lavori, di tutti i suoi progetti. E l'ultima sera, Varin, quando ho accompagnato Louis Lacombe alla porta, ho veduto due figure nascondersi nell'ombra. Questo sono pronto a giurarlo.

– E dopo, quando l'avrete giurato?

– Si trattava di voi e di vostro fratello, Varin.

– Provatelo.

– Ma la migliore prova è che due giorni piú tardi voi stessi mi avete mostrato i documenti e i piani che avevate preso dalla cassetta di Lacombe, e avete proposto di vendermeli. Come potevano, quelle carte, essere in vostro possesso?

– Ve l'ho detto, signor Andermatt, le abbiamo trovate sul tavolo di Louis Lacombe, l'indomani mattina, dopo la sua scomparsa.

– Non è vero.

– Provatelo.

– La giustizia avrebbe potuto provarlo.

– Perché non vi siete rivolto alla giustizia?

– Perché? Ah, perché…

Tacque, il volto tetro. E l'altro riprese: – Vedete, signor Andermatt, se aveste avuto la minima certezza, la piccola minaccia che vi abbiamo fatto non vi avrebbe impedito…

– Quale minaccia, quelle lettere? Pensate forse che io vi abbia mai creduto, anche per un solo istante?

– Se non avete creduto alle lettere, perché mi avete offerto biglietti da mille franchi per riaverle? E perché, inoltre, ci avete fatto braccare come delle bestie, mio fratello e me?

– Per riprendere i piani ai quali tenevo.

– Andiamo dunque! Era per le lettere. Una volta in possesso delle lettere, ci avreste denunciato.

Ebbe uno scoppio di risa, che cercò subito di trattenere.

– Ma ora basta! Continuiamo a ripetere le stesse cose, non faremo un passo avanti. Ognuno resterà fermo sulle proprie posizioni.

– Questa volta no, non resteremo fermi sulle nostre posizioni, – disse il banchiere, – e dato che avete parlato delle lettere, non uscirete di qui senza avermele rese.

– Uscirò di qui.

– No, no.

– Ascoltate, signor Andermatt, vi consiglio…

– Non uscirete.

– È quello che vedremo, – gridò Varin con un tale accento di rabbia che alla signora Andermatt sfuggí un debole grido.

Dovette sentirlo, perché tentò di uscire dalla stanza a forza.

Il signor Andermatt lo respinse violentemente. Allora vidi che faceva scivolare la mano nella tasca della sua giacca.

– Per l'ultima volta!

– Subito le lettere!

Varin estrasse il revolver e, guardando Andermatt: – Sí o no?

Il banchiere si abbassò rapidamente.

Risuonò un colpo di pistola. L'arma cadde a terra.

Fui stupefatto. Il colpo era partito dal mio fianco! Ed era Daspry, che, con uno sparo, aveva fatto saltare l'arma dalla mano di Varin!

Si gettò tra i due avversari e, rivolto a Varin, disse in tono beffardo: – Avete fortuna, amico, una notevole fortuna. Ho mirato alla mano, e ho preso il revolver.

Entrambi lo guardarono, immobili e confusi. Daspry si rivolse al banchiere: – Mi scuserete, signore, d'immischiarmi in ciò che non mi riguarda. Ma veramente giocate la vostra partita in modo troppo maldestro. Permettetemi di tenere le carte –. Poi, girandosi verso l'altro: – A noi due, amico. E giochiamo onestamente, vi prego. La briscola è cuori, e io gioco il sette.

E gli mise di fronte, a due dita dal naso, la piastra di ferro sulla quale erano marcati i sette segni rossi.

Mai ho visto una persona cosí sconvolta. Livido, con gli occhi sbarrati, i lineamenti contratti dall'angoscia, l'uomo sembrava ipnotizzato da ciò che gli veniva mostrato.

– Chi siete? – balbettò.

– L'ho già detto, un signore che si occupa di ciò che non lo riguarda... ma che se ne occupa a fondo.

– Che cosa volete?

– Tutto quello che avete portato.

– Non ho portato nulla.

– Se fosse cosí non sareste venuto. Avete ricevuto stamane uno scritto che vi convocava qui per le nove, e vi ordinava di portare tutti i documenti in vostra mano. Ora eccovi qua. Dove sono i documenti?

Vi era nella voce di Daspry, nel suo atteggiamento, un'autorità che mi sconcertava, un modo d'agire del tutto nuovo in quell'uomo normalmente noncurante e dolce. Del tutto sottomesso, Varin indicò una delle sue tasche:

– I documenti sono qua.

– Ci sono tutti?

– Sí.

– Tutti quelli che avete trovato nella cassetta di Louis Lacombe e che avete venduto al maggiore von Lieben?

– Sí.

– Sono le copie o gli originali?

– Gli originali.

– Quanto volete in cambio?

– Centomila.

Daspry sbottò: – Siete pazzo. Il maggiore non vi ha dato che ventimila franchi. Ventimila franchi gettati al vento, dato che gli esperimenti sono falliti.

– Non hanno saputo servirsi dei piani.

– I piani sono incompleti.

– Allora perché me li chiedete?

– Ne ho bisogno. Vi offro cinquemila franchi. Non un soldo di piú.

– Diecimila. Non un soldo di meno.

– D'accordo.

Daspry si voltò nuovamente verso Andermatt: – Vogliate firmare un assegno, signore.

– Ma... il fatto è che non ho...

– Il vostro libretto? Eccolo.

Attonito, il signor Andermatt tastò il libretto che gli tendeva Daspry.

– È il mio... Come mai?

– Non perdiamoci in chiacchiere, vi prego, caro signore, non dovete far altro che firmare.

Il banchiere estrasse la propria stilografica e firmò. Varin tese la mano.

– Giú le zampe, – intervenne Daspry, – non è ancora finita.

E poi, indirizzandosi al banchiere: – Vi sono anche delle lettere che voi reclamavate?

– Sí, un pacchetto di lettere.

– Dove sono, Varin?

– Lo ignoro, è mio fratello che se ne è occupato.

– Sono nascoste qui, in questa stanza.

– Se è cosí, sapete dove sono.

– Come lo saprei?

– Diamine, non siete voi che avete perquisito il nascondiglio? Sembrate anche molto ben informato... come Salvator.

– Le lettere non sono nel nascondiglio.

– Ci sono.

– Apritelo.

Varin ebbe uno sguardo di diffidenza. Daspry e Salvator non erano veramente che una sola persona, come tutto faceva presumere? Se sí, non rischiava niente, mostrando un nascondiglio già conosciuto. Altrimenti, era inutile...

– Apritelo, – ripeté Daspry.

– Non ho il sette di cuori.

– Se è per questo, – disse Daspry, tendendogli la piastra di ferro.

Varin indietreggiò terrorizzato: – No... no... non voglio...

– Bene, allora farò da solo...

Daspry si diresse verso il vecchio re con la barba fluente, salí su una sedia, e applicò il sette di cuori all'impugnatura della spada, contro l'elsa, in modo che i bordi della piastra combaciassero esattamente con i bordi della spada. Poi, con l'aiuto di un punzone, che introdusse a turno in ciascuno dei sette fori, praticati all'estremità dei segni di cuori, fece pressione su sette piccole pietre del mosaico. Alla settima tessera fissata nel muro, un meccanismo si attivò, e tutto il busto del re ruotò, scoprendo un'ampia apertura, costruita come una cassaforte, con rivestimenti in ferro e due scaffali d'acciaio lucente.

– Vedete bene, Varin, la cassaforte è vuota.

– In effetti, allora deve essere stato mio fratello a portare via le lettere.

Daspry ritornò verso di lui e lo apostrofò:

– Non fate il furbo con me. C'è un altro nascondiglio. Dov'è?

– Non c'è.

– È il denaro che volete? Quanto?

– Diecimila.

– Andermatt, quelle lettere valgono diecimila franchi per voi?

– Sí, – disse il banchiere con voce sicura.

Varin chiuse la cassaforte, prese il sette di cuori non senza un'evidente ripugnanza e l'applicò sulla spada, contro l'elsa, proprio nello stesso punto di prima: poi infilò il punteruolo nei sette fori. Un secondo meccanismo si attivò, ma questa volta, fatto inatteso, non fu che una parte della cassaforte a ruotare, svelando una piccola cassetta ottenuta dallo spessore stesso della porta che chiudeva la cassa piú grande.

Il pacchetto di lettere era lí, ben chiuso e legato con una cordicella. Varin lo consegnò a Daspry. Questi domandò:

– L'assegno è pronto, signor Andermatt?

– Sí.

– E avete anche l'ultimo documento che vi ha dato Louis Lacombe, e che completa i piani del sottomarino?

– Sí.

Lo scambio avvenne. Daspry intascò il documento e l'assegno e offrí il pacchetto al banchiere.

– Ecco ciò che desideravate, signore.

Andermatt esitò un momento, come se avesse paura di toccare quelle carte maledette, che aveva tanto cercato. Poi, con un gesto nervoso, se ne impossessò.

Intesi un gemito accanto a me. Presi la mano della signora Andermatt: era gelida.

Daspry proseguí, rivolto al banchiere: – Credo, signore, che la nostra conversazione sia finita. Oh! Nessun ringraziamento, vi supplico. Solo il caso ha voluto che io potessi esservi utile.

Il signor Andermatt se ne andò, portando con sé le lettere di sua moglie a Louis Lacombe.

– Magnifico, – esclamò Daspry, con entusiasmo, – tutto si sistema per il meglio. Non abbiamo altro che da concludere il nostro affare, caro amico. Avete i documenti?

– Eccoli tutti qua.

Daspry li controllò, li esaminò attentamente, e li infilò nella propria borsa.

– Perfetto, avete mantenuto la parola.

– Ma che cosa? I due assegni?... Il denaro?...

– Ah, bene! Avete una bella faccia tosta, amico. Come osate reclamare!

– Chiedo ciò che mi è dovuto.

– Vi si deve qualcosa allora, per dei documenti che avete rubato?

L'uomo sembrava fuori di sé. Tremava di rabbia, con gli occhi iniettati di sangue.

– Il denaro... i ventimila... – balbettò.

– Impossibile... Sono già destinati ad altro scopo.

– Il denaro!...

– Andiamo, siate ragionevole, e lasciate tranquillo quel coltello.

Gli afferrò il braccio cosí brutalmente che l'altro urlò di dolore, e aggiunse:

– Andatevene, amico, l'aria di fuori vi farà bene. Volete che vi accompagni? Ce ne andremo fuori nel terreno qui intorno, e vi mostrerò un mucchio di pietre sotto le quali...

– Non è vero! Non è vero!

– Ma sí, è vero. Questa piccola piastra di ferro coi sette segni rossi viene di là. Louis Lacombe non la lasciava mai, vi ricordate? Voi e vostro fratello l'avete sepolta con il cadavere... e con altre cose che interesseranno enormemente la giustizia.

Varin si coprí il viso coi pugni stretti, rabbiosamente. Poi sussultò:

– E sia. È fatta. Non ne parliamo piú. Permettetemi però una domanda... una sola domanda ancora, vorrei sapere...

– Ascolto.

– Nella cassetta, la piú grande delle due, c'era un cofanetto?

– Sí.

– Quando siete venuto qua, la notte dal 22 al 23 giugno, c'era?

– Sí.

– Conteneva?...

– Tutto quello che i fratelli Varin vi avevano racchiuso, una collezione assai graziosa di gioielli, diamanti e perle, arraffati a destra e a sinistra dai suddetti fratelli.

– E li avete presi?

– Diamine, mettetevi al mio posto.

– Allora… è dopo aver constatato la sparizione della cassetta che mio fratello si è ucciso?

– Probabile. La sparizione della vostra corrispondenza con il maggiore von Lieben non era sufficiente. Ma la sparizione della cassetta… È tutto qua quello che volevate domandarmi?

– Ancora questo: il vostro nome?

– Lo chiedete come se aveste delle idee di vendetta.

– Perbacco! La fortuna gira. Oggi siete il piú forte, domani…

– Lo sarete voi.

– Spero bene. Il vostro nome?

– Arsène Lupin!

– Arsène Lupin!

L'uomo vacillò, come se una mazza lo avesse colpito. Si sarebbe detto che queste due parole gli avessero tolto ogni speranza. Daspry cominciò a ridere.

– Ah! cosa credevate, che un signor Durant o Dupont avrebbe potuto dirigere tutta questa bella faccenda? Andiamo dunque, ci vuole almeno un Arsène Lupin. E ora che sapete, giovanotto, andate a preparare la vostra rivincita, Arsène Lupin vi attende.

E lo spinse fuori, senza una sola parola di piú.

– Daspry, Daspry! – gridai, chiamandolo ancora per abitudine con il nome con il quale lo avevo conosciuto.

Scostai la tenda di velluto ed egli accorse.

– Cosa? Che succede?

– La signora Andermatt sta male.

Si affrettò, le fece annusare dei sali, e prodigandole le sue cure, mi domandò: – Allora! Cos'è successo?

– Le lettere, – gli dissi, – le lettere di Louis Lacombe che avete dato a suo marito.

Si batté sulla fronte. – Ha creduto che abbia fatto questo… Ma sí, dopotutto, poteva crederlo. Che imbecille sono stato!

La signora Andermatt, rianimata, l'ascoltava avidamente. Dalla sua tasca uscí un piccolo pacchetto somigliante in tutto a quello che aveva preso il signor Andermatt.

– Ecco le vostre lettere, signora, quelle vere.

– Ma... le altre?

– Le altre sono uguali a queste, ma ricopiate da me, questa notte, e accuratamente corrette. Vostro marito sarà molto felice di leggerle, non dubiterà della sostituzione, poiché tutto ai suoi occhi è parso...

– La scrittura...

– Non vi è scrittura che non si possa imitare.

Lei lo ringraziò, con le stesse parole di gratitudine che avrebbe rivolto a un uomo del suo ambiente, e mi resi ben conto che non doveva aver udito le ultime parole scambiate tra Varin e Lupin.

Lo guardai non senza imbarazzo, non sapendo bene come rivolgermi a questo vecchio amico che si rivelava a me in modo cosí imprevisto. Lupin! era Lupin! il mio amico di club non era altri che Lupin! Non riuscivo a rendermene conto. Ma lui, con disinvoltura, dichiarò: – Potete fare i vostri saluti a Jean Daspry.

– Ah!

– Sí, Jean Daspry parte per un viaggio. Lo mando in Marocco, dove troverà probabilmente una fine degna di lui. Confesso anzi che questa è la sua intenzione.

– Ma Arsène Lupin resta?

– Oh! assolutamente. Arsène Lupin non è che all'inizio della sua carriera e conta di...

In un impeto di curiosità irresistibile mi diressi verso di lui, e lo trascinai un poco distante dalla signora Andermatt:

– Come siete riuscito a scoprire il secondo nascondiglio, quello dove si trovava il pacco di lettere?

– Solo con molte difficoltà! Soltanto ieri, nel pomeriggio, mentre voi dormivate. Eppure, Dio sa quanto era facile. Ma le soluzioni piú semplici sono quelle a cui non si pensa mai...

E mostrandomi il sette di cuori: – Avevo già indovinato che per aprire la cassaforte grande, bisognava appoggiare questa carta contro la spada dell'uomo rappresentato sul mosaico...

– Come lo avete immaginato?

– Facilmente. Tramite mie informazioni particolari, sapevo venendo qui, la sera del 22...

– Dopo avermi lasciato...

– Sí e dopo avervi messo, con argomenti adatti, in condizioni di spirito tali che un uomo nervoso e impressionabile come voi doveva fatalmente lasciarmi agire a mio modo, senza scendere dal letto.

– Il ragionamento era giusto.

– Sapevo dunque, venendo qua, che vi era una cassetta nascosta in una cassaforte a serratura segreta, e che il sette di cuori era la chiave, la combinazione di questa serratura. Non si trattava d'altro che di porre questo sette di cuori nel punto che evidentemente gli era destinato. Un'ora di ricerca mi è stata sufficiente.

– Un'ora!

– Osservate l'uomo sul mosaico.

– Il vecchio imperatore?

– Quel vecchio imperatore è la rappresentazione esatta del re di cuori in tutti i giochi di carte, Carlo Magno.

– In effetti... Ma perché il sette di cuori apre tanto la cassa grande che la piccola? E perché all'inizio avete aperto soltanto la cassa grande?

– Perché? ma perché mi ostinavo a porre il mio sette di cuori sempre nello stesso senso. Solo ieri mi sono accorto che girandolo, cioè mettendo il settimo segno, quello in mezzo, in alto invece che in basso, la disposizione dei sette punti cambiava.

– Perbacco!

– Era evidente, ma ho tardato a capire il trucco.

– Un'altra domanda: ignoravate la storia delle lettere prima che la signora Andermatt...

– Ne parlasse davanti a me? Sí. Nella cassaforte, oltre la cassetta non avevo scoperto che la corrispondenza dei due fratelli, corrispondenza che mi ha messo sulle tracce del loro tradimento.

– Insomma, per caso siete arrivato subito a ricostruire la storia dei due fratelli, poi a ricercare i piani e i documenti del sottomarino?

– Per caso.

– Ma con quale scopo avete indagato?...

Daspry mi interruppe ridendo: – Dio mio! Quanto vi interessa questa storia!.

– Mi appassiona.

– D'accordo! Tra poco, quando avrò riaccompagnato la signora Andermatt e fatto recapitare all'«Écho de France» la lettera che sto per scrivere, tornerò ed entreremo nei dettagli...

Si sedette e scrisse una di quelle piccole note lapidarie nelle quali sfogava la sua fantasia. Chi non si ricorda i commenti che lo scritto seguente causò nel mondo intero?

> Arsène Lupin ha risolto il quesito che Salvator ha posto ultimamente. Padrone di tutti i documenti e piani originali dell'ingegnere Louis Lacombe, li ha fatti giungere nelle mani del ministro della Marina. A questo proposito apre una sottoscrizione allo scopo di offrire allo Stato il primo sottomarino costruito secondo questi progetti. E si iscrive egli stesso in testa a questa sottoscrizione per la somma di ventimila franchi.

– I ventimila franchi degli assegni del signor Andermatt? – gli chiesi dopo che mi aveva dato da leggere l'articolo.

– Precisamente. È giusto che Varin, con questo, riscatti in parte il suo tradimento.

Ed ecco come ho conosciuto Arsène Lupin. Ecco come ho saputo che Jean Daspry, compagno di club, conoscenza mondana, non era altri che Arsène Lupin, ladro gentiluomo. Ecco come ho stabilito legami d'amicizia piacevolissimi con il nostro eroe, e come, a poco a poco, grazie alla confidenza della quale mi vuole onorare, sono diventato il suo umilissimo, fedelissimo e riconoscente storiografo.

Ellery Queen

L'avventura dell'angelo caduto

Il piú famoso principe del Foro di tutti i tempi, Marco Tullio Cicerone, ovviamente, ci dice familiarmente in qualche punto della sua opera che il Fuoco e l'Acqua sono «proverbiali», intendendo dire che tali antichi elementi costituiscono i principî basilari della vita. Se poi si ammette che laddove arde la vita, la morte, pronta a spegnerla col suo innaffiatoio, non può essere lontana, il caso di Miles Senter e compagni può effettivamente esser considerato un classico. In quel caso infatti il Fuoco era presente a livello addirittura... pirotecnico, in quanto sebbene l'estate newyorkese fosse iniziata ufficialmente da soli dieci giorni, il sole arrostiva già il giardino di casa Senter fino a renderlo croccante come una crostata rimasta un po' troppo a lungo nel forno e rendeva incandescenti le pietre del muro di recinzione, sprigionando un calore decisamente infernale. Quanto all'Acqua, sotto il muro est ne scorreva addirittura un fiume, in quanto la casa dei Senter era una di quelle costruzioni sontuose che si ergono proprio sul bordo dell'isola di Manhattan e sembrano guardare con sufficienza la caoticità commerciale del quartiere di Queens, appena al di là del banale East River. Né si deve pensare che la sua antica armonia dipendesse solo dalla sua posizione geografica o dalla stagione: casa Senter doveva molto del suo fascino anche alla mitologia, e all'arte. Era stata progettata in un'epoca pretenziosa in cui l'architettura prendeva a modello le cattedrali e le decorazioni erano tutte a base di mostri. La fortuna farmaceutica dei Senter era nata con un purgante in confezione rosa e nera che era ancora considerato il *non plus ultra* in tutte le zone rurali d'America; e quando aveva costruito la sua dimora, il fondatore della ricchezza dei Senter... forse proprio per farne dimenticare l'origine cosí prosaica... aveva puntato a qualcosa di grande, e aveva costruito per l'eternità. O perlomeno per una durata nel tempo maggiore di quella che gli era garantita dal suo lassativo. Aveva persino spedito il suo architetto a Parigi, perché traesse adeguata ispirazione dalla cattedrale di Notre-Dame. Purtroppo però l'architetto, nonostante tutte le ricchezze a base di lassativi di cui disponeva, non aveva a sua disposizione né un'Île de la Cité su cui costruire, né le risorse papali del XII secolo; perciò gli attoniti vicini finirono per trovarsi gomito a gomito, anzi muro a muro, con una specie di gigantesco nano architettonico, di Quasimodo in muratura, volgare, brutto, e oltretutto incredibilmente scomodo. Miles Senter, che ci era nato, una volta aveva passato sei mesi pieni di disagio sul lettino di uno psicanalista, a ricordare gli orribili sogni gotici che avevano turbato la sua infanzia.

Il piú spaventoso di quei sogni riguardava le grottesche sculture in pietra che sporgevano dal tetto delle torri, come abnormi escrescenze. Si trattava di una versione casereccia delle *chimères* di Notre-Dame. E la Chimera, se avete ancora qualche reminiscenza della mitologia studiata a scuola, era un mostro che emetteva dalle narici un tipo particolarmente efficace di fuoco. Ed ecco ricomparire l'elemento Fuoco. Quanto all'Acqua, sfortunatamente l'architetto aveva confuso le chimere con i doccioni, perciò i mostri che aveva fatto scolpire e sistemare sui cornicioni delle torri dei Senter, pur avendo la testa di leone, il corpo di capra e il posteriore di drago della vera chimera, servivano allo scopo tradizionale dei doccioni, che è quello di scaricare la pioggia accumulata sul tetto. Insomma, erano dei pluviali. E, a completare il caos, il fondatore della fortuna Senter aveva continuato per tutta la vita a chiamarli «angeli», e suo nipote Miles, quando era subentrato nel godimento dei beni del padre fondatore, anziché correggerla, aveva persistito nell'eresia, dandole il suo ulteriore avvallo. La stessa cosa però non si poteva dire del fratello minore di Miles, David, che era altrettanto svelto a distruggere immagini che a crearle. David faceva il pittore, e aveva il suo studio sul tetto di quella che lui chiamava, con una certa irritazione del fratello, «la cattedrale». Ogni volta che in presenza di ospiti Miles si riferiva ai mostri che facevano da pluviali chiamandoli «angeli», David non mancava mai di sottolineare ironicamente quanto quella denominazione facesse capire l'interpretazione che dava del cielo il loro grande antenato... se non Miles stesso.

Comunque queste sono divagazioni inutili, anche se piacevoli. In una recente, e rovente, sera estiva, mentre l'East River lambiva il muro assetato, ci siamo trovati a occuparci di cose molto piú serie, nel giardino dei Senter.

Due giovani donne sudavano copiosamente sotto una luna calda come una lampada solare. Una era la moglie di Miles, la signora Senter in carica; l'altra era Nikki Porter, che aveva esercitato il suo tipico diritto di segretaria di abbandonare il suo datore di lavoro proprio nella serata di maggior bisogno; si trattava di una stupida grana con un editore per una stupida scadenza non rispettata. Ma il giorno prima Nikki se n'era andata da Dorothy; non si vedevano da anni, e come si faceva a trascurare le vecchie amicizie? Ecco il motivo della diserzione, e del giardino sul fiume. Il piacere del ritrovarsi era accresciuto dal fatto che adesso Dorothy era la signora Senter... e chi se lo sarebbe aspettato?... ma era anche turbato da qualcosa di indefinibile, e preoccupante. Sotto gli occhi vivaci di Dorothy c'erano delle ombre cupe, e nella sua ostentata gaiezza c'era qualcosa di disperato che contrastava con le nozze cosí recenti. L'atmosfera della cena era stata piuttosto tesa; una forzata allegria che nascondeva un senso di angoscia. Persino il segretario privato di Miles Senter, un certo signor Hart... il classico tipo che ha studiato a Princeton, con i capelli tagliati a spazzola e i modi un po' untuosi di un giovane direttore di agenzia di pubblicità... aveva colto la prima occasione per ritirarsi in camera sua, con discrezione ma anche con visibile sollievo. Dopodiché la giovane padrona di casa, con un amabile sorriso, aveva scaricato con un pretesto il marito, aveva portato Nikki nel giardino buio, ed era immediatamente scoppiata in lacrime.

Nikki la lasciò sfogare, chiedendosi se non potesse essere colpa della casa. La casa infatti era spaventosa col suo odore di muffa, le sue stanze enormi, piene di echi, le sue camere da letto tutte esposte ai rumori e all'umidità del fiume, la sua colossale tetraggine. Era una generazione che nessuno la rinnovava. Era evidente che Miles Senter, per quanto gentile e gradevole, era un tipo assolutamente conservatore e totalmente privo di immaginazione. Per la verità, Nikki ne era rimasta sconcertata. Miles sosteneva di avere quarantacinque anni, ne dimostrava sessanta, e doveva aver superato la cinquantina. Mentre Dorothy aveva solo ventisei anni. Naturalmente tutto poteva dipendere da quello, anche se Dorothy era sempre stata una ragazza dotata di molto senso pratico, e piena di rispetto per chi aveva successo nella vita. Quindi non c'era niente di strano nel fatto che si fosse innamorata di un uomo che aveva il doppio della sua età. O si trattava forse di David? Durante la cena si era fatto un gran parlare di lui, anche se David non si era unito a loro. «Ha in mente di fare un acquerello, – aveva detto Miles Senter. – David sta sempre lavorando a qualcosa nel suo studio». Nikki si era fatta l'idea che David fosse un simpatico bohémien con tutte le idee assurde che sono caratteristiche dei ragazzi molto giovani.«Il classico tipo Greenwich Village, – aveva detto con affetto suo fratello. – Praticamente un rosso». Perciò rimase sorpresa quando venne a sapere da Dorothy che aveva già trentacinque anni. Evidentemente per Miles sarebbe sempre stato un ragazzino, con il quale, a seconda dei casi, si doveva allentare o stringere i cordoni della borsa. Nel soggiorno... «David lo chiama la navata», aveva detto Dorothy ridendo, e la cosa non aveva divertito molto Miles... c'era un suo autoritratto a olio, ed effettivamente la sua immagine appariva abbastanza byroniana per giustificare le lacrime di Dorothy, in giardino. Era un bel giovanotto bruno con qualcosa di diabolico negli occhi, o perlomeno nel ritrarsi lui ci aveva messo qualcosa di diabolico. Sí, poteva benissimo trattarsi di David.

E doveva esser proprio cosí, perché quando Dorothy cominciò a spiegare la ragione delle sue lacrime, la prima cosa che fece fu tessere le lodi di suo marito. Miles era il marito piú delicato, tenero, premuroso e generoso che esistesse al mondo; e lei, Dorothy, era la ragazza piú ingrata, confusa, irresponsabile che avesse mai indotto con la frode un uomo a sposarla. Certo, lei aveva creduto di essere innamorata di lui, e Miles era cosí... cosí solido. E tenace, anche... Non era esatto che lei lo avesse circuito, era lui che si era imbrogliato da solo; d'altra parte doveva riconoscere di non esser stata del tutto onesta con se stessa, di aver pensato solo a... – Oh, Nikki, non giudicarmi troppo male! Mi sono innamorata di un altro.

Ecco cos'era! Nikki sorseggiò la bibita che si era portata in giardino. – Be'... son cose che capitano, – disse con una vivacità altrettanto ingannevole dei lunghi riflessi sull'acqua.

– Ma, Nikki, cosa devo fare? Non voglio far soffrire Miles... Certo, è un po' limitato, ma ha molto buon senso, ed è cosí caro, e ho paura che se lo lasciassi adesso... cosí presto... voglio dire, ho paura che...

– Di che cosa hai paura?

Dorothy riprese a piangere.

– Senti, Dotty... – disse Nikki. – Ti sei mangiata la torta e adesso la rivuoi indietro: per forza sei nei guai!

– Che modo orribile di dirlo, – mormorò Dorothy asciugandosi gli occhi con aria molto infelice.

– L'ho imparato dal mio principale, a esprimermi cosí. Lui è uno che dice pane al pane, e la cosa è contagiosa. Dotty cara, noi siamo due ragazze, e non ci sono uomini in giro... lo vuoi proprio tanto... Mister X?

– Mister X?

– L'altro.

– Nikki, io lo amo!

– E il signor «l'Altro» che cosa ne pensa?

– Dice...

– Aspetta un momento –. Nikki mise una mano sul braccio dell'amica, poi aggiunse in fretta: – Sorridi, Dotty! Sta arrivando qualcuno.

La robusta figura di Miles Senter sbucò dall'angolo nordest della casa. Si incamminò sul sentiero del giardino, poi, dopo qualche passo, si fermò in controluce e si asciugò la testa semicalva con un fazzoletto, sforzandosi di vedere nell'oscurità che lo circondava.

– Dorothy? – chiamò con voce incerta. – Sei qui fuori con la signorina Potter?

– Sí, Miles! – rispose Dorothy.

– Oh, – mormorò suo marito. Rimase in silenzio per qualche secondo, poi si schiarí la voce. – È cosí soffocante là dentro... la radio dice che non c'è nessun miglioramento in vista... pensavo che forse a te e alla signorina Porter avrebbe fatto piacere giocare un po' a canasta... – Fece un passetto incerto in avanti, col fazzoletto in mano.

Nikki si trovò a pensare che il poveretto sembrava proprio un pesce fuor d'acqua, che forse non era del tutto insensibile. E proprio perché Miles le faceva pena distolse lo sguardo da lui. Fu cosí che, per puro caso, vide la discesa dell'angelo... cioè la caduta di una delle chimere per lo scolo dell'acqua che da tre quarti di secolo sporgevano in tutta la loro bruttezza dal bordo del tetto della torre, proprio sopra al giardino. La massa luccicante stava cadendo esattamente verso il punto in cui si sarebbe trovata la testa di Senter se Senter avesse fatto un altro passo avanti. Nikki urlò, la massa cadde, e cadde anche Senter, e Dorothy si mise a strillare con l'automatica vitalità di un'indemoniata. Il contenuto della sua tetra litania era a base di morte e di punizione, e la reazione del medico di Senter, il vecchio dottor Grand, che abitava nella casa accanto e che pochi attimi prima stava sonnecchiando nel suo giardino, fu piú che altro di rimprovero. Diavolo o angelo che fosse, l'oggetto aveva mancato il bersaglio, osservò il dottor Grand chinandosi sull'uomo crollato al suolo; e consigliò a Miles Senter di alzare la schiena da terra e di mettersi in ginocchio, una posizione piú adatta a ringraziare il Creatore.

A questo suggerimento il marito di Dorothy si rimise in piedi, ancora piú pallido del mostro di pietra che era piombato sul sentiero, e rivolse gli occhi al cielo... non in segno di gratitudine per essere ancora vivo, ma perché un'altra testa nera adesso sporgeva dal tetto, come un altro doccione contro la luce della luna, e il suo proprietario stava chiedendo con voce strana quale diamine fosse il motivo di tutto quel rumore. Vedendo che non si decidevano a rispondere né Miles né sua moglie, il dottor Grand spiegò con la sua vocetta un po' stridula ciò che era successo, al che la testa sporgente di David Senter restò per qualche attimo in silenzio, poi scomparve. Nikki ebbe la sensazione che l'aria si fosse raffreddata di colpo e, nonostante il gran caldo di poco prima, era una sensazione tutt'altro che piacevole. Quando poi David arrivò da dietro l'angolo della casa per aiutare il fratello a rientrare, Nikki lo trovò ancora piú byroniano di quanto le fosse apparso nell'autoritratto. E anche questa constatazione non era affatto piacevole.

Il giorno seguente Ellery sottolineò il fatto che i crimini da lui inventati per guadagnarsi da vivere erano di gran lunga piú intelligenti di quelli in cui Nikki si sarebbe mai imbattuta tra i suoi conoscenti, e invitò la ragazza a concentrarsi sul suo lavoro alla macchina per scrivere, in quanto la sua vita sociale stava interferendo con i suoi doveri contrattuali, per non parlare del fatto che l'anticipo dell'editore non si sarebbe visto finché non fosse stato consegnato il manoscritto finito.

– Ma, Ellery, non è stato un incidente! – insistette Nikki, usando la macchina per scrivere per appoggiarci il gomito.

– Ah, davvero? – ribatté Ellery in tono ironico. – Immagino che sia una conclusione dimostrabile, come la maggior parte delle tue conclusioni.

– Ho cercato di dirtelo: ieri sera ho esaminato il tetto della torre, quello da cui è caduto quel...

– Con tutti gli strumenti di precisione, immagino. E hai scoperto... che cosa?

– Te l'ho già detto. Non mi stavi nemmeno a sentire?

– Hai scoperto che il cemento che fissava il coso all'altro coso era corroso e fragile come il Roquefort. Una cosa veramente sbalorditiva! E il doccione pesava... quanto hai detto che pesava?

– Una cinquantina di chili, ha detto il signor Senter.

– E qui entrano in ballo Sir Isaac e la legge di gravità. E adesso vogliamo tornare al lavoro?

– Anche in base alla logica sono sempre convinta che non sia stato un incidente, – dichiarò Nikki Porter, piú ostinata che mai. – Ed è per questo che ieri sera ho suggerito a Miles Senter...

La ragazza si interruppe sentendo suonare il campanello della porta.

Un terribile sospetto si affacciò alla mente del suo principale, facendogli assumere un'espressione allarmata. – Nikki, – disse Ellery in tono minaccioso, – si può sapere che cosa hai suggerito a Miles Senter ieri sera?

Anziché rispondere, Nikki continuò a guardare in direzione dell'ingresso, da cui arrivavano con insistenza gli squilli del campanello.

Ellery gemette.

– Okay, piccola, vai a vedere chi è –. Nikki non se lo fece ripetere due volte. Un attimo dopo Ellery la sentí assicurare a qualcuno che il signor Queen non vedeva l'ora di riceverlo.

Vedendo entrare furtivamente il presidente della Farmaceutica Senter, Queen, con sua grande sorpresa, provò immediatamente un gran senso di pena. Quell'aria furtiva si intonava perfettamente con lo sguardo ansioso e la barba lunga e un po' grigia di quel poveretto: in quel momento Miles Senter sembrava proprio uno spacciatore di droga sul punto di effettuare una vendita. Allungò una mano tremante, rifiutò qualcosa da bere... – Una questione di principio, signor Queen, – accettò una sigaretta ma l'accese male, e per tutto il tempo espresse la sua gratitudine, una gratitudine umile umile, per il fatto che il signor Queen avesse accettato di riceverlo. La questione era che... la cosa era cosí, imbarazzante... dato che la signorina Porter era amica di Dorothy e cosí via... se Nikki non gli avesse salvato la vita la sera prima...

– Signor Senter, – tagliò corto Ellery, – che cosa state cercando di dire?

Senter osservò attentamente la sigaretta già spenta che aveva in mano, poi se la stritolò nervosamente tra le dita. – Queen, credo che tra mia moglie e mio fratello ci sia del tenero –. Benché ci fosse un portacenere proprio vicino al suo gomito, si ficcò assurdamente in tasca i resti della sigaretta. – Credo che si amino, – ribadí, poi si interruppe come se si aspettasse che Ellery facesse chissà quale commento.

Ellery però non disse niente. E Nikki sembrava molto interessata alle sue unghie.

– Non che abbia in mano qualcosa di concreto, – si risolse a proseguire Senter. – Ma da un po' di tempo Dorothy si comporta in modo strano... non so dire nemmeno io cosa c'è di strano, ma il fatto è che ultimamente il suo modo di fare non mi convince... È *troppo* gentile con me! E David è un artista giovane e bello, e ci sa maledettamente fare con le donne. Probabilmente avrei dovuto aspettarmelo... ci sono tante storielle sui mariti troppo vecchi... ma perché non me ne hanno parlato apertamente, invece di...? Insomma, signor Queen, cosa ne pensate?

– Basandomi sulla vostra premessa? Vediamo un po'... Vostro fratello e vostra moglie si sono innamorati, e ieri sera un pesante doccione si è staccato dal tetto, nel punto dove c'è lo studio di vostro fratello, e non vi ha sfondato la testa per un pelo. Si direbbe, signor Senter, che vostro fratello abbia cercato di uccidervi.

– Allora siete d'accordo con me, – mormorò Senter, afflosciandosi ulteriormente nella poltrona.

– Oh, no, – replicò Ellery con un sorriso. – Ho solo tratto una possibile conclusione da un paio di fatti, uno dei quali non è nemmeno un fatto, ma un'opinione.

– Be', c'è anche un terzo fatto, di cui non vi ho ancora parlato. E questo soddisferebbe anche un revisore dei conti. Mio padre ha lasciato l'azienda a me, finché fossi stato in vita; ma alla mia morte l'azienda passerà a David.

Ellery sospirò. – La gente fa delle cose molto strane, vero? – Si alzò. – Benché io non possa condividere la vostra certezza, signor Senter, tengo nel giusto conto i vostri timori. Come e quando posso esaminare il tetto senza che vostro fratello se ne accorga? Direi che piú presto è, meglio è.

Miles Senter promise di avvertire Ellery non appena si fossero verificate le condizioni richieste; e infatti quel giorno stesso gli telefonò per dirgli che quella sarebbe stata la sera buona per la sua indagine. – Vi farò venire a prendere al cancello dal mio segretario, a mezzanotte, – disse, e riattaccò prima che Ellery avesse il tempo di alzare le sopracciglia.

Ellery lasciò la macchina sulla First Avenue, poi, insieme a Nikki, si diresse verso il fiume, camminando con calma perché era ancora un po' presto e la serata era tremendamente afosa. Il riverbero del calore faceva apparire fluide le linee rette, tanto che quando Ellery e Nikki arrivarono alla casa di Senter tutta la pesante costruzione sembrava in movimento, come se stesse per trasformarsi in qualcos'altro. Ellery si sentí stringere un braccio con forza e mormorò qualcosa a proposito degli effetti ottici del calore, ma Nikki non allentò la stretta attorno al suo braccio finché dal cancello in ferro battuto non uscí un uomo, che Nikki riconobbe come il segretario di Miles Senter.

– Sono proprio contenta che siate voi, signor Hart, e non un sacerdote delle Messe Nere!

Il signor Hart assunse un'espressione piuttosto perplessa, poi però strinse energicamente la mano a Ellery, fece un'osservazione colorita sul gran caldo, e fece strada agli altri due attraverso il prato che portava alla casa. Procedendo, Ellery si guardava intorno con curiosità, ma i contorni della casa apparivano ancora fluidi per via del calore.

Nikki continuava a stargli avvinghiata.

– Immagino che sappiate perché sono qui stanotte, signor Hart.

– Me ne ha appena parlato il signor Senter, – rispose il segretario in tono molto professionale.

– Che cosa ne pensate?

– Nella mia posizione non si hanno opinioni... giusto, signorina Porter? Quanto a David... be', ha una casetta a Westport dove si rifugia quando noi comuni mortali gli veniamo a noia, o gli viene voglia di dipingere i fienili del Connecticut. Stasera sarebbe dovuto andarci, ma il signor Senter non sapeva che treno avrebbe preso, perciò ha combinato per mezzanotte. Sono sicuro che David è già partito. Io non l'ho visto... sono appena tornato da un ricevimento... ma è talmente tardi! Da questa parte, prego. Il signor Senter vi aspetta al piano di sopra, nelle sue stanze. Ha lasciato libera la servitú fino a domani, perciò il campo è libero. Quanto alla signora Senter... be', non saprei. Penso che il signor Senter abbia provveduto personalmente –. Sembrava proprio che il signor Hart avesse deciso, molto compitamente, di comportarsi come il piú personale, ma al tempo stesso come il piú distaccato dei segretari.

Le porte d'accesso erano tre, come a Parigi, ed erano in stile gotico, sormontate da ventotto bassorilievi, raffiguranti i re di Israele in scala ridotta, da una finestrella, e da altre meraviglie formato mignon. Dopo essere entrato dalla porta centrale, il terzetto si trovò in un improbabile ambiente medioevale, fortunatamente immerso nel buio, o per lo meno in quella curiosa mancanza di luce contrabbandata per illuminazione che consente di indovinare gli oggetti ma non di vederli. Non c'era in giro nessuno e il grande salone d'ingresso era altrettanto silenzioso di un set cinematografico isolato acusticamente... ed effettivamente Ellery non sarebbe rimasto sorpreso se qualcuno fosse apparso all'improvviso ordinando: «Si gira!» Nonostante l'aria vetusta, il legno di quercia annerito, il ferro battuto, l'ambiente sembrava irreale come una scena teatrale. I tre erano già a metà dell'imponente scalone e Ellery stava chiedendo in tono rispettoso: – Quella è una vera armatura normanna o è solo un'imitazione? – quando dal piano superiore arrivò un'esplosione breve e un po' sorda, come uno scoppio di tuono in lontananza.

Si immobilizzarono tutti e tre, e per qualche attimo rimasero in ascolto. Ma il suono non si ripeté, e ci fu uno scambio di sguardi perplessi.

– Cosa... cos'era? – chiese Nikki con una strana voce.

– Non poteva essere quello che ci è sembrato, – disse il segretario di Miles Senter, con una risatina nervosa.

– E perché no? – replicò Ellery, e corse avanti.

Gli altri due lo ritrovarono qualche attimo dopo in un salotto del piano superiore, inginocchiato accanto a un uomo steso a terra che sembrava esser caduto a capofitto in una gran quantità di passata di pomodoro.

– Oh, no! – esclamò Hart, con aria inebetita.

– Oh, sí! – ribatté Nikki. – Avevo proprio ragione... e aveva ragione anche lui. Lo hanno assassinato.

– Non è detto, – replicò Ellery, gettando una rapida occhiata all'intorno. – È normale che le ferite alla testa sanguinino molto. Non c'è traccia della pistola... Comunque non credo che sia una ferita mortale. Nikki, metti la testa fuori dalla finestra e urla piú che puoi.

– Devo urlare?

– Sí, per chiamare il dottore. Non hai detto che abita nella casa accanto? Hart, voi venite con me –. Un secondo dopo Ellery era già nel corridoio.

– Ma il signor Senter... – cominciò il segretario.

– Non toccatelo! – Hart raggiunse con passo malfermo il corridoio. – Chiunque abbia sparato a Senter non può essere andato lontano. Hart, dov'è l'altra scala?

– L'altra scala?

– Accidenti, Hart! Noi siamo saliti dallo scalone e non abbiamo visto nessuno, perciò chi ha sparato a Senter dev'essere sceso per forza da un'altra scala! Non ce n'è un'altra?

– Oh, certo, signor Queen. Quella posteriore, là, in fondo al corridoio...

Ellery corse avanti e Hart lo seguí con la faccia lunga. Alle loro spalle Nikki stava urlando a pieni polmoni per chiamare il dottor Grand.

La buia scala posteriore portava a una porta di quercia con guarnizioni di ferro che si apriva sul fondo del grande ingresso.

– Hart, voi controllate il davanti della casa... il prato, le piante, la strada. Io controllerò la parte posteriore.

Le cucine erano buie. Ellery attraversò a tentoni varie caverne scure, inciampando e imprecando. Alla fine vide una stella, si mosse in quella direzione, e qualche attimo dopo uscí da una porta e si ritrovò in un angusto giardino. La prima cosa che riuscí a vedere nel buio fu una figura magra, a meno di tre metri di distanza, abbarbicata alla sommità del muro che separava la proprietà di Senter da quella del vicino.

Ellery balzò in avanti con le mani protese e afferrò con aria trionfante una caviglia ossuta.

– Oh, grazie, – disse una voce un po' seccata. – Non ho piú l'agilità che avevo una volta, quando dovevo arrampicarmi su questo muro ogni volta che Elmo Senter credeva di stare morendo... il che succedeva regolarmente una volta alla settimana! Prendetemi, per favore –. Ellery ricevette tra le braccia prima una valigetta da medico, poi un vecchio ansimante che era praticamente tutto ossa. – E allora? Cos'è successo questa volta? Su, parlate! Quella donna urlava come un'ossessa... E voi chi siete, a proposito?

– Prima di tutto pensate a Miles Senter, dottore... è nel suo salotto al piano di sopra. Gli hanno sparato alla testa. È meglio che vi sbrighiate.

Il dottor Grand assunse un'espressione incredula, ma afferrò la valigetta ed entrò in tutta fretta nella casa.

Ellery invece seguí il muro divisorio tra casa Senter e casa Grand, in direzione del fiume. Quando incontrò il muretto che dava sul fiume svoltò in direzione nord e proseguí tra le aiuole di Senter. All'altra estremità del giardino due finestre del piano superiore erano illuminate nella fitta oscurità. Ellery vide Nikki passare davanti a una di esse, come una mosca inquieta. Poi la sua mano incontrò il fianco pieno di schegge di una costruzione di legno, che interrompeva per un tratto il muretto che dava sul fiume. Esplorandola con cautela, Ellery scoprí che si trattava di una casetta lunga e bassa, che da un lato dava sul giardino e dall'altro aveva una serie di gradini di legno che portavano al fiume. Una rimessa per imbarcazioni... A Ellery venne in mente di colpo che un uomo colpevole avrebbe potuto trovarla irresistibile.

Stringendo bene la pila perché non gli scivolasse tra le mani umide, e rimpiangendo di non avere la stoffa di un grande esploratore, Ellery cominciò a scendere i gradini. Ma, come del resto si aspettava, i gradini cigolavano e stridevano tremendamente, perciò superò con un balzo i gradini che ancora gli rimanevano, svoltò dietro l'angolo della rimessa, trovò una porta e ci entrò di traverso per illuminare l'interno col fascio di luce della pila, che cadde sulla faccia spaventata di una giovane donna. Dato che non c'era nessun altro nella costruzione e che l'aria era soffocante, Ellery si lasciò cadere su una balla di corda di nylon e chiese: – È venuto nessuno da questa parte negli ultimi minuti? Oltre a voi, voglio dire?

– Perché me lo chiedete?

– Perché immagino che siate la signora Senter, e se lo siete... – la voce di Ellery assunse un tono di circostanza, – ho l'ingrato compito di informarvi che vostro marito si è appena beccato una pallottola, al piano di sopra. E adesso vi spiacerebbe rispondere alla mia domanda, signora Senter?

– Non è venuto nessuno.

– Non sembrate molto sorpresa.

– Miles è morto?

– Non ho potuto aspettare di saperlo. Cosí, non avete visto nessuno, signora Senter. In questo caso, posso chiedervi...

– Non ce n'è bisogno, – lo interruppe Dorothy Senter. – Gli ho sparato io.

Quando arrivò l'ispettore Queen, aveva gli occhi rossi per il sonno. – Tu puoi permettertele, queste ore piccole, – sbottò, rivolgendosi a suo figlio. – Ma io alla mia età... Non potevi fare in modo che se ne occupasse la polizia locale?

– Pensavo che fosse un caso che richiedeva un acume particolare, – rispose Ellery con aria pensierosa, e l'ispettore sembrò svegliarsi di colpo. Ellery lo seguí, sempre con aria pensierosa.

In logica successione Dorothy Senter e Nikki Porter ebbero una crisi isterica e la superarono, l'ispettore Queen appurò i fatti in modo soddisfacente, gli agenti arrivarono e se ne andarono, i telefoni squillarono e rimasero silenziosi. Non restava che aspettare le conclusioni del vecchio dottor Grand. Pochi minuti prima delle due il dottor Grand aprí la porta della camera da letto di Miles Senter, asciugandosi le mani con una salvietta cifrata. – Niente di grave, – disse con la sua vocetta acuta. – Gli resterà solo qualcosa di interessante tra quei pochi capelli che gli rimangono, tutto qui. Dei fisici eccezionali, questi Senter… non è mica facile ammazzarli –. Poi vedendo la faccia di Dorothy Senter anche la sua cambiò espressione. – Sbrigatevi piú in fretta che potete, ispettore Queen –. E si fece da parte.

L'uomo sdraiato nel grande letto a baldacchino sembrava stranamente senza testa, ma quando gli altri gli andarono vicino videro che era solo l'effetto della fasciatura contro il cuscino e del pallore della faccia.

Miles Senter guardò sua moglie con una specie di debole piacere, ma un attimo dopo tutto il piacere era scomparso e gli occhi si erano richiusi.

– Signor Senter, – disse l'ispettore Queen, – potete dirci quello che è successo?

– Non lo so… Stavo parlando col mio segretario, il signor Hart, e lo avevo mandato giú ad aspettare il signor Queen. A un certo punto la porta si è aperta, e io stavo per voltarmi quando ho sentito un'esplosione e non ho visto piú niente.

– Allora non avete visto chi vi ha sparato?

– No –. L'uomo sdraiato nel letto aveva una voce stranamente remota.

– Signora Senter, perché non dite a vostro marito quello che avete detto a me?

Miles Senter riaprí immediatamente gli occhi.

– Dopo cena sono uscita di casa, dicendo che andavo a trovare degli amici, – cominciò a raccontare Dorothy Senter, con voce monotona. – Sono andata a piedi fino a Central Park e mi sono seduta su una panchina. Dopo un po' mi sono alzata e ho camminato ancora un po'. E alla fine sono tornata a casa, sempre a piedi. Era quasi mezzanotte. Sono salita in camera mia, passando davanti al salotto di Miles. Lui era dentro, e stava parlando con Harry Hart. Non mi hanno sentita. Ho aspettato che Harry scendesse, poi ho preso una pistola che avevo in camera mia... l'avevo da un pezzo... sono andata in camera di Miles, e gli ho sparato –. L'uomo nel letto fece un piccolo movimento, poi tornò immobile. – Sono corsa in giardino, dalla scala posteriore... e ho visto la rimessa per le barche. Ho gettato la pistola nell'acqua, piú lontano che ho potuto, e sono rimasta là dentro. Non so nemmeno io perché.

Miles Senter strizzava gli occhi come se ci fosse stata troppa luce.

– E adesso ci parli della pistola, signora Senter, – disse l'ispettore, asciugandosi il viso. – Era un revolver calibro 22, avete detto?

– Sí.

– Del tipo che ha il tamburo che gira... dove dentro ci sono le pallottole? Era di quel tipo, signora Senter?

– Sí. Ma l'ho buttato nel fiume.

– Una calibro 22, avete detto, – proseguí l'ispettore, allentandosi il colletto. – È una cosa proprio interessante, signora Senter. Perché quando mio figlio ha trovato vostro marito sul pavimento, ha trovato anche una pallottola... e i revolver non espellono le pallottole, signora Senter. Le pallottole restano nel tamburo. Sono le automatiche che le espellono, signora Senter. E un'altra cosa interessante... questa pallottola non proviene da una calibro 22, ma da una calibro 38. Perciò sono spiacente di dovervi dire, signora Senter, che avete detto un sacco di bugie. E adesso quello che vorrei sapere è questo: chi state cercando di coprire?

Dorothy si afferrò alla sponda del letto del marito.

– Ve lo dirò io chi sta cercando di coprire, – disse Miles Senter con gli occhi fissi sul suo baldacchino. – Sta cercando di coprire mio fratello David. Invece di andare a Westport, David è rimasto nascosto da qualche parte, e poi mi ha sparato. Dorothy lo ha visto, e siccome è innamorata pazza di lui...

– *No, Harry!* – urlò Dorothy.

Ma il segretario di Miles Senter stava scuotendo la testa.

– È inutile, Dotty. Non posso piú tacere. Senter, non si tratta di David. Si tratta di me.

Istintivamente Miles Senter si sollevò, e per la prima volta guardò Harry Hart come se non fosse solo un manichino. In quello sguardo sembrò cogliere all'improvviso tutta la realtà. Si lasciò ricadere sul letto e voltò la faccia altrove.

Hart era pallido fino alla radice dei capelli a spazzola. – Abbiamo fatto del nostro meglio per evitarlo... ma come si fa a fermare una cosa cosí? È successo, e non poteva essere altrimenti. Avrei voluto dirvelo...

– Ma c'era la questione dello stipendio, vero Harry? – disse l'uomo sul letto.

Con uno sforzo, Hart si costrinse a proseguire. – Dorothy pensa che stanotte io abbia cercato di uccidervi per questo. Perciò ha detto di essere stata lei.

– Molto nobile.

Hart non disse niente.

– Allora è stato tutto per amore, Harry?

– Tutto per amore, – rispose Hart con convinzione.

– Commovente. Ma io sono un uomo d'affari, Harry, ho una mentalità commerciale. Secondo me, tu sapevi che avrei lasciato in eredità a Dorothy la mia proprietà. La bella vita, la libertà, il lusso nell'ozio... ecco quello che volevi, Harry. E l'ostacolo che ti impediva di avere tutto questo era un marito sempliciotto che sta perdendo i capelli. Una pallottola, e il problema era risolto...

– Se fosse solo questo! – disse una voce. Sbalorditi, si voltarono tutti, Senter compreso. Ma era solo Ellery, immobile e pensieroso. – Harry Hart è senza dubbio un uomo di talento, signor Senter, ma per spararvi stanotte avrebbe dovuto essere un mago. Quando abbiamo sentito lo sparo, Hart stava salendo lo scalone tra Nikki Porter e me. Perciò è proprio vero amore, dopotutto... Una cosa molto interessante da un punto di vista umano, ma un vero disastro da un punto di vista poliziesco. Possibile che fosse giusta la nostra prima ipotesi?

– Sembrerebbe di sí, – confermò l'ispettore in tono irritato. – Be', signor Senter, credo che ne abbiate abbastanza di noi per questa notte, e il dottor Grand sta diventando nervoso. Non vi disturberemo piú, a meno che salti fuori qualcosa di concreto a carico di vostro fratello.

– Di mio fratello? – ripeté Miles Senter con aria sofferente.

– Mi par di aver capito che alla vostra morte la Farmaceutica Senter andrà a David Senter, in base al testamento di vostro padre. E da quel che ho sentito riguardo alla Farmaceutica Senter... vale bene una pallottola, per cosí dire. Temo, signor Senter, che dovremo cominciare a cercare vostro fratello.

La notte era stata cosí sconvolgente che quando Nikki uscí in giardino non aveva la minima idea di quanto tempo fosse passato... supposto che fosse passato. Il buio però si era fatto piú grigio, un grigiore mobile, che riduceva tutto a una massa gelatinosa, senza gusto e irriconoscibile. Nikki cercò a tentoni una poltroncina di bambú e una mano le afferrò il polso.

Dalla gola della ragazza uscí uno strillo.

– Sono solo io! – disse una voce. E un attimo dopo Nikki riuscí a distinguere la lunga figura di Ellery appollaiata, nel buio, sul bracciolo della poltroncina di bambú. – Nikki...

– Che stupido! – lo aggredí Nikki con rabbia. – I fallimenti ti fanno diventare idiota?

– Avevo bisogno di un po' di azione. Nikki, guarda quelle stelle.

– Io ne ho già avuta abbastanza, di azione, – disse Nikki, lasciandosi cadere sulla poltroncina. – E anche di storie d'amore. Finalmente sono riuscita a far dormire Dorothy con una pillola che mi ha dato il dottor Grand. E non ho mancato di dire un paio di cosette al signor Hart. Io lo conosco, quel tipo di uomo: gioca a golf come un professionista, e in fatto di donne... e di azioni non capisce niente. Pensi che a New York non la smetterà mai di fare questo caldo?

– Per la verità pare che abbia appena cominciato, – disse Ellery, come se stesse pensando a tutt'altro. Indicò il cielo. – Le stelle, Nikki, le stelle...

– Le stelle... cosa? – sospirò la ragazza lungo il braccio appena visibile di Ellery. – Non ho nessuna voglia di giocare.

– Nemmeno io –. Queen stava ancora guardando il cielo da sotto in su. – Ma questo gioco ha i suoi vantaggi. Ero qui a farmi sbollire l'irritazione, mentre ti aspettavo, e mi chiedevo com'era possibile che uno che andava semplicemente a Westport fosse sparito nel nulla come David Senter, quando a un certo punto ho cominciato a rendermi conto che c'era qualcosa di nuovo sotto… la luna, Nikki, guarda quel tetto… Là, in alto, sopra… l'abside, credo si dica cosí. Quella specie di mansarda.

– È lo studio di David Senter. Cosa ti succede?

– Lo vedi quel camino?

– Certo che lo vedo.

– Che cosa ci sta sospesa sopra?

– Una… una specie di nube, sembrerebbe.

– È fumo.

– Che scoperta, – sbuffò Nikki con sufficienza. – E cos'altro dovrebbe uscire da un camino?

– Non del fumo, Nikki. Decisamente non del fumo, quando si è entrati da una settimana e mezza in quella che si può definire, per parlar bene, un'estate impossibile, quando sono quasi le tre del mattino, e il termometro non si muove dai quaranta. O sei forse lí a boccheggiare come un pugile alla televisione solo perché trovi la mia vicinanza sconvolgente? – Ellery si alzò dalla poltroncina di bambú continuando ad allungare il collo. – Nikki, qualcuno là sopra ha giocato col fuoco, e io muoio dalla voglia di scoprire perché. Allora, andiamo?

– Sí. Chissà che sul tetto non faccia un po' piú fresco.

Pochi minuti dopo Ellery era carponi nel caminetto di David Senter, a osservare la cenere con l'impaziente fissità di un segugio. Nello studio, in cui regnava un disordine davvero byroniano, il caldo era insopportabile, ma Ellery non si accorgeva nemmeno di quanto stesse sudando, concentrato com'era. Nikki, ferma sulla soglia, aveva l'impressione di vederlo sciogliersi. E il tetto non era certo piú fresco… Nikki lo aveva constatato di persona; era solo un po' meno infernale dello studio, che avevano trovato con la porta e le finestre chiuse.

– Ma chi mai accenderebbe un fuoco con questo caldo? – gemette Nikki. – Solo il diavolo in persona potrebbe fare una cosa del genere!

– Esattamente, – disse Ellery, voltando il naso nella sua direzione. – Perciò il camino non è certo stato acceso per scaldare l'aria. Dalla cenere capisco che il fuoco ha cominciato a bruciare circa tre ore fa, e che la legna era ancora verde e bruciava lentamente. Inoltre la valvola di tiraggio è parzialmente chiusa...

– Non ci sono sigari indiani? – disse Nikki con voce stanca e ironica.

– No, – rispose Ellery con occhi scintillanti come la sua pelle. – Però c'è questo, – e mostrò alla ragazza qualcosa che assomigliava orribilmente a una mano tagliata e carbonizzata. In realtà era solo un guanto di robusta tela bianca, uno di quei guantoni unisex da giardino che si comperano in qualsiasi supermarket. Ce n'era uno solo, sporco di fuliggine e cosparso di misteriose macchioline nere. Riconoscendolo per quel che era, Nikki si sentí prima sollevata, e poi depressa. Perché corroborava il crimine di quella lunga notte, e rendeva quell'assurdo fuoco non solo diabolico, ma, ciò che forse era ancora peggio, per niente importante. E quando Ellery provò ad assaggiare le macchioline nere, assaporandole quasi con aria da buongustaio, e ne concluse che si trattava di granelli di polvere da sparo, Nikki annuí con espressione tetra.

– Dev'essere il guanto che portava quando ha sparato a suo fratello. Il fuoco era già acceso, perciò David non ha fatto altro che correre qua sopra, gettando nel fuoco il guanto, anzi i guanti perché doveva essercene anche un altro, e filarsela mentre noi cercavamo Miles. Ci credo che si dica che gli artisti non hanno senso pratico! Il minimo che poteva fare era assicurarsi che i guanti fossero bruciati.

– Aveva fretta, – disse Ellery, rimettendo meticolosamente il guanto al suo posto. – E poi è stato anche sfortunato. Guarda qui, Nikki.

Nikki guardò, ma riuscí a vedere solo dei pezzetti di carta, o di cartone, attaccati come coriandoli a una parete laterale del caminetto.

– Che cosa sono?

– Delle reliquie tutt'altro che sante, Nikki. Un miracolo piuttosto perverso. Ti spiace restare qui un momento? Ti manderò su mio padre. Qualche altra reliquia analoga deve pur essere volata in aria... Il tetto dovrebbe essere già stato controllato.

– Dove stai andando?

– In giardino, – rispose Ellery, e uscí cosí in fretta che Nikki non fece nemmeno in tempo a dirgli che non aveva nessuna intenzione di restarsene lí sopra da sola, e che un'idea del genere poteva togliersela anche subito dalla testa. Perciò non poté far altro che rimanere sul posto finché non arrivò l'ispettore, sbraitando, e solo a quel punto riuscí ad allontanarsi in tutta fretta, con le mani sopra le orecchie.

Trovò Ellery nell'angolo nordest della casa. Stava frugando il sentiero e la vegetazione circostante col fascio di luce della sua pila, come se avesse perso qualcosa.

– Dov'è, Nikki? – chiese Ellery senza voltarsi.

– Dov'è... cosa?

– Il doccione. Quell'affare che per poco non ha mandato all'altro mondo Miles Senter.

– Ma, per amor del cielo, come diavolo faccio a saperlo? – Nikki sembrava alquanto seccata.

– Non è proprio questo il punto dove è caduto?

Nikki notò una certa impazienza nel tono casuale di Ellery. – L'ultima volta che l'ho visto era proprio qui, sul sentiero... l'altra sera voglio dire... Vedi? Dove le beole sono sbeccate?

– Sí, lo vedo dove sono sbeccate, – rispose Ellery con improvvisa serietà, e si affrettò a rientrare nella casa.

L'ora successiva fu veramente frenetica. Ellery andò in giro a chiedere del doccione, svegliando la gente, costringendola a frugarsi nella memoria, rendendosi decisamente insopportabile. Perché insistesse tanto a voler trovare un oggetto che, dopotutto, non era nemmeno stato letale, preferí non spiegarlo, e le vittime dei suoi dispotici interrogatori continuarono a borbottare mentre aiutavano Ellery nelle ricerche. Vennero tirati giú dal letto Harry Hart, Dorothy Senter e il dottor Grand, che dormiva nella casa accanto; e non venne risparmiato nemmeno Miles Senter, anche se nel suo caso l'interrogatorio fu fatto con particolare tatto e rapidità. E dopo tutto questo trambusto il doccione non venne ritrovato, benché la casa fosse stata perquisita da cima a fondo, e cosí pure il terreno circostante. Nessuno si ricordava di averlo visto dal tardo pomeriggio del giorno prima, quando il maggiordomo ci aveva inciampato, nel punto esatto in cui era caduto la sera prima e, dato che era appunto il maggiordomo e non il giardiniere, si era limitato a imprecare sottovoce e aveva continuato a occuparsi dei fatti suoi. Quanto al giardiniere, un irlandese dal collo robusto e provvisto della concisa filosofia della sua professione, liquidò la faccenda dicendo: – Non me l'ha detto nessuno di portar via quel coso, – e se ne tornò a letto. Fine della ricerca. Anzi, fallimento della ricerca, come sottolineò l'ispettore Queen. D'altra parte che il doccione ci fosse o non ci fosse...

– Il fatto è che non c'è, – precisò Ellery con aria assente.

– D'accordo, Ellery. Perciò chiunque abbia cercato di sfondare la testa a Senter si è portato via quel coso... quel maledetto doccione... perché in qualche modo avrebbe rivelato la sua identità...

– Perché c'erano sopra le sue impronte, – intervenne Nikki con uno sprazzo di vivacità.

– Sulla pietra, Nikki? – obiettò l'ispettore. – E poi, se si fosse trattato di quello, perché il colpevole non si è limitato a cancellarle? E inoltre se ha usato i guanti una volta, perché non avrebbe dovuto usarli due volte? E questo mi fa tornare in mente qualcosa di molto piú importante di un angelo mancante, cioè un fratello assente che cerca di bruciare le prove in un camino... Velie!

Il sergente Velie si avvicinò con aria stanca, asciugandosi il faccione con un fazzoletto che sembrava un lenzuolo.

– Che cosa hai scoperto?

– Dalla polizia di Westport niente, a parte un paio di imprecazioni nuove. Assicurano che non c'è nessuna prova che lui sia stato nella sua casetta nell'ultimo mese. Comunque, non è a Westport. Sui treni che partivano da New York per New Haven, ieri sera, e si fermavano a Westport, nessuno si ricorda di aver visto un uomo corrispondente alla sua descrizione. Il personale della biglietteria della Grand Central Station non si ricorda un accidente... sono parole loro. E quanto ai taxi...

– Adesso sei soddisfatto? – chiese l'ispettore Queen, voltandosi. – Vorrei proprio sapere dove diavolo è andato!

– Nello studio di Miles Senter, – disse Nikki.

Proprio in quel momento si aprí la porta dello studio e comparve Ellery.

– Senter è decisamente sparito. Sei soddisfatto adesso?

– Del fatto che sia decisamente sparito? Decisamente.

– Velie, dirama un allarme generale per David Senter. Comunicalo alla Centrale e fa' pure andare a casa tutti, a farsi una bella doccia. Io qui non torno finché non è stato trovato David Senter. Non c'è altro.

– Diciamo... – Ellery diede una rapida occhiata al suo orologio. – Diciamo tra sette, otto ore, papà. Ci vuole un po' di tempo a quest'ora per far arrivare qui l'attrezzatura che ho richiesto a tuo nome, per telefono. Diciamo... a mezzogiorno.

– L'attrezzatura? A mezzogiorno?

– Lo vuoi David Senter, vero?

– Certo che lo voglio!

– Allora a mezzogiorno.

– *Qui?*

Ellery si sedette su un divano con le ginocchia divaricate e l'aria esausta, come una donna anziana che ha appena fatto troppe rampe di scale. – È una questione di aritmetica, – disse. – Due e due fa quattro, non si scappa... È sparito un oggetto di pietra del peso di almeno cinquanta chili. È sparito anche un uomo. E davanti alla casa scorre un fiume. Un uomo sparito, un grosso peso sparito, dell'acqua profonda... David Senter è stato assassinato e il suo cadavere è sprofondato nell'East River, e appena la polizia portuale avrà mandato qui i suoi sommozzatori e l'attrezzatura da dragaggio... vedrete che due piú due fa proprio quattro!

Il corpo di David Senter fu ripescato dal fiume in meno di mezz'ora, e poco dopo l'ispettore Queen, che aveva rinunciato ad andare a casa, annunciò con malcelata rabbia che il fratello artista di Miles Senter aveva un artistico foro di proiettile nella testa, e ce l'aveva, in base a un esame sommario, da almeno dodici ore.

– La pistola non è ancora stata ritrovata, – aggiunse l'ispettore girando uno sguardo rabbioso per la stanza di Miles Senter, dove si erano radunati tutti. – Ma la ritroveremo... e come se la ritroveremo! E a quel punto...

– Non credo che bisognerà aspettare tutto quel tempo, – disse Ellery. – Signora Senter, non preferireste sedervi? La prova di chi è stato a uccidere David e a tentare di uccidere voi, signor Senter... la prova logica... c'è già. Dobbiamo solo mettere insieme i pezzi. E, a proposito, signor Senter, siete sicuro di stare abbastanza bene per affrontare tutto questo? La prova consiste in quattro elementi: i granelli di polvere da sparo rimasti sul guanto di tela che non è bruciato del tutto nel caminetto di David; i frammenti di cartone rosso rimasti attaccati alla parete del caminetto; il colpo che è stato sparato nella parte superiore della casa mentre noi stavamo salendo la scala; e, naturalmente, la data.

– La data? – ripeté l'ispettore Queen.

– La data? – gli fece eco Nikki.

– Quella è proprio la parte migliore, direi! – dichiarò Ellery con entusiasmo. – Come al solito, l'estate è iniziata ufficialmente il 21 di giugno, una settimana e mezzo fa, perciò, la vacanza che David Senter intendeva passare a Westport a dipingere, doveva per forza coincidere con il 4 di luglio, non c'è nemmeno bisogno di dirlo. E mettendo insieme un imminente 4 luglio, dei granelli di polvere da sparo, dei frammenti di cartone rosso, e un gran botto, è quasi inevitabile pensare a... un petardo.

Ora, quando siamo arrivati qui, Nikki, era mezzanotte, e alle tre del mattino io ti ho detto che il fuoco nella mansarda-studio doveva essere stato acceso circa tre ore prima. Perciò il rumore che abbiamo sentito mentre salivamo lo scalone, al nostro arrivo, quello che abbiamo scambiato per una revolverata, doveva essere invece lo scoppio di un petardo, nel caminetto dello studio di David Senter. E poiché il botto è stato uno solo, signor Senter, voi non potete essere stato colpito in quel momento: dovete essere stato colpito qualche minuto prima.

– Ma allora perché non abbiamo sentito il vero sparo? – chiese Nikki. Sapeva di avere un aspetto orribile, si sentiva appiccicati addosso i vestiti, e la sua amica Dorothy continuava a ricordarle un'immagine repellente del museo di Madame Tussaud. Per questo il suo tono era cosí irritato. – C'era un tal silenzio che lo avremmo sentito di sicuro, anche dalla strada.

– Credo che la risposta ci stia arrivando proprio in questo momento, – disse l'ispettore Queen in tono tetro. – Hai la pistola, Velie? E anche il cuscino per avvolgercela? – A questo punto la sua voce assunse un tono di distaccata signorilità. – Bene, sergente. Adesso avvolgila, e chiudi la porta.

L'unico rumore nella stanza fu il passo pesante del sergente Velie, e il suono secco della porta che venne richiusa. L'ispettore si batté la mano sulle costole, guardandosi intorno.

– Un'esplosione fatta in modo da essere sentita, e un'esplosione precedente, fatta in modo da non essere sentita, – disse Ellery in tono quasi divertito. – E con che risultato? Di produrre un miracolo. Lo scoppio del petardo è stato scambiato per uno sparo. Una semplice illusione intesa a farci credere, signor Senter, che qualcuno vi sparava proprio mentre noi salivamo lo scalone, mentre in realtà vi avevano sparato già da qualche minuto. Una falsificazione del tempo dell'aggressione che poteva avere un unico scopo: dare un alibi alla persona che aveva sparato, un alibi per il tempo falsificato, quello in cui è scoppiato il petardo.

– E chi aveva un alibi per il momento in cui è scoppiato il petardo? – continuò Ellery sorridendo. – Voi, signora Senter? No, voi eravate da sola nella rimessa delle barche. Voi, signor Senter... se vogliamo essere assurdi? No, voi eravate da solo nel vostro salotto, con la testa alquanto malconcia. Voi, dottor

Grand... se proprio vogliamo lavorare di fantasia? No, eravate solo anche voi, a sonnecchiare nel vostro giardino. E anche David era solo... solo, in fondo all'East River.

– Perciò temo... – adesso Ellery aveva smesso di sorridere, – temo che rimaniate solo voi, Hart, e, per una strana combinazione, voi sí ce l'avevate un alibi per il momento in cui è scoppiato il petardo. Un alibi formidabile, effettivamente, l'alibi piú formidabile che si possa immaginare: stavate salendo lo scalone tra Nikki Porter e me. Una sceneggiatura perfetta, da un punto di vista artistico. Ma da un punto di vista tecnico... lasciate piuttosto a desiderare, Hart. Avete tentato due volte di uccidere Miles Senter, e avete fallito in entrambe. La prima volta avete smosso il doccione e l'avete fatto cadere dal tetto mentre Miles Senter stava camminando sul sentiero sottostante. Avete scelto quel metodo perché lo studio di suo fratello David si trova sul tetto e i sospetti, per via del movente economico, sarebbero caduti su David. Poi, quando il primo tentativo non è riuscito, ne avete architettato un altro. Ieri avete nascosto il doccione, poi la notte scorsa avete ucciso David con un colpo di pistola, ne avete zavorrato il cadavere con il doccione e lo avete buttato nel fiume, convinto di farne un perfetto capro espiatorio dal momento che con ogni probabilità il corpo non sarebbe piú stato ritrovato. Infine siete andato nel salotto di Miles Senter, avete fatto quattro chiacchiere, siete uscito, e subito dopo siete tornato indietro e gli avete sparato alla testa attraverso un cuscino che avrebbe soffocato il rumore dello sparo... e voi avete visto tutto, vero, signora Senter? Credo proprio di sí... e voi, Hart, pensando che il marito della vostra eroina fosse morto, ve ne siete andato, il che è stata una trascuratezza imperdonabile da parte vostra. Per il resto i tempi li avete studiati bene: avete gettato la pistola nel fiume da una delle finestre, siete salito di corsa nello studio, dove avevate già preparato un petardo su una miccia, avete gettato nel camino i guanti che avevate usato per sistemare le cose nel camino, avete acceso il fuoco con un fiammifero... era già tutto predisposto per poter distruggere le prove... e siete sceso in tutta fretta al piano inferiore per venire incontro a me e a Nikki, sul cancello, e per procurarvi il vostro formidabile alibi per il momento in cui fosse scoppiato il petardo. Un piano astuto, Harry, molto astuto. Ma un po' troppo complicato, non vi pare... a posteriori? Quelli difficili da ricostruire sono proprio i piú semplici.

Ecco dunque il Fuoco, e l'Acqua, in un caso che gli *aficionados* dicono diventerà proverbiale. Se il tempo dovesse confermare ulteriormente la loro importanza, la cosa farebbe molto piacere a Ellery, che ha sempre considerato Marco Tullio Cicerone uno che conosceva molto bene il suo mestiere.

Rex Stout

Il picnic del 4 luglio

I.

Flora Korby girò la testa di scatto, facendo ondeggiare i capelli castani – era senza cappello – e fissandomi con gli occhi castano scuro.

– Avrei fatto meglio a venire con la mia auto e a fare strada, – disse.

– Me la cavo benissimo, – assicurai. – Potrei persino chiudere un occhio.

– No, per favore, – mi scongiurò, – sono già sbalordita cosí. Posso avere il vostro autografo... dopo che ci saremo fermati, si capisce.

Dato che era quanto mai graziosa, non mi dispiaceva lasciarle credere che guidavo con una mano sola perché il mio braccio destro voleva stendersi dietro le sue spalle. In verità non era affatto cosí. Avevo lasciato da un pezzo l'asilo infantile. Ma non vedevo lo scopo di spiegarle che Nero Wolfe, seduto sul sedile posteriore, aveva una profonda sfiducia per le auto in genere e detestava prendervi posto a meno che non guidassi io, ragion per cui ero contento d'avere una scusa per guidare con una mano sola perché questo gli avrebbe reso piú emozionante il tragitto.

Ma chissà, forse lei l'aveva intuito. Il solo interesse esterno cui Wolfe permette di interferire nella sua personale routine di comodità, per non dire di lusso, è il ristorante Rusterman. Il fondatore, Marko Vukcic, era stato il primo e il piú caro amico di Wolfe; e quando Vukcic era morto, lasciando il ristorante ai membri del suo personale e nominando Wolfe suo esecutore testamentario, aveva lasciato anche una lettera in cui pregava Wolfe di far sí che il livello e la fama del ristorante venissero mantenuti; e Wolfe l'aveva accontentato, facendo visite inaspettate nel locale una o due volte alla settimana, e a volte anche piú spesso, senza mai mugugnare... be', quasi mai. Ma aveva mugugnato eccome quando Felix, il maître, l'aveva invitato a tenere un discorso al picnic dell'Unione lavoratori di ristoranti d'America il giorno della Festa dell'Indipendenza. D'ora in poi, la chiamerò Ulra.

Non soltanto aveva mugugnato, aveva rifiutato. Ma Felix non si era dato per vinto, e Wolfe alla fine era stato costretto a cedere perché Felix, un giorno, era venuto da noi in studio con dei rinforzi: Paul Rago, chef delle salse al Churchill; James Korby, presidente dell'Ulra; H. L. Griffin, un importatore di vini e prodotti alimentari che forniva cose difficilissime da trovare non soltanto al Rusterman ma anche alla tavola di Wolfe; e Philip Holt, direttore dell'organizzazione dell'Ulra. Anche loro sarebbero stati in programma, al picnic, e l'appello che gli rivolsero era stato che non potevano assolutamente rinunciare alla presenza dell'uomo al quale andava il merito d'avere conservato al Rusterman la sua fama di miglior ristorante di New York, dopo la morte di Marko Vukcic.

Dato che Wolfe ha la vanità di soli tre pavoni, e dato che, se mai aveva voluto bene a qualcuno, ne aveva voluto a Marko, aveva ceduto subito. C'era stato anche un altro incentivo: Philip Holt aveva acconsentito a lasciare in pace Fritz, il cuoco di Wolfe. Per tre anni, Fritz aveva fatto delle visite alle cucine del Rusterman, come consulente, e Holt non aveva fatto che assillarlo, insistendo che doveva iscriversi all'Ulra. Potete immaginare quanto questo desse fastidio a Wolfe.

Dato che faccio io tutto quello che c'è da fare a proposito degli affari di Wolfe e delle sue rare attività sociali – salvo che lui crede d'essere la mente e per ora non ci addentreremo su questo punto –, sarebbe toccato a me, il 4 luglio, la festa dell'Indipendenza, condurlo sul luogo del picnic e precisamente a Culp's Meadows a Long Island. Verso la fine di giugno, James

Korby aveva telefonato e mi aveva presentato sua figlia Flora. Lei mi aveva spiegato che era complicatissimo trovare Culp's Meadows, al che avevo risposto che a Long Island era difficile trovare qualsiasi posto. Infine aveva suggerito di venire a prenderci con la sua auto.

La sua voce mi piaceva, d'accordo, ma sono anche molto previdente, e subito m'era venuta l'idea che per il mio principale sarebbe stata un'esperienza nuova ed eccitante vedermi guidare con una mano sola; cosí le avevo risposto che, mentre l'auto doveva essere per forza quella di Wolfe, e a guidarla dovevo essere io, le sarei stato immensamente grato se fosse venuta con noi, per insegnarmi la strada.

Cosí era stato, ed ecco perché quando finalmente imboccammo il cancello di Culp's Meadows, dopo una cinquantina di chilometri di superstrade di Long Island e un'altra ventina di incroci e curve pericolose, le labbra di Wolfe erano talmente serrate che non si vedevano piú. Aveva parlato soltanto una volta, verso il decimo chilometro, quando avevo affrontato a tutta velocità una curva contrassegnata dalla scritta RALLENTARE.

– Archie. Lo sapete benissimo.

– Sí, signore –. Tenevo lo sguardo fisso davanti a me, naturalmente. – Ma è un impulso quello di tenere il braccio cosí, e non mi fido a toglierlo di là perché combattere un impulso mi rende nervoso, e guidare quando si è nervosi non va bene.

Un'occhiata nello specchietto mi mostrò le sue labbra che si serravano.

Nell'oltrepassare il cancello di Culp's Meadows, e nel seguire una serie di curve, secondo le indicazioni di Flora Korby, usai tutt'e due le mani. Mancava un quarto alle tre, per cui eravamo puntuali, dato che i discorsi erano in programma per le tre precise.

Flora era sicura che ci fosse del posto riservato per noi sul retro della tenda, e dopo avere guidato attraverso alcuni acri di macchine in sosta, scoprii che aveva ragione lei: ci fermammo con il radiatore a un paio di metri dal telone posteriore. Lei saltò giú e aprí la portiera dietro dal lato suo, io feci lo stesso dalla mia parte.

Gli occhi di Wolfe guardarono a destra, verso di lei, poi a sinistra, verso di me. Non voleva preferire una donna, sia pure giovane e carina, e al tempo stesso doveva assolutamente far capire a me che cosa ne pensava della guida con una mano sola. I suoi occhi guardarono di nuovo verso destra, la sua mole di un settimo di tonnellata si spostò e lui scese dall'auto dalla parte di Flora.

2.

La tenda su una piattaforma di legno sollevata di circa un metro dal suolo, non molto piú vasta dello studio di Wolfe, era affollata di gente, e io mi feci largo piano piano fino all'entrata principale e oltre, dove la piattaforma si estendeva all'aperto. C'era tant'aria pura, lí, con un venticello che arrivava scherzando dalla direzione dell'oceano, e tanto sole. Una giornata splendida, quel 4 luglio.

Il prolungamento della piattaforma era zeppo di sedie, per la maggior parte vuote. Non saprei riferire niente sulle condizioni del prato perché la mia visuale era ostruita da diecimila iscritti all'Ulra e relativi invitati, se non di piú. Un paio di migliaia stavano come una solida massa di fronte alla piattaforma: presumibilmente, erano quelli decisi a trovarsi in prima fila al momento dei discorsi. Gli altri erano sparpagliati un po' dappertutto, fino a una fila di alberi e a una serie di capanni.

Alle mie spalle risuonò la voce di Flora. – Stanno per uscire, perciò se c'è una sedia che vi attrae accaparratevela. Tranne le prime sei qui davanti, che sono per gli oratori.

Stavo per dirle, naturalmente, che volevo quella accanto alla sua, ma non feci in tempo perché la gente cominciò a uscire dalla tenda e ad accalcarsi sul prolungamento della piattaforma. Pensando che mi convenisse avvertire Wolfe del fatto che la sedia che stava per occupare era larga circa la metà del suo retroterra, per dargli il tempo di lottare contro i suoi impulsi, mi feci largo fino all'entrata e, come l'esodo si diradò, entrai nella tenda.

Cinque uomini se ne stavano raggruppati accanto a una branda che dal lato opposto sfiorava il telone, e sulla branda giaceva un tizio. Alla mia sinistra, Nero Wolfe, chino su una cassetta metallica posata sul tavolo con il coperchio aperto, era intento a scrutarne il contenuto.

Mi avvicinai per dare un'occhiata e vidi una collezione di coltelli con il manico d'osso, otto in tutto, con lame la cui lunghezza variava da quindici a trenta centimetri. Non erano lucenti ma apparivano affilatissimi, consumati dal molto uso per molti anni. Domandai a Wolfe a chi avesse intenzione di tagliare la gola.

– Sono coltelli Dubois, – mi rispose. – Autentici Dubois antichi. I migliori. Appartengono al signor Korby. Li ha portati per servirsene in una gara di disossamento d'arrosti, e ha vinto lui, com'era logico. Glieli ruberei volentieri –. Si voltò. – Perché non lo lasciano in pace, quell'uomo?

Mi voltai anch'io e, attraverso un gruppo di persone, vidi che l'individuo disteso sulla branda era Philip Holt, direttore dell'organizzazione dell'Ulra. – Ma cos'ha? – domandai.

– Qualcosa che ha mangiato. Le lumache, pensano. Probabilmente non erano mangerecce. Un medico gli ha dato qualcosa per aiutarlo a digerire. Perché non lo lasciano in pace?

– Vado a sentire, – dissi e mi avvicinai.

Mentre mi avvicinavo alla branda, James Korby stava dicendo: – Per conto mio bisognerebbe portarlo all'ospedale checché ne dica il dottore. Guardate di che colore è!

Korby, basso, grassoccio e calvo, aveva piú l'aria di un cliente che di un lavoratore di ristorante, e forse proprio per questo era il presidente dell'Ulra.

– Sono d'accordo, – disse con enfasi Dick Vetter. Non avevo mai visto Dick Vetter in persona, ma l'avevo visto piuttosto spesso nel suo show alla tivú: anzi, un po' troppo spesso. Se avessi smesso di sintonizzarmi sul suo canale non avrebbe certo sentito la mia mancanza, dato che venti milioni di americani, in gran parte donne, erano convinti che fosse il piú giovane e il piú bello dei presentatori. Flora Korby mi aveva detto che sarebbe stato al picnic perché il padre era stato cameriere di un ristorante americano per trent'anni, e lo era ancora perché non voleva saperne di licenziarsi.

Paul Rago non era d'accordo, e lo disse. – Sarebbe un peccato, – dichiarò. Con le spalle larghe, i lisci capelli neri leggermente brizzolati e i baffi appuntiti ancora tutti neri, sembrava piú un ambasciatore che uno chef delle salse. Spiegò il motivo della sua opinione contraria.

– È l'uomo piú importante dell'Unione, salvo, forse, il presidente e dovrebbe fare un'apparizione in pubblico. Forse potrà farla, prima che la manifestazione si chiuda.

– Spero che mi perdonerete se intervengo –. Era H. L. Griffin, l'importatore di vini e prodotti alimentari: un omiciattolo pelle e ossa, con il mento troppo lungo e un occhio che guardava in Francia. Ma parlava con l'autorità di un uomo la cui ditta occupava un intero piano di uno degli alveari del centro. – Forse non ho il diritto di dare un parere, dato che non appartengo alla vostra grande organizzazione. Ma mi avete fatto l'onore di invitarmi a prendere parte alla vostra celebrazione dell'indipendenza del nostro paese e so bene quanto prestigio e quanta popolarità abbia Philip Holt tra gli iscritti. Voglio soltanto dire che, secondo me, il signor Rago ha ragione. Rimarrebbero tutti delusi di non vedere Holt sulla pedana. Spero di non peccare di presunzione.

All'esterno della tenda, dagli altoparlanti agli angoli della piattaforma, una voce risonante stava invitando i partecipanti al picnic, sparpagliati tutt'intorno, ad avvicinarsi perché gli oratori stavano per cominciare.

Mentre il gruppo intorno alla branda continuava a discutere, un agente della polizia di stato in uniforme, che si era tenuto educatamente in disparte, si avvicinò per dare un'occhiata a Philip Holt, ma non offrí nessun parere.

Anche Wolfe andò vicino per dare un'occhiata. Per conto mio, avrei detto che il posto migliore per Holt fosse un buon letto, con una bella infermiera ad accarezzargli ogni tanto la fronte. L'avevo visto rabbrividire da capo a piedi almeno tre volte.

Decise da sé, alla fine, borbottando agli altri di lasciarlo in pace e girandosi su un fianco, con la faccia verso il telone della tenda.

Flora Korby, che nel frattempo era entrata, gli stese addosso una coperta, e notai che Dick Vetter si faceva in quattro per aiutarla. Il venticello spazzava a tratti l'interno, qualcuno osservò che a Holt la corrente faceva male e Wolfe disse a me di abbassare il telo dell'ingresso posteriore, cosa che feci. Il telo non voleva star giú cosí legai l'apposito laccio che lo teneva fermo, facendo un semplice nodo.

Poi, tutti lasciarono la tenda dall'entrata principale, uscendo all'aperto sulla piattaforma, con me alla retroguardia. Nel passare accanto al tavolo, Korby si fermò ad abbassare il coperchio della cassetta dei coltelli Dubois antichi e autentici.

I discorsi durarono un'ora e otto minuti, e i diecimila iscritti dell'Ulra con relativi invitati li ascoltarono in piedi, da veri gentiluomini e gentildonne. Speravate probabilmente che ve li riferissi parola per parola, ma io non ho preso appunti né ho ascoltato abbastanza attentamente da imprimermeli nella memoria. Nel complesso, posso dire che l'aquila non strillò tanto forte quanto mi ero aspettato. Dal mio posto nell'ultima fila potevo vedere buona parte del pubblico, ed era un vero spettacolo.

Il primo oratore era uno sconosciuto, evidentemente quello stesso che, dall'altoparlante, aveva invitato i presenti ad avvicinarsi mentre noi eravamo ancora nella tenda, e dopo alcune parole di introduzione presentò James Korby. Mentre Korby faceva il suo discorso, Paul Rago si alzò dal suo posto, passò lungo il corridoio centrale ed entrò nella tenda. Dato che aveva caldeggiato la presenza di Philip Holt, pensai che il suo scopo potesse essere di trascinarlo fuori vivo o morto, ma non era cosí. Un minuto dopo lui era di ritorno e proprio in tempo, perché si era appena seduto quando Korby finí e venne annunciato il turno di Rago.

Le facce degli ascoltatori si erano mantenute serie per Korby, ma Rago aveva un accento buffo che l'altoparlante aggravava e via via che lui si accalorava alla gente veniva da sorridere. Quando Korby lasciò il suo posto e si allontanò lungo il corridoio centrale, pensai che volesse rendere la pariglia a Rago perché questi si era allontanato durante il suo intervento; ma forse no, dato che la visita di Korby nella tenda fu anche piú breve di quanto lo era stata quella di Rago. Poi tornò, riprese il suo posto e rimase ad ascoltare quel buffo accento.

Toccò poi a H. L. Griffin, l'importatore, e per lui fu necessario abbassare il microfono. La sua voce risaltava dagli altoparlanti meglio di quella degli altri, e devo dire che ci sapeva fare davvero. Era piú che giusto, in fondo, che proprio a quel piccoletto toccasse l'ovazione, e mi unii con entusiasmo agli applausi della folla che lo tennero là in piedi per un buon minuto, dopo che aveva concluso. Li aveva proprio svegliati, e stavano ancora applaudendo quando lui si voltò e si allontanò lungo il corridoio verso la tenda, mentre l'organizzatore della manifestazione stentava a riportare la calma e il silenzio tra il pubblico.

Poi, mentre l'organizzatore si apprestava a presentare Dick Vetter, il divo della tivú saltò su all'improvviso allontanandosi lungo il passaggio centrale con espressione ben decisa, ed era facile intuire perché. Pensava che Griffin volesse approfittare dell'entusiasmo riscosso per trascinare Philip Holt fuori sulla piattaforma, ed era intenzionato a impedirglielo. Ma non ne ebbe bisogno.

Era ancora a due passi dall'entrata della tenda quando Griffin ne emerse, da solo. Vetter si fece da parte per lasciarlo passare, poi sparí nell'interno. Mentre Griffin avanzava verso la sua sedia, in prima fila, dalla folla si levarono altri applausi, e l'organizzatore dovette di nuovo zittire il pubblico, prima di poter parlare. Poi, presentò Dick Vetter, il quale uscí dalla tenda e si avvicinò al microfono, che dovette essere alzato di nuovo.

Come Vetter cominciò a parlare, Nero Wolfe si alzò e si diresse verso la tenda. Aggrottai la fronte. «Non vorrà lasciarsi coinvolgere nel problema Holt, spero», pensai; ma poi, osservando l'espressione della sua faccia, compresi.

Da circa un'ora, i bordi della sedia di legno, troppo stretta per lui, gli stavano penetrando nella carne. Era fuori di sé e voleva calmarsi un po' prima d'essere chiamato al microfono.

Gli sorrisi comprensivo, quando passò, poi dedicai la mia attenzione a Vetter. La sua voce saponosa usciva dal microfono in un fiotto di spuma, e dopo averla ascoltata per un paio di minuti la mia mente prese a divagare. In fondo è giusto, pensavo, che Griffin, l'omiciattolo, abbia un bel timbro maschile e Vetter, l'aitante giovane idolo di milioni di telespettatori, faccia pensare alla panna montata. In quella, la mia attenzione venne richiamata da Wolfe che, dalla soglia della tenda, mi faceva cenno di raggiungerlo.

Come mi alzai e andai verso di lui, rientrò nella tenda e io lo seguii. Proseguí fino all'entrata posteriore, sollevò il telo, manovrò per far passare la sua mole, attraversò l'apertura e tenne il telo per far passare me. Aspettò che ce l'avessi fatta, scese i cinque scalini dalla piattaforma al suolo, andò fino alla macchina, afferrò la maniglia della porta posteriore e tirò. Niente da fare. Si rivolse a me: – Apritela.

– Vi serve qualcosa? – domandai.

– Aprite, saliamo e mettiamo in moto. Ce ne andiamo.

– Ma neanche per idea. Dovete fare il discorso.

Mi guardava inferocito. Conosce il mio tono di voce bene quanto io conosco il suo. – Archie, – disse, – non sto facendo i capricci. C'è una ragione valida e impellente e ve la spiegherò strada facendo. Apritemi questa portiera.

Scossi la testa. – No, prima la ragione. D'accordo che la macchina è vostra –. Presi le chiavi dalla tasca e gliele offrii. – Ecco. Mi dimetto.

– E sta bene –. Era truce. – Quell'uomo sulla branda è morto. Ho sollevato la coperta, per aggiustargliela. Ha uno di quei coltelli nella schiena, conficcato fino al manico. È morto. Se siamo ancora qui quando verrà fatta la scoperta sapete bene come finirà. Rimarremo bloccati per tutta la giornata, per tutta la notte, per una settimana, all'infinito. È intollerabile. A casa possiamo rispondere alle domande bene come qui. Aprite questa portiera, una buona volta!

– È proprio morto morto?

– Ma sí, è morto, ve l'ho detto.

– Va bene. E allora mi meraviglio di voi. Dovreste saperlo meglio di me che siamo incastrati. Non ce le farebbero a casa, le domande: ci trascinerebbero di nuovo qui. Li troveremo ad aspettarci sulla porta e in casa non vi farebbero neanche entrare.

Mi rimisi in tasca le chiavi. – Scappar via quando sta per venire il vostro turno, bella figura! C'è una sola domanda, per ora: denunciamo la cosa subito oppure fate il vostro discorso e lasciamo che a scoprirlo sia qualcun altro?

Aveva smesso di fare gli occhiacci. Inspirò profondamente e, dopo aver buttato fuori tutto il fiato, disse: – Farò il mio discorso.

– Bene. Sarebbe un peccato sprecarlo. Una domanda: un momento fa, quando avete sollevato il telo per uscire, non vi ho visto slegare il laccio. Era già slegato?

– Sí.

– Ah, che bellezza! – Mi voltai per andare verso i gradini, risalii, sollevai il telo per fare entrare Wolfe, poi entrai a mia volta nella tenda. Lui continuò fino all'altra apertura e uscí sulla piattaforma esterna, io mi fermai presso la branda.

Philip Holt giaceva rivolto verso la parete, con la coperta tirata su fino al collo. Abbassai la coperta quel tanto che bastava per vedere il manico del coltello, un paio di centimetri piú a destra rispetto al vertice della scapola. La lama era completamente affondata.

Abbassai ancora un poco la coperta per arrivare a una mano, pizzicai con forza il polpastrello per una decina di secondi, lo lasciai andare e vidi che rimaneva bianco. Poi provai a strappare un po' di lanugine dalla coperta e a tenerla davanti al naso di Holt. Niente, non si muoveva.

Rimisi la coperta come l'avevo trovata, andai verso la cassetta posata sul tavolo, sollevai il coperchio e vidi che il coltello mancante era il piú corto, quello con la lama di quindici centimetri.

Mentre tornavo verso l'uscita posteriore e sollevavo il telo, la schiuma da barba o panna montata di Dick Vetter, come preferite, smise di sgorgare dagli altoparlanti, e nello scendere di nuovo i cinque scalini sentii che i convenuti applaudivano.

La nostra era la terza auto sulla destra, a partire dalla base degli scalini. La seconda vettura sulla sinistra degli scalini era una Plymouth del '55, ed ero compiaciuto di vedere che aveva ancora un'occupante, da me già notata in precedenza: una donna dalla faccia larga e dal mento quadrato, con i capelli grigi pettinati alla meno peggio e seduta davanti ma non al posto di guida.

Girai attorno alla Plymouth per portarmi dal lato di lei e le parlai attraverso il finestrino aperto. – Chiedo scusa. Permettete che mi presenti?

– Non ce n'è bisogno, giovanotto. Siete Archie Goodwin, e lavorate per Nero Wolfe, l'investigatore –. Aveva gli occhi grigi e l'espressione stanca. – Eravate qui fuori insieme a lui, qualche minuto fa.

– Esatto, – ribatté Archie Goodwin. – Spero non vi dispiaccia se vi faccio una domanda. Da quanto tempo siete seduta qui?

– Da un pezzo. Ma sto benissimo, posso seguire anche i discorsi. A momenti sarà la volta di Nero Wolfe.

– Siete qui da quando sono cominciati i discorsi?

– Sí. Ho mangiato troppo, al picnic, e non me la sentivo di rimanere in piedi in mezzo a quella folla, cosí sono venuta a sedermi in macchina.

– Allora non vi siete mossa di qui da quando sono cominciati i discorsi?

– È quello che ho detto. Perché volete saperlo?

– Cosí, un controllo. Scusate un'altra domanda: mentre eravate qui seduta, avete visto qualcuno entrare nella tenda o uscirne?

I suoi occhi stanchi si risvegliarono un po'. – Ah, – disse, – cosí è scomparso qualcosa, eh? Non mi sorprende. Cos'è che manca?

– Niente, per quanto ne so. Sto soltanto controllando un certo fatto. Naturalmente avete visto il signor Wolfe e me uscire dalla tenda e poi rientrare. Nessun altro, che entrava o usciva?

– Non me la date a bere giovanotto. È scomparso qualcosa e voi siete un investigatore.

Le sorrisi. – Come volete, allora. Ma vorrei che rispondeste, se non avete niente in contrario.

– Niente in contrario. Come vi ho detto, non mi sono mossa da qui da quando sono cominciati i discorsi, anzi ero già qui fin da prima. E nessuno è entrato nella tenda, salvo voi e Nero Wolfe. Nemmeno io ci sono entrata. Sono sempre rimasta qui. Se volete sapere chi sono, mi chiamo Anna Banau. Mio marito Alexander Banau, è capo-cameriere da Zoller...

Un urlo arrivò dall'interno della tenda, un urlo a pieni polmoni e che polmoni. Mi mossi, corsi agli scalini, salii ed entrai nella tenda.

Flora Korby era in piedi presso la branda; le voltava le spalle e si teneva una mano sulla bocca. Ero deluso da quella ragazza. D'accordo che una donna ha il diritto di urlare, quando trova un cadavere; ma avrebbe potuto trattenersi, almeno per dar tempo a Wolfe di finire il suo discorso.

3.

Erano le quattro e qualche minuto quand'era risuonato l'urlo di Flora Korby. Erano le 4,34 quando un'occhiata fuori attraverso una fessura oltre il telo dell'entrata posteriore della tenda – la terza che ero riuscito a dare – mi mostrò che l'auto della signora Banau era partita.

Erano le 4,49 quando il medico legale arrivò con la sua valigetta e stabilí che Philip Holt era morto. Erano le 4,48 quando arrivò la scientifica, con il suo armamento di macchine fotografiche, occorrente per il rilievo delle impronte e cosí via, e Wolfe, io e gli altri venimmo sospinti sulla piattaforma esterna, sotto sorveglianza.

Erano le 5,16 quando contai un totale di diciassette poliziotti, tra uomini in uniforme e in borghese nonché della contea e dello stato. Erano le 5,30 quando Wolfe mi borbottò amareggiato che ne avremmo avuto di sicuro per tutta la notte, ed erano le 5,52 quando un certo Baxter, capo della Squadra investigativa, diventò cosí indisponente con me che decisi, in modo risoluto e definitivo, di non collaborare.

Erano le 6,21 infine, quando tutti insieme lasciammo Culp's

Meadows per una destinazione ufficiale. Eravamo in quattro nella nostra auto: un agente in divisa sedeva dietro con Wolfe, un altro in borghese sedeva davanti, accanto a me. Di nuovo avevo vicino qualcuno che mi indicava la strada, ma non gli tenevo un braccio attorno alle spalle.

C'erano stati alcuni colloqui in separata sede, con ciascuno di noi, ma piú che altro era stata una discussione collettiva, all'aria aperta, là sulla piattaforma esterna alla tenda, perciò sapevo abbastanza bene a che punto erano le cose. Nessuno muoveva accuse contro nessuno. Tre di loro, Korby, Rago e Griffin, addicevano suppergiú la stessa ragione per le loro capatine sotto la tenda durante lo svolgersi dei discorsi: erano preoccupati per Philip Holt e volevano vedere come stava. Il quarto, Dick Vetter, dava la ragione che io avevo intuito: temeva, cioè, che Griffin potesse trascinare Holt sulla piattaforma esterna, e intendeva impedirglielo.

Vetter, tra parentesi, era stato l'unico a protestare con veemenza per il fatto d'essere trattenuto. Diceva che non gli era stato facile sottrarsi ai suoi impegni quel pomeriggio, che aveva una prova alla televisione fissata per le sei, e che non poteva assolutamente mancare. Alle 6,21, quando tutti ci mettemmo in viaggio verso la destinazione ufficiale, era pronto per la camicia di forza.

Nessuno di loro affermava di sapere con certezza che Holt era vivo al momento delle rispettive visite nella tenda; tutti avevano supposto che si fosse addormentato. Tutti salvo Vetter dichiaravano d'essersi avvicinati alla branda, d'averlo osservato in faccia e di non avere avuto sospetti di sorta. Nessuno gli aveva rivolto la parola. Alla domanda: «Chi pensate che sia stato e perché?», avevano dato tutti la stessa risposta: qualcuno doveva essere entrato nella tenda dall'entrata posteriore e, dopo aver accoltellato Holt, se l'era svignata. Il fatto che il direttore dell'organizzazione avesse avuto problemi di digestione e fosse stato curato da un medico sotto la tenda non era affatto un segreto, al contrario.

Ho lasciato da parte Flora, visto che sapevo, come lo sapete voi, che non c'entrava per niente; ma la polizia non lo sapeva. Sentii uno dei piedipiatti bisbigliare a un altro che probabilmente era stata lei, perché accoltellare un uomo sofferente era piú un'azione da donna che da uomo.

Naturalmente, la teoria che qualcuno fosse entrato dalla porta posteriore faceva dell'allacciatura del telo della tenda un elemento importante. Dissi d'avere legato io stesso il laccio, prima che lasciassimo la tenda, e tutti confermarono d'avermelo visto fare, salvo Dick Vetter, che disse di non averci badato, perché era occupato a dare una mano per stendere la coperta addosso a Holt; infine Wolfe e io testimoniammo entrambi che il laccio del telo pendeva sciolto, quando eravamo entrati nella tenda durante il discorso di Vetter.

L'essenziale non era stabilire chi l'avesse slegato, dato che l'assassino avrebbe potuto facilmente introdurre una mano attraverso la fessura, dall'esterno, e sciogliere il nodo; era stabilire quando. Su questo punto, nessuno poteva essere di aiuto. Tutti e quattro dicevano di non avere notato se il laccio fosse legato oppure no, quando erano entrati nella tenda.

Ecco a che punto stavano le cose, per quanto ne sapevo, quando lasciammo Culp's Meadows. La destinazione ufficiale risultò essere un edificio in cui ero già stato una o due volte, non come indiziato di omicidio: una corte di giustizia di contea, con un bel prato verde davanti a due grandi alberi. Dapprima venimmo radunati in una stanza al piano terreno, poi scortati su per una rampa di scale e al di là di una porta con la targhetta: PROCURATORE DISTRETTUALE.

Almeno il 91,2 per cento dei Procuratori Distrettuali dello stato di New York ritiene d'essere l'inquilino ideale per la residenza del governatore, ad Albany, e questo andrebbe tenuto presente nel giudicare la condotta del procuratore James R. Delaney. Per lui, almeno quattro di quei signori, non tutti e cinque, erano cittadini importanti, gente di prestigio, in condizioni di esercitare un influsso su segmenti dell'elettorato. Il suo atteggiamento, mentre affrontava il problema, lasciava intendere che stava semplicemente presiedendo la seduta di un consiglio amministrativo chiamato a risolvere un grave e difficile caso di emergenza; eccettuato, notai, quando si rivolgeva a Wolfe o a me. Allora il suo sorriso smetteva di accendersi, il suo tono si faceva tagliente e i suoi occhi avevano un'espressione diversa.

Mentre uno stenografo, seduto a un tavolino laterale, prendeva appunti, Delaney perse un'ora a riesaminare la cosa con noi, o meglio con loro, con sporadici contributi da parte di Baxter il capo della Squadra investigativa, e di altri che erano stati sulla scena del fattaccio. Alla fine, espresse il suo pensiero.

– Sembra, – disse, – essere opinione generale che un ignoto sia entrato nella tenda dall'ingresso posteriore, l'abbia accoltellato e si sia allontanato. Sorge la domanda: come poteva, quella persona, sapere che vi sarebbe stato un coltello a portata di mano? Ma non ha importanza che lo sapesse. Può darsi che abbia deciso di uccidere soltanto dopo avere visto i coltelli, oppure che avesse un'altra arma con sé e, vedendo i coltelli, abbia pensato che uno di essi servisse meglio al suo scopo e, di conseguenza, se ne sia servito. L'una e l'altra sono spiegazioni possibili. Bisogna riconoscere che l'intera teoria è plausibile, e che nessuno dei fatti noti al momento è in contraddizione con essa. Siete d'accordo capo?

– D'accordo, – concesse Baxter. – Fino a questo momento. Purché i fatti noti siano fatti.

Delaney assentí. – Certo. Bisognerà controllarli –. Il suo sguardo abbracciò l'auditorio. – Signori, e voi, signorina Korby, vi rendete conto che dovrete rimanere entro questa giurisdizione, lo stato di New York, fino a nuovo ordine, e che dovrete tenervi a disposizione. Stabilito questo, mi sembra superfluo, al presente, trattenervi come testimoni. Abbiamo i vostri indirizzi e sappiamo dove trovarvi.

Fissò l'attenzione su Wolfe e il suo tono cambiò. – Con voi, Wolfe, la situazione è alquanto diversa. Siete un investigatore privato e anche Goodwin, e la storia delle vostre arbitrarie prodezze non ispira fiducia nel vostro... ehm... candore. Ci saranno certo ragioni complesse e sottili per le quali le autorità di New York City hanno tollerato i vostri giochetti di prestigio, ma qui nei sobborghi siamo piú ingenui. I trucchi non ci piacciono.

Abbassò il mento, e i suoi occhi fissarono all'insú, sotto le grosse sopracciglia. – Vediamo se ho compreso bene la vostra versione. Dite che quando Vetter ha cominciato a parlare vi siete frugato in tasca, cercando un foglio sul quale avevate preso degli appunti per il vostro discorso. Non trovandolo, avete pensato d'averlo lasciato in macchina, siete andato a prenderlo ma poi, subito dopo essere entrato nella tenda, vi è venuto in mente che l'auto era chiusa e che le chiavi le aveva Goodwin. Cosí gli avete fatto un cenno e, insieme a lui, siete andato fino alla macchina.

Poi, Goodwin si è ricordato che il foglio era rimasto in studio, sulla vostra scrivania, cosí siete rientrati nella tenda, siete usciti sulla piattaforma esterna e avete ripreso i vostri posti. Altro particolare: quando vi siete avvicinato al telo posteriore per uscire dalla tenda e scendere fino alla macchina, il laccio che chiudeva il telo era sciolto, non piú annodato. È questa la vostra versione?

Wolfe si schiarí la gola. – Signor Delaney, immagino sia tempo perso confutare la vostra osservazione sul mio candore o pregarvi di formulare la vostra domanda in modo meno offensivo –. Le sue spalle si sollevarono di circa tre millimetri e poi si rilassarono. –Sí, questa è la mia versione.

– Vi ho posto una domanda, semplicemente.

– E io ho risposto.

– Già –. Il procuratore distrettuale posò gli occhi su di me. – E naturalmente, Goodwin, la vostra versione è identica. Se occorreva accordarsi, tempo per farlo ce n'è stato in abbondanza durante la confusione seguita all'urlo della signorina Korby. Ma per quanto vi riguarda c'è dell'altro. Dite che, dopo essere rientrato nella tenda insieme a Wolfe, lui si è avviato verso l'entrata anteriore mentre a voi è balenata la possibilità che Wolfe avesse preso il foglio dalla scrivania, che se lo fosse messo in tasca, che l'avesse consultato durante il percorso e l'avesse poi lasciato in macchina. Siete uscito di nuovo dalla tenda, per controllare, ed eravate là fuori quando la signorina Korby ha urlato. È esatto?

Dato che da un pezzo, e precisamente da quando Baxter aveva preso un tono indisponente con me, avevo deciso di non collaborare, mi limitai a rispondere: – Esatto.

Delaney ritornò a Wolfe. – Visto che mi accusate di usare un tono offensivo, Wolfe, mi esprimerò in questo modo: trovo parte di quanto voi mi dite difficile a credersi. Una persona disinvolta come voi ha bisogno di appunti per un discorsetto da niente? Dopo di che, pensate di averli lasciati in macchina, mentre Goodwin si ricorda che sono rimasti sulla scrivania, ma poi ci ripensa, perché può darsi che siano davvero in macchina?

Senza contare che esistono determinati fatti. Voi e Goodwin siete stati gli ultimi a entrare nella tenda prima che vi entrasse la signorina Korby e scoprisse il cadavere. Lo avete ammesso. Tutti gli altri dichiarano di non sapere se il telo fosse legato oppure no, quando hanno visitato la tenda; voi e Goodwin non potete certo dire lo stesso, visto che siete usciti da quell'apertura, cosí dite d'avere trovato il laccio slegato.

Piegò la testa da una parte. – Ammettete d'avere avuto motivi di diverbio con Philip Holt durante quest'ultimo anno. Ammettete che vi era diventato inviso... la parola è vostra, inviso, con la sua insistenza perché il vostro cuoco personale si iscrivesse al suo sindacato. La storia dei vostri trascorsi mi giustifica se dico che chi si rende inviso a voi fa bene a stare molto attento. Dirò questo, per concludere: se non fosse per la probabilità che un ignoto sia entrato dal retro, e concedo che è del tutto possibile, voi e Goodwin sareste trattenuti in custodia in attesa dell'emissione di un mandato d'arresto per tutti e due, come testimoni. Cosí, invece, vedrò di facilitarvi le cose.

Guardò l'orologio. – Sono le otto meno cinque. Vi farò accompagnare da un mio agente fino a un ristorante qui all'angolo, e vi aspetterò di ritorno per le nove e mezzo –. Spostò lo sguardo sugli altri. – Il resto di voi può andare, per ora, ma si ricordi che deve rimanere a disposizione.

Wolfe si alzò. – Il signor Goodwin e io andiamo a casa, – annunciò. – Non tornerò piú, per questa sera.

Delaney strinse le palpebre. – Se è cosí che la pensate, vi tratterrò. Potete mandare a prendere dei panini.

– Siamo in arresto?

Il procuratore distrettuale aprí la bocca, la richiuse, tornò ad aprirla. – No.

– Allora ce ne andiamo –. Wolfe era sicuro di sé ma non bellicoso. – Comprendo il vostro disappunto, signore, per quest'interferenza nella vostra vacanza, e mi rendo conto che non avete simpatia per me, o per quello che sapete, o credete di sapere, dei miei precedenti. Ma non sacrificherò il mio benessere al vostro malumore. Potete trattenermi soltanto se mi accusate, e di che? Il signor Goodwin e io vi abbiamo fornito tutte le informazioni che abbiamo. La vostra insinuazione che io sia capace di assassinare un uomo, o di incitare il signor Goodwin ad assassinarlo, soltanto perché si è reso noioso e seccante, è puerile. Ammettete voi stesso che l'assassino potrebbe essere stato chiunque, tra quella turba di migliaia di persone. Non avete alcuna base per ritenere che il signor Goodwin e io vi nascondiamo particolari che potrebbero aiutarvi. Qualora tale base dovesse apparire, sapete dove trovarci. Venite, Archie.

Si girò e si diresse verso la porta. Lo seguii. Non posso riferire la reazione perché Delaney, al suo tavolo, restava ora alle mie spalle, e sarebbe stata cattiva tattica girarsi a guardarlo. Tutto quello che so è che Baxter mosse due passi avanti e si fermò, e che nessuno degli altri poliziotti si mosse.

Arrivammo nel corridoio, all'uscita e nel vialetto esterno senza che venisse sparato un solo colpo; a mezzo isolato da lí era parcheggiata l'auto.

Wolfe mi disse di cercare una cabina telefonica e chiamare Fritz per dirgli a che ora saremmo arrivati per cena, e io misi in moto e mi diressi verso il centro della città.

Dato che dovevo fare i conti con il traffico della giornata di festa, erano le nove e mezzo quando finalmente, arrivati a casa, ci demmo una rinfrescata e ci sedemmo a tavola. Un'auto in movimento non è il posto adatto per dare una brutta notizia a Wolfe, e direi neppure per dargliene una buona, e non c'era ragione di guastargli la cena; cosí, aspettai che avessimo terminato il pollo ai funghi con contorno di broccoletti e di aromaticissime patate ripiene, il formaggio, la macedonia, e che Fritz ci servisse il caffè di là in studio. Poi, vuotai il sacco.

Wolfe stava allungando la mano verso il telecomando della tivú soltanto per concedersi il piacere di spegnerla subito dopo, quando io dissi: – Aspettate un istante. Ho da farvi un rapporto. So che vi sentite soddisfatto di voi stesso e non vi do torto. Siete stato un artista nel togliere voi e me dalle grinfie di Delaney. Ma c'è un intoppo. Non è stato uno di loro.

– Senti, senti –. Era placido, come sempre dopo un pasto, nella comoda poltrona formato gigante, costruita su misura e sistemata dietro la sua scrivania. – Cos'è, siete in vena di scherzare?

– Nossignore. Non sto neppure cercando di dimostrare che, una volta tanto, sono piú in gamba di voi. La verità è che ne so un po' di piú. Quando siete uscito dalla tenda per correre alla macchina, pensavate soltanto a svignarvela in fretta e furia, e forse non avete notato che c'era una donna seduta dentro un'auto dal lato sinistro. Ma io sí. Quando siamo rientrati nella tenda e voi avete proseguito verso l'altra uscita, a me è venuta un'idea, sono tornato indietro e ho scambiato due parole con quella signora. Ve le riferirò alla lettera, dato che è importante.

E riferii. Una cosa da niente, a paragone delle conversazioni a tre o a quattro voci che mi sono trovato a dover ripetere parola per parola. Quando finii, lui mi stava fissando accigliato, piú nero del caffè dentro la tazza.

– Maledizione, – borbottò.

– Sí, signore. Stavo per dirvelo, quando ci siamo accordati sui particolari del perché eravamo andati fino alla macchina e del foglio con i vostri appunti; ma come sapete siamo stati interrotti, e da quel momento non si è piú presentata un'occasione adatta. Del resto, avevo visto che l'auto della signora Banau era partita, e in piú quello scimmione di nome Baxter aveva urtato i miei sentimenti, per cui avevo deciso di non collaborare.

Naturalmente, la cosa principale eravate voi, il vostro desiderio di tornare a casa. Se avessero saputo che era stato uno di noi sei, o sette se contiamo anche Flora, saremmo stati trattenuti tutti come testimoni, vi sarebbe stato impossibile uscire con la cauzione in un giorno di festa come il 4 luglio e, Dio vi aiuti, io in una cella posso anche cavarmela ma voi siete troppo grosso. Inoltre, se vi avessi aiutato a ritornare a casa forse sareste stato disposto a discutere di un aumento di stipendio. Lo siete?

– Silenzio –. Chiuse gli occhi e, dopo qualche momento, li riaprí. – Siamo in un brutto pasticcio. Potrebbero trovare quella donna da un momento all'altro, o potrebbe decidere lei di farsi avanti. Com'era? Mi avete riferito le sue parole, ma che mi dite di lei?

– Una persona seria. Le crederanno. Io le ho creduto. Le credereste anche voi. Dal punto dove stava, vedeva perfettamente gli scalini e l'entrata posteriore della tenda, a meno di dieci metri di distanza e senza ostacoli di sorta.

– Se ha tenuto gli occhi aperti.

– Lei pensa di sí, e questo ai piedipiatti basterà, quando la troveranno. Sia come sia, penso che li abbia tenuti aperti davvero. Quando ha detto che nella tenda non era entrato nessuno, salvo voi e me, parlava con certezza.

– C'è la possibilità che lei stessa, oppure qualcuno che lei conosceva e che voleva proteggere... No, è assurdo, dato che è rimasta seduta là in macchina per qualche tempo, anche dopo che era stato scoperto il cadavere. Siamo in un bel guaio.

– Sí, signore –. Nell'incontrare il suo sguardo, non vidi alcun segno di quella gratitudine che avrei potuto ragionevolmente aspettarmi, cosí continuai. – Vorrei suggerirvi, considerata la situazione, di non preoccuparvi di me. Non possono accusarmi di reticenza per non avere riferito il mio colloquio con lei. Dirò semplicemente che non le avevo creduto e che non vedevo lo scopo di tirarla in ballo, rendendo le cose piú dure per noi. Il fatto che potesse anche essere entrato qualcuno dalla porta posteriore non eliminava noi.

Naturalmente, dovrò rendere conto delle domande che le ho

fatto, ma è facile. Posso dire d'avere scoperto che Holt era morto dopo che voi eravate tornato sulla piattaforma esterna per fare il vostro discorso, e che, avendo notato una signora dentro una macchina, sono uscito a interrogarla prima di riferire sulla scoperta fatta, e sono stato interrotto da quel grido nella tenda. Decidete pure come vi sembra meglio. Possiamo telefonare a Delaney domani mattina, io o voi, e raccontargli tutto, oppure possiamo starcene buoni buoni e aspettare che scoppi la tempesta.

– Pfui, – disse lui.

– Amen, – risposi.

Aspirò l'aria, rumorosamente, e la lasciò andare. – In questo stesso momento quella donna potrebbe essere in comunicazione con loro, o loro potrebbero rintracciarla. Non mi lagno per come avete agito; anzi, siete stato lodevole. Se aveste riferito quella conversazione, a quest'ora staremmo entrambi passando la notte al fresco –. Fece una smorfia. – Bah. Visto che è andata cosí, possiamo almeno tentare di fare qualcosa. Che ore sono?

Guardai il mio orologio da polso. Lui, per guardare l'orologio a muro, avrebbe dovuto girare la testa quasi ad angolo retto, e non si poteva pretendere tanto. – Le undici e otto.

– Potreste farli venire qui stasera stessa?

– Ne dubito. Tutti e cinque?

– Sí.

– Prima dell'alba, forse. Ve li porto su in camera?

Si fregò il naso con la punta dell'indice. – Sta bene. Ma potete almeno chiamare subito, per telefono, il maggior numero possibile di loro. Dite che ho una rivelazione da fare e che debbo consultarmi con loro.

– La cosa dovrebbe interessarli, – convenni, e avvicinai a me il telefono.

4.

Il mattino seguente, quando Wolfe scese dalla serra per accogliere gli invitati, alle undici e due minuti in punto, dalle autorità legali di Long Island non era ancora arrivato alcun segno di vita. Il che non voleva dire che non potessero darlo alle undici e tre. Secondo il giornale del mattino, il procuratore distrettuale Delaney e il capo della Squadra investigativa Baxter avevano entrambi concesso che chiunque poteva essere entrato nella tenda dal retro, e di conseguenza il caso era aperto. Se Anna Banau leggeva i giornali, e probabilmente li leggeva, da un istante all'altro poteva andare al telefono e fare una chiamata.

Io ne avevo fatte diverse, la sera prima e quel mattino, per convocare lí quei signori; in piú avevo fatto una telefonata speciale. Nell'elenco di Manhattan, c'era un Alexander Banau, con tanto di indirizzo e di numero telefonico, ma avevo preferito non chiamarlo. Avevo anche deciso di non telefonare al ristorante Zoller nella Cinquantaduesima Strada. Avevo mangiato allo Zoller, soltanto un paio di volte, ma conoscevo un tale che era cliente fisso da anni, cosí avevo chiamato lui.

Sí, aveva detto, da Zoller c'era un capo-cameriere di nome Alex, e sí, di cognome si chiamava Banau. Alex gli era simpatico, aveva aggiunto, e si augurava che il fatto che io mi informassi sul suo conto non volesse dire che si preparavano guai per quel brav'uomo. Avevo risposto che non erano contemplati guai di alcun genere e che volevo soltanto chiedere conferma di un piccolo particolare. L'avevo ringraziato, poi ero rimasto a fissare il foglietto sul quale avevo annotato il numero di casa di Banau. L'indice mi prudeva dalla voglia di comporlo, ma per dire che cosa? No.

Se accenno al fatto che verso le dieci e mezzo avevo preso la Marley .38 dal cassetto, mi ero assicurato che fosse carica e me l'ero poi messa in tasca, non è per prepararvi a uno spargimento di sangue, è solo per dimostrarvi che credevo ciecamente alla signora Banau. Con un assassino in casa, e per di piú estremamente audace, conveniva prepararsi al peggio.

H. L. Griffin, l'importatore, e Paul Rago, l'esperto delle salse, arrivarono soli e separatamente, ma Korby e Flora avevano portato con loro anche Dick Vetter. Era mia intenzione fare accomodare Flora sulla poltroncina rossa ma, quando li accompagnai di là in studio, Rago, l'omone con i baffi e l'accento buffo, se n'era impossessato, cosí lei prese posto su una delle sedie gialle allineate di fronte alla scrivania di Wolfe, tra il padre alla sua destra e Vetter alla sua sinistra. Griffin, l'ometto che aveva fatto il discorso piú applaudito, era all'estremità della fila, vicinissimo alla mia scrivania.

Quando Wolfe scese dalla serra, entrò, li salutò e si diresse alla scrivania, Vetter saltò su senza dargli neppure il tempo di sedersi.

– Spero non si tratti di una cosa lunga, signor Wolfe. Avevo chiesto al signor Goodwin se non si poteva anticipare un po' questa riunione, ma mi ha risposto che non era possibile. La signorina Korby e io dobbiamo pranzare un po' piú presto, perché io all'una e mezzo ho una prova.

Inarcai un sopracciglio. Mi sentivo onorato. Avevo guidato l'auto con il braccio attorno alle spalle di una ragazza che Dick Vetter in persona riteneva degna di un suo invito a pranzo.

Wolfe, sistematosi sulla sua poltrona, rispose calmo calmo. – Non mi prolungherò oltre il necessario, signore. Siete amici, voi e la signorina Korby?

– Questo che cosa c'entra?

– Niente, forse. Ma ora niente di ciò che riguarda ciascuno di voi è al di là della mia curiosità. È molto doloroso doverlo dire, considerata l'occasione del nostro raduno di ieri, ossia l'anniversario della nascita di questa terra di libertà, ma devo. Uno di voi è un assassino. Uno di voi ha ucciso Philip Holt.

L'idea è di osservarli per vedere chi sviene, o balza in piedi, o si dà alla fuga. Ma nessuno fece niente. Si limitavano a fissarlo.

– Uno di noi? – domandò Griffin.

Wolfe assentí. – M'è parso meglio partire da quest'affermazione nuda e cruda, invece di arrivarci a poco a poco. M'è parso...

– Non è possibile, – interloquí Korby. – È uno scherzo. Dopo quello che avete dichiarato ieri a quel procuratore distrettuale. È uno scherzo di pessimo gusto, per di piú.

– Non è uno scherzo, signor Korby. Magari lo fosse. Ieri mi credevo su un terreno solido, ma non lo ero. Ora so che c'è un teste, credibile e sicuro di sé, pronto a dichiarare che nessuno è entrato nella tenda, dal retro, dal momento in cui sono cominciati i discorsi a quello in cui è stato scoperto il cadavere. So anche che né io né il signor Goodwin abbiamo ucciso Holt, e dunque è stato uno di voi. Cosí, penso che converrà discuterne.

– Un testimone, avete detto? – domandò Rago.

– Chi è? – voleva sapere Korby. – E dov'è?

– È una donna, ed è attendibile. Il signor Goodwin, che ha parlato con lei, è completamente soddisfatto della sua competenza e della sua buona fede, e sí che non è un tipo da accontentarsi facilmente. È praticamente da escludere che possa essere invalidata. È tutto quello che...

– Non capisco, – proruppe Vetter. – Se hanno una teste cosí, perché non sono ancora venuti a cercarci?

– Perché per ora non l'hanno. Non sanno niente di lei. Ma potrebbero trovarla da un momento all'altro, o lei stessa potrebbe andare da loro. In tal caso, quanto prima vi troverete a discutere la questione non con me ma con i rappresentanti della legge... e anch'io. A meno che non vogliate discuterne con me, e sempre che la discussione sia produttiva, s'intende, sarò costretto a dire tutto di lei al signor Delaney. Non mi farebbe piacere, e neppure a voi. Dopo avere ascoltato la deposizione della teste, i suoi modi con voi, e con me, sarebbero ben diversi da quelli di ieri. Voglio rivolgervi alcune domande.

– Dov'è? – ripeté Korby. – Chi è?

Wolfe scosse la testa. – Non ho intenzione di identificarla né di indicare dove si trova. Noto le vostre espressioni: specialmente la vostra, signor Korby, e la vostra, signor Griffin. Siete scettici. Ma quali ragioni potrei mai avere avuto per farvi venire qui e puntarvi contro quest'arma, se non la coercizione degli eventi? Perché avrei intentato o escogitato un simile dilemma? Anch'io, come voi, avrei preferito che tutto rimanesse com'era e che l'assassino fosse venuto da fuori, ma è inutile pensarlo, ormai. Ammetto che a vostra volta potreste sospettare di me, e del signor Goodwin, e a vostra volta potrete rivolgere delle domande a noi. Ma uno di noi ha ucciso

Philip Holt, e ottenere risposte alle domande è evidentemente nell'interesse di tutti.

Si scambiavano occhiate. Ma non erano come quelle che si sarebbero scambiati fino a cinque minuti prima. Erano occhiate di dubbio, di sospetto, di congettura, e non erano affatto cordiali.

– Non capisco, – obiettò Griffin, – a che cosa possano servire le domande. Eravamo là tutti insieme e tutti sappiamo come sono andate le cose. Quello che abbiamo dichiarato, l'abbiamo dichiarato davanti a tutti.

Wolfe assentí. – Ma sostenevamo tutti la teoria che ci escludeva. Ora non piú. Uno di noi ha qualcosa nel suo passato che, se fosse noto, spiegherebbe la determinazione di uccidere Holt. Propongo di cominciare dai cenni autobiografici di ciascuno di noi, ed eccovi i miei.

Sono nato nel Montenegro e ho passato là la prima giovinezza. All'età di sedici anni ho deciso di girare il mondo, e in quattordici anni ho avuto modo di conoscere quasi tutta l'Europa, un po' dell'Africa e buona parte dell'Asia. Arrivato in questo paese nel 1930 e, in possesso di qualche soldo, ho comperato questa casa e mi sono messo a esercitare la professione di investigatore privato.

Sono un cittadino americano naturalizzato. Ho sentito nominare Philip Holt per la prima volta un paio d'anni fa, quando Fritz Brenner, che lavora per me, me ne parlò per lamentarsene. La mia sola ragione di malanimo, ma non cosí grave da augurargli la morte, è cessata, come sapete, quando Holt ha acconsentito a non importunare piú il signor Brenner con la pretesa di farlo iscrivere al vostro sindacato purché io tenessi un discorso a quel vostro malaugurato picnic. Signor Goodwin?

Mi girai verso gli altri. – Sono nato nell'Ohio. Ho fatto le medie e le superiori, ho preso il diploma di maturità con bei voti, ma non a pieni voti, eccellevo in matematica e nel football. Mi sono iscritto all'università, dopo un paio di settimane ho capito che non valeva la pena di restarci, sono venuto a New York e ho trovato lavoro come guardiano di uno dei moli. Ho sparato a due individui, li ho uccisi, sono stato licenziato, poi qualcuno mi ha raccomandato a Nero Wolfe che aveva bisogno di un certo lavoretto, l'ho svolto, il signor Wolfe mi ha offerto un lavoro a tempo pieno, l'ho accettato, ce l'ho tuttora. Personalmente, ero piú divertito che preoccupato dai tentativi di Holt di cavare di tasca a Fritz Brenner la quota per l'iscrizione al sindacato. Per il resto, non ho mai avuto alcun rapporto con lui.

– In seguito, – precisò Wolfe, – potrete interrogarci a vostra volta, se lo desiderate. Signorina Korby?

– Be'... – cominciò a dire Flora. Guardò il padre e, siccome lui assentiva, continuò: – La mia autobiografia è breve. Sono nata a New York e sono sempre vissuta qui. Ho vent'anni. Non ho ucciso Philip Holt e non avevo nessuna ragione per farlo –. Voltò le palme all'insú. – Che altro volete sapere?

– Se posso azzardare un suggerimento, – disse H. L. Griffin, – be', ecco... se c'è davvero una teste, come ci dice Wolfe, porteranno a galla qualsiasi cosa. Per esempio, su di voi e Phil.

Lei lo squadrò dall'alto.

– Su noi in che senso, signor Griffin?

– Non lo so. Sono soltanto chiacchiere che ho capito, niente di piú, ma verranno a galla anche quelle.

– All'inferno le chiacchiere, – proruppe Dick Vetter, e stavolta la panna montata suonava acida.

Flora guardò Wolfe. – Non so cosa farci, se qualcuno chiacchiera, – disse. – Certo non è un segreto che Phil Holt era... be', gli piacevano le donne. E non è un segreto che io sono una donna, e probabilmente non è un segreto che neppure a me Phil era odioso. Per me, era come lo avete definito voi, un seccatore. Specie quando voleva qualcosa.

Wolfe mandò un sordo brontolio. – E voleva voi?

– Credeva di volere me, la verità è tutta qui. Era pestifero, ma detto questo non resta altro da aggiungere.

– Avevate detto di non aver motivo d'ucciderlo.

– Santo cielo, l'ho detto e lo ripeto! Una ragazza non uccide un uomo solo perché non vuole crederle quando lei gli dice di no!

– No a che cosa? A una proposta di matrimonio?

Il padre di Flora interloquí. – Sentite, – disse a Wolfe, –

mettetevi in mente che state sbagliando indirizzo. Tutti sanno come si regolava Philip Holt con le donne. Non aveva chiesto mai a nessuna di sposarlo e probabilmente non l'avrebbe mai fatto. Mia figlia è abbastanza grande e abbastanza intelligente per saper badare a se stessa, e lo fa, ma non conficcando un coltello nella schiena di un individuo –. Si girò verso Griffin: – Molto obbligato, Harry.

L'importatore non fece una piega. – Doveva per forza venir fuori, Jim, e ho pensato che convenisse chiarire la cosa subito.

Wolfe stava osservando Korby. – Sorge, naturalmente, il problema di dove potrebbe arrivare un padre per liberare la figlia da una peste.

Korby alzò le spalle. – Se questa vuole essere una domanda, la risposta è no. Mia figlia sa badare benissimo a se stessa. Se vi serve una ragione per la quale avrei anche potuto uccidere Philip Holt, dovrete trovare qualcosa di meglio.

– Allora tenterò, signor Korby. Siete il presidente del vostro sindacato, e anche il signor Holt era una figura importante. Al momento, gli affari delle associazioni come la vostra, e in particolare gli affari finanziari, sono notizie da prima pagina. Avete qualche motivo per temere un'inchiesta, o forse l'aveva il signor Holt?

– No. Possono indagare come e quanto vogliono.

– Siete già stato convocato?

– No.

– Il signor Holt era stato convocato?

– No.

– Nessuno dei funzionari del vostro sindacato?

– Nessuno –. La faccia grassoccia e la testa calva di Korby si andavano colorando via via. – Avete sbagliato di nuovo indirizzo.

– Ma se non altro è un indirizzo diverso dal primo. Vi rendete conto, spero, che se il signor Delaney deciderà di farci il terzo grado, gli affari dell'Unione lavoratori di ristoranti d'America saranno una delle sue preoccupazioni maggiori. Per l'uccisione di Philip Holt, tutti noi abbiamo avuto l'occasione di agire, e quanto ai mezzi erano là a portata di mano; quello che lui dovrà cercare è il movente. Se c'è un punto vulnerabile nella conduzione del vostro sindacato, finanziario o altro, il mio consiglio è che fareste bene a rivelarlo fin d'ora, perché si possa discuterne.

– Non c'è niente –. Korby era sempre piú rosso. – È tutto in regola nella nostra associazione, a dispetto delle voci. Perché di questo si tratta, di voci, e qual è quel sindacato che non è soggetto a chiacchiere? Si sa che diamo fastidio a tanta gente, ma non siamo vulnerabili, da parte di niente e di nessuno.

– Voci di che genere?

– Di ogni genere. Io sono un imbroglione. Tutti i nostri funzionari sono imbroglioni. Ci arricchiamo a spese dei nostri iscritti. Ci siamo venduti ai proprietari delle grandi catene di locali. Rubiamo le matite e i fermagli per le lettere.

– Non potreste essere un po' piú specifico? Qual è stata la voce piú imbarazzante?

All'improvviso, Korby sembrava distratto. Estrasse un fazzoletto dalla tasca, lo spiegò, se lo passò sulla faccia e sul cranio calvo, lo ripiegò con cura, infine se lo rimise in tasca. Poi, tornò a fissare Wolfe.

– Se volete qualcosa di specifico, – disse, – non è una voce. È una faccenda dell'associazione, privatissima, ma è certo che trapelerà, ormai, e tanto vale che trapeli qui. Sono state fatte alcune accuse, sulle quali si sta indagando, a proposito di intrallazzi fra commercianti, funzionari e iscritti dell'associazione. Phil Holt aveva qualcosa a che fare con parte delle accuse, sebbene la cosa non rientrasse nel suo settore. Era fuori di sé, per la cosa.

– Eravate voi il bersaglio di alcune di quelle accuse?

– Io no. Ho la completa fiducia dei miei soci e del mio personale.

– Avete parlato di «commercianti». C'entrano anche gli importatori?

– Certo, gli importatori sono commercianti.

– Era stato fatto il nome del signor Griffin, in qualcuna di quelle accuse?

– Non posso fare nomi, senza l'autorizzazione del consiglio amministrativo. Sono cose confidenziali.

– Obbligatissimo, Jim, – disse Griffin, in tono mordace. – Hai voluto rendermi la pariglia?

– Scusate –. Era Dick Vetter, in piedi. – È quasi mezzogiorno, la signorina Korby e io dobbiamo andarcene. Ci occorre il tempo per pranzare, e io non posso arrivare tardi a quella riunione. Del resto, mi pare che qui si perda del tempo. Andiamo, Flora.

Lei esitò un istante, poi si alzò e Vetter si mosse per avviarsi. Ma quando Wolfe pronunciò imperiosamente il suo nome, si voltò: – Sí?

Wolfe impresse un quarto di giro alla poltrona.

– Le mie scuse, avrei dovuto ricordare che avete molta fretta. Potete concederci, diciamo, altri cinque minuti?

Il divo della tivú sorrise con indulgenza. – Per la mia autobiografia? Potete leggerla. È stata stampata su tanti giornali: è apparsa su «Tv Guide» un paio di mesi fa, e su «Clock», la rivista... ma non ricordo in che data. Ripeto, è una perdita di tempo. Se uno di noi è un assassino, bene, vi auguro buona fortuna, ma ho l'impressione che di questo passo non arriverete a niente. Non potrei dirvi semplicemente le cose cosí come mi frulla?

– Indubbiamente sí, signor Vetter. Ma se l'inchiesta rivelerà che avete mentito o avete omesso qualcosa di rilevante, la cosa potrebbe far pensare. Quelle riviste che avete nominato: accennano al vostro interesse per la signorina Korby?

– Non dite idiozie –. A molte, tra i suoi venti milioni di ammiratrici, non sarebbero piaciute né il suo tono né la sua dizione.

Wolfe scuoteva la testa. – Se vi ostinate, signor Vetter, è chiaro che con me potete anche fare lo sprezzante in proposito. Ma non potrete farlo con la polizia, una volta che avrà preso a interessarsi di voi. Prima vi ho domandato se siete amici, voi e la signorina Korby. Avete risposto che questo non c'entra e ho convenuto che sí, forse non c'entra. Ora invece dico che forse c'entra, dato che Philip Holt la perseguitava... quanto insistentemente ancora non lo so. Siete amici, voi e la signorina Korby?

– Certo che siamo amici. La sto portando a pranzo con me.

– Le siete fedele?

Il sorriso di Vetter non era piú cosí indulgente, ma era ancora un sorriso. – Be', questa è una domanda delicata. Vi dirò. Sono una figura pubblica e debbo stare attento a quello che dico. Se dicessi sí, sono fedele alla signorina Korby, domani la cosa sarebbe su tutti i giornali e io riceverei diecimila telegrammi e milioni di lettere. Se dicessi no, non sono fedele alla signorina Korby, sarei molto scortese, con lei qui al mio fianco. Perciò, eviterò di rispondere. Vieni, Flora.

– Ancora una domanda. Mi risulta che vostro padre lavora in uno dei ristoranti di New York. Sapete se sia implicato in qualcuno degli intrallazzi ai quali accennava il signor Korby?

– Oh per amor del cielo, non diciamo stupidaggini –. Voltò le spalle e si diresse alla porta, trascinandosi dietro Flora. Mi alzai, uscii nel corridoio e proseguii fino alla porta d'entrata, l'aprii per farli uscire, la richiusi, misi il catenaccio, poi ritornai di là in studio. Wolfe stava parlando.

– ... e vi assicuro, signor Rago, il mio interesse s'identifica con il vostro: di tutti voi, salvo uno. Voi non volete che la polizia vi piombi addosso, e neppure io.

Ora il cuoco delle salse sedeva eretto nella poltrona di pelle rossa, e le punte dei suoi baffi sembravano essersi irrigidite. – Trucchi, – disse.

– No signore, – replicò Wolfe. – Non ho niente contro i trucchi, specie quando funzionano, ma questa è semplicemente una discussione esplicita su una situazione incresciosa. Niente trucchi, perciò. Siete contrario a dirci quali rapporti esistevano tra voi e il signor Holt?

– Sono deluso, – dichiarò Rago, con il suo buffo accento. – Sapevo naturalmente che facevate l'investigatore di professione, lo sanno tutti, ma per me la vostra gloria sta nei vostri grandi contributi alla cucina: la vostra *sauce printemps*, il vostro pasticcio di aragosta, i vostri *artichauts drigants* e cosí via. So bene che cosa diceva di voi Pierre Mondor. Perciò, è una delusione, quando sono in vostra compagnia, che si debba parlare solo dell'orrore di un fatto di sangue.

– A me piace ancor meno che a voi, signor Rago. Sono contento di sapere che Pierre Mondor parlava bene di me. Allora, per quanto riguarda Philip Holt?

– Se proprio insistete, parliamone pure. Ma che cosa posso dire? Niente.

– Non lo conoscevate?

Rago allargò le mani, alzò le spalle e le sopracciglia. – Avevo avuto occasione di incontrarmi con lui, come ci s'incontra con tanta gente. Ma lo conoscevo? Chi può dire di conoscere una persona? Voi, vi conosco?

– Be', non mi avevate mai visto, fino a due settimane fa. Senza dubbio il signor Holt l'avrete visto spesso. Era un rappresentante molto in vista della vostra associazione, della quale voi eravate un membro attivo.

– Non sono mai stato attivo, nell'associazione.

– Ieri al picnic, eravate uno degli oratori.

Rago assentí e sorrise. – Già è vero. Ma solo per la mia attività in cucina, non nell'associazione. Forse è stato detto, persino da me, che per le salse sono di una bravura suprema. Solo per questa fama si è ritenuto di avermi tra gli oratori –. Si voltò in là. – Dico bene, signor Korby?

Il presidente dell'Ulra assentí. – Sí, è esatto, – confermò, rivolto a Wolfe. – Pensavamo che la cucina migliore dovesse essere rappresentata, e a rappresentarla avevamo chiamato Rago. Per quanto ne so io, non è mai venuto a una riunione del sindacato. Magari ci venisse, e non soltanto lui.

– Sono un uomo di cucina, – dichiarò Rago. – Sono un artista. Gli affari li lascio agli altri.

Ora Wolfe si rivolgeva a Korby. – Il nome del signor Rago è stato fatto in qualcuna delle accuse di cui parlavate?

– No. Ho detto che non avrei fatto nomi, ma posso dirlo. No, non è stato fatto.

– Non avete risposto di no, quando vi ho fatto la stessa domanda riguardo al signor Griffin –. Wolfe si rivolse all'importatore. – Desiderate fare qualche commento in proposito?

Ancora non ero riuscito a stabilire che cosa non andasse nell'occhio sinistro di Griffin. Non presentava alcun segno di ingiuria, sembrava funzionare perfettamente, eppure a tratti appariva un po' strabico. Non sempre, però. Visto da dove mi trovavo ora, per esempio, appariva normale.

Griffin sollevò il mento lungo e affilato. – Che cosa vi aspettate?

– Quello che io mi aspetto non ha importanza. Vi ho semplicemente invitato a esprimere eventuali commenti.

– Ah be', non ho commenti da fare. Non so niente di accuse, io. Quello che voglio, è vedere quella teste.

Wolfe scrollava il capo. – Ho già detto che non produrrò la teste... almeno per il momento. Siete ancora scettico?

– Sono sempre scettico –. La voce di Griffin sarebbe andata bene a un uomo due volte piú grosso e piú alto di lui.

– Voglio vedere quella testimone e sentire cos'ha da dire. Ammetto di non vedere per quale motivo ve la sareste inventata; se un motivo esiste, è troppo profondo per me, dato che mette anche voi nella nostra stessa barca, ma non crederò alle parole di quella donna fino a che non l'avrò vista. Forse allora le prenderò sul serio, forse no.

– Io penso che le crederete. Nel frattempo, che mi dite dei vostri rapporti con Philip Holt? Da quanto tempo e quanto bene lo conoscevate?

– Oh, al diavolo questi discorsi a vanvera! – Griffin balzò in piedi, e la differenza rispetto a quando era seduto non era molta.

– Se nei miei rapporti con lui ci fosse stato qualcosa che potesse indurmi a ucciderlo, pensate davvero che ve lo direi? – Appoggiò le mani aperte sulla scrivania di Wolfe. – Avete intenzione sí o no di tirar fuori quella teste? No? – Si girò di scatto. – Io ne ho abbastanza di questa storia! Tu Jim? Rago?

Quello scatto mise fine alla riunione, Wolfe avrebbe potuto trattenere Korby e Rago per qualche altro discorso a vanvera, ma evidentemente non riteneva che ne valesse la pena. Gli posero alcune domande: che cosa avrebbe fatto ora Wolfe, che cosa avrebbe fatto la teste, perché non potevano vederla, interrogarla, perché Wolfe le credeva, aveva intenzione di vederla almeno lui e di interrogarla?... ma naturalmente non cavarono un ragno dal buco. L'atmosfera non era molto cordiale, quando se ne andarono. Dopo averli accompagnati alla porta, ritornai in studio e mi piantai davanti alla scrivania di Wolfe. Lui se ne stava appoggiato all'indietro, a braccia conserte.

– Tra venti minuti si va a tavola, – annunciai, allegramente.

– Ma non in pace, – brontolò lui.

– No, signore. Istruzioni?

– Pfui! Occorrerebbe un esercito, e io non ce l'ho. Esaminare il passato di ognuno di loro, ricostruire tutti i rapporti e le trattative che hanno avuto con l'uomo che uno di loro ha ucciso...

Allargò le braccia e appoggiò le mani sulla scrivania. – Non posso nemmeno limitarmi a supporre che si sia trattato di un atto impulsivo, provocato da qualcosa che era stato detto o fatto quel giorno stesso, o nel passato immediato. Il bisogno o il desiderio di uccidere potrebbe anche risalire a una settimana fa, un mese, un anno, ed essere stato soddisfatto ieri in quella tenda soltanto perché le circostanze offrivano l'occasione.

Chiunque di loro sia stato, Rago, che ha visitato la tenda per primo, oppure Korby, o Griffin, o Vetter, che l'hanno visitata dopo di lui, in questo ordine, chiunque sia stato, dicevo, l'occasione era magnifica. L'uomo era là, disteso e sofferente, e l'arma era a portata di mano. L'assassino aveva una scusa plausibile per entrare nella tenda. Per allargare la nube di sospetto alla moltitudine, non doveva fare altro che sciogliere il laccio che teneva chiuso il telo posteriore. Quand'anche il cadavere fosse stato scoperto subito dopo che lui avesse lasciato la tenda, persino dopo pochi secondi, non vi sarebbe stata domanda alla quale egli non potesse dare risposta.

Mandò un sordo brontolio. – No. No, maledizione. Il movente potrebbe essere stato sepolto non soltanto in una complessità di rapporti ma addirittura nella storia. Potrebbero volerci mesi. Dovrò escogitare qualcosa.

– Già. C'è tempo.

– No, non è affatto detto che ce ne sia. È qui il vero guaio. Chiamate Saul, Fred e Orrie, e dite che si tengano a disposizione. Non ho idea per che cosa ma... non fa niente, chiamateli. E lasciatemi solo.

Andai alla mia scrivania e tirai a me il telefono.

5.

Che io ricordi, sono state soltanto cinque le occasioni in cui Wolfe ha abbreviato la sua seduta pomeridiana su nella serra con le orchidee, dalle quattro alle sei, e quella fu la quinta.

Se nel suo cervello vi erano stati altri sviluppi, io non ne ero informato. Certo non ve n'erano stati all'esterno, a meno di non voler contare le mie telefonate a Saul, Fred e Orrie, i nostri tre collaboratori piú fidati quando ci serve un aiuto esterno, per dir loro di tenersi a disposizione.

Tornato al suo tavolo dopo pranzo, Wolfe giocherellò con le carte che aveva sulla scrivania, contò la collezione di tappi metallici che si erano accumulati quella settimana nel suo cassetto, chiamò Fritz per farsi portare della birra che poi non bevve, e prese in mano almeno tre o quattro volte il romanzo di Albert Camus *La caduta* che stava leggendo al momento, per poi tornare a posarlo. Tra una cosa e l'altra, spolverava via granelli di polvere dalla scrivania, con il mignolo.

Quando accesi la radio per ascoltare il notiziario delle quattro, aspettò che fosse terminato, prima di avviarsi all'ascensore e salire nella serra sul tetto. Piú tardi, quasi un'ora dopo, mi sorpresi a spazzar via un bruscolo di polvere dal mio tavolo, con il mignolo. Dissi qualcosa che qui non è il caso di ripetere e andai in cucina a bere un bicchiere di latte.

Quando il campanello suonò, alle cinque e un quarto, balzai su e corsi in anticamera; mi resi conto che non era un comportamento dignitoso e imposi alle mie gambe di mantenere un'andatura normale. Attraverso il pannello a senso unico della porta d'entrata vidi, oltre la soglia, un individuo alto e dinoccolato, con un vestito marrone che aveva bisogno di un buon colpo di ferro e un cappello marrone di paglia.

Tirai un respiro, cosa di cui avevo evidentemente bisogno e andai ad aprire la porta, socchiudendola di quei cinque centimetri permessi dalla catena. L'aspetto non era da poliziotto ma non si può mai dire. Ignoravo che specie di esemplari il procuratore distrettuale Delaney o il capo della Squadra investigativa Baxter tenessero alle loro dipendenze.

Parlai attraverso lo spiraglio. – Sí, signore?

– Vorrei parlare con il signor Wolfe. Mi chiamo Banau, Alexander Banau.

– Sí, signore –. Tolsi la catena, spalancai la porta e lui varcò la soglia. – Il cappello, signore –. Me lo diede e io lo posai sull'apposita mensola. – Da questa parte, signore –. Aspettai che fosse installato nella poltrona rossa, in studio, prima di dire: – Il signor Wolfe è occupato, al momento. Lo avverto che siete qui.

Andai in anticamera e poi in cucina, chiudendomi via via le porte alle spalle, chiamai la serra dal telefono interno e dopo tre secondi, invece dei soliti quindici o venti, sentii un brontolio sordo. – Sí.

– Visite. Il capo-cameriere Alexander Banau.

Silenzio, poi: – Fatelo accomodare.

– Si è già accomodato. Avete qualche consiglio su come tenerlo occupato fino alle sei?

– No –. Un silenzio piú lungo. – Scendo subito.

Come ho detto, era la quinta volta, in tutti gli anni che ho passato con lui. Ritornai in studio, domandai all'ospite se gradiva qualcosa da bere, lui disse di no, e di lí a due minuti si udí il rumore dell'ascensore di Wolfe, che scendeva e si fermava, quello della porta che si apriva e si richiudeva, e infine il passo di lui. Wolfe entrò, andò verso la poltroncina di pelle rossa, e gli tese la mano.

– Signor Banau? Sono Nero Wolfe. Molto piacere.

Si stava veramente sprecando. Non ama stringere la mano al prossimo e raramente lo fa. Una volta calatosi sulla sua poltrona, rivolse a Banau un'occhiata cosí socievole che, in lui, era maledettamente vicina al fare le fusa.

– Ebbene signor Banau?

– Temo, – disse Banau, – che dovrò rendermi sgradevole ed è una cosa che faccio mal volentieri. Questo signore… – accennava a me, – … è Archie Goodwin?

– Sí, è lui.

– Allora la cosa sarà doppiamente sgradevole, e d'altronde non si può evitare. Riguarda il tragico evento di ieri, a Culp's Meadows. Stando ai resoconti dei giornali, la polizia si basa sulle possibilità che l'assassino sia entrato nella tenda dalla parte posteriore, e che sia uscito sempre da quella parte dopo aver compiuto il delitto. Proprio un'ora fa ho telefonato a Long Island per sentire se ritenevano ancora probabile quella spiegazione e m'hanno risposto di sí.

S'interruppe, per schiarirsi la gola. Volentieri lo avrei afferrato al collo, per dargli un aiuto.

– Si dice anche, – riprese, – che voi e il signor Goodwin eravate tra le persone interrogate, il che mi obbliga a concludere, sia pure a malincuore, che il signor Goodwin ha mancato di mettervi al corrente su una conversazione avuta con mia moglie, che sedeva nella nostra auto, all'esterno della tenda. Forse dovrei spiegare che io invece ero sul davanti, tra la folla e, quando il vostro discorso è stato interrotto da quel grido, e ne è nato un pigia pigia, io mi sono affrettato a tornare alla macchina, ci sono arrivato, sia pure con difficoltà, ho messo in moto e me ne sono andato. Non amo trovarmi in mezzo al tumulto.

Mia moglie non mi ha detto della conversazione avuta con Goodwin fino a che non siamo tornati a casa. Considera imprudente parlare mentre io guido. Cosí, ho saputo che il signor Goodwin si era avvicinato all'auto e aveva parlato con lei attraverso il finestrino aperto. Le ha domandato se qualcuno era…

– Scusate –. Wolfe agitava l'indice. – Il vostro presupposto che Goodwin non abbia riferito la conversazione a me è sbagliato. L'ha fatto.

– Come! L'ha fatto?

– Sí caro signore. Se…

– Allora sapete che mia moglie è sicura che nessuno è entrato nella tenda dal retro mentre venivano pronunciati i discorsi?

Nessuno tranne voi e il signor Goodwin? Che ne è assolutamente certa? Sapete che ha detto questo a Goodwin?

– So che gliel'ha detto, sí. Ma se mi date...

– E non l'avete detto alla polizia?

– No, non ancora. Vorrei...

– Ma allora mia moglie non ha altra scelta –. Banau era in piedi. – La cosa è anche piú sgradevole di quello che temevo. Deve mettersi subito in contatto con la polizia. Ah, è terribile, un uomo del vostro prestigio, e gli altri, anche. È terribile, ma bisogna farlo. In un paese d'ordine, la legge dev'essere osservata.

Girò sui tacchi e si diresse alla porta.

Mi alzai. Fermarlo e impacchettarlo non sarebbe stato un problema, ma mi tratteneva dal farlo l'espressione che vedevo sulla faccia di Wolfe. Era di sollievo; anzi addirittura di compiacimento. Lo fissavo, e stavo ancora fissandolo quando arrivò il rumore della porta di strada che si richiudeva.

Passai nell'atrio, vidi che Banau se n'era andato e che non aveva dimenticato il cappello, rientrai e tornai a piantarmi davanti alla scrivania di Wolfe.

– Potrei sapere anch'io di che cosa siete tanto soddisfatto? – domandai incuriosito.

Si riempí ben bene i polmoni di aria, poi la mandò fuori. – Ora va meglio, – dichiarò. – Era un'umiliazione, non ce la facevo piú a resistere: schizzavo dalla sedia, atterrito, ogni volta che il telefono squillava. Vi siete accorto di come ho fatto presto a rispondere, quando m'avete telefonato di sopra? Non osavo, capite, non osavo andare nella serra tropicale a guardare la mia *Paphiopedilum stonei*! Ora almeno sappiamo dove siamo.

– Sí! Anche dove saremo tra poco. Fosse dipeso da me, l'avrei trattenuto almeno il tempo sufficiente per dirgli...

– Zitto.

Ammutolii. Ci sono momenti in cui è inteso che non debbo disturbarlo, e il piú importante è quando lui si lascia andare contro la spalliera, chiude gli occhi e comincia a fare strani movimenti con le labbra. Le tira in dentro, le spinge in fuori, in dentro, in fuori, in dentro, in fuori.

Significa che il suo cervello ha superato la barriera del suono. L'ho visto, alle prese con un caso difficile, continuare quel movimento delle labbra per piú di un'ora. Sedetti alla mia scrivania, giudicando saggio e opportuno rimanere vicino al telefono.

Quella volta lui non impiegò un'ora, tanto piú non avendola. Impiegò all'incirca otto minuti. Riaprí gli occhi, si tirò su e parlò.

– Archie. Ha detto dov'era sua moglie?

– No. A me non ha detto niente. Teneva tutto in serbo per voi. Niente di piú facile che lei fosse qui all'angolo, seduta dentro la cabina telefonica.

Fece udire un brontolio. – Allora dobbiamo sgombrare da qui. Sono deciso a scoprire chi di loro ha ucciso quell'uomo, prima che ci arrestino tutti. Il movente e la prova verranno fuori in seguito; l'importante, ora, è identificarlo come osso da gettare a Delaney. Dov'è Saul?

– A casa, in attesa di ordini. Fred e Orrie...

– Ci basta Saul. Chiamatelo. Ditegli che stiamo andando là subito. Dove l'avrà avuta la sua riunione, il signor Vetter?

– Allo studio Mxo, immagino.

– Cercatelo. E anche la signorina Korby, se è là. E tutti gli altri. Dovete trovarli prima che possa trovarli Delaney. Devono venire tutti a casa di Saul, senza indugio. Nel piú breve tempo possibile. Dite che devono riunirsi per interrogare la teste, e che non c'è un istante da perdere. Se fanno storie, parlerò io e...

Ero già all'apparecchio, e stavo formando il primo numero.

6.

Dopo che tutti erano là, Wolfe si mise all'opera, e gli bastarono quindici minuti per scoprire il colpevole. Io, con un po' di fortuna, avrei impiegato forse quindici giorni. Se a voi piace giocare, provate ad appoggiarvi all'indietro, a chiudere gli occhi e a spingere le labbra in dentro e in fuori, e poi vediamo quanto tempo vi occorre per decidere in che modo regolarvi.

Mi sembra una proposta onesta, dato che sapete tutto quello che sapevamo Wolfe e io.

Ma intendiamoci, non dovete cercare di dargli un nome o di pensare a una prova capace di inchiodarlo. L'idea è un'altra. Dovete solo domandarvi: che uso possiamo fare di quello che sappiamo finora per indurlo a smascherarsi? Ecco che cosa fece Wolfe, e non m'aspetterei certo piú da voi che da lui.

Saul Panzer, al di sotto della media come statura ma chilometri al di sopra come cervello, viveva da solo all'ultimo piano di una casa della Trentottesima Strada Est, tra Lexington e la Terza Avenue. Aveva un soggiorno, una camera, cucinino e bagno. Il soggiorno era ampio, illuminato da due lampade a stelo e da due lampade da tavolo, accese persino alle sette di quella sera di luglio perché le tende erano chiuse. Una parete era quasi tutta finestra, un'altra era tappezzata di libri, le altre due avevano quadri e mensole ingombre di cose d'ogni genere, da campioni di minerali e zanne di tricheco. In un angolo c'era un pianoforte a coda.

Wolfe fece girare lo sguardo intorno e disse: – Secondo me, non ci vorrà molto.

Era seduto vicino a una delle lampade a stelo nella piú ampia delle poltrone di Saul, ampia abbastanza perfino per lui. Io occupavo uno sgabello alla sua sinistra, quasi di fronte, e Saul era alla sua destra ma piú in là, sulla panchetta del pianoforte. Le sedie dei cinque clienti erano disposte ad arco di fronte a lui. Naturalmente, sarebbe stato desiderabile disporre di posti in modo che l'assassino capitasse vicino a Saul o vicino a me, ma non era possibile dato che non avevamo idea di chi fosse, né noi due, né Wolfe.

– Dov'è la teste? – domandò subito Griffin. – Goodwin diceva che l'avremmo trovata qui.

Wolfe assentí. – Lo so, a volte il signor Goodwin è un po' sbadato, confonde le persone. C'è, ma è un teste –. Accennò con il pollice alla panchetta del piano. – Là. Il signor Saul Panzer, che non soltanto è attendibile e degno di fede, ma...

– Avevate parlato di una donna.

– C'è un'altra teste, ed è una donna; senza dubbio ve ne saranno anche altri, quando si arriverà al processo contro uno di voi. L'urgenza di cui il signor Goodwin parlava si riferisce a ciò che ha da dirvi il signor Panzer. Prima che lui parli, è necessaria qualche spiegazione.

– Lasciate parlare prima lui, – disse Dick Vetter, – poi spiegherete. Da voi ne abbiamo già sentite tante.

– Sarò brevissimo –. Wolfe rimaneva olimpico. – Si tratta del laccio che chiudeva il telo dell'apertura posteriore della tenda. Come sapete, il signor Goodwin l'aveva legato, prima che uscissimo tutti sulla piattaforma esterna, ma quando lui e io siamo entrati nella tenda, piú tardi, e ne siamo usciti dall'apertura posteriore, era stato slegato. Da chi? Non da qualcuno entrato dall'esterno dato che c'è una teste pronta a giurare che nessuno è...

James Korby interloquí. – È quella la teste che vogliamo vedere. Goodwin diceva che l'avremmo trovata qui.

– La vedrete, signor Korby, ogni cosa a suo tempo. Ancora un po' di pazienza, per favore. Il laccio, dicevo, era stato di conseguenza slegato da qualcuno entrato dal davanti: da uno di voi quattro, signori. Perché? Non si può fare a meno di pensare che sia stato slegato dall'assassino, per creare o sostenere la probabilità che Philip Holt fosse stato accoltellato da qualcuno entrato nella tenda dalla parte posteriore. È piú che un'ipotesi, signori: è quasi una certezza. Perciò, m'è parso che fosse quanto mai desiderabile scoprire, se possibile, chi aveva slegato il telo; e mi sono valso dei servigi del signor Panzer –. Girò la testa. – Saul, per cortesia...

Saul teneva la mano su un astuccio di pelle nera posato accanto a lui, sulla panchetta del piano. – Devo dire proprio tutto, signor Wolfe? Anche come le ho avute?

– Per ora no, direi. Semmai in seguito, se vorranno saperlo. Per ora quello che avete trovato è piú importante del come l'avete trovato.

– Bene, signore –. Saul aprí il coperchio dell'astuccio e ne tolse qualcosa. – Preferirei non dover spiegare come le ho avute, perché questo potrebbe creare delle noie a qualcuno.

Era l'imbeccata per me. – Come sarebbe a dire «potrebbe»? Sapete benissimo che per qualcuno sarebbero grane.

– D'accordo, Archie, d'accordo –. Saul si rivolse al pubblico. – Quelle che ho qui sono fotografie di impronte digitali rilevate sul laccio del telo dell'entrata posteriore della tenda. Ce ne sono di confuse, ma quattro sono perfettamente nitide. Due di queste appartengono al signor Goodwin, per cui ne restano da identificare due –. Si girò verso l'astuccio e cominciò a tirar fuori una cosa e l'altra. Poi piegò la testa verso i cinque. – Si tratta di questo, io vi rilevo le impronte...

– Non cosí in fretta, Saul –. Gli occhi di Wolfe guardarono a destra, poi di nuovo a sinistra. – Avete sentito come stanno le cose e certo ora capite perché il signor Goodwin diceva che era urgente trovarsi. Senza dubbio, quelli di voi che non hanno toccato il nastro non avranno niente in contrario a lasciar paragonare le loro impronte con quelle delle fotografie. Se poi qualcuno si oppone, non può meravigliarsi che la cosa desti dei sospetti. Intendiamoci, c'è la possibilità che nessuna delle vostre impronte corrisponda alle due non identificate sulle fotografie, e in tal caso il risultato sarà negativo e non conclusivo. Il signor Panzer ha tutta l'attrezzatura per rilevarvi le impronte, ed è un esperto. Allora, gli date il permesso?

Vennero scambiati sguardi.

– Perché no? – disse Vetter. – Tanto, le mie figurano già negli archivi. Ma sí.

– Può rilevare anche le mie, – disse Griffin. – Non ho niente in contrario.

Paul Rago esplose bruscamente. – Ancora trucchi!

Tutti gli occhi si rivolsero verso di lui. Wolfe parlò. – No, signor Rago, nessun trucco. Il signor Panzer preferirebbe non spiegare come si è procurato quelle fotografie, ma lo farà se proprio insistete. Vi assicuro che...

– Non dico trucchi nel modo come se l'è procurate –. Il cuoco delle salse smise di tenere accavallate le gambe. – Alludo a quello che avete detto voi, che è stato l'assassino a sciogliere il telo. Non è detto che sia cosí. Anzi, è una menzogna! Quando io sono entrato nella tenda e ho guardato Holt, m'è sembrato che non respirasse bene, non c'era abbastanza aria e sono andato a slegare il telo perché l'aria potesse passare. Perciò se prendete le mie impronte e saranno uguali a quelle della fotografia, questo cosa proverà? Un bel niente! Niente! Ecco perché dico ancora trucchi, e in questo grande paese di libertà...

Non stavo cercando di provocargli un senso di panico. Non intendevo neppure toccarlo. In tasca avevo la Marley .38, e anche Saul era armato, perciò se avesse tentato qualcosa, l'avremmo fermato in un batter d'occhi. Ma usare un'arma, specie dove c'è gente, è sempre cattiva abitudine, a meno che non sia indispensabile, ed ecco perché dato che lui era a piú di tre metri di distanza, mi alzai e mi mossi al solo scopo di avvicinarmi.

Saul ebbe la stessa idea nello stesso istante, e la vista di noi due che convergevamo su lui, aggiunta a tutto quello che lui sapeva e che noi non sapevamo ancora, gli fece perdere la testa. Balzò dalla sedia e si precipitò verso la porta mentre io stavo ancora muovendo il mio secondo passo.

Al che, naturalmente, fummo costretti a prenderlo, io lo raggiunsi per primo, non perché sia piú veloce di Saul ma perché lui era piú distante di me. E l'idiota tentò di ingaggiare una lotta, sebbene l'avessi ormai bloccato. Sferrò un calcio a Saul dove fa piú male, fece cadere una lampada, e mi colpí proprio al naso con il cranio. Infine mi affondò i denti nel braccio e allora pensai: «L'hai voluto tu amico». Estrassi la Marley dalla tasca, gliela calai a mo' di clava dietro l'orecchio e lui andò giú inerte.

Voltandomi, vidi che anche Dick Vetter serrava qualcuno come in una morsa, e lei non scalciava e non mordeva. Nei momenti di tensione, la gente mostra di solito quello che veramente pensa che succeda, persino a personaggi pubblici importanti come i divi della tivú. Sui giornali non c'era neppure una parola in proposito, il giorno dopo.

7.

Spesso mi sono domandato che cosa deve avere provato Paul Rago quando, al suo processo un paio di mesi piú tardi, non vennero addotte prove di sorta per quanto riguardava le impronte digitali. Ormai sapeva, è naturale, che si era trattato di un trucco e nient'altro, che nessuna impronta era stata rilevata dal telo della tenda né da Saul né da nessun altro, e che se avesse tenuto la bocca chiusa e fosse stato al gioco, forse a quest'ora sarebbe ancora libero.

Una volta, ho domandato a Wolfe che cos'avrebbe fatto, se le cose fossero andate in questo modo.

Mi ha risposto: – Ma non sono andate cosí.

– Già, ma se fossero andate cosí? – ho insistito.

– Pfui! – ha fatto lui. – L'eventualità era troppo remota per essere presa in considerazione. Era matematicamente certo che il telo l'avesse slegato l'assassino. Messo di fronte alla forte probabilità che stessimo per scoprire che le impronte sul laccio erano sue, doveva per forza dire qualcosa. Doveva spiegare in che modo erano finite là, ed era preferibile farlo subito, è logico, invece d'aspettare d'esservi costretto dalla prova schiacciante.

– D'accordo, è stato un trucco ben studiato. Ma io insisto nel dire: e se...?

– E io insisto nel dire che non c'è scopo di prendere in considerazione le eventualità remote. E se vostra madre vi avesse abbandonato nella gabbia di una tigre all'età di tre mesi? Che cos'avreste fatto?

Ho risposto che ci avrei pensato su e gliel'avrei fatto sapere.

Quanto al movente, vi offro tre supposizioni, se le volete, ma non ci arriverete mai se andrete a cercarle in quello che ho riferito finora. In tutti i discorsi a vanvera che si erano fatti quel giorno nello studio di Wolfe, non c'era una sola parola che potesse riferirsi sia pure lontanamente al perché Philip Holt fosse stato ucciso, il che spiega perché agli investigatori prima o poi viene l'ulcera.

Cioè no, sbaglio; si accennò al fatto che a Philip Holt piacevano le donne, e indubbiamente questo un riferimento l'aveva. Una delle donne che gli erano piaciute era la moglie di Paul Rago, un tipetto attraente, con gli occhi azzurri che aveva la metà degli anni di suo marito. A differenza di Flora Korby, lei aveva trovato Holt di suo gusto, e l'aveva dimostrato.

A Paul Rago, si sa, la cosa non era piaciuta affatto.

Marcello Fois

Dove?

7 luglio 1981

I genitori di Asia avevano letto il rapporto Kinsey, avevano occupato insieme ai loro studenti la Sala tesi della facoltà universitaria in cui insegnavano, avevano un mucchio di idee chiare su tutto. Guardavano alla masturbazione e al petting come fasi salienti e irrinunciabili per una sana crescita sessuale e per una profonda conoscenza del sé.

I genitori di Asia giravano nudi per casa, se capitava, nel senso che non stavano a coprirsi se dovevano transitare dal bagno alla camera da letto. Loro pensavano ai rapporti interpersonali come ad avvenimenti del tutto staccati da istanze di carattere censitario, razziale, anagrafico, religioso, politico, culturale, morale, estetico, eccetera.

I genitori di Asia mi davano del tu e mi invitavano a dar loro del tu. Dicevano che i miei brufoli dipendevano dal caos del mio corpo, che erano il segnale di uno squilibrio fra Yin e Yang. I genitori di Asia mi parlavano come se fossi un adulto fatto, invitandomi a specificare le caratteristiche di quello che io avevo definito innamoramento per la loro «ragazza». Semplice pulsione erotica, decretava il padre di Asia, tempesta ormonale, spiegava. Anche tentare di rimorchiare ragazzine faceva parte, secondo loro, di una tappa indispensabile, del bagaglio di esperienze assolutamente da farsi; anche dare una tiratina a uno spinello; anche sentire gli adulti come nemici…

Poi un giorno la madre di Asia se n'era andata. E lei era rimasta col padre. E adesso anche Asia era scomparsa, e tutti si affrettarono a dire che questa faccenda che le donne di casa Gostner tendevano a sparire era qualcosa che non deponeva bene nei confronti dei maschi di famiglia. Cosí Asia era sparita: un attimo prima era con noi al falò, un attimo dopo non c'era piú.

Ma ora, mentre mi teneva un braccio sulle spalle, Ludwig Gostner, il padre di Asia, sembrava imbronciato, e stranamente calmo. Io lo guardai, e lui si sentí in dovere di spiegarmi quell'atteggiamento.

– Tra madre e figlia, – disse, – si instaura un rapporto conflittuale che, se non inserito in una giusta collocazione, può deflagrare e ingenerare una reazione a catena... Hai presente la bomba atomica? – Avevo presente. – Credo che Asia abbia voluto vivere quest'esperienza contro di lei. È la sua elaborazione, per una scomparsa di cui non è mai riuscita a darsi una spiegazione –. Disse queste cose guardandomi dall'alto del suo metro e novanta, col busto che quasi mi copriva completamente. Restò qualche secondo in silenzio, poi con un terribile cambio di tono riprese: – Credo che l'alcol e il sesso nella stessa sera siano stati un carico troppo grosso per una ragazza di quindici anni. E cosí tutto il resto. Non dici niente? – m'incalzò a un certo punto. – Eh, Carlo... sono sicuro che aprirti ti farebbe bene.

Non avevo un accidente da dire. Non riuscivo a dire niente. Mia madre chiese che mi lasciassero in pace. Un tipo brusco in divisa si presentò.

– Maresciallo Tani, – disse. Disse che se fosse stato per lui mi avrebbe riempito di botte. – Lasciatemelo cinque minuti, vedrete come parla, – disse.

Cominciava a imbrunire e l'erba era umida. Del falò della sera prima non era rimasto che un segno nero circolare di carboni polverizzati e qualche bottiglia vuota.

La sera prima avevamo cantato *Questa è La Fine. Sí, è un'amica La Fine. Questa è La Fine, la mia unica amica, La Fine. Della nostra ipocrisia, di tutto ciò che esiste, La Fine...* Poi la birra, direttamente dal collo della bottiglia, e qualche giro di canna. Poi in silenzio a salutare Jim che se n'era andato dieci anni prima, che si era inabissato nel mare lontano, oltre le creste aguzze delle montagne, come la palla rossa del sole. La sera prima al posto di quel cerchio nero aveva brillato una fiamma che ci asciugava le lacrime e aveva fatto il cielo ancora piú scuro.

Mi venne un brivido. Per Jimmy, per Asia, per tutto il resto.

– Ha detto qualcosa? – latrò l'uomo brusco in divisa.

Il padre di Asia agitò il braccio per farlo tacere. Ritornò a sedermi accanto, coprendomi le spalle col suo giubbotto. – Eravate seduti qui? – mi chiese.

Guardai la radura circondata dai sempreverdi e la straordinaria morbidezza con cui sfumavano le vette, piú in là. Accennai di sí.

– Poi? – chiese.

Indicai un punto qualunque verso l'oscurità.

– Da quella parte? – m'incoraggiò.

Non risposi. Ma era solo a causa di tutta la confusione che stavano facendo intorno a me. Oppure per i fari delle volanti che strappavano lembi di oscurità e sbattevano sul prato le ombre nerissime degli alberi. Oppure per i cani che guaivano ancorati ai guinzagli tesi sino al punto di rottura che un uomo in divisa grigia afferrava a due mani, come le briglie di una diligenza lanciata a tutta velocità.

Il padre di Asia mi cinse le spalle con un braccio. – Lo so che una ragazza come mia figlia può fare impazzire, – mi disse a un certo punto. – Lo so che soffriamo allo stesso modo: tu per il rifiuto, io per l'assenza.

Per qualche istante restammo a guardarci. Lui assentí col capo, come a incoraggiarmi. Ma io non dissi nulla. Il suo braccio mi pesava sul collo. Ai cani avevano fatto annusare qualcosa, una maglietta, ed erano impazziti.

– Da quella parte? – riprovò il padre di Asia. Niente da fare. Mi batteva il mento con l'indice della mano.

– Cominciamo lo stesso, – ruggí l'uomo brusco in divisa. – Qui non si risolve niente.

– Vedi quanta gente fai preoccupare col tuo silenzio? – riprese il padre di Asia come se niente fosse. Ancora nessuna risposta. – Io lo so come vanno queste cose: lo so, io le ho provate, con le troiette in fasce che ce la fanno annusare e poi niente. Lo so che si diventa matti. Vi siete riuniti in questo punto, avete cantato, ballato, vi siete baciati. Hai baciato mia figlia?

Nessuna risposta.

– Io le capisco queste cose, la situazione, il dolore intendo, il vostro rito di elaborazione del lutto, e ora le capisco meglio. Con me ti puoi confidare. A me devi dirlo. Sei sempre stato uno di casa. Ti sto chiedendo una mano! E tu mi devi aiutare. Vedi, anch'io ho bisogno di elaborarlo, il mio lutto.

Sapeva tutto, quell'uomo, spiegava ogni cosa con parole chiare, mi parlava come se fossi un suo vecchio compagno di liceo.

Provai un sorriso sentendo il calore del suo braccio che si estendeva alle mie spalle.

– Possono passare giorni, – ricominciò dopo interi minuti di silenzio, – passerà troppo tempo se tu non parli, e avrà freddo e sarà sola chissà dove, e avrà paura, perché nonostante tutto mia figlia restava una piccola borghese, una giovane donna con un sacco di sciocchezze per la testa, e io la rivoglio con me... – Il tono della sua voce, che diventava sempre piú concitato, mi spense il tentativo di sorriso. La pressione del suo braccio, che diventava una morsa tra la nuca e il collo, mi fece piegare in avanti. – Che cosa è successo? – continuò con un sibilo. – Vi siete appartati? Ci hai provato con lei? Volevi di piú di quello che lei era disposta a darti? Pensavi che sarebbe bastata questa stronzata di rito collettivo, di commemorazione per uno stronzo di cantante che è crepato, per fotterti la mia bambina? Questo pensavi, piccolo rottinculo arrapato? Eh, questo pensavi?

Pensavo solo che sarei morto. L'uomo brusco in divisa intervenne in tempo: balzò sul padre di Asia, me lo strappò di dosso.

E all'improvviso mi apparve chiara una cosa: quell'uomo non sapeva niente, niente di niente.

– Dove l'hai seppellita, maiale assassino? – continuava a urlare Ludwig Gostner mentre cercava di svincolarsi dalla presa dell'uomo brusco. – Apri quella bocca, finocchio bastardo, capellone del cazzo, stronzetto di merda: dove l'hai seppellita? Dove?

7 luglio 2001

– E cosí lei crede che la scomparsa di suo figlio possa essere collegata a questo fatto? – Il commissario Curreli tentò un'inflessione assolutamente neutra.

L'ingegner Carlo Meletti accennò di sí, ma era un accennare incerto. – Non so cosa pensare, – sussurrò. – Noi non abbiamo nemici, non siamo ricchi, certo non ci manca nulla, ma ricchi proprio no.

Marchini ascoltò la conversazione senza fiatare. Carlo Meletti tentò di fermare un tremore convulso alla gamba.

– È stato lui, Gostner, – si lagnò a un certo punto. – È lí che dovete cercare il mio ragazzo... Ha quindici anni, mio Dio!

– Si rende conto che lei fa un'accusa piuttosto grave?

– Loro credono che io c'entri con la scomparsa di Asia... Lo sa cosa credono? Che sia stato io a... farla sparire... Non lo capite che è una vendetta?

Da soli in ufficio, Marchini e Curreli si guardarono come se non riuscissero a trovare il modo giusto per dirsi quello che avrebbero dovuto dirsi. Un meccanismo da vecchia coppia di sposi che sanno tutto l'uno dell'altro.

– Che ne sappiamo della vicenda a cui fa riferimento l'ingegnere? – chiese Curreli a bruciapelo.

Marchini prese qualche secondo per riflettere. – Roba di vent'anni fa: il Meletti flirta con Asia Gostner, serata di luglio, falò sul Renon... Illegale, tra l'altro...

– Dai, Marchini, a quindici anni è illegale tutto e niente, vai avanti!

– La ragazza scompare nel nulla... I sospetti ricadono sul fidanzatino, il Meletti appunto, ma l'inchiesta si chiude con un nulla di fatto, per quanto si cerchi non si trova nulla a suo carico, ma...

– Ma?

– Ma per Ludwig Gostner, il padre della ragazza, lui rimane colpevole... Non si contano i suoi tentativi di riaprire il caso...

– E la madre?

– La madre resta un mistero. Petra Polzot, uscita di casa e mai piú ritornata... Neanche la scomparsa della figlia l'ha fatta tornare... – riassunse Marchini.

– Certo mi ha rovinato la vita. Non c'è posto né occasione dove per vent'anni non mi sia visto comparire davanti Ludwig Gostner, alla laurea, al matrimonio, una volta persino in palestra... – elencò l'ingegner Meletti.

Curreli aggrottò le sopracciglia. – E che cosa le diceva?

– Niente, assolutamente niente... Era lí e basta. Voleva farmi sapere che lui c'era e che non aveva dimenticato... Poi, qualche mese fa, piú nulla...

– E lei aveva dimenticato?

A Meletti scappò una specie di sorriso. – E come avrei potuto? Senta, commissario, per quanto possa valere, io le giuro che non ho alcuna responsabilità in merito alla scomparsa di Asia. Lei era la mia ragazza... Come avrei potuto dimenticare?

– Dunque, dunque... – riassunse Curreli. – C'è Riccardo Meletti, un ragazzo di quindici anni sparito esattamente vent'anni dopo la scomparsa di Asia Gostner, un'altra ragazza quindicenne: stesso giorno, stessa ora. Abbiamo il padre del ragazzo scomparso oggi, che è l'ex fidanzatino della ragazza scomparsa vent'anni fa. Abbiamo Ludwig Gostner, l'anziano padre della ragazza scomparsa vent'anni fa, che ha sempre ritenuto colpevole il Meletti...

– Il Meletti chi? – lo interruppe De Pisis. – Il ragazzo?

Curreli ebbe un moto di stizza. – No, non il ragazzo. Il padre del ragazzo, che vent'anni fa era il fidanzatino della giovane scomparsa: la Gostner. Ci siamo fin qui?

De Pisis fece finta che ci fossero. – Quindi? – chiese, sperando di prendere tempo per dipanare dentro di sé una matassa che si faceva troppo ingarbugliata.

– Quindi abbiamo ragione di credere che la scomparsa di Riccardo Meletti e quella di Asia Gostner siano collegate.

– Ah, – constatò De Pisis. – Un maniaco che festeggia i vent'anni d'impunità.

Curreli strinse le palpebre come se avesse bruciore agli occhi. – Senti, De Pisis, non la butterei in vacca.

De Pisis sollevò il mento e lo sguardo che gli stava sopra. Quel breve movimento bastò a diffondere nell'aria l'olezzo di una colonia costosissima.

Tutto, tutto, tutto. Tutto voleva sapere Giacomo Curreli delle ultime, diciamo, sei ore, del ragazzo scomparso... E capire come e perché. E rivoltare la sua stanza come un calzino. E sentire una per una tutte le persone che lo conoscevano. E sapere che cosa aveva fatto quel giorno, secondo per secondo, l'anziano padre di Asia Gostner. Tutto. Per Marchini quel «tutto» era la certezza certa che se solo si fosse azzardato a pronunciare la parola «turno» o «pausa» se la sarebbe vista brutta. Vedersela brutta con Curreli significava semplicemente schiantarsi contro il suo silenzio. Ecco, il commissario aveva un silenzio terribile, qualcosa che a Marchini sembrava peggio di una brutta risposta.

Ogni volta che Curreli tornava dall'ufficio del procuratore capo aveva bisogno di almeno un'ora di decantazione. De Pisis era quanto di piú deprimente lui potesse pensare, e sí che non era bello tornarsene da solo la sera in un appartamento semivuoto, o sentire i propri cari solo per telefono. Eppure, persino questa forma sottile di depressione da solitudine sembrava al commissario meno deprimente che discutere col profumatissimo dottor De Pisis. Una volta gli aveva chiesto se fosse parente del pittore, e l'altro era caduto dalle nuvole: «De Pisis pittore?» Poi aveva scosso la testa come a scacciare solo l'ipotesi di una simile, incongrua parentela. A Curreli la pittura era sempre parsa una forma altissima di riflessione, qualcosa che si avvicinava parecchio alla sua idea del mondo. Un delinquente, diceva a se stesso, è come una tela bianca da riempire di contenuto, se riempi la tela quello spazio cessa di essere vuoto. E questo era un concetto, opinabile se vogliamo, ma di sicuro incomprensibile per il dottor olezzante De Pisis. Ma anche per Marchini, a dire il vero. Con la differenza, non piccola, che Marchini aveva il pregio di conoscere bene i propri limiti. Era uno a cui non si poteva non volere bene. Lui aveva quella particolare aura delle persone che nascono buone.

Comunque, all'uscita dall'ufficio del procuratore capo gli sguardi di Marchini e Curreli si incrociarono, e uno capí che l'altro aveva bisogno di stare solo.

Anche se il commissario avesse avuto voglia di parlare, Marchini non avrebbe saputo che dirgli: non c'era niente di niente da dire...

Ludwig Gostner il pomeriggio della scomparsa di Riccardo Meletti era rimasto tutto il giorno al Circolo degli scacchi, e aveva almeno venti persone pronte a testimoniarlo. I Meletti, inoltre, avevano concesso l'autorizzazione a ispezionare la stanza di Riccardo, ma era stato tempo perso se si esclude il ritrovamento di due Dvd pornografici scovati nel doppiofondo di un cassetto.

Per calmarsi, Curreli si metteva seduto con i piedi sulla scrivania come nei film americani, e si infilava le cuffie del lettore Mp3 nelle orecchie... Quella meraviglia tecnologica era accettabile persino per uno come lui: migliaia di pezzi musicali in un oggetto piccolissimo... Chiuse gli occhi aspettando che Ray Charles attaccasse *Sorry Seems to Be the Hardest Word*.

In quella brutta faccenda gli sembrava tutto talmente chiaro che quasi faceva fatica a esprimerlo. Lui di figlie ne aveva due, avevano adesso la stessa età di Asia Gostner quando era sparita. Lui sapeva, sapeva bene. Immaginava tutta la pena di un padre che, abbandonato dalla moglie, passa la sua esistenza a cercare la figlia scomparsa e a chiedersi: dove? Qualunque cosa possa significare quel *dove*. Dove è finita? Dove è sepolta?

Quel *dove* aveva rovinato tutto. Gostner era rimasto solo, schiacciato dall'impossibilità di una qualunque ipotesi di elaborazione del suo terribile lutto bianco.

– Per me la questione è chiara, – disse Curreli quando ritornò fra gli umani. – E quando sarai padre sarà molto chiara anche a te.

Marchini accennò un sorriso. – Con questi turni... – disse a sua volta. – Quando ce l'ho il tempo di fare un figlio? Torno a casa che sono uno straccio.

Lo scambio che seguí fu piuttosto un monologo. Marchini fece appena in tempo a riportare gli scarsi risultati della sua ricerca che Curreli si ingegnò a dimostrargli che erano cosí scarsi perché, probabilmente, non avevano fatto le domande giuste. Per esempio, avevano chiesto al responsabile del Circolo degli scacchi da quanto tempo Ludwig Gostner fosse iscritto? Marchini strizzò gli occhi e fece cenno di no. Appunto. Che cosa si aspettavano? Che uno avesse un piano cosí preciso, covato per anni, e poi lo rovinasse facendosi vedere nei pressi del luogo del misfatto? No, Ludwig Gostner doveva stare anni luce lontano da Riccardo Meletti, e doveva essere in un posto dove potesse essere visto. Quindi il punto è: Ludwig Gostner era un frequentatore abituale del Circolo degli scacchi o si era presentato *una tantum* proprio nel periodo intorno alla scomparsa di Riccardo Meletti?

A questo Marchini non sapeva rispondere. Come volevasi dimostrare. Afferrato il punto? insisteva Curreli, e Marchini scuoteva le spalle come a dire che sí, ma non era vero. Lí per lí non capiva proprio che differenza potesse fare il fatto che Ludwig Gostner fosse un frequentatore abituale del Circolo degli scacchi, poi capí, e Curreli lo percepí dalla qualità dello sguardo. Ci sei arrivato, sussurrò. E Marchini questa volta fece segno che sí, che era logico: se Ludwig Gostner si era presentato al Circolo degli scacchi diciamo da un mese o due, poteva essere perché aveva bisogno di un alibi. Ma allora bisognava trovare un complice. Che ne sapevano della signora Polzot? Chi? Petra Polzot ex Gostner. Scomparsa nel maggio 1981, abbandono del tetto coniugale si sarebbe detto, una lettera scarna del tipo: *non cercatemi, perdonatemi se potete, questa non è la mia vita*...

eccetera. Cosí il Gostner non fa in tempo a rendersi conto che la moglie l'ha lasciato che sparisce anche la figlia... Una bella sfiga. Già, soffiò Marchini. Si capisce che uno perde la bussola e comincia a perseguitare il primo che ritiene colpevole, Carlo Meletti appunto. Cosí aspetta, aspetta che il figlio del suo nemico abbia l'età giusta e poi lo fa sparire, dente per dente. Sí, regge abbastanza, si entusiasmò Marchini. Curreli, manco a dirlo, non aveva per niente l'aria soddisfatta. Avete trovato un computer nella stanza di Riccardo? No. E vi pare possibile? Marchini allargò le braccia. Papà ingegnere, studio avviato, quelli col computer ci vanno a letto. Persino il figlio del portinaio ha un Pc oramai e non Riccardo Meletti? Collegamenti in camera? Marchini fece mente locale, sí, certo: prese per computer sí, ma né apparecchio né fili...

– Certo, Riccardo ha il suo Pc. Ma la settimana scorsa ha avuto un problema al disco fisso ed è stato portato a riparare... Ho insistito perché ne prendesse uno nuovo, noi in studio abbiamo delle condizioni molto convenienti, ma Riccardo è ostinato, voleva assolutamente il suo computer.

– Forse c'era dentro qualcosa di prezioso, – commentò Curreli. – Non le dispiace lasciare al mio collega l'indirizzo del posto presso cui l'avete portato ad aggiustare? – chiese indicando Marchini.

Carlo Meletti scarabocchiò un indirizzo su un foglio e lo porse all'ispettore.

Questi afferrò il foglietto e si spostò per permettere a Carlo Meletti di alzarsi e guadagnare l'uscita. Curreli si voltò per un secondo a osservare una nuvola che correva davanti alla sua finestra come una specie di preparazione al congedo imminente. Tuttavia Meletti non si alzò, anzi, sembrò sistemarsi meglio sulla sedia. Prese fiato. – Asia era una ragazza piena di segreti, commissario. La sera in cui scomparve avevamo discusso... Lei non sa quante volte mi sono domandato se quella discussione non mi rendesse anche indirettamente responsabile di quello che è capitato...

– E di che cosa avete discusso esattamente?

– Lo dissi al giudice: erano sciocchezze di ragazzi… Vede, io ero stato dietro ad Asia per mesi e lei mi aveva sempre respinto, poi all'improvviso ecco che mi chiede se voglio diventare il suo ragazzo, Asia era cosí… Ecco, di questo stavamo discutendo, del perché lei avesse deciso… Me lo domando tuttora.

– E cosa si è risposto? – Il tono di Curreli era stranamente caldo.

– Non lo so… Non lo so… Ma non passa giorno in cui io non me lo chieda…

Curreli tacque per qualche secondo. – Le indagini in casi come questo sono sempre estremamente approfondite… Non ho ancora esaminato gli incartamenti, ingegnere, ma se non è stato fermato all'epoca, non ho ragione di credere che lei sia responsabile, per quanto può valere…

– Vale molto, commissario… Per me vale molto… Ma Ludwig Gostner non sembra pensarla allo stesso modo… E anche questo lo posso capire, oggi lo posso capire… Questo… Non sapere… Oh, non c'è niente di peggio… Lo convochi, commissario: lui sa qualcosa… Riccardo è scomparso vent'anni dopo Asia, lo stesso giorno… Non mi dica che la ritiene una coincidenza…

– Anche se fossi d'accordo con lei, senza prove non sarei autorizzato a pensare che Ludwig Gostner sia responsabile della scomparsa di suo figlio.

– Ma cos'altro le serve? È talmente chiaro… Perché non fate qualcosa… perché?

– Per lo stesso motivo per cui non posso ritenere lei responsabile della scomparsa di Asia Gostner, ingegnere.

La risposta è no. Ludwig Gostner non era un frequentatore abituale del Circolo degli scacchi, e nemmeno un giocatore eccellente se è per quello, ma si sa come succede a quell'età, si fanno le cose per dare un senso compiuto al tempo che se ne va. Cosí si era presentato e pretendeva di partecipare ai tornei… Era irascibile, al circolo faceva fatica a trovare qualcuno che volesse perdere tempo con lui. Nell'ultima settimana si limitava a guardare le partite degli altri.

La risposta è ancora no. Petra Polzot e Ludwig Gostner non hanno piú avuto contatti dal quel giorno di giugno in cui la donna, senza nemmeno fare i bagagli, si è volatilizzata. E questo è quanto: si passa da una famiglia a una casa vuota. C'è da perdere la testa. E Ludwig Gostner la testa l'ha persa davvero: nel giro di due anni si trova senza lavoro, accede a una pensione di invalidità per la sussistenza e vive in isolamento, tre quarti della casa affittata a studenti o professionisti, un quarto, bagno, cucinotto e una stanza, per sé, a rimuginare, a rattristarsi. In confronto alla perfezione di cielo e di monti che gli si paravano davanti alla finestra, dovette sembrargli immensamente crudele abitare in quel paradiso.

La risposta è sí. Il contenuto del disco rigido del computer di Riccardo Meletti, magari a frammenti. Ma si può consultare. Ci vuole pazienza, però.

La risposta è ancora sí. Interrogati uno per uno, gli amici di Riccardo confermano che l'hanno aspettato al campo scuola per una partita di calcetto e che lui non si è presentato. Alla domanda se avessero notato qualcosa di strano nell'atteggiamento del ragazzo, la risposta degli amici fu di quelle che sanno dare gli adolescenti: in che senso «strano»? Insomma, su quel fronte lí tutto normale.

– Sono io... Tesoro, tutto bene?... Sí, certo, anch'io... Non ti preoccupare, principessa... Tua sorella come sta?... Dille che se non la trovo in casa la prossima volta che chiamo la faccio prelevare da un collega e la faccio chiamare dal commissariato... La mamma è lí?... Sí, sí... Tesoro, anch'io... Chiama quando vuoi e fammi chiamare anche da tua sorella... Sí, bene... Ehi... Tutto bene?... Mmmh, hai una voce strana, non è che stai covando qualcosa? C'è una strana epidemia in giro, con questo caldo... Appunto, e voi andatevene al mare... No, che riposo, abbiamo una brutta pesca: un ragazzo scomparso... E chi lo sa, è una storia complicata, una storia di vent'anni fa, vedi un po'... Secondo te un padre che ha subito la perdita di una figlia sarebbe in grado di far subire la stessa cosa a un altro padre? Eh, eh, eh, lo so che il padre sono io... Ma se tu fossi nei panni di quel padre?... Perché è impossibile rispondere?... Mmmh, certo... No, era cosí, per sentirvi... Per sapere che state bene... Se voi state bene io sono tranquillo... Eh, lo so, dai... Non è vero che non lo dico mai... Lo sai... Anch'io. Anch'io, certo...

Carlo Meletti avanzò all'interno dei locali del Circolo degli scacchi come Priamo nel campo degli Achei. E aveva in cuore la stessa pena. Ludwig Gostner lo vide arrivare mentre il suo avversario, un bambino occhialuto e serioso seduto davanti a lui, macellava il suo cavallo sotto la lama rettilinea di una torre in D2. Meletti non disse una parola, intercettò il Gostner e lo raggiunse, e quando quest'ultimo cercò di alzarsi dalla sedia, lo trattenne abbracciandogli le ginocchia. Il vecchio si irrigidí, ma capí presto che non sarebbe riuscito a liberarsi. Ora Meletti piangeva, un pianto silenzioso...

Marchini si grattò il mento. Cosa si poteva fare in quella situazione? Il punto era che per quanto cercasse, in merito a indagini vere e proprie sulla scomparsa di Asia Gostner non riusciva a trovare un bel niente. Roba generica, certo, roba che avrebbe potuto trovare chiunque su Internet, pagine di giornali locali, con notizie piú o meno fantasiose: rapita dai rom, rapita dai marziani, rapita dagli italiani («Mafiosi, ci rubano il lavoro e le donne, appunto»). Per il resto un bel niente. Appunto. Secondo le ricostruzioni della stampa locale, a occuparsi della scomparsa della ragazza furono al tempo le forze dell'arma dei carabinieri...

– E tu telefona a Marcialis, maresciallo Marcialis, è una brava persona. Lui quello che trova sull'indagine te lo dà, non è di quelli corporativi, – consigliò Curreli.

Intanto Marchini prendeva appunti e accennava di sí, ma gli restava un po' d'amaro in bocca perché si rendeva conto che sapeva pochissimo di quanto riteneva di sapere molto.

Il maresciallo Salvatore Marcialis sembrava proprio una brava persona. Non era alto, ma era di quelli che ci teneva alla forma fisica. – Io una volta all'anno, caschi il mondo, mi faccio i miei quindici giorni di terme, poi tutte le mattine a correre... Sa cosa piace a me?

Marchini fece cenno di no.

– Mi piace ballare, ma mia moglie chi la sente? E allora io me ne vado alle terme, dove nessuno mi conosce e mi posso scatenare, mi capisce?

Marchini accennò di sí.

– Ma lei lo sa quanti anni ho io? – chiese Marcialis a bruciapelo. Poi aspettò.

Marchini tirò su col naso come se avesse bisogno di ossigeno supplementare. – Mah... – tentò. – Quarantadue? – Lo disse andando al risparmio.

Marcialis sfoderò una dentatura bianchissima: – Ne aggiunga dieci, – disse con immensa soddisfazione.

Marchini scosse la testa con una sorpresa quasi convincente. – Stavamo parlando della questione Gostner.

Marcialis ritornò professionale nello spazio di un secondo: – Mmmh, Gostner, Gostner... Vediamo che c'è...

Niente. Praticamente una cartella vuota. Qualche perizia sul luogo della scomparsa, qualche verbale di interrogatorio... Un foglietto con una scritta a matita semisbiadita, «Csa». E Marcialis che perde tutto il suo buonumore.

Quando Marchini la racconta quasi non crede a se stesso, prima è tutto pappa e ciccia, le terme, il ballo... E poi di botto freddo come il marmo e duro come il marmo. Curreli lo sta ad ascoltare mentre guarda le solite cassette sempre piene di oggetti che saranno tre traslochi che non tira fuori, la prossima volta, pensa tra sé e sé, nemmeno le trasferisco quelle cassette: le regalo alla Caritas, o direttamente, le butto. Marchini lo vede altrove.

– Mi segue? – incalza. – Quell'indagine praticamente non esiste, tutta routine, come un controllo per un mancato arresto al semaforo...

Curreli lo guarda. – Questo è un posto dove non succede niente, Marchini. Mettiti tranquillo, che ragioniamo con calma.

Cosí Marchini finalmente si siede, e un po' si sente come fosse ritornato a scuola.

– La situazione sarebbe che nessuno vent'anni fa ha cercato Asia Gostner?

– Be', a constatare dagli incartamenti, è cosí...

– Da quelli consultabili. Quanti anni hai, Marchini?

– Trenta... quasi...

– E Csa non ti dice niente?

– Dovrebbe dirmi qualcosa?

– Studia, Marchini, studia...

– Forse non ha capito di cosa stiamo parlando...

De Pisis emise solo un piccolo sbuffo. – Forse è lei che non ha capito, commissario. Da quanto tempo è qui?

– Lo sa: da due settimane.

– E in due settimane lei ha già capito tutto? Lasci che le spieghi una cosa: questa regione è una delle piú ricche d'Europa, il reddito *pro capite* è altissimo, la disoccupazione quasi nulla, e sa perché?

– Posso immaginarlo.

– No, commissario, lei non può proprio immaginarlo... Perché il motivo è talmente semplice, talmente elementare, ma talmente remoto per noi mortali dello stivale che non siamo nemmeno piú in grado di concepirlo: buona amministrazione, commissario. Semplicemente.

– E un po' di tolleranza in meno.

– Qualche volta mi chiedo, Curreli, se ho a che fare veramente con un collega o che cosa...

– Comunque non era di buona amministrazione che stavamo parlando. Che c'entrano i Csa con la questione Gostner?

De Pisis si mise comodo. – Me lo dica lei, – disse.

– Non lo so. Io so solo che vent'anni fa una ragazza è scomparsa e nessuno ha fatto niente per trovarla.

– Ecco, vede che volevo dire? Lei ha spesso l'aria di non sapere quello che dice. Allora mi ascolti bene, commissario: i buoni rapporti tra la polizia di Stato e l'arma dei carabinieri sono una costante in questa fetta di nazione. Ma lei è a Bolzano da troppo poco... Si è guardato in giro?

– Un posto dove non succede niente.

– Appunto: il Bengodi, commissario. Approfitti della sede fortunata e si riposi. È contento dell'appartamento?

La Compagnia speciale antiterrorismo venne istituita nel secondo dopoguerra nell'ambito del 7° Battaglione carabinieri di stanza a Laives per contrastare l'azione degli oltranzisti autonomisti altoatesini di lingua tedesca che negli anni Cinquanta-Sessanta agivano lungo il confine italo-austriaco colpendo, con attentati terroristici, obiettivi sensibili civili (tralicci dell'alta tensione, centrali idroelettriche, ponti e convogli ferroviari) e militari (stazioni dei carabinieri, caserme dell'esercito o della guardia di finanza).

Alla Csa erano chiamati a partecipare soprattutto carabinieri paracadutisti del Tuscania, incursori del Col Moschin e agenti della guardia di finanza. Per la sorveglianza continuativa degli obiettivi piú importanti erano impiegati anche gli alpini.

La Compagnia speciale antiterrorismo era organizzata in squadriglie, reparti di pochi elementi altamente flessibili che avevano a disposizione anche elicotteri dei carabinieri e dell'esercito per spostarsi.

Marchini strizzò gli occhi come tutte le volte che provava a memorizzare qualcosa.

Imparare a capire quello che il suo commissario sapeva da subito era diventato una specie di metodo per lui. Del resto Curreli si era laureato in filosofia con centodieci.

«Non che serva a molto, la filosofia, – diceva spesso. – Ma

almeno mi ha impedito di credermi onnipotente, immortale e infallibile».

A Marchini queste affermazioni del capo non sembravano nemmeno piú tanto strane, perché sapeva riconoscere che contenevano una certa qualità didattica.

«È stato laurearsi con una tesi su Socrate e i socratici che mi ha rovinato», si prendeva in giro Curreli.

Comunque, davanti alla schermata che dipanava l'acronimo Csa, Marchini si sentí per un istante nei panni di quell'allievo di Socrate che capisce tutto quello che il maestro ha cercato di insegnargli proprio nel momento esatto in cui si rende conto della propria ignoranza.

Il maresciallo Marcialis, senza divisa, in piedi davanti al bancone del bar Renon, sembrava piú piccolo di quanto già non fosse.

– Com'è che questo posto sembra sempre cosí pulito? – chiese Curreli quasi a se stesso guardando la via oltre le vetrine.

– L'aria limpida, la luce diretta, – rispose Marcialis.

– Fa impressione, – sospirò Curreli.

Marcialis fece, di spalle: – Giacomo, non è che mi posso trattenere tutta la mattina.

Curreli assentí. – Ma se un'indagine è affidata alla Csa e se nella pratica di quell'indagine non si trova niente di niente, vuol dire quello che sto pensando io?

Marcialis buttò giú il suo caffè. – Dipende, – rispose, – guarda che io non escluderei l'incuria, commissa'… Magari il materiale è stato archiviato male, non dovrei dirlo, ma capita spesso, a voi no?

Curreli allargò le braccia: – Eh… – fece.

A Marcialis scappò un sorrisetto furbo.

– Ma davvero, marescia', – proseguí Curreli, – c'è la possibilità che questa sia una faccenda di materiale male archiviato?

– Io piú che «dare un'occhiata» non posso, Giacomo, eh? Non siamo nemmeno della stessa parrocchia…

– Va bene, – concesse Curreli. – Vedi quello che puoi fare che, al di là delle parrocchie il Bene è uno… Hai presente Socrate?

– Ho fatto l'agrario, – stoppò Marcialis. – E comunque anche il Male è uno, e anche molto stupido, spesso.

– Sí… sí… Certo. No, l'appartamento è bello. Be', sí… No, come al solito le casse dei libri non le ho nemmeno aperte… Ogni volta mi dico che appena arrivo le vuoto e invece rimangono imballate… Poi mi ritrovo a pensare che vuotare quelle casse significa che mi fermo… E magari è la volta che vi trasferite e finalmente stiamo insieme… No, davvero dico, qui si sta bene, anche troppo, qui aspetti un autobus e lui arriva… Che ridi? Davvero sto dicendo… E poi le bambine possono andare a scuola in bici…

A questo punto Marchini si fece notare. Curreli si congedò velocemente dalla moglie al telefono e fece cenno a Marchini di entrare. Quest'ultimo posò sulla scrivania del commissario una pila di fogli. I primi due contenevano una specie di lista fittissima, gli altri, una trentina, contenevano stralci di documenti trascritti.

– Il computer di Riccardo Meletti?

Marchini confermò…

… <Candy> Rimel? Che strano nick. M o f?
<Candy> C6?
<Rimel> Sí… sí… ci sono. M.
<Candy> Scusa, dal nick non si capiva…
<Rimel> Niente… tu anni?
<Candy> 15, tu?
<Rimel> 15 quasi 16… come sei?
<Candy> Bellissima 180x50… sono una top.
<Rimel> Eh eh eh…
<Candy> Non ci credi?
<Rimel> Io Riccardo 172x61.
<Candy> Sei bello?
<Rimel> Normale direi…

… E cosí via, fino a:

<Candy> Tu non lo conosci quello stronzo di mio nonno… La nonna e la mamma non ne parlano mai, ma io ho fatto le mie ricerche… Lo sai che anche noi veniamo dalla tua città?

<Rimel> ☺ Davvero?

<Candy> Credo di sí…

… E ancora:

<Candy> Sei carino…

<Rimel> No, è la foto che è venuta bene. Quello affianco a me è Rick… te ne ho parlato, no? Lui è bellissimo… Ma tu… la tua foto?

<Candy> ☺☺ bellissimo davvero il tuo cagnone…

<Rimel> Non ti fidi… Me l'avevi promessa… ☹☹☹

<Candy> Lo so…

<Rimel> Non mi dici nemmeno dove stai…

<Candy> Se mia madre mi scopre… Tu non lo sai com'è…

<Rimel> Ma tuo padre che dice?

<Candy> …

– E poi? – chiese Curreli.

– Non c'è granché, – chiarí Marchini. – Non è rimasto molto nel disco fisso. Delle conversazioni via chat di Riccardo Meletti sono state recuperate solo quelle che lui ha salvato… Ma ho chiesto di vedere se c'è altro… Comunque ci vuole tempo, stanno decrittando alcuni file Jpg.

– Cioè?

– Immagini, commissario, immagini…

Si prospettava una fuga amorosa? Riccardo Meletti conosce la ragazzina in chat e si avventura da qualche parte per incontrarla… C'è un patto fra i ragazzi? A sentire quelli della polizia postale, molti pedofili ingaggiano «carne fresca» fingendosi ragazzine intraprendenti… Ma sta di fatto che Riccardo Meletti è scomparso senza nemmeno il minimo indispensabile per sopravvivere, nel cassetto del suo comodino sono state trovate varie banconote da venti euro… Una scomparsa talmente sorprendente che i genitori nemmeno ricordavano come fosse vestito l'ultima volta che hanno visto il loro ragazzo.

Giorgia Meletti non smise un attimo di intrecciare piccole ghirlande di fieno.

– Vede, perché siano pronte per Natale dobbiamo iniziare adesso, – specificò con voce assente. – Tutto, tutto si deve prevedere, – continuò.

Curreli dopo averla vista non era piú sicuro che fosse necessario sentirla. – Signora... – tentò.

La donna non si voltò nemmeno, sollevò la testa e aspettò che il commissario continuasse.

– Si tratta del suo ragazzo, abbiamo bisogno di sapere da lei se qualche giorno prima di...

– ... Sparire, – concluse la donna con voce monocorde.

– Sparire, – sussurrò Curreli. – Volevo chiederle se avesse notato qualcosa di strano nel suo comportamento, qualcosa che una madre vede.

– Felice, – disse la donna. Non si girò, non sembrava nemmeno curiosa di sapere com'era fatto quell'uomo che era andato fino al suo laboratorio artigiano per parlarle. – Era felice: lei ricorda com'era innamorarsi a quindici anni?

Curreli tentò un sorriso, ma Giorgia Meletti non poté vederlo.

Si può stare in un commissariato che sembra una clinica svizzera? A Curreli sarebbe piaciuto che sotto tutto quell'ordine ci fosse un segnale di umanità. Gli capitava di aprire cassetti e armadi nella speranza di constatare un qualche disordine, qualche oggetto incongruo... E invece niente. Non è mica bello, pensava tra sé e sé... Non va bene proprio... C'era intorno un silenzio assolutamente innaturale per un commissariato.

Era come scoppiare di salute, pensava Curreli, come quando una moneta diventa talmente forte che tutta l'economia ne risente... In natura se si è troppo forti si comincia a essere deboli. Cosí la pensava Curreli. In quel posto il grado di assorbimento, il grado di realismo, era diventato cosí basso che uno scippo poteva far cadere un'amministrazione. Esattamente come l'euro troppo forte, appunto. Non aveva studiato filosofia mica per niente. Ma intanto un ragazzo era scomparso e intorno a quella scomparsa c'era una calma assente... E vent'anni prima, lo stesso giorno, una ragazza era scomparsa e nessuno sembrava aver fatto niente per cercarla.

Si diceva che in quei vent'anni erano cambiate tante di quelle cose anche lí, anche lí nel Bengodi. Come incrinature nel cristallo perfetto. Dopo la stagione dei Piccoli e dei Grandi Fuochi, quando ai confini saltavano all'aria i tralicci, era scoppiato il silenzio...

Qualche slavo trovato a guidare in stato di ubriachezza... Qualche meridionale che esagera con gli schiamazzi notturni... Ed era tutto. Un ragazzo fuggito per amore e, ancora, era tutto.

Marchini ciondolava per la stanza con una sigaretta spenta in bocca. Da quando si era messo in testa che doveva smettere di fumare ogni volta che ne aveva voglia elencava a se stesso dieci motivi per evitare di accenderla: cancro, alito puzzolente, denti gialli, aria viziata, macchie di nicotina, mal di testa, rinite, abiti intrisi, raschio alla gola, senso di colpa... Quindi, finita la litania, andava fuori e accendeva. Il cortile interno del commissariato fungeva anche da autorimessa per le auto sequestrate a chi veniva fermato dalla Polstrada; lí si riunivano i viziosi del tabacco, il funzionario locale aveva fatto sistemare ai quattro lati del cortile capienti posacenere per evitare che le cicche sporcassero il piano cementato. Non avreste potuto vedere un piano cementato piú lindo di quello, Marchini poteva giurare che in natura non esiste un piano cementato talmente lucido. Cosí fu preso da una specie di istinto alla disobbedienza. Si guardò intorno per qualche secondo, poi con l'indice fece schizzare la cicca verso l'alto. Si godette la parabola che la sospingeva sotto una monovolume parcheggiata. Abiti intrisi, raschio alla gola, senso di colpa... Senso di colpa... Non si poteva rovinare la perfezione del piano cementato. Cosí, trascorso il momento della disobbedienza, Marchini si avviò verso la monovolume parcheggiata per chinarsi a raccogliere la cicca.

Quando entrò nell'ufficio del commissario, Marchini sembrava avere per la prima volta il volto serioso di un adulto. Curreli lo guardò come se non lo riconoscesse.

– Di chi è la macchina qua fuori? – L'ansia di Marchini si faceva via via piú palpabile.

Curreli allargò le braccia. – Mah, sarà l'auto di qualche fermato, ne hanno portate due stanotte.

– Venga là fuori, – ordinò Marchini. Curreli, che in qualsiasi altro momento non avrebbe concesso quel tono a un sottoposto, capí che doveva seguirlo.

Cosí si trovarono nel cortile interno del commissariato centrale, accosciati come due calciatori in posa per la foto, a guardare qualcosa che era restato attaccato tra il parafango e il vano della ruota anteriore sinistra.

Capelli. Piú precisamente, un lembo di cuoio capelluto con un ciuffo di capelli ancora attaccato.

L'auto risultò intestata a un giovane slavo, tale Igor Setvic, fermato da una pattuglia perché trovato a dormire dentro la macchina in un'area demaniale. Invitato a spostarsi e rimuovere il mezzo, il giovane aveva dato in escandescenze evidentemente alterato da uno stato di palese ubriachezza. I solerti agenti, dopo vari inutili inviti alla calma, conducono il Setvic al commissariato di zona e ne parcheggiano l'auto nel cortile di pertinenza.

Non ci vuole molto a capire di chi siano quei capelli, tanto che quando Marchini azzarda un nome, Curreli, terrorizzato dal fatto che anche lui pensa la stessa cosa, lo ferma con un gesto della mano. E cosí, quasi per punirsi, si sottopongono al compito atroce di tornare a casa Meletti per richiedere reperti appartenuti al ragazzo scomparso da confrontare col lembo di cuoio capelluto trovato da Marchini. E bevono l'amaro calice fino in fondo quando devono assistere al primo pianto di Giorgia Meletti, che per quarantotto ore non ha smesso di lavorare nella sua stanza-laboratorio, senza mai una reazione, senza quasi parlare. Ora quella richiesta, una spazzola con dei capelli di Riccardo, aveva scatenato una certezza che certezza non poteva essere, ma che ne aveva tutta l'aria. Cosí in poche ore, grazie al confronto microscopico dei reperti, i dubbi si affievolivano: dopo essere sparito di casa da quarantotto ore esatte, un lembo di Riccardo Meletti, quindici anni, tornava a casa.

Quel ciuffo di capelli, quella incerta certezza, ruppe il silenzio perfetto del perfetto edificio. Qualche agente si mosse di corsa per raggiungere la propria auto di servizio e pattugliare la zona dove l'auto del Setvic era stata intercettata la notte appena trascorsa.

I cani trovarono il corpo del ragazzo appena ricoperto da uno strato di terra sottile.

De Pisis attraversò il corridoio a lunghe falcate lasciando una scia olezzante dietro di sé. Entrò nell'ufficio di Curreli senza nemmeno bussare. Annunciò che di lí a un'ora avrebbe avuto una conferenza stampa per il caso Meletti, e voleva essere sicuro di non dire «fischi per fiaschi». A Marchini venne in mente che era dai tempi del catechismo che non sentiva la frase «fischi per fiaschi». In ogni caso De Pisis chiedeva informazioni, ma poi non le ascoltava. La sua teoria era che in preda all'ubriachezza, lo slavo, il Setvic, non vedendo il ragazzo che sopraggiungeva in bicicletta, l'aveva travolto con la macchina. Valeva a poco comunicargli che niente nello stato del cadavere faceva pensare che le cose fossero andate in quel modo, anzi, era possibile che fosse successo l'esatto contrario: il ragazzo non vedendo la macchina ci finisce sotto. Di piú: secondo i referti della scientifica, era assai probabile che la macchina al momento dell'impatto fosse ferma... Ma De Pisis su questo avrebbe glissato. Nel Bengodi, il Bene è uno, ma il Male ha molte, troppe facce. Quando si proviene dal silenzio, ci si deve ritornare con delicatezza spegnendo il chiasso delle ipotesi.

Davanti ai pochi oggetti che Riccardo Meletti portava con sé al momento della sua morte, tutto appariva chiaro: c'era un portafogli con pochi spiccioli, una tessera della Sasa per l'abbonamento ai trasporti pubblici, due o tre foglietti scarabocchiati, una foto stampata al computer, un telefono cellulare. Poco piú in là, dove lo slavo aveva cercato di occultare la bicicletta, si trovò anche la sacca da ginnastica con l'occorrente per la partita di calcetto...

La foto. Un'immagine piuttosto sbiadita di una stampata al computer, una ragazzina bionda dal viso leggermente allungato. Curreli – c'è da dirlo? – pensò subito alle sue figlie. Cosí si trova a dire a Marchini quanto amore ci vuole e quanta angoscia per instradare nel mondo quegli uomini e donne non fatti. Anche perché, dice il commissario, a quindici anni il mondo mica si vuole conoscere; a quindici anni il mondo è come un banchetto di cibi strani su cui buttarsi a capofitto. Neanche i giornali leggono, tutto quello che gli interessa della realtà è solo l'apparenza della realtà. Il che sotto sotto è sano, pensa Marchini, e questo perché lui da quel banchetto c'è uscito da poco. Comunque: niente si crea e niente si distrugge, dice pensando ad alta voce. E questa non è filosofia, ma scienza.

Infatti eccolo nell'ufficio da esposizione di Bruno Walter, ispettore capo ed espertissimo di informatica. Ma secondo te, se io sto chattando con qualcuno è possibile stabilire dove si trova esattamente? Bruno Walter, Walter è il cognome, l'ha detto tante di quelle volte che ormai lascia perdere, non ci deve nemmeno pensare alla risposta. E prima che Marchini possa spiegargli cos'ha in mente ha già capito tutto.

Nell'ufficio di Curreli è entrata una luce scarna come di pala d'altare. Carlo Meletti è solo, sembra invecchiato di dieci anni, è seduto nella poltroncina davanti alla scrivania, sul piano di quest'ultima, in fila, gli oggetti appartenuti al figlio Riccardo.

– Si è trattato di un incidente. Niente ci fa pensare il contrario, – sta dicendo Curreli. E pensa che nel Bengodi nemmeno la morte è quello che sembra. C'è un realismo pratico, c'è una verità senza fatalismo. L'auto del Setvic era in sosta dove non avrebbe dovuto essere, ma Riccardo c'è finito contro dopo una caduta dalla bicicletta... L'esame autoptico non lascia dubbi. E certo lo slavo non è incolpevole... Si addormenta in macchina, sente un botto, si sveglia, constata che il ragazzo è morto, sa di trovarsi in zona vietata e anziché denunciare il fatto tenta di occultare il cadavere. L'incidente del resto è avvenuto poco distante dal centro sportivo...

Carlo Meletti ascolta senza rispondere, guarda gli oggetti sulla scrivania con una nostalgia patetica, come un vecchio attore filodrammatico. Si vede che non ha sperimentato molti altri dolori, si vede che la vita aveva tenuto in disparte per lui quell'unica prova terribile. Bussarono. Un agente semplice fece capolino, il commissario accennò con la testa. Ludwig Gostner entrò circospetto nell'ufficio. Meletti schizzò dalla poltrona e fece uno scatto in avanti.

– Ho convocato io il signor Gostner, – lo anticipò Curreli, – perché è arrivato il momento di parlarvi.

Gostner tentò un sorriso. Aveva addosso una vita di rimpianti e solitudine.

– Lo conosco quel dolore, – disse guardando negli occhi Carlo Meletti.

Meletti si sentiva mancare. – Io non avrei mai fatto del male ad Asia, – sussurrò.

Sembrava che stessero per abbracciarsi, ma lo sguardo di Gostner si incollò sulla stampata che portava l'immagine della ragazzina bionda posata sul tavolo. Per un attimo Curreli pensò che fosse in preda a un infarto: Asia, sibilava, Asia, Asia... E indicava il foglio.

E se non rispondeva? E se c'era da aspettare? Walter era talmente abituato a lavorare con gente che continuava a fare domande che seguitava a digitare per conto suo come se nulla fosse... L'unico problema, disse a un certo punto, poteva essere che la ragazzina <Candy> sapesse che <Rimel> era morto; secondo gli stralci delle loro conversazioni, lui le aveva mandato un'immagine e probabilmente era la stessa apparsa su tutti i giornali e le Tv. Marchini su quel punto faceva il Curreli, e rispondeva che no, che i ragazzi a quell'età non sono interessati alla realtà, eccetera.

Certo, le coincidenze sono possibili, ma troppe coincidenze smettono di essere una coincidenza. Primo: Riccardo Meletti muore esattamente vent'anni dopo la scomparsa di Asia Gostner. Secondo: la ragazzina con cui Riccardo Meletti è in comunicazione via chat è la sosia sputata di Asia Gostner. Qui è già troppo.

Cosí, quando Curreli fa irruzione nell'ufficio di Walter – nome o cognome? – trova Marchini che martella l'ispettore di domande. Sta tirando su davvero un bravo allievo. Ma non fa in tempo a complimentarsi con se stesso che gli squilla il cellulare.

– La faccenda non è chiarissima, – sta dicendo Marcialis. – Ma risulta che della ragazza scomparsa se n'è occupato Tani, un collega della Csa. Era una stagione particolare quella.

– Sí, – lo incalza Curreli. – Ma se n'era occupato per un motivo preciso? Voglio dire, la scomparsa della ragazza era collegata a indagini in corso...

– Mah, tu la conosci la Csa. Qui, come in Sardegna, non è che andassero troppo per il sottile... – Curreli approva, aveva vissuto quella stagione in cui le garanzie sembravano differite. – Comunque c'è un fatto, – continua Marcialis. – Si diceva che il maresciallo Tani si fosse ritirato, o fosse stato pensionato, per aver usato la mano piuttosto pesante durante gli interrogatori di alcuni fermati del Bas...

– I gruppi indipendentisti?

– Proprio loro. I confini con l'Austria erano una zona caldissima allora... Ogni notte era come Piedigrotta. Insomma, questo Tani ne ha beccati due e gli ha fatto la festa. La ragazza scompare prima che venga messo in congedo. E lui si presenta durante le ricerche. Ora non so che autorizzazione avesse, ma non mi sorprenderebbe se non avesse aspettato alcuna autorizzazione. Comunque c'è dell'altro. Dicevano che si fosse innamorato di una collaboratrice, una «gola profonda»... Chissà, forse lo era davvero –. Marcialis rise di gusto.

– Un bel tipo. E chi era questa collaboratrice?

– Non lo sappiamo, nei dossier è rubricata come PP. Tutto qui.

– Bene. Grazie, Marcialis, a buon rendere.

– Guarda, Giacomo, che qui c'è un bel Circolo dei sardi, perché non ti fai vedere qualche volta?

Curreli anziché rispondere agitò leggermente le spalle, il che forse per Marcialis poteva voler dire «vediamo», ma dentro di sé voleva dire «manco morto».

Cosí <Candy> aveva risposto, ed era esattamente come aveva detto Curreli. La ragazza non aveva collegato il suo «corrispondente» col ragazzo morto, non pareva nemmeno sorpresa di sentirlo… Marchini, con una certa malinconia, aveva provato a mettersi nei panni di Riccardo, anche se la ragazza percepiva «qualcosa di diverso» che non sapeva spiegarsi… In ogni caso Walter ora era in grado di dire dove era posizionato l'apparecchio della ragazza. E non era troppo distante: si trattava di una malga in zona Colle.

– Sí, zona Colle. Ma come lo sai? – chiese Marcialis. Dal telefono la sua voce sembrava quella di un uomo ancora piú piccolo di quanto non fosse.

– Era solo per una conferma, – troncò Curreli. Poi mise giú e guardò Marchini. – Stesso posto, – disse. – Tani abita alla malga Tirol, in zona Colle.

– Sono io… No, abbiamo capito che non è successo niente… li abbiamo trovati tutti… poi ti spiego… Come si fa, dico io… Voglio dire: quanto male si può fare senza necessariamente farne?

Per Marchini, quella giornata alla malga Tirol dove si era incarnato un passato che sembrava definitivamente morto parve come una gita all'inferno, ma un inferno troppo vicino a un paradiso, tanto era meraviglioso il posto. Tani era come ci si sarebbe aspettato un carabiniere in pensione, e PP, Petra Polzot, a parte qualche chilo di troppo, non era cosí diversa dalle immagini di vent'anni prima. Quanto ad Asia, si era fatta una donna ed era diventata madre a sua volta.

– Vede? Che le dicevo? Non è successo niente –. Il tono trionfante di De Pisis faceva venire i brividi. – Qui non succede mai niente.

Curreli avrebbe voluto chiedergli se davvero era convinto che non fosse successo niente. Poi avrebbe voluto chiedergli com'era possibile non trovarsi per vent'anni pur abitando a pochi chilometri di distanza. E infine avrebbe voluto chiedere a chi sarebbe spettato parlare con Ludwig Gostner per avvertirlo che aveva pianto i vivi e non i morti; avvertirlo che solo di tradimento si era trattato.

– Come sarebbe «non è successo niente»? – sbottò Curreli. – Una donna scappa con l'amante e poi inscena la scomparsa della figlia per sottrarla al padre lasciando che lui pensi che la ragazza è morta e non sarebbe successo niente?

De Pisis sbuffò. – Lasciamo le cose come stanno, commissario, ragioni un po': le risulta che la figlia si sia mossa per cercare il padre una volta che era in grado di farlo?

– No, non mi risulta, – dovette ammettere Curreli, ed è inspiegabile capire quanto gli seccasse dare ragione a De Pisis. Piú che di malizia, piú che di tradimento, si era trattato di disamore. Perché l'amore smuove le montagne, dicono, ma il disamore, peggio che l'odio, congela gli oceani, ferma la vita...

– Non è contento di essere stato assegnato a una piazza dove finalmente si può rilassare? Ha intenzione di trasferire anche il resto della sua bella famiglia? – intervenne De Pisis per interrompere quella riflessione che sentiva troppo lunga.

– Veramente avrei pensato di chiedere il trasferimento, – rispose Curreli, come se la cosa gli fosse chiara solo in quel preciso momento. – Vede, non credo di essere tagliato per un posto dove non succede niente in questo modo, preferisco un posto dove succede davvero qualcosa...

De Pisis sbarrò gli occhi. – Me l'avevano detto che lei era un soggetto difficile. Dunque faccia la richiesta del caso, e vedremo di accontentarla.

Curreli pensava che una volta tanto un trasferimento l'aveva chiesto lui. Poi gli venne in mente che prima di partire poteva scrivere una lettera a Ludwig Gostner giusto per far sí che succedesse qualcosa. Tanto ormai aveva capito che non c'era alcuna intenzione di procedere: erano passati vent'anni, nessuno era morto. Questo pensavano quelli come il dottor De Pisis, come se la morte fosse solo perdere la vita, ma vallo a spiegare che Socrate ha preso la cicuta per continuare a vivere. L'olezzante dottor De Pisis, niente a che fare col pittore, lo squadrò rendendosi conto che il commissario, perso ancora una volta nelle sue riflessioni, non aveva sentito una parola di quello che aveva detto. – Commissario? – sussurrò finché non ottenne attenzione. – Dove pensa di andare? Ha in mente una sede per il trasferimento, eh? Dove? – Curreli fece di spalle.

Jacques Futrelle

Il problema della rosa rossa

Dalle finestre aperte di un salottino piacevolmente soleggiato entrava un placido refolo di prima estate che agitava dolcemente la chioma ribelle di una ragazza china su un piccolo scrittoio, con la testa appoggiata al braccio bianco, il viso nascosto. Il suo atteggiamento era di completo sfinimento, di abbandono totale, forse al dolore o magari a una sofferenza fisica oggettiva; eppure quel corpo slanciato ed elegante non compiva un solo movimento, non mostrava niente che indicasse quantomeno un interesse passivo per ciò che la circondava. Era solo una figura silenziosa, immobile, solitaria.

Un braccio, il sinistro, ricadeva fiacco oscillando di lato e la mano stringeva una rosa rossa, un meraviglioso fiore cremisi completamente sbocciato. Lo stelo spinoso sfiorava il pavimento e le foglie fremevano ritmicamente, in balia della lieve brezza. Sullo stelo verde, appena sotto la mano serrata della ragazza, c'era una macchia – una goccia di sangue – come se la spina fosse penetrata nella carne delicata. Sullo scrittoio erano stati spostati gli eleganti articoli da scrittura, e si trovava la scatola di un fioraio, aperta. La rosa rossa era stata chiaramente tirata fuori da quella confezione. La carta cerata in cui era avvolta appariva strappata.

Un orologio in porcellana di Meissen, posato sulla mensola del caminetto, ronzò leggermente e batté le cinque, ma la ragazza non diede segno di averlo sentito. Un istante dopo, si aprí una porta e comparve una domestica. Non appena ebbe posato gli occhi sulla ragazza, si fermò, fece per parlare, ma si ritirò in silenzio, lasciando la porta socchiusa. Non parve sorpresa di non essere stata notata. Aveva già trovato una dozzina di volte la giovane padrona in quello stato, dopo l'arrivo della scatola del fioraio con una rosa rossa. Mentre usciva, sospirò piano.

Le lancette dell'orologio avanzarono lentamente sul quadrante, toccarono i cinque minuti, poi i dieci e infine i quindici. Dopodiché nel corridoio si sentirono passetti rapidi e felpati, e un cagnolino bianco dal pelo lungo e ispido infilò curioso il muso nella fessura della porta. Si precipitò nella stanza saltellando e posò le zampe anteriori, sporche di terra, sul grembo della ragazza, attendendosi la carezza che questa aveva sempre in serbo per lui. Ma stavolta non arrivò. Il cane si ritrasse e la guardò con aria interrogativa; forse si trattava di un nuovo gioco. Si accucciò a terra e si mise ad abbaiare scherzoso, ma lei non si voltò.

Era chiaro che da lui non ci si aspettava un comportamento simile. Saltellò avanti e indietro due volte, poi si avvicinò nuovamente alla figura immobile e le posò ancora le zampe in grembo. Lei non lo guardò neppure. Il cane abbaiò, guaí debolmente, poi ripartí come il vento e fece un altro giro per la stanza. Stavolta si fermò a sinistra della ragazza, vicino al braccio che ondeggiava e alla mano che stringeva la rosa. Con la lingua umida lambí la mano chiusa, poi la annusò con insistenza. Improvvisamente, parve sbalordito e barcollò incerto, come se avesse ricevuto un colpo inatteso. Guaí di nuovo come se stesse soffocando, emise un rantolo, poi iniziò a girare su se stesso e a contorcersi violentemente fino a cadere. Poco dopo era disteso immobile, con le zampe per aria e gli occhi vitrei e fissi. Ma neanche allora la ragazza si mosse.

Le lancette dell'orologio continuavano ad avanzare. Alle sei meno cinque, la domestica ricomparve sulla porta, si fermò un istante e poi si azzardò a entrare. – Vi vestite per la cena, signora? – chiese.

La ragazza non rispose.

– Sono quasi le sei, signora, – disse la cameriera.

Ancora nessuna risposta.

La domestica si avvicinò alla giovane padrona e le sfiorò una spalla.

– Farete tardi, se non... – esordí.

Poi qualcosa in quella figura inerme e impassibile la spaventò. Scosse con forza la ragazza e la chiamò diverse volte. Alla fine, le sollevò a fatica la testa armoniosa. Ciò che vide in quel viso le strappò un grido dopo l'altro dalle labbra, diventate ora improvvisamente livide, finché si voltò e si diresse barcollando verso la porta con un terrore indicibile negli occhi sbarrati. Si aggrappò allo stipite per non cadere, fece un altro strillo e crollò in avanti, svenuta. E fu cosí che li trovarono: la signorina Edna Burdock defunta, con il viso orrendamente stravolto – un viso che tradiva un'agonia terribile – e la rosa ancora ben stretta nella mano, tanto che le spine avevano trafitto il palmo; il suo cagnolino, Tatters, morto accanto a lei, e la cameriera, Goodwin, priva di sensi. Due domestici trafficarono intorno a quest'ultima per mezz'ora, ma quando alla fine riaprí gli occhi, riuscí solo a urlare e a blaterare qualcosa d'incomprensibile. Il corpo della signorina Burdock non mostrava alcun segno, a parte la puntura delle spine nella mano sinistra – niente che indicasse la causa del decesso –, né vi era il minimo indizio che potesse spiegare la morte del cane.

– La polizia non è affatto sicura che la dipartita della signorina Burdock sia dovuta a qualcosa di piú misterioso di un attacco di cuore, – spiegò Hutchinson Hatch, il reporter. – Nel qual caso, ovviamente...

– Nel qual caso, ovviamente, – lo interruppe in tono acido il professor Augustus S. F. X. Van Dusen, detto la Macchina Pensante, – la loro ipotesi è che il cane sia morto alla stessa ora, anche lui per un malore?

– Pare che la pensino piú o meno cosí, sebbene vi siano diversi aspetti insoliti, – continuò il reporter. – Per esempio, l'espressione del volto –. Rabbrividí leggermente. – Io l'ho vista, era orribile. E anche il cane. Su di lui non c'erano segni né graffi... nemmeno la puntura di una spina, come quella sul palmo della ragazza. Perciò l'infarto pare essere l'unica spiegazione possibile, a meno che...

– Stupidaggini! – esclamò l'irritabile scienziato. – Le persone che muoiono di infarto non mostrano segni di sofferenza, e i cagnolini non hanno attacchi di cuore. Che cosa dice l'autopsia?

– Niente di illuminante, – rispose il reporter. – Sul corpo della signorina Burdock non sono state riscontrate tracce di veleno; le analisi del sangue hanno mostrato valori piú o meno nella norma, eppure è morta. Le hanno riscontrato una curiosa vasocostrizione cardiaca, e lo stesso vale per il cane. Il rapporto del medico legale ha evidenziato questi fatti, ma non c'erano tracce di veleno: sono semplicemente morti.

– Quando è successo, signor Hatch?

– Ieri pomeriggio, lunedí.

– Mi avete detto che è stata la domestica a trovare il corpo. Ha per caso percepito un odore particolare quando è entrata nella stanza?

– Non ha detto una parola in merito, ma vi sono alcuni elementi insoliti...

– Ci arriveremo tra un istante, signor Hatch, – lo interruppe la Macchina Pensante con impazienza. – Le finestre erano aperte?

– Sí, – rispose il reporter. – La ragazza era seduta allo scrittoio, tra due finestre aperte.

Lo scienziato si abbandonò sulla sedia e per lungo tempo rimase seduto in silenzio, con gli occhi a fessura che guardavano il soffitto e le dita bianche e affusolate che si toccavano in punta. Prima che la Macchina Pensante riprendesse a parlare, Hatch fece in tempo ad accendersi una sigaretta, fumarla e gettare via il mozzicone.

– Signor Hatch, credo che al mercato ci siano le pesche, – disse infine lo scienziato. – Quando uscite, compratene una, apritela a metà, spaccate il nocciolo, portatelo alla cameriera e chiedetele di annusarlo. Domandatele se ieri, quando è entrata nella stanza e si è avvicinata al corpo della ragazza, ha notato un odore simile a quello.

Hatch ascoltò le istruzioni con aria perplessa, poi azzardò un commento. – Presumo stiate pensando al veleno. Non è forse possibile che, nonostante i valori del sangue nella norma, le sia stata somministrata una qualche sostanza tossica? Voglio dire, per esempio, che forse le spine della rosa erano avvelenate.

– Avete detto che il cane non aveva graffi o punture? – chiese la Macchina Pensante per tutta risposta.

– Nessun segno del genere.

– E il cane è morto. Questa è la risposta alla vostra domanda, signor Hatch –. Poi ripiombò nel mutismo.

– Dunque il veleno sulle spine non avrebbe potuto ucciderli entrambi, dal momento che solo la mano della donna mostrava i segni della puntura? – chiese Hatch.

– Esattamente, – fu la risposta. – A meno di ammettere che si sia trattato di una coincidenza, e le coincidenze non si sono mai trasformate in leggi scientifiche, dobbiamo affermare che sia la donna sia il cane sono morti per la stessa causa. Una volta stabilito questo, dobbiamo provare che la puntura della spina non ha avuto niente a che fare con il decesso della donna. Due piú due fa quattro, signor Hatch, non soltanto qualche volta, ma sempre. Dunque che cosa ci rimane?

– Non mi pare che ci rimanga qualcosa, – osservò Hatch in tutta sincerità. – Se non vi è una causa esterna, come possiamo...

– Il semplice fatto che non vi sia una causa evidente, o esterna come voi la definite, chiarisce perfettamente la modalità dei decessi, – dichiarò la Macchina Pensante in tono battagliero. – Su questo punto non vi è alcun mistero: è ovvio. Il nostro problema non è che cosa l'abbia uccisa, ma chi.

– Sí, mi pare abbastanza chiaro, – ammise il reporter.

I minuti passavano e lo scienziato rimaneva seduto a fissare il soffitto. Alla fine abbassò gli occhi e li posò sul viso del giornalista. – Da dove viene la rosa? – chiese.

– Stavo per dirvelo, – rispose Hatch. – L'ha mandata Lamperti, un fioraio. La polizia sta facendo un sopralluogo proprio adesso. Da quanto afferma il direttore del negozio, il 16 giugno avrebbe ricevuto un espresso da Washington che conteneva solamente un foglietto battuto a macchina, senza firma. Il biglietto diceva di inviare una dozzina di rose rosse alla signorina Burdock, una alla volta in giorni precisi: di lunedí, mercoledí e sabato. Il negozio ha accettato l'ordine (e comunque non vi era modo di rimandare il denaro al mittente) e cosí...

Si interruppe per osservare con curiosità gli occhi della Macchina Pensante. Erano ridotti a fessure di un blu acquoso, mentre la linea dritta delle labbra mostrava un lieve cambiamento.

– Bene, bene! – borbottò lo scienziato. – Andate avanti!

– Di regola, la scatola lunga che conteneva la rosa veniva consegnata da uno dei carretti del negozio, – continuò il reporter. – Ma nei giorni in cui non ci andava il carretto, la scatola veniva inviata tramite un fattorino. L'ultima rosa è stata consegnata cosí.

– Le rose sono state inviate tutte?

– Il direttore dice di sí.

– E dov'è la rosa rossa? Quella che la donna aveva in mano quando l'hanno trovata.

– Immagino la custodisca il detective Mallory, – spiegò il reporter. – Si è fatto l'idea che la signorina Burdock sia stata uccisa dal veleno messo sulle spine. Perciò le ha strappate via e le ha inviate a un chimico, per vedere se poteva riscontrarne qualche traccia. Presumo abbia conservato sia la rosa sia la scatola.

– È proprio da Mallory, – commentò lo scienziato, scontroso. – Ogni volta che la polizia vuole evitare che un gatto perda i denti, gli taglia la coda. Ora ditemi qualcosa sulla signorina Burdock. Chi era? Che cosa faceva? Com'era la sua situazione economica? – Si adagiò contro lo schienale della sedia aspettandosi risposte precise.

– Era l'unica figlia di Plympton Burdock, un uomo non facoltoso, ma comunque benestante, – rispose Hatch. – Viveva con il padre, la madre e un fratello piú giovane, un ragazzo di diciotto o diciannove anni. Riscuoteva molto successo in società, sebbene non avesse ancora compiuto ventun anni, e faceva molta vita mondana, perciò...

– Perciò conosceva moltissimi uomini, alcuni dei quali erano suoi ammiratori, – terminò la frase la Macchina Pensante. – Chi sono questi uomini? Raccontatemi delle sue storie d'amore.

– Non è ancora chiaro se avesse una storia, nel senso in cui intendete voi. O meglio, se ne aveva una, nessuno lo sapeva.

– La cameriera Goodwin non ne è al corrente? – insisté lo scienziato.

– Dice di no.

– Ma qualcuno la rosa l'ha pur mandata. Il semplice fatto che la ragazza abbia ricevuto una rosa per dodici volte indica che qualcuno era interessato a lei. Pertanto, di chi si trattava? Chi?

– È quello che la polizia sta cercando di scoprire.

La Macchina Pensante si alzò di colpo, prese il cappello e se lo sistemò energicamente sull'enorme testa biondo-giallastra. – Vado dal fioraio, – disse. – Voi comprate la pesca e andate dalla cameriera Goodwin. Ci rivediamo al distretto di polizia tra un'ora.

Gli ci vollero dieci minuti per raggiungere il fioraio e dopo altri cinque aveva già congedato il direttore del negozio.

– Tutto quello che voglio sapere, – spiegò lo scienziato, – è il giorno esatto in cui avete inviato la prima delle dodici rose alla signorina Burdock; mi piacerebbe visionare il vostro registro delle consegne. Voglio dire, quando inviate un pacco con il carretto o il fattorino, conservate una ricevuta, no? Bene, vorrei vedere le ricevute in questione, per cortesia.

Il direttore consultò premurosamente il registro. – La busta con il messaggio è arrivata il 16 giugno, – spiegò scorrendo il dito sulle pagine, – con la posta del mattino. Il 16 giugno era un lunedí, perciò la prima rosa è stata consegnata quel pomeriggio.

– Ne siete assolutamente certo? – chiese la Macchina Pensante. – Da quel registro potrebbe dipendere la vita di… di una persona.

Il direttore lo osservò profondamente stupito, poi si alzò. – Posso verificare, – disse. Andò verso un armadio a prelevare un altro libro, un registro delle ricevute di consegna, e ne sfogliò le pagine. Alla fine lo posò davanti alla Macchina Pensante indicandogli una nota. – Eccola, – disse. – Lunedí 16 giugno alle cinque e mezza del pomeriggio. Il registro è stato firmato da Edna Burdock in persona, guardate.

La Macchina Pensante osservò la nota per un minuto o piú con gli occhi socchiusi, in silenzio. – Da quella data in poi avete inviato una rosa ogni lunedí, mercoledí e sabato senza interruzione finché sono state consegnate tutte e dodici? – chiese infine.

– Sí, le istruzioni erano queste. Scorrete le pagine alle date in cui le rose avrebbero dovuto essere spedite, e verificate se volete.

Lo scienziato seguí il suo consiglio e per circa dieci minuti rimase concentrato sul registro. – E questi talloncini? – chiese, sollevando lo sguardo. – Ne ho trovati tre.

– Quelli si riferiscono alle date in cui non avevamo un carretto che andasse in quella direzione, – spiegò il direttore, – perciò la scatola è stata inviata tramite un fattorino, che ha preso la ricevuta e l'ha riportata qui. È cosí che le ricevute sono state inserite nei nostri registri.

La Macchina Pensante studiò attentamente i talloncini, annotò le date che vi comparivano, poi chiuse il registro. La questione sembrava conclusa. Quindici minuti piú tardi, Plympton Burdock, padre della ragazza deceduta, si vide consegnare un biglietto da visita da uno dei domestici, gli diede un'occhiata, annuí e la Macchina Pensante venne accompagnato nella stanza.

– Non vi avrei disturbato, credetemi, se la cosa non si fosse resa necessaria nell'interesse della giustizia, – si scusò lo scienziato. – Solo una o due domande, vi prego.

Burdock osservò l'omino con curiosità e si diresse verso una sedia.

– Primo, – esordí la Macchina Pensante, – vostra figlia stava forse per fidanzarsi al momento della sua... morte?

– No, – rispose Burdock.

– Ma ha ricevuto delle attenzioni da qualcuno?

– Senz'altro, come tutte le ragazze della sua età. Senta, signor... signor... – diede un'occhiata al biglietto da visita, – signor Van Dusen, non c'è niente da dire su questa faccenda. Io e mia moglie siamo convinti che la sua morte sia dovuta a cause naturali, e lo abbiamo dichiarato alla polizia. Mi auguro che la questione finisca qui.

La Macchina Pensante lo osservò attentamente, con una

strana espressione negli occhi socchiusi. – L'indagine non si concluderà qui, signor Burdock, – disse in tono gelido. – Non capisco quale possa essere il vostro scopo nel... nel cercare di fermarla.

– Io non voglio fermarla, – si affrettò a dichiarare Burdock. – Siamo convinti che da un'inchiesta non possa emergere niente di positivo, dal momento che non vi è spazio per i sospetti; e di certo non è piacevole che gli affari di famiglia siano esaminati senza sosta, quando è scontato che non ne risulterà niente se non una notorietà sgradita, che aggiungerebbe altro peso a quanto dobbiamo già sopportare.

La Macchina Pensante comprese e annuí, quasi scusandosi. – D'accordo. Solo un'altra domanda, vi prego, – disse. – Come si chiama l'uomo al quale avete personalmente vietato di corteggiare vostra figlia?

– E voi come sapete di questa storia? – disse d'un fiato Burdock.

– Come si chiama? – ripeté la Macchina Pensante.

– Non parlerò con voi un minuto di piú, – fu la risposta.

– Nell'interesse della giustizia vi chiedo di dirmi il suo nome! – insisté la Macchina Pensante.

Burdock osservò la figura magra che aveva di fronte, mentre sul volto gli si dipingeva un'espressione di orrore sempre piú intenso. – Non vorrete dire che sospettate... – si interruppe. – Mio Dio! Se avessi immaginato che... Come è stata uccisa, ammesso che lo sia stata? – concluse.

– Il nome, per cortesia, – insisté la Macchina Pensante. – Se non me lo riferite, dovrò chiedere alla polizia di obbligarvi a farlo. Preferirei evitare.

Pareva che Burdock non avesse prestato attenzione alle sue parole. Aveva il viso bianco come un cencio e gli occhi fissi su un punto alle spalle dello scienziato, fuori dalla finestra. Teneva le mani serrate, con le dita che si muovevano. – Se è stato lui... Se è stato lui! – ripeteva con accanimento. All'improvviso si ricompose e guardò il suo ospite. – Vi chiedo scusa, – si limitò a dire. – Si... si chiama Paul K. Darrow.

– E vive in questa città, – disse la Macchina Pensante. Non era una domanda, ma una semplice costatazione.

– Viveva qui, – ripeté Burdock, – almeno fino a poco tempo fa. Se n'è andato, mi hanno detto, da quattro o cinque settimane.

La Macchina Pensante uscí, lasciando Burdock seduto con il viso nascosto tra le mani. Pochi minuti dopo, fece la sua comparsa al distretto, nell'ufficio del detective Mallory. Il poliziotto era seduto con i piedi sulla scrivania, fumava furiosamente e aveva la fronte solcata da una dozzina di rughe profonde. Salutò lo scienziato quasi con cordialità, il che era alquanto inusuale.

– Che idea vi siete fatto della faccenda? – gli chiese alzandosi.

– Lasciatemi dare un'occhiata all'elenco telefonico, per cortesia, – rispose la Macchina Pensante. Si chinò sul volume, consultò una o due pagine alla lettera D, e infine sollevò lo sguardo.

– A quanto pare non siamo nemmeno in grado di stabilire che si sia trattato di un crimine, – confessò il detective Mallory. – Ho fatto esaminare le spine dalla scientifica e il tecnico dice che non vi sono tracce di veleno.

– Ciò è quantomeno stupido, – commentò la Macchina Pensante con un certo sgarbo. – La rosa è ancora qui?

Il detective la tirò fuori da un cassetto della scrivania. Dopodiché la Macchina Pensante si comportò in un modo che il detective non comprese. Per prima cosa, sventolò il fiore tenendo il braccio teso, poi fece due passi in avanti e fiutò l'aria. Infine, lo agitò a una distanza inferiore e annusò nuovamente.

Il detective Mallory lo osservava con un misto di curiosità e fastidio. Infine, lo scienziato avvicinò la rosa a sé e fiutò l'aria ancora una volta, poi esaminò attentamente i petali, dopodiché posò il fiore sulla scrivania.

– E la scatola in cui è stata consegnata la rosa? – domandò lo scienziato.

Senza dire una parola, il detective la tirò fuori. La Macchina Pensante la annusò con cautela, poi la girò per esaminare la grafia dell'indirizzo.

– Sapete chi l'ha scritto? – chiese.

– Qualche impiegato del fioraio, – fu la risposta.

– Potreste prestarmi uno dei vostri uomini per una mezz'oretta? – domandò poi lo scienziato.

– Be', immagino di sí, – mugugnò il detective Mallory. – Ma di che cosa si tratta di preciso?

– Forse al termine della mezz'oretta sarò in grado di dirvelo, – lo rassicurò la Macchina Pensante. – Nel frattempo assegnatemi l'uomo a cui avete accennato.

Venne chiamato il detective Downey, e il minuscolo scienziato gli fece strada nell'atrio, dove gli diede istruzioni precise. Downey uscí di corsa dal portone principale. La Macchina Pensante tornò nell'ufficio del detective Mallory e vide che il poliziotto teneva il broncio, come un ragazzino.

– Dove l'avete mandato? – grugní.

– Aspettiamo che torni, poi ve lo dirò, – fu la sua risposta. – Non serve agitarsi per una cosa di cui non sappiamo niente. Vi sto risparmiando un po' di ansie.

Si lasciò cadere sulla sedia e rimase lí a girarsi pigramente i pollici, mentre il detective Mallory gli lanciava occhiate truci. Dopo qualche minuto, la porta si spalancò ed entrò Hutchinson Hatch, palesemente elettrizzato.

– Ebbene? – chiese la Macchina Pensante senza voltarsi.

– Quando ha annusato il nocciolo schiacciato, è svenuta! – disse Hutchinson tutto d'un fiato.

– Svenuta? – ripeté lo scienziato. – Svenuta? – Il suo tono di voce non appariva certo sorpreso, eppure...

– Esatto, ha sentito l'odore, ha urlato e poi è crollata a terra, – terminò in fretta il reporter.

– Santo cielo! – commentò la Macchina Pensante. Era seduto immobile e guardava il soffitto. – Aspettate qualche minuto, – disse. – Vediamo se Downey ha scoperto qualcosa.

Dopo un quarto d'ora, Downey fu di ritorno. Il suo capo lo seguí con sguardo curioso, mentre entrava e consegnava un foglio alla Macchina Pensante. L'imperturbabile uomo di scienza esaminò con cura il documento, poi lo porse al detective Mallory.

– È la stessa grafia che compare sulla scatola del fiore? – chiese.

Mallory, Downey e Hatch le misero a confronto. Il verdetto fu unanime: – Sí.

– Dunque la persona che l'ha scritto è il vostro uomo, – dichiarò la Macchina Pensante in tono neutro. – Si chiama Paul K. Darrow. Il detective Downey sa dove abita.

Trascorsero due giorni. Il professor Van Dusen era in piedi accanto al tavolo da laboratorio, intento a punzecchiare oziosamente con un filo di rame le zampe smembrate di una rana. Ogni volta che la punta toccava la carne, le zampe si contraevano in uno spasmo, imitando il meccanismo di movimento delle membra vitali. Lí, accanto al tavolo, lo trovò Hutchinson Hatch.

– Guardate qui un istante, signor Hatch, – disse lo scienziato. – In un certo qual modo ha a che fare con il caso che abbiamo per le mani.

Poi iniziò a ondeggiare ritmicamente la mano magra, quasi come un direttore d'orchestra che dà il tempo, in modo che il filo di rame toccasse le zampe della rana ogni volta che oscillava verso il basso. Hatch aveva già assistito a quella dimostrazione.

– Osservate le contrazioni, – disse lo scienziato, – e guardate le zampe dopo la ventesima.

– Quattordici, quindici, sedici, – contò Hatch. Ogni volta il filo toccava la carne e ogni volta si verificava lo spasmo. – Diciassette, diciotto, diciannove, venti.

La Macchina Pensante, invece di toccare la zampa per la ventunesima volta, tenne il filo lontano. Nel momento in cui, seguendo quel movimento ritmico, il rame sarebbe dovuto entrare in contatto con la carne, si verificò un'altra contrazione rapida e spasmodica, poi le zampe rimasero immobili.

– Come vedete, l'effetto è identico a quello che avrei prodotto se avessi sfiorato le zampe per la ventunesima volta, – spiegò la Macchina Pensante. – E questa, signor Hatch, è una di quelle cose che la scienza non tenta neppure di spiegare. Forse un giorno potrà essere chiarita... anzi, lo sarà senz'altro ma... – si interruppe. – Darrow non è stato ancora catturato? – chiese.

– No, per il momento non c'è traccia di lui, – fu la risposta.

– La polizia ha diramato l'allarme in tutto il paese, e oggi Burdock ha aumentato la ricompensa da cinque a diecimila dollari.

– Una delle mie obiezioni riguardo ai poliziotti è che sono inclini a saltare alle conclusioni, – osservò la Macchina Pensante. – Ovviamente non ho detto che Darrow è un assassino. Potrebbe aver ucciso la signorina Burdock, e probabilmente l'ha fatto, ma la questione non è affatto decisiva. Tuttavia, Darrow rappresenta il prossimo anello della catena, perciò la sua presenza è necessaria.

Hatch lo osservò sbalordito: aveva un centinaio di domande a fior di labbra, che furono soffocate sul nascere dall'improvvisa comparsa di un giovane sulla soglia. Aveva il berretto calcato sugli occhi e se ne stava chino, come sul punto di spiccare un salto. Una mano, la destra, era infilata nella tasca del cappotto e stringeva con forza qualcosa. Aveva il viso pallidissimo e negli occhi, irrequieti e lucenti, una scintilla di follia.

– Entrate, – lo invitò la Macchina Pensante in tono tranquillo.

– Io... io devo parlarvi subito! – disse il giovane. – È una questione di vitale importanza e...

– Sono a vostra completa disposizione, signor Darrow, – rispose con garbo la Macchina Pensante. – Sedetevi.

Darrow! Hatch era sbalordito e ammutolito dall'inspiegabile apparizione di quell'uomo che, ricercato dalla polizia di tutto il continente, rimaneva chino sulla soglia a fissarli.

– Ho corso un grosso rischio per venire qui, – dichiarò il giovane, e la sua voce aveva un tono minaccioso. – Ero sui gradini dell'ingresso e stavo per suonare il campanello, ma poi mi sono guardato indietro e ho visto il detective Mallory che svoltava l'angolo. Non ho perso un istante... la porta era aperta e sono entrato. Probabilmente Mallory sta venendo qui. Vi devo parlare e non mi farò prendere vivo. Avete capito?

– Perfettamente, – rispose la Macchina Pensante. – Il signor Mallory non vi vedrà. Entrate, toglietevi da lí.

– Niente trucchi! – lo avvertí Darrow, determinato.

– Niente trucchi. Sedetevi.

Lanciando sguardi furtivi a destra e a sinistra, il giovane

entrò e si lasciò cadere su una sedia in un angolo, rivolto verso di loro. Calò un silenzio lungo e teso, poi finalmente si sentí suonare il campanello. Darrow fece per alzarsi ed estrarre la mano destra dalla tasca.

– È Mallory, – osservò la Macchina Pensante dirigendosi verso la porta.

Darrow fece un passo in avanti, bloccandogli la strada. – Vi prego, cercate di capire, – esordí con voce bassa e calma. – Sono veramente disperato e non mi lascerò catturare! Se cercate di tradirmi, io... – e si interruppe.

La Macchina Pensante lo scansò e andò verso la porta che dava sull'atrio. Martha, la sua attempata domestica, stava passando proprio in quel momento.

– C'è il signor Mallory, Martha, – disse lo scienziato. – Riferite che non sono in casa, ma che andrò al distretto al massimo tra un'ora, accompagnato dal signor Darrow.

Poi rientrò nel laboratorio e richiuse la porta, senza nemmeno degnare l'ospite di un'occhiata. Sentirono Martha aprire la porta di ingresso, poi la voce forte di Mallory e infine la risposta di Martha; a quel punto la porta venne richiusa e si udirono i passi della domestica nell'atrio. Darrow si precipitò subito alla finestra e guardò fuori.

– Molto bene, signor Darrow, – disse il piccolo scienziato sedendosi. – Adesso so che siete innocente. So perché vi siete nascosto e anche il motivo per cui siete venuto qui da me, e capisco il vostro profondo dolore. Perciò veniamo subito alle questioni vitali.

Il giovane si voltò e guardò di traverso la piccola figura impassibile. – Avete detto che tra un'ora al massimo sarò al distretto insieme a voi, – disse in tono accusatorio.

– Certo, – ribadí lo scienziato con impazienza. – Poiché siete innocente, vi recherete alla polizia di vostra spontanea volontà insieme a me.

Il giovane si accasciò su una sedia e vi rimase a lungo, con il volto nascosto tra le mani. Dopo un po', Hatch vide una lacrima spuntare dalle sue dita tremanti e le spalle scuotersi in modo convulso. La Macchina Pensante era seduta con il capo rovesciato all'indietro, gli occhi a fessura che guardavano il soffitto e le dita a riposo, che si toccavano in punta.

– Che cosa mi dite del problema tra voi e il signor Burdock? – suggerí infine lo scienziato.

– Voi non sapete quanto odio e quanta malignità nutra nei miei confronti, – disse all'improvviso Darrow. – Non è un uomo ricchissimo, ma ha grande potere e un'enorme influenza; se dovessi cadere nelle mani della polizia con queste prove indiziarie a mio carico, si scaglierebbe contro di me con tutto il suo potere e la sua influenza. Come risultato, verrei spedito in prigione con una rapidità sommaria e morirei da criminale. Non so esattamente in che modo lo farebbe, ma lo farebbe. Ho paura di lui. Ecco perché sono venuto da voi, visto che non oso andare alla polizia. Non mi lascerò condurre al distretto finché non sarò certo di poter dimostrare la mia innocenza; a quel punto mi arrenderò.

La Macchina Pensante annuí.

– L'ostilità che esiste tra noi è vecchia di anni, e in questo frangente non ha alcuna importanza, – proseguí Darrow. – Ma conosco il potere di quell'uomo, l'ho subito per tutta la vita; Burdock mi ha spinto sull'orlo della miseria una mezza dozzina di volte, mi ha perseguitato in ogni ambiente sociale... Se dovessi commettere un omicidio, la vittima sarebbe lui. Vi sto dicendo questo perché...

– Tutto ciò è insignificante, – lo interruppe secco la Macchina Pensante. – Chi ha avvelenato la rosa?

– Non lo so, – rispose Darrow sconsolato.

– Dovete pur esservi fatto qualche idea, – insisté la Macchina Pensante.

– In effetti un'idea l'avevo, – fu la risposta. – Stamattina sono andato in un posto a trovare una... una persona che avevo intenzione di accusare apertamente del crimine, correndo il rischio di essere catturato, per quanto temessi questa possibilità; ma non ho trovato nessuno. La porta era chiusa a chiave, e una domestica che lavora nel caseggiato mi ha detto che... che quella persona era andata via da un paio di giorni.

La Macchina Pensante cambiò rapidamente posizione sulla sedia e scrutò Darrow con interesse.

– Come si chiama questa donna? – chiese secco.

– Non so se abbia davvero qualcosa a che fare con la faccenda, – lo ammoní Darrow. – Ipotizzare un'eventualità del genere è terribile, eppure... – Si interruppe. – Se desiderate, vi accompagno da lei.

– Signor Hatch, – ordinò la Macchina Pensante, – andate nell'altra stanza e chiamate un taxi –. Si voltò nuovamente verso Darrow. – Questa donna ha minacciato voi o la signorina Burdock, immagino.

– Sí, – disse Darrow con una certa riluttanza.

– E ora, per cortesia, un'ultima domanda, – disse il piccolo scienziato. – Che rapporto avevate con la signorina Burdock?

– Era mia moglie, – rispose Darrow con un filo di voce. – Ci eravamo sposati in segreto quattro mesi fa.

– Mh, – rifletté lo scienziato. – Lo immaginavo.

Il detective Mallory camminava nervosamente avanti e indietro nel suo ufficio, la mente in subbuglio per le tante ipotesi. Squillò il telefono: all'altro capo, c'era la Macchina Pensante.

– Uscite immediatamente con il medico legale e andate al condominio Craddock! – ordinò la voce irritabile del minuto scienziato.

– Un altro omicidio? – chiese esterrefatto il detective.

– No, un suicidio, – fu la risposta. – Arrivederci.

Il detective Mallory e il medico legale Francis trovarono la Macchina Pensante, Hutchinson Hatch e Paul K. Darrow nel salotto di un appartamentino al quarto piano. Allungato sul divano, coperto da un lenzuolo, c'era qualcosa di sinistro.

– Signor Mallory, le presento il signor Darrow, – disse lo scienziato. – E questa, – proseguí indicando il divano, – è la donna che ha assassinato la signorina Burdock, o meglio, la signora Darrow. Si chiama Maria di Peculini. Ecco una confessione dettagliata, scritta di suo pugno, – disse porgendo una busta al detective, – e questi sono alcuni pezzetti di carta strappati che dimostrano come si sia esercitata febbrilmente per riuscire a imitare la scrittura del signor Darrow sull'indirizzo della scatola in cui la rosa è stata inviata alla signori... mi correggo, alla signora Darrow. Aggiungerei inoltre che la *signorina* Peculini si è uccisa inalando acido cianidrico... meglio noto forse con il nome di acido prussico... dalla stessa bottiglia da cui è uscita la goccia collocata nel bocciolo di rosa che ha ucciso la signora Darrow.

Per un bel po' il detective Mallory rimase in piedi, immobile, ad assimilare la notizia. Alla fine aprí la busta con la confessione, solo una dozzina di righe, e la lesse dall'inizio alla fine. Vi si palesava in modo patetico, sconnesso, quasi incoerente, l'animo deviato di Maria di Peculini. Anche lei aveva amato Darrow, e l'amore si era tramutato in odio quando lui si era allontanato. Dopo aver eliminato con le proprie mani la donna che questi aveva preso in moglie, e dopo avere astutamente cercato di incolparlo con quel piccolo stratagemma, in lei era subentrato il disgusto. Si era sentita nuovamente innamorata e, sopraffatta dal rimorso, aveva cercato sollievo nella morte.

– Sulla causa del decesso non c'è mai stato alcun mistero, – disse poco dopo la Macchina Pensante al reporter e al detective Mallory. – L'omicidio per avvelenamento mi è parso subito evidente perché erano morti sia la donna sia il cane. Quando abbiamo scoperto che sull'animale non vi erano tracce di punture o di graffi, e l'autopsia non ha rivelato nulla, ho avuto la certezza, basandomi su una logica elementare, che il veleno fosse stato inalato. La sostanza tossica piú potente, se inalata, è l'acido cianidrico, che uccide all'istante. Perciò mi è venuta in mente per prima. È cosí potente che non viene mai prodotta pura, quantomeno non nel nostro paese. La concentrazione piú elevata che si possa acquistare in farmacia, per esempio, è del due per cento circa. Una sola goccia di una soluzione piú potente, su un bocciolo di rosa, avrebbe ucciso la signorina Burdock e anche il cane, se avesse annusato il fiore, come in effetti è accaduto.

Perciò, sin dall'inizio conoscevamo la causa del decesso. Sapendo poi che l'acido cianidrico è estremamente volatile, è facile comprendere come la goccia posata sulla rosa sia evaporata e si sia dissolta nell'aria, dato che le finestre della stanza dove è stata rinvenuta la giovane erano aperte. Ne è rimasto solo un sentore, che ha lo stesso odore di un nocciolo di pesca frantumato, e la cameriera Goodwin ne ha involontariamente subito le conseguenze.

Sapendo queste cose, sono andato dal fioraio. Erano state acquistate solamente dodici rose, che il negozio aveva poi recapitato, ma quella che ha ucciso la signorina Burdock era la tredicesima. Le rose sono partite dal fioraio il lunedí, il mercoledí e il sabato per quattro settimane. Dodici fiori, quindi, che sono stati consegnati tutti, come dimostrano i registri delle ricevute. Ma la signorina Burdock è stata uccisa di lunedí, perciò quella incriminata doveva essere la tredicesima rosa, che non è partita dal negozio. È stata infatti recapitata da un fattorino, e la data non combaciava con nessuna di quelle riportate sul registro delle consegne. Dunque, doveva provenire da un'altra fonte.

Tra l'altro, il fatto che le rose siano state inviate in quel modo, cioè una alla volta senza biglietti o altri indizi sul mittente, suggeriva l'esistenza di un accordo segreto con la ragazza. In altre parole, i fiori erano stati spediti da qualcuno che lei, con ogni probabilità, conosceva, ma nessun altro doveva venirlo a sapere. Mi sono reso conto che si trattava di un sistema per mantenere i contatti, oserei dire una specie di pegno d'amore, che in casa Burdock non avrebbe attirato l'attenzione quanto una lettera.

Cosí sono giunto alla conclusione che la signorina avesse una relazione con una persona, uno sconosciuto. Per una questione di logica mi è apparso chiaro che le ragioni per cui questo estraneo non comunicava con lei erano le resistenze incontrate in casa Burdock, da parte del padre di lei! Al quale ho semplicemente chiesto lumi sulla faccenda, e subito è emerso il suo odio per una certa persona, nella fattispecie il signor Darrow. Capite? Gli indizi puntavano in direzione di quest'ultimo, che si trovava fuori città. La lettera al fioraio proveniva da Washington. Gli ingranaggi si stavano incastrando a meraviglia.

Una volta al distretto, ho esaminato la rosa e, grazie ad alcuni cauti esperimenti, ho riscontrato un debole sentore di noccioli di pesca. Poi ho notato la scritta sulla scatola. Pareva la grafia di un uomo eppure, grazie al registro delle ricevute, sapevo che non proveniva dal fioraio e che pertanto non apparteneva a nessuno del negozio. Era forse del signor Darrow? Il detective Downey mi ha procurato un campione della sua scrittura (non so come ci sia riuscito) e ho fatto un raffronto tra i due. Parevano identici. Questo fatto si collegava a tutti gli altri: gli scambi segreti, il veleno, Darrow! Capite? La piega presa dagli eventi ha reso necessaria la presenza di quest'ultimo, e io vi ho detto, signor Mallory, che lo avremmo dovuto trovare. Eppure, proprio il fatto che la scrittura sulla scatola fosse la sua mi ha fornito il primo indizio che non potesse essere colpevole dell'omicidio. Nessun uomo intelligente avrebbe vergato di proprio pugno l'indirizzo su quella scatola.

A quel punto la faccenda si è conclusa. Il signor Burdock ha accettato la tesi dell'omicidio e ha offerto una ricompensa, poi il signor Darrow in persona è venuto a trovarmi. Nel momento esatto in cui è entrato in casa mia per raccontarmi questa storia improbabile, ho capito che era innocente. L'odio che il signor Burdock nutriva per lui (la causa del dissidio tra i due non è rilevante) mi ha rivelato il motivo per cui Darrow era scomparso, e il semplice fatto che fosse venuto da me spiegava perché non fosse al distretto di polizia. E cosí... questo è tutto. Darrow mi ha suggerito di andare a trovare la *signorina* Peculini, ma non era in casa. Siamo venuti qui, abbiamo trovato la porta chiusa a chiave, siamo entrati con un passe-partout e abbiamo rinvenuto le prove che vi ho consegnato, signor Mallory –. Smise di parlare e rimase per un po' seduto in silenzio con lo sguardo fisso.

– In breve, – aggiunse, – la donna che si è suicidata è venuta a conoscenza della consegna regolare delle rose, ha pianificato la propria vendetta, ha comprato un altro fiore e l'ha inviato dopo aver versato sul bocciolo una goccia di veleno. La carta oleata avvolta intorno al fiore ne ha impedito l'evaporazione, e quando è stata aperta... sappiamo che cosa è successo.

Per un bel po' né il detective Mallory né Hatch aprirono

bocca, ma il reporter aveva ancora una domanda da porre e alla fine parlò.

– Quel nocciolo di pesca con cui mi ha spedito dalla Goodwin, – esordí.

– Ah sí, – lo interruppe la Macchina Pensante. – Si è trattato di un piccolo esperimento psicologico, e il risultato mi ha un po' sconcertato. È una delle tante cose che la scienza non comprende appieno, signor Hatch, come l'esperimento della rana. Per esempio, il nitrito di amile è un potente stimolante cardiaco. Sa di banana come l'acetato di isoamile. Una persona che ha utilizzato del nitrito di amile o che lo ha inalato inavvertitamente, se a un certo punto si imbatte nell'odore dell'acetato di isoamile, per un attimo reagisce allo stesso modo. L'acido prussico ha un aroma simile a quello di un nocciolo di pesca. Pertanto vi ho mandato dalla Goodwin per determinare senza ombra di dubbio se la sostanza utilizzata fosse o meno l'acido prussico, e se per caso l'avesse inalata senza saperlo. Il risultato mi ha fornito la prova che cercavo.

Edgar Allan Poe

Il mistero di Marie Rogêt[*]

* In occasione della prima pubblicazione di *Marie Rogêt* le note a piè di pagina non vennero giudicate necessarie; ma il tempo trascorso dalla tragedia su cui si fonda la narrazione, le rende utili, come pure alcune parole sull'idea generale. Una giovane, Mary Cecilia Rogers, venne assassinata nei pressi di New York; e sebbene quella morte suscitasse intenso e non effimero turbamento, il mistero che l'avvolgeva era tuttora irrisolto, quando venne scritto e pubblicato il presente racconto (novembre 1842). In questo, fingendo di narrare la tragica fine di una *grisette* parigina, l'autore si è scrupolosamente attenuto agli elementi essenziali, mentre si è limitato a procedere parallelamente per quel che riguarda i particolari meno importanti dell'autentico omicidio di Mary Rogers. Dunque, gli argomenti fondati sulla fantasia possono trasferirsi a quanto è veramente accaduto: l'obiettivo essendo la ricerca della verità.

Il mistero di Marie Rogêt venne scritto lontano dal luogo del delitto, senz'altro ausilio investigativo che non fosse quel che dicevano i giornali. Molto sfuggí allo scrittore, di cui si sarebbe servito, se si fosse trovato sul posto, e avesse potuto esaminare i luoghi. Tuttavia, non sarà inopportuno ricordare che la confessione di *due* testimoni (uno dei quali è la Madame Deluc del racconto) resa, in momenti diversi, parecchio tempo dopo la pubblicazione, confermò in pieno, non solo le conclusioni generali, ma assolutamente *tutte* le principali ipotesi, grazie alle quali si pervenne a quella conclusione.

Si danno serie ideali di eventi che si svolgono parallelamente ad eventi reali. Raramente coincidono. Uomini e circostanze in genere modificano la sequenza ideale degli eventi, cosí che appare imperfetta, e imperfette le conseguenze. Cosí accadde con la Riforma; invece del protestantesimo, si affermò il Luteranesimo.

NOVALIS[1], *Moralische Ansichten*

Si danno talora coincidenze in apparenza tanto prodigiose, che l'intelletto rilutta ad accettarle come mere coincidenze, cosí che, anche tra i piú prudenti pensatori, rari sono coloro che mai abbiano avvertito il brivido di una inclinazione, indefinita quanto inquietante, ad una perplessa credenza del soprannaturale. Di codesti sentimenti – poiché tali inclinazioni mai hanno l'energia integra del pensiero – non si può aver ragione se non facendo riferimento alla teoria del caso e, come tecnicamente si denomina, al Calcolo delle Probabilità. Ora questo calcolo è, nell'essenza, puramente matematico, e pertanto ci troviamo di fronte a questa singolarità, che la scienza piú rigorosa ed esatta viene applicata a quel che nella speculazione è ombra e intangibile spirito.

Si noterà che gli straordinari particolari che mi si chiede di rendere pubblici formano, nella sequenza temporale, una primaria serie di coincidenze poco meno che incredibili, cui corrisponde una serie, secondaria e conclusiva, che certo i lettori ricondurranno al recente assassinio di Mary Cecilia Rogers, a New York.

Quando, in un articolo intitolato *Gli omicidi della Rue Morgue*, tentai, circa un anno fa, di dar conto di alcune eccezionali qualità intellettuali del mio amico, il Cavaliere C. Auguste Dupin, non pensavo che mi sarebbe toccato di riprendere in mano l'argomento. Mi ero proposto di descrivere un certo perso-

[1] Pseudonimo di Von Herdenburg.

naggio; a tale proposito avevo adempiuto riferendo una serie di circostanze che bene esemplificavano il singolare carattere di Dupin. Altri esempi avrei potuto addurre, ma non mai dare migliore dimostrazione. Eventi recenti, tuttavia, con il loro sorprendente svolgimento, mi hanno sollecitato a ritrovare ulteriori particolari, che avranno aria di una confessione estorta. Ma dopo quello che ho appreso di recente, strano sarebbe se volessi mantenere il silenzio su quanto ho udito e visto tanto tempo fa.

Risolta la tragica vicenda di Madame L'Espanaye e della figlia, il Cavaliere rimosse la vicenda dalla sua attenzione, e ricadde nella consueta, malinconiosa fantasticheria. Incline, allora e sempre, all'astrazione, agevolmente mi accomodai a codesto suo umore; e, appartati nelle nostre stanze al Faubourg Saint-Germain, lasciammo che i venti si portassero via ogni pensiero di Futuro, e ci abbandonammo alla sonnolenza del Presente, intessendo in un tessuto di sogni il disadorno mondo che ci circondava.

Ma i sogni non rimasero indisturbati. Come è facile immaginare, la parte avuta dal mio amico nel dramma della Rue Morgue non aveva mancato di colpire la fantasia della polizia parigina. Il nome di Dupin era diventato familiare ai suoi funzionari. Neppure al Prefetto, ma a me solo aveva spiegato le lucide induzioni grazie alle quali aveva risolto il mistero; pertanto non c'è da stupirsi che tutta la vicenda fosse considerata come poco meno che miracolosa, né che si interpretasse come intuizione la sottigliezza analitica del Cavaliere. La sua schiettezza lo avrebbe indotto a disingannare chiunque avesse coltivato tale pregiudizio; ma l'umore indolente lo dissuadeva dal tornare su un argomento che aveva per lui da tempo perso ogni interesse. Cosí accadde che egli divenisse stella polare allo sguardo della polizia; e non pochi furono i casi in cui la Prefettura cercò di assicurarsi la sua collaborazione. Uno dei piú notevoli fu l'assassinio di una giovane donna, di nome Marie Rogêt.

Il fatto si verificò circa due anni dopo l'orrore della Rue Morgue. Marie, il cui nome e cognome attireranno l'attenzione per la somiglianza con quelli della sventurata sigaraia, era figlia unica della vedova Estella Rogêt. Il padre era morto durante l'infanzia della figlia, e dall'epoca della sua morte, fino a meno di diciotto mesi prima dell'assassinio che è argomento della nostra narrazione, madre e figlia erano vissute insieme nella Rue Pavée St-Andrée[2]; ed ivi Madame, con l'aiuto di Marie, teneva una *pension*. Le cose procedettero a questo modo finché Marie ebbe compiuto i ventidue anni, allorché la sua non comune bellezza attrasse l'attenzione di un negoziante di profumi e chincaglierie, che occupava uno dei negozi a piano terra del Palais Royal, e i cui clienti erano soprattutto gli avventurieri senza scrupoli che infestavano quel quartiere. Il signor Le Blanc[3] ben si avvide dei vantaggi che potevano venirgli dalla presenza nel suo negozio della bella Marie; e le sue generose offerte vennero accettate con entusiasmo dalla ragazza, con maggiore perplessità da Madame.

Si realizzarono le previsioni del negoziante, e le grazie spiritose della *grisette* resero famoso il suo locale. Da un anno Marie era sua dipendente, quando i suoi ammiratori furono sconcertati dalla subitanea scomparsa di Marie dal negozio. Monsieur Le Blanc non era in grado di spiegarne l'assenza, e Madame Rogêt era sconvolta dall'angoscia e dal terrore. I giornali presero ad occuparsi della faccenda, e la polizia si apprestava a dare inizio ad attente ricerche, quando, una bella mattina, trascorsa una settimana, Marie, in buona salute, sebbene con aria un poco immalinconita, riapparve dietro il suo banco nel negozio.

Si impose il silenzio a tutte le indagini, eccetto quelle private. Monsieur Le Blanc si dichiarò di tutto ignaro, come prima. Marie, come Madame, alle domande rispose d'aver trascorso la precedente settimana nella casa di parenti in campagna. Il clamore si spense, e l'*affaire* cadde in oblio; giacché la ragazza, certo per togliersi dall'impaccio di una importuna curiosità, presto si congedò definitivamente dal profumiere, e cercò rifugio nella residenza di sua madre in Rue Pavée St-Andrée.

[2] Nassau Street.
[3] Anderson.

Circa tre anni dopo il suo ritorno a casa, i suoi amici vennero messi in allarme da una seconda scomparsa. Trascorsero tre giorni, senza che della ragazza si avesse notizia. Il quarto giorno, il suo cadavere venne trovato a galla sulla Senna[4], vicino alla spiaggia di fronte al Quartier della Rue St-Andrée, in un punto non troppo lontano dal quartiere isolato della Barrière du Roule[5].

L'atroce assassinio (giacché fu subito chiaro che di assassinio si trattava), la giovane età, la bellezza della vittima e, piú ancora, la precedente notorietà, produssero tutti insieme una intensa eccitazione nell'animo degli emotivi parigini. Non ricordo evento analogo che producesse effetto cosí generale ed intenso. Per parecchie settimane, la discussione di quest'unico argomento fece dimenticare anche i problemi politici piú importanti ed urgenti. Il Prefetto si mise all'opera con inconsueto zelo; e, naturalmente, le forze tutte della polizia parigina vennero impegnate allo stremo.

Quando venne scoperto il cadavere, si supponeva che l'assassino non sarebbe stato capace di eludere, se non per breve periodo, l'indagine immediatamente avviata. Solo quando spirò la prima settimana, si ritenne necessario proporre una ricompensa, che tuttavia non oltrepassò i mille franchi. Nel frattempo l'investigazione procedeva con vigore, se non sempre con prudenza, e numerose persone furono oggetto di inutile indagine; mentre, mancando qualsiasi indizio che aiutasse a risolvere il mistero, l'eccitazione popolare continuava a crescere. Trascorsi dieci giorni, si ritenne opportuno raddoppiare la somma originariamente proposta; e, alla fine, essendo trascorsa senza novità anche la seconda settimana, e dopo che la consueta diffidenza dei parigini per la polizia si fu espressa in violente dimostrazioni, il Prefetto si assunse la responsabilità di offrire la somma di ventimila franchi per la «scoperta dell'assassino», o, se piú d'uno fosse implicato nel delitto, «per la scoperta di uno degli assassini». Nel bando che proponeva questa ricompensa si pro-

[4] Lo Hudson.
[5] Weehawken.

metteva piena amnistia per il complice che si facesse testimone contro il reo; e a questo, dovunque venne affisso, si aggiunse il bando di un comitato di cittadini che offriva diecimila franchi, in aggiunta alla somma proposta dalla Prefettura. Dunque, la ricompensa ammontava a trentamila franchi, somma straordinaria, considerando l'umile condizione della giovane, e la frequenza, nelle grandi città, di atroci imprese, come quella qui descritta.

Nessuno dubitava che in breve il mistero del delitto sarebbe stato svelato. Ma sebbene, in un paio di casi, si procedesse ad arresti che promettevano di far luce sul delitto, nulla si trovò a carico delle persone sospette; e queste vennero subito rilasciate. Sembrerà strano, ma già era trascorsa senza esito la terza settimana dal rinvenimento del corpo senza che nessuna luce diradasse il mistero, e ancora nessuna eco degli avvenimenti che tanto agitavano il pubblico era giunta alle nostre orecchie. Assorti in meditazioni che esigevano tutt'intera la nostra attenzione, quasi un mese era trascorso durante il quale non eravamo usciti di casa, non avevamo ricevuto visite, e avevamo al piú dato un'occhiata ai piú importanti articoli politici di uno dei quotidiani. La prima notizia dell'assassinio ce la portò G., in persona. Venne a trovarci di primo pomeriggio, il tredici di luglio 18..., e rimase con noi fino a tarda notte. Era sconcertato, erano falliti tutti i tentativi di scovare gli assassini, e la sua reputazione – cosí si espresse, alla parigina – era in gioco; anche il suo onore era toccato. Gli occhi del pubblico erano fissi su di lui; e veramente non c'era sacrificio cui non fosse pronto pur di risolvere il mistero. Concluse il suo discorso un poco grottesco con un complimento per quello che si compiacque di definire il tatto di Dupin, e giunse a fargli una generosa offerta, la cui natura non credo di avere il diritto di rivelare, ma che non ha alcun rapporto con l'argomento della narrazione.

Dal complimento il mio amico garbatamente si schermí, ma accettò subito la proposta, sebbene offrisse vantaggi esclusivamente sotto condizione. Stabilito questo punto, il Prefetto passò a spiegare le sue opinioni, mescolate a prolisse considerazioni sulle testimonianze, delle quali non eravamo ancora al corrente. Molto discorse e, senza dubbio, assai dottamente; ed io arrischiavo talora una osservazione, mentre la notte si consumava sonnacchiosa. Dupin sedeva immoto nella sua poltrona consueta, e appariva l'incarnazione della piú rispettosa attenzione. Per tutta la serata mai si tolse gli occhiali verdi; ed una rapida occhiata sotto a quelle lenti bastò a convincermi che egli aveva trascorso le sette ore plumbee, che avevano preceduto la partenza del Prefetto, immerso in un sonno non meno profondo che silenzioso.

La mattina, mi procurai alla Prefettura un rapporto esauriente sulle testimonianze e, presso i vari uffici dei giornali, una copia di ogni giornale in cui fossero state pubblicate, dall'inizio fino a quel giorno, informazioni di rilievo sulla triste vicenda. Spogliate da tutto ciò che era stato definitivamente smentito, le informazioni si riducevano a quel che segue:

Marie Rogêt s'era allontanata dalla residenza della madre, in Rue Pavée St-Andrée, verso le nove del mattino, domenica ventidue giugno 18... Uscendo, aveva avvertito un tal Monsieur Jacques St-Eustache[6], e lui solo, della sua intenzione di trascorrere la giornata presso una zia che risiedeva in Rue des Drômes. È, questa, una via breve, angusta, ma popolosa, non lontana dalle rive del fiume, e dista un paio di miglia, in linea per quel che è possibile diretta, dalla *pension* di Madame Rogêt. St-Eustache era il pretendente ufficiale ed accettato di Marie, ed alloggiava, e prendeva i pasti, alla *pension*. Avrebbe dovuto raggiungere la fidanzata verso sera, per riaccompagnarla a casa. Accadde tuttavia che nel pomeriggio prendesse a piovere con violenza; e, supponendo che Marie si sarebbe trattenuta per la notte presso la zia (come in circostanze analoghe aveva fatto per il passato), non ritenne necessario mantenere la promessa. Quando scese la notte, si udí Madame Rogêt – settantenne e inferma – esprimere il timore «che non avrebbe mai piú rivisto Marie»; ma, al momento, ciò non attirò particolare attenzione.

Il lunedí si accertò che la giovane non si era recata in Rue

[6] Payne.

des Drômes, e quando il giorno fu trascorso senza che si avessero altre notizie, si improvvisò una tardiva ricerca in vari punti della città e nei dintorni. Solo al quarto giorno successivo alla sparizione si ebbero notizie fondate della giovane. Quel giorno – mercoledí venticinque giugno – un tal Monsieur Beauvais[7] che, insieme ad un amico, aveva svolto indagini presso la Barrière du Roule, sulla riva della Senna che guarda verso Rue Pavée St-Andrée, venne avvertito che un cadavere era stato trascinato a riva da certi pescatori, che l'avevano trovato sul fiume. Beauvais si recò a vedere il cadavere e, non senza esitazione, lo riconobbe per quello della giovane commessa. L'amico lo riconobbe con maggior sicurezza.

Il volto mostrava gonfie chiazze di sangue scuro, che usciva anche dalla bocca. Non v'erano tracce di schiuma, come accade agli annegati. I tessuti non erano illividiti. Attorno alla gola si notavano lividi e impronte di dita. Le braccia erano rigide e ripiegate sul petto. Stretta la mano destra; aperta un poco la sinistra. Sul polso sinistro si notavano due escoriazioni circolari, causate evidentemente da corde, o da una corda rigirata piú volte. Parte del polso destro recava tracce di abrasioni, come tutta la schiena, particolarmente le scapole. Per trarre il corpo a riva, i pescatori l'avevano legato ad una corda; ma non quella era la causa delle escoriazioni. Il collo era assai gonfio. Non si notavano ferite da armi da taglio, né lividi causati da percosse. Un lacciuolo era cosí strettamente legato attorno al collo da sfuggire alla vista; completamente affondato nella carne, era fermato da un nodo sotto l'orecchio sinistro. Da solo sarebbe bastato a causare la morte. L'esame medico legale diede non dubbia conferma dell'onestà della defunta. Era stata vittima, concluse, di una brutale violenza. Il cadavere era stato trovato in condizioni tali che chi conosceva la ragazza l'avrebbe agevolmente riconosciuta.

Il vestito era lacerato e manomesso. Una striscia di stoffa, larga circa un piede, era stata strappata dall'orlo fin su alla vita,

[7] Crommelin.

ma non staccata. Era stata avvolta in tre giri attorno alla vita, e fermata con una sorta di nodo sulla schiena. La sottoveste era di fine mussolina; e, con esattezza, ne era stata, meticolosamente, strappata una striscia larga diciotto pollici, annodata poi attorno al collo, lenta, ma tenuta ferma da un robusto nodo. A questa striscia di mussola, ed al lacciuolo, era attaccata la goliera di un berretto, unitamente a quest'ultimo. Il nodo che teneva ferma la goliera non era da vesti femminili, ma piuttosto scorsoio, o nodo da marinaio.

Il cadavere, cosí riconosciuto, non venne portato all'obitorio – tale formalità era ormai superflua –, ma frettolosamente sepolto non lungi dal punto in cui era stato trascinato a riva. Grazie agli sforzi di Beauvais, la faccenda venne messa a tacere, e trascorsero parecchi giorni prima che si diffondesse una qualche emozione popolare. Un settimanale[8] alla fine prese ad occuparsene; il cadavere venne riesumato, si procedette ad un nuovo esame; ma non se ne ricavò nulla, oltre a ciò che già si sapeva. Comunque, i vestiti vennero mostrati alla madre ed a conoscenze della vittima, e identificati senza possibile dubbio come quelli stessi che indossava il giorno che si era allontanata da casa.

Nel frattempo, l'agitazione andava crescendo di ora in ora. Parecchie persone vennero arrestate e scagionate. Si sospettò particolarmente di St-Eustache: ed egli non riuscí sulle prime a fornire una descrizione coerente di quel che aveva fatto, e dove, durante la domenica in cui Marie s'era allontanata da casa. Tuttavia, successivamente, sottomise a Monsieur G. testimonianze che davano conto in modo soddisfacente di ogni ora del giorno in questione. Il tempo passava e non si scopriva nulla, cosí che cominciarono a circolare mille voci contraddittorie, e i giornalisti si diedero da fare ad avanzare ipotesi. Tra le quali ultime, attrasse soprattutto attenzione la fantasia che Marie Rogêt fosse tuttora in vita – che il cadavere rinvenuto nella Senna fosse di qualche altra sventurata. È opportuno offrire al

[8] Il «Mercury» di New York.

lettore alcuni passi che si riferiscono a questa ipotesi. Ecco la traduzione letterale di passi tratti da «L'Étoile»[9], giornale in genere prestigioso e autorevole:

«Mademoiselle Rogêt lasciò la casa della madre domenica mattina, 22 giugno 18..., con il proposito dichiarato di recarsi a far visita ad una zia, o altra parente, in Rue des Drômes. Da quel momento, non si ha certa prova che alcuno l'abbia vista. Di lei non v'è piú traccia né notizia... Non s'è fatta avanti, finora, alcuna persona che l'abbia vista quel giorno, dopo che fu uscita dalla casa di sua madre... Ora, non abbiamo prova che Marie Rogêt fosse nel numero dei vivi dopo le nove di domenica 22 giugno; ma abbiamo la prova che, fino a quell'ora, era viva. Mercoledí, a mezzogiorno, il corpo di una donna viene scoperto sul fiume, lungo la riva della Barrière du Roule. Dunque, anche se supponiamo che Marie Rogêt venisse gettata nel fiume tre ore dopo esser uscita di casa, tre giorni soli sarebbero trascorsi da quel momento – tre giorni esatti al minuto. Ma è follia supporre che l'assassinio, se su di lei venne perpetrato assassinio, possa esser stato compiuto cosí per tempo da consentire agli assassini di gettare il corpo nel fiume prima della mezzanotte. Chi è colpevole di cosí orribili delitti, preferisce le tenebre alla luce... Dunque, se il corpo trovato nel fiume era quello di Marie Rogêt, sarebbe rimasto in acqua due giorni e mezzo, al piú tre. L'esperienza dimostra che occorrono da sei a dieci giorni perché nei corpi degli annegati, o nei corpi gettati in acqua subito dopo morte violenta, si manifesti una decomposizione bastevole a farli risalire a galla. Anche quando si spara sull'acqua col cannone, là dove si suppone esservi un cadavere, e questo riemerge prima che siano trascorsi almeno cinque o sei giorni, se lasciato andare cala nuovamente a fondo. Ora, chiediamo, c'era, in questo caso, qualcosa che potesse comportare una eccezione al corso consueto della natura?... Se quel corpo straziato fosse rimasto sulla riva fino a martedí notte, su quella riva si sarebbe trovata qualche traccia degli assassini. È dubbio, inol-

[9] Il «Brother Jonathan» di New York, diretto da H. Hastings Weld.

tre, se il corpo sarebbe tornato a galla cosí prontamente, anche se fosse stato gettato in acqua a due giorni dalla morte. Inoltre, pare estremamente improbabile che il delinquente che avesse compiuto un tal delitto, quale qui si suppone, avrebbe gettato il corpo in acqua senza ricorrere all'agevole precauzione di aggiungervi un qualche peso per farlo andare a fondo».

Il redattore procede argomentando che il cadavere deve esser rimasto in acqua non solo «tre giorni ma, almeno, cinque volte tre giorni», giacché era a tal punto decomposto che Beauvais lo riconobbe con grande difficoltà. Questo ultimo punto, tuttavia, fu pienamente confutato. Procedo nella traduzione:

«Quali, dunque, sono i fatti sui quali M. Beauvais si fonda per affermare di non aver dubbi sulla identificazione? Ha strappato una manica, ed ha affermato di aver trovato segni che lo rendono certo dell'identità. Si suppose generalmente che si trattasse di cicatrici. Ma Beauvais, strofinando quel braccio, vi trovò della *peluria* – difficile, crediamo, immaginare qualcosa di meno indicativo, all'incirca quanto trovare un braccio in una manica. M. Beauvais non fece ritorno quella sera ma, mercoledí sera alle sette, mandò notizia a Madame Rogêt che era ancora in corso l'inchiesta sulla figlia. Se noi ammettiamo che, per l'età e il dolore, Madame Rogêt non fosse in grado di recarsi sul posto (e forse si ammette un po' troppo) certamente qualcuno avrebbe ritenuto valesse la pena di partecipare all'inchiesta, se avesse creduto che quello fosse il corpo di Marie. Nessuno vi si recò. Nulla di ciò che venne detto o udito in proposito in Rue Pavée St-Andrée giunse all'orecchio degli occupanti di quella casa. M. St-Eustache, innamorato e fidanzato di Marie, che alloggiava nella casa della madre di lei, depone di non aver sentito parlare del rinvenuto corpo della fidanzata se non la mattina seguente, quando M. Beauvais si recò nella sua stanza e gli diede la notizia. Data la natura della notizia, ci pare che sia stata accolta con estrema freddezza».

In tal modo il giornale tentava di creare l'impressione che i parenti di Marie avessero fatto mostra di una apatia incompatibile con l'ipotesi che fossero convinti che quello fosse il cadavere di Marie. Si insinuava che: Marie, con la complicità dei suoi amici, s'era allontanata dalla città per ragioni che mal deponevano della sua castità; che costoro, alla scoperta del cadavere nella Senna, un poco somigliante alla giovane, avevano colto l'occasione per far credere al pubblico che fosse morta. Ma «L'Étoile» di nuovo era stata precipitosa. Si dimostrò chiaramente che non vi era stata per nulla l'apatia che s'era immaginata; che la vecchia madre era stremata, e turbata tanto da essere incapace di attendere a qualsiasi compito; che St-Eustache, ben lungi dal ricevere la notizia con freddezza, era sconvolto dal dolore, e in preda a tale disperazione, che M. Beauvais si vide costretto a persuadere un amico ed un parente a prendersi cura di lui, ed impedire che assistesse alla esumazione. Inoltre, sebbene «L'Étoile» asserisse che la salma era stata sepolta a pubbliche spese, che una generosa offerta privata era stata nettamente respinta dalla famiglia, che alla cerimonia non aveva partecipato nessun membro della famiglia; sebbene, insomma, tanto asserisse «L'Étoile» per corroborare l'impressione che desiderava insinuare, tutto ciò venne smentito. In un numero successivo il giornale tentò di gettare il sospetto su M. Beauvais. Il redattore scriveva:

«Ora, subentra un fatto nuovo. Abbiamo appreso che, in una certa occasione, mentre una certa Madame B... si trovava in casa di Madame Rogêt, M. Beauvais, che si accingeva ad uscire, le disse che si prevedeva la visita di un gendarme, e che Madame B... non doveva dir nulla a costui, finché M. Beauvais non fosse tornato, e che lasciasse che della cosa si occupasse lui... Cosí come ora stanno le cose, si ha l'impressione che M. Beauvais si tenga ben chiuso in testa tutto ciò che sa. Non si può prendere una iniziativa senza la collaborazione di M. Beauvais; giacché, da qualunque parte vi movete, vi imbattete sempre in costui... Ha deciso, si ignora perché, che nessuno debba occuparsi dell'inchiesta, se non lui, e ha messo da parte i parenti maschi, secondo quel che costoro hanno fatto presente, in una maniera ben singolare. Sembra che abbia ostinatamente cercato di impedire che i parenti vedessero il corpo».

Il fatto che segue sembrava dare qualche verosimiglianza ai sospetti cosí gettati su Beauvais. Un tale che andò a trovarlo nel suo ufficio, alcuni giorni prima della scomparsa della ragazza e, durante l'assenza di M. Beauvais, aveva notato *una rosa* infilata nella serratura, e il nome *Marie* scritto su una lavagna appesa lí accanto.

L'impressione complessiva, per quel che potevamo spigolarla dai giornali, sembrava essere che Marie fosse stata vittima di una banda di canaglie, che costoro l'avessero portata sul fiume, seviziata e assassinata. Tuttavia «Le Commercial»[10], giornale assai autorevole, contrastò decisamente questa idea popolare. Citerò un paio di passi dalle sue pagine:

«Siamo persuasi che le ricerche dirette verso la Barrière du Roule abbiano seguito finora una falsa pista. Non è possibile che una persona ben nota, come questa giovane donna, a migliaia di persone, abbia percorso lo spazio di tre isolati senza che alcuno la notasse; e chiunque l'avesse vista l'avrebbe notata, giacché suscitava l'interesse di coloro che la conoscevano. Allorché uscí di casa le strade erano affollate... Non è possibile che abbia potuto spingersi fino alla Barrière du Roule o alla Rue des Drômes senza essere ravvisata da almeno una dozzina di persone; tuttavia nessuno ha dichiarato d'averla incontrata per la strada, e non v'è prova alcuna, eccettuate le sue *dichiarate intenzioni*, che Marie sia uscita affatto. La veste era strappata, legata attorno al corpo, e annodata; e il corpo era stato trascinato come un fagotto. Se l'assassinio fosse stato perpetrato alla Barrière du Roule, non sarebbe stato necessario ricorrere a questi mezzi. Il fatto che il corpo venne trovato nel fiume accanto alla Barrière non ci dice dove sia stato gettato in acqua... Un brandello di una delle sottovesti della sventurata giovane, lungo due piedi e largo un piede, venne strappato e fatto passare sotto il mento e annodato sulla nuca, probabilmente per impedire che gridasse. Chi ha fatto ciò era dunque gente che non aveva pezzuola da tasca o foulard».

[10] Il «Journal of Commerce» di New York.

Un giorno o due prima che il Prefetto venisse a farci visita, la polizia ebbe una informazione che parve demolire almeno la parte principale dell'argomentazione di «Le Commercial». Accadde che due ragazzetti, figli di una certa Madame Deluc, mentre vagabondavano per i boschi attorno alla Barrière du Roule, si addentrassero in una fitta macchia, nella quale erano tre o quattro grandi pietre, che formavano una sorta di sedile, con schienale e poggiapiedi. Sulla pietra piú alta si trovava una sottana bianca; sulla seconda, una sciarpa di seta. Si rinvennero anche un parasole, guanti, e un fazzoletto. Sul fazzoletto era ricamato il nome di Marie Rogêt. Sui rovi tutt'attorno vennero rinvenuti frammenti di vestito. La terra era smossa, i cespugli spezzati, insomma chiari erano gli indizi di una colluttazione. Tra il boschetto e il fiume vennero trovati abbattuti i paletti delle siepi, e tracce sul terreno indicavano il passaggio di un pesante fardello.

Un settimanale, «Le Soleil»[11], fece i seguenti commenti sulla scoperta, interpretando le convinzioni di tutta la stampa parigina:

«Era evidente che quegli oggetti si trovavano in quel posto da almeno tre o quattro settimane; la pioggia li aveva ricoperti di muffa, che li aveva incollati assieme. Attorno e sopra quegli oggetti era cresciuta l'erba. La seta del parasole era robusta, ma all'interno i fili erano aggrovigliati e impastati. La parte superiore dell'ombrello, dove la stoffa era rinforzata e arrotolata, era fradicia di muffa, e quando si provò ad aprirlo, si lacerò... I brandelli del vestito strappati dai rovi erano larghi circa tre pollici e lunghi sei. Un lembo, con tracce di rammendo, era stato staccato dall'orlo del vestito; l'altro era un brandello della gonna, non dell'orlo. Sembravano strisce di stoffa staccate a forza, si trovavano sui rovi, a un piede da terra... Non c'è dubbio, dunque, che sia stato scoperto il luogo dove è stato perpetrato questo infame crimine».

In seguito a questa scoperta, si ebbero nuove testimonianze. Madame Deluc dichiarò di gestire una gargotta non lon-

[11] Il «Saturday Evening Post» di Filadelfia, diretto da C. J. Peterson.

tano dalla riva del fiume, di fronte alla Barrière du Roule. Il quartiere è appartato, piú del consueto. È luogo di convegni domenicali per i teppisti della città, che attraversano là il fiume in barca. Verso le tre di quella domenica arrivò alla locanda una giovane accompagnata da un giovanotto di colorito scuro. I due si trattennero qualche tempo. Quando se ne andarono, presero la strada che portava a un bosco nelle vicinanze. Attirò l'attenzione di Madame Deluc il vestito indossato dalla giovane, assai simile al vestito di una parente, morta di recente. Notò in particolare la sciarpa. Poco dopo la partenza della coppia apparve una banda di mascalzoni, si comportarono villanamente, mangiarono e bevvero senza pagare, proseguirono per la stessa strada presa dalla giovane coppia, tornarono al suo locale verso sera, e riattraversarono il fiume, come avessero una gran fretta.

Era da poco buio, quella stessa sera, quando Madame Deluc, e il figlio maggiore, udirono grida di donna non lontano dalla taverna. Le urla furono violente, ma brevi. Madame D. riconobbe non solo la sciarpa rinvenuta tra gli alberi, ma il vestito indossato dalla giovane assassinata. Un guidatore di omnibus, Valence[12], testimoniò di aver notato Marie attraversare la Senna su di un traghetto, quella domenica, in compagnia di un giovanotto di carnagione scura. Valence insisté: conosceva Marie, e non era possibile si fosse sbagliato. Gli oggetti rinvenuti nella macchia furono tutti riconosciuti dai parenti di Marie.

Gli indizi e i dati che avevo tratto dalla stampa, secondo quel che mi aveva suggerito Dupin, interessavano un altro punto, tale, tuttavia, come pareva, da determinare importanti conseguenze. Risulta dunque che, subito dopo la scoperta dei vestiti ora descritti, nelle vicinanze del luogo dove tutti ritenevano fosse stato perpetrato l'oltraggio, venne rinvenuto il corpo del moribondo St-Eustache. Vicino a costui venne rinvenuta una fiala con l'etichetta «laudano», vuota. Il fiato sapeva di veleno. Non era piú in grado di parlare; venne a morte poco dopo. Gli

[12] Adam.

venne trovata addosso una lettera, in cui brevemente dichiarava il suo amore per Marie, e i suoi propositi suicidi.

– Occorre appena che ti dica, – disse Dupin, come ebbe concluso l'attenta lettura dei miei appunti, – che questo caso è assai piú complicato di quello della Rue Morgue, dal quale differisce in un importante elemento. Questo è un delitto, per quanto orribile, di qualità affatto comune. Non ha nulla di specialmente *outré*. Nota: per questa ragione appunto il mistero è stato ritenuto di agevole soluzione, mentre, per questa ragione appunto, doveva giudicarsi specialmente arduo. Dapprima non si ritenne neppure opportuno proporre una ricompensa. I mirmidoni di G. erano in grado di capire subito come e perché fosse stato perpetrato il delitto. La loro immaginazione si raffigurava modi... molti modi, e moventi... molti moventi, e poiché l'uno o l'altro di questi modi e moventi poteva essere quello reale, hanno ritenuto pacifico che uno appunto di questi dovesse esserlo. Ma l'agevolezza con cui vennero accolte quelle instabili fantasticaggini, la loro ovvia plausibilità, avrebbe dovuto far capire quanto fosse difficile, non già facile, arrivare ad una soluzione. Altra volta m'è accaduto di osservare che la ragione in cerca della verità trova la sua strada tenendo presente quanto si scosta dal consueto; e che, in casi quale l'attuale, è non tanto «che cosa è accaduto?» che dobbiamo chiederci, quanto «che cosa è accaduto che non sia mai accaduto prima?» Nelle indagini in casa di Madame L'Espanaye[13], gli agenti di G. furono scoraggiati e disorientati da quanto vi era di inconsueto, proprio ciò che, ad una mente bene orientata, avrebbe dato una fondata promessa di successo; mentre un siffatto intelletto sarebbe piombato nella disperazione di fronte alla banale storia della *grisette*, che invece ai funzionari della Prefettura pareva garantire un facile trionfo.

Nel caso di Madame L'Espanaye e della figlia non vi fu, fin dall'inizio dell'investigazione, nessun dubbio che fosse stato commesso un assassinio. L'idea del suicidio fu subito esclusa. Anche in questo caso fin dall'inizio venne scartata qualsiasi ipo-

[13] Si veda *Gli omicidi della Rue Morgue*.

tesi di suicidio. Il corpo venne trovato alla Barrière du Roule, in circostanze tali da non lasciar adito ad alcuna perplessità. Ma si è avanzata l'ipotesi che il cadavere scoperto non sia quello di Marie Rogêt; ora, è stata proposta una ricompensa per la cattura dell'assassino o degli assassini di costei, e anche il nostro accordo con il Prefetto è valido solo in questo caso. Conosciamo bene il Prefetto. Non è il caso di concedergli illimitata fiducia. Se, muovendo le nostre indagini dal rinvenimento del corpo, noi giungessimo a trovare un assassino, e tuttavia si accertasse che quel corpo è di altra donna, e non quello di Marie; se, prendendo le mosse da quando Marie era certamente viva, noi la trovassimo, ma non assassinata, in un caso come nell'altro vane sarebbero le nostre fatiche; giacché noi abbiamo a che fare con Monsieur G. È dunque indispensabile, nel nostro interesse, anche se non necessariamente in quello della giustizia, stabilire in primo luogo che quel corpo è quello della scomparsa Marie Rogêt.

Presso il pubblico le argomentazioni di «L'Étoile» hanno avuto peso; il giornale stesso è persuaso della loro importanza, come risulta dall'inizio di uno degli articoli: «Parecchi quotidiani del mattino, – cosí scrive, – parlano dell'articolo, rivelatore e definitivo, di "L'Étoile" di lunedí». Per me, questo articolo poco rivela, a parte lo zelo del compilatore. Dobbiamo tener presente che, in genere, obiettivo dei nostri giornali è quello di creare sensazione, di richiamare l'attenzione piuttosto che assistere la causa della verità. Quest'ultimo fine viene perseguito solo quando sembra coincidere con il primo. La stampa che si limita a corroborare l'opinione comune, anche se ben fondata, non acquista credito presso la folla. La maggioranza giudica profondo solo colui che clamorosamente smentisce le opinioni comuni. Nella argomentazione, non meno che in letteratura, l'*epigramma* gode di immediata e universale stima. In entrambi i casi, la qualità è infima.

Sono convinto che la mista qualità epigrammatica e melodrammatica dell'idea che Marie Rogêt sia tuttora viva, piuttosto che la sua sensatezza, l'abbia raccomandata a «L'Étoile», e le abbiano assicurato favorevole accoglienza presso il pubblico. Esaminiamo i punti essenziali dell'argomentazione giornalistica, cercando di evitare l'incoerenza con cui venne originariamente presentata.

Primo obiettivo dello scrivente è quello di dimostrare che, tenuto conto del breve intervallo intercorso tra la scomparsa di Marie e il rinvenimento del cadavere sul fiume, quello non può essere il cadavere di Marie. Lo scrivente si proporrà quindi di abbreviare quanto piú possibile questo intervallo. Incautamente perseguendo tale obiettivo, già all'inizio si getta a capofitto in pure congetture. «È follia supporre, – scrive, – che l'assassinio, se assassinio venne perpetrato su di lei, possa essere stato consumato cosí per tempo da consentire agli assassini di gettare il corpo nel fiume prima della mezzanotte». Noi domandiamo subito, assai naturalmente, *perché?* Perché mai sarebbe follia supporre che il delitto sia stato compiuto *cinque minuti dopo* che la giovane era uscita dalla casa della madre? Perché mai sarebbe follia supporre che l'assassinio sia stato commesso in uno o altro momento di quella giornata? Assassini ce ne sono stati a tutte le ore. Ma, se l'assassinio avesse avuto luogo tra le nove di quel mattino domenicale e un quarto d'ora prima della mezzanotte, ci sarebbe pur sempre stato tempo a sufficienza per «gettare il corpo nel fiume prima di mezzanotte». Si presuppone dunque che l'assassinio non sia stato commesso quella domenica e, se concediamo a «L'Étoile» questa presunzione, possiamo concederle tutte le licenze che vuole. Il paragrafo che inizia «È follia supporre eccetera», come che appaia stampato su «L'Étoile», in realtà sarà stato concepito dal compilatore come segue: «È follia supporre che l'assassinio, se assassinio venne perpetrato sul corpo di costei, possa esser stato commesso abbastanza per tempo da consentire agli assassini di gettare il corpo nel fiume prima della mezzanotte; è follia, diciamo, supporre tutto ciò, e allo stesso tempo supporre (come siamo ben decisi a fare) che il corpo *non* sia stato gettato nel fiume se non *dopo* mezzanotte»; proposizione, presa a sé, piuttosto imprecisa, ma non cosí totalmente insensata come quella che venne stampata.

Se fosse mio proposito, – continuò Dupin, – di contestare semplicemente questa argomentazione di «L'Étoile», potrei lasciare le cose a questo punto. Ma non tanto ci interessa «L'Étoile», quanto la verità. La frase in questione ha, cosí come la si legge, un solo significato, che ho adeguatamente definito; ma importa andare oltre le pure e semplici parole, e trovare l'idea che quelle parole indicavano, ma che non sono riuscite ad esprimere. Il giornalista intendeva dire che, in qualunque momento di quella domenica, di giorno o di notte, fosse stato compiuto il delitto, è improbabile che gli assassini avrebbero osato portare il corpo al fiume prima della mezzanotte. Ed è questa, in verità, l'ipotesi che contesto. Si presuppone che il delitto sia stato commesso in un posto tale, e in tali circostanze, che fosse necessario *trasportare* il corpo fino al fiume. Ora, l'assassinio potrebbe aver avuto luogo sulla riva del fiume, o sul fiume stesso; in tal caso, il corpo sarebbe stato gettato in acqua, quale si fosse l'ora del giorno o della notte, perché quello era il modo piú semplice e immediato per toglierlo di mezzo. Ti sarà chiaro che non sostengo che ciò sia probabile, e nemmeno che corrisponda alla mia opinione. Per ora non intendo esaminare i *fatti*, ma solo metterti in guardia nei confronti delle ipotesi di «L'Étoile», facendoti notare la sua impostazione affatto preconcetta.

Avendo fissato un limite di tempo conveniente ai suoi preconcetti; supposto che, se quello era il corpo di Marie, sarebbe rimasto in acqua inevitabilmente per un periodo assai breve; il giornale cosí prosegue:

«L'esperienza dimostra che occorrono da sei a dieci giorni perché nei corpi degli annegati, o nei corpi gettati in acqua subito dopo morte violenta, si manifesti una decomposizione sufficiente a farli risalire a galla. Anche quando si spara sull'acqua col cannone, là dove si suppone esservi un cadavere, e questo riemerge prima che siano trascorsi almeno cinque o sei giorni, se lasciato andare cala nuovamente a fondo».

Queste affermazioni sono state tacitamente accolte da tutti i giornali di Parigi, con l'eccezione di «Le Moniteur»[14]. Quest'ul-

[14] Il «Commercial Advertiser» di New York, diretto dal col. Stone.

timo cerca di confutare la parte dell'articolo che si riferisce ai «corpi degli annegati», citando cinque o sei casi in cui corpi di persone annegate vennero rinvenuti a galla dopo un periodo di tempo minore da quello indicato da «L'Étoile». Tuttavia, il tentativo di «Le Moniteur» è concettualmente inadeguato; tenta di confutare una asserzione generale di «L'Étoile», citando taluni casi che con questa contrastano. Fosse stato possibile addurre cinquanta invece di cinque esempi di corpi trovati a galleggiare dopo due o tre giorni, quei cinquanta esempi potevano pur sempre considerarsi semplici eccezioni alle regole di «L'Étoile», fino a che non si fosse trovato modo di confutare la regola stessa. Se si ammette la regola (che «Le Moniteur» non smentisce, insistendo solo sulle eccezioni) l'argomentazione di «L'Étoile» mantiene tutto il suo valore, giacché si occupa solo della *probabilità* che un corpo torni a galla dopo meno di tre giorni, probabilità che conferma la posizione di «L'Étoile», finché gli esempi cosí puerilmente addotti non saranno in numero sufficiente da accreditare una regola opposta.

Certamente non ti sfuggirà che qualsiasi argomentazione in proposito dovrà affrontare, caso mai, la regola in sé; e a tal fine dobbiamo prendere in esame il fondamento razionale di questa regola. Ora il corpo umano, in generale, non è né molto piú leggero né molto piú pesante dell'acqua della Senna; cioè, in condizioni naturali, il corpo umano ha peso pressoché uguale a quello della massa d'acqua dolce che esso sposta. I corpi di persone grasse, carnose, con ossa piccole, e in genere i corpi femminili, sono piú leggeri di quelli magri e di ossa grandi, e in genere degli uomini; e il peso proprio dell'acqua di un fiume è in certa misura influenzato dalla marea. Lasciamo perdere il problema della marea; si può dire che, anche nell'acqua dolce, ben pochi corpi umani vadano a fondo spontaneamente. Chiunque cada in un fiume è in grado di mantenersi a galla, se consente che il peso dell'acqua si ponga in equilibrio con il suo peso, se, vale a dire, lascerà che il corpo si immerga pressoché interamente, esclusa una minima parte. La posizione adatta per chi non sa nuotare è la posizione diritta di chi cammina all'asciutto, la testa rovesciata all'indietro e immersa, lasciando alla superficie solo la bocca e le narici. In questa situazione, scopriremo di poter galleggiare senza difficoltà e senza sforzo. È tuttavia evidente che i pesi del corpo e dell'acqua da questo spostata si trovano in delicato equilibrio, e basterà assai poco per renderlo instabile. Ad esempio, un braccio sollevato al di sopra dell'acqua, e in tal modo privato del suo contrappeso, sarà peso aggiuntivo, sufficiente a sommergere la testa intera, mentre basterà l'ausilio accidentale di un pezzetto di legno per consentirci di sollevare il capo e guardarci attorno. Ora, quando qualcuno non abituato al nuoto si dibatte in acqua, accade che alzi le braccia e nello stesso tempo tenti di mantenere la testa in posizione perpendicolare. Di conseguenza, bocca e narici verranno sommerse e i tentativi di respirare in immersione faranno entrare acqua nei polmoni. Altra acqua andrà nello stomaco, e il corpo si appesantirà della differenza di peso tra l'aria che precedentemente riempiva quelle cavità, e il liquido che ne ha preso il posto. In generale la differenza è sufficiente per fare andare a fondo il corpo; ma non lo è quando si tratta di individui con ossa piccole ed una quantità abnorme di tessuti flaccidi o pingui. Individui cosí fatti restano a galla anche dopo essere annegati.

Il cadavere, che supponiamo sul fondo del fiume, vi resterà finché, in qualche modo, il suo peso sarà diventato nuovamente inferiore a quello della quantità d'acqua che sposta. Effetto, questo, che è conseguenza della decomposizione, o di altra causa. La decomposizione determina la formazione di gas, che gonfia i tessuti e le parti cave, e dà quell'orribile sembiante tumefatto. Quando questa dilatazione è giunta ad un punto tale che il cadavere è cresciuto di dimensioni in modo sensibile, senza corrispondente aumento di peso, non potrà non pesare di meno dell'acqua spostata, e pertanto dovrà riemergere alla superficie. Ma la decomposizione può essere influenzata, accelerata o ritardata da innumerevoli cause o circostanze: per esempio, la stagione calda o fredda, l'inquinamento minerale o la purezza dell'acqua, la maggiore o minore profondità, l'acqua in movimento o stagnante, la condizione del corpo, sana o inferma, precedente la morte. È dunque evidente che non siamo in grado di stabilire, neanche approssimativamente, in quale momento la decomposizione farà riemergere il cadavere. In talune condizioni, potrà accadere anche entro un'ora; o potrebbe non verificarsi affatto. Trattato con taluni preparati chimici, il corpo può esser preservato per sempre dalla corruzione; ad esempio, il bicloruro di mercurio. Ma, a parte la decomposizione, può darsi, e solitamente si dà, produzione di gas all'interno dello stomaco, provocata dalla fermentazione acetica dei vegetali (o in altre cavità, per cause diverse) sufficiente a produrre un rigonfiamento tale che riporterà il corpo alla superficie. Il colpo di cannone ha semplicemente l'effetto di produrre una certa vibrazione. Questa può liberare il corpo dal pantano in cui si è immerso, consentendogli di venire a galla, quando se ne sono già determinate le condizioni; può anche vincere la resistenza di talune parti putride dei tessuti, cosí che le cavità possano dilatarsi sotto l'influenza del gas.

Ora abbiamo davanti a noi tutta intera la descrizione concettuale della materia e possiamo agevolmente ricorrervi per mettere alla prova le affermazioni di «L'Étoile». «L'esperienza dimostra, – scrive il giornale, – che occorrono da sei a dieci giorni, perché nei corpi degli annegati, o nei corpi gettati in acqua subito dopo la morte violenta, si manifesti una decomposizione sufficiente per farli salire a galla. Anche quando si spara un colpo di cannone sull'acqua, dove si suppone esservi un cadavere, e questo riemerge prima che siano trascorsi almeno cinque o sei giorni, se lasciato andare cala nuovamente a fondo».

Tutto il passo non può non apparirci un tessuto di incoerenze e deduzioni infondate. Non è vero che l'esperienza dimostra che i corpi degli annegati richiedono da sei a dieci giorni perché si verifichi una decomposizione bastevole per farli riemergere. La scienza e l'esperienza dimostrano che il momento in cui torneranno a galla è, e non può non essere, impossibile a determinarsi. Se, inoltre, un corpo è risalito alla superficie in seguito a un colpo di cannone, non è vero che «se lasciato andare calerà a fondo», fino a che la decomposizione non sia giunta a tal punto da consentire la fuoruscita del gas prodottosi. Ma vorrei attirare la tua attenzione sulla distinzione tra corpi di annegati, e corpi gettati in acqua immediatamente dopo la morte violenta. Lo scrivente ammette la distinzione, e tuttavia li include tutti nella stessa categoria. Ho mostrato come accade che il corpo di chi cada in acqua acquisti maggior peso della stessa quantità d'acqua, e come non andrebbe a fondo, se non si dibattesse, alzando le braccia al di sopra della superficie, boccheggiando sott'acqua, riempiendo cosí d'acqua lo spazio precedentemente occupato dall'aria dei polmoni. Ma questi sforzi, questi boccheggiamenti non possono verificarsi nel caso di un corpo gettato in acqua immediatamente dopo la morte violenta; quindi, in questo caso, il corpo, come regola generale, non va affatto a fondo, cosa che «L'Étoile» evidentemente ignora. Quando la decomposizione è proceduta assai oltre, quando la carne si è in gran parte staccata dalle ossa, allora, e non prima, il cadavere calerà a fondo.

Ed ora, come affrontare l'argomentazione per cui il corpo trovato non può essere quello di Marie Rogêt perché quel corpo venne trovato a galla solo dopo tre giorni? Se fosse annegata, essendo donna, non era impossibile che non andasse affatto a fondo; o, andata a fondo, potrebbe essere riemersa in ventiquattro ore, anche meno. Ma nessuno pensa che sia annegata; ed essendo morta prima di essere stata gettata nel fiume, è possibile che sia rimasta a galla e non sia mai andata a fondo.

«Ma, – dice "L'Étoile", – se quel corpo straziato fosse rimasto sulla riva fino a martedí notte, su quella riva si sarebbe trovata qualche traccia degli assassini». D'acchito non è agevole afferrare a che miri codesto ragionamento. Intende prevenire quella che suppone potrebbe essere una obiezione alla sua teoria, cioè che il corpo venne lasciato per due giorni sulla riva, a decomporsi rapidamente, piú rapidamente che immerso nell'acqua. L'autore suppone che, in tal caso, sarebbe potuto risalire a galla mercoledí, e ritiene che solo in quelle circostanze ciò potesse accadere. Pertanto gli sta a cuore dimostrare in gran fretta che non venne lasciato sulla riva; perché, in tal caso, «su quella riva si sarebbe trovata qualche traccia degli assassini». Suppongo che la goffa argomentazione ti farà sorridere. Non capisci come la permanenza del corpo sulla riva avrebbe potuto moltiplicare le tracce degli assassini. Nemmeno io lo capisco.

«E inoltre, – continua il giornale, – pare estremamente improbabile che il delinquente che avesse compiuto un tal delitto, quale qui si suppone, avrebbe gettato il corpo in acqua senza ricorrere all'agevole precauzione di aggiungervi un qualche peso, per farlo andare a fondo». Si osservi, dunque, quale risibile confusione di pensieri! Nessuno, nemmeno «L'Étoile», contesta che il corpo ritrovato sia stato oggetto di assassinio. Troppo evidenti sono le tracce della violenza. Il nostro pensatore vuole solo dimostrare che il corpo non è quello di Marie. Ha in animo di dimostrare che *Marie* non venne assassinata, non che quello non fosse il corpo di una assassinata. Tuttavia, la sua osservazione tocca solo quest'ultimo punto. C'è un cadavere cui non sono stati attaccati dei pesi. Gli assassini, gettandolo in acqua, avrebbero certamente provveduto ad attaccare un peso. Dunque non è stato gettato in acqua dagli assassini. Al piú, questo si dimostra, non altro. Il problema dell'identità non è nemmeno sfiorato, e «L'Étoile» ora si dà un gran da fare per negare quanto ha ammesso solo un momento prima. «Siamo certi, – ha scritto, – che il corpo ritrovato sia quello di una donna assassinata».

Né è questo il solo caso in cui, svolgendo la sua argomentazione, il nostro pensatore senza avvedersene ragiona a proprio danno. Suo palese obiettivo, l'ho già detto, è ridurre per quanto possibile l'intervallo tra la scomparsa di Marie e il rinvenimento del corpo. Ed ora eccolo insistere sul fatto che nessuno ha visto la giovane dal momento in cui costei è uscita di casa. «Non abbiamo prove, – scrive, – che Marie Rogêt fosse nella terra dei vivi dopo le nove di domenica, ventidue giugno». Poiché è argomentazione palesemente preconcetta, avrebbe almeno dovuto eludere questo punto; poiché, se si fosse accertato che qualcuno aveva visto Marie, diciamo, lunedí o martedí, l'intervallo in questione sarebbe stato ridotto di molto e, seguendo il suo modo di ragionare, sarebbero diminuite le probabilità che il cadavere fosse quello della *grisette*. È tuttavia divertente notare come «L'Étoile» proprio su questo punto insista, nella convinzione di confortare la propria argomentazione.

Rileggi ora quella parte del discorso che si riferisce alla identificazione della salma da parte di Beauvais. Per quel che riguarda la *peluria* sul braccio, «L'Étoile» è palesemente scorretta. M. Beauvais non è un idiota, e non è possibile che abbia fondato l'identificazione semplicemente sulla *peluria* del braccio. Non si danno braccia senza peluria. La formula generica di «L'Étoile» non è che uno stravolgimento della frase del testimone. Certamente in quella peluria avrà rilevato qualche peculiarità di colore, quantità, lunghezza, sede.

«Il piede, – prosegue il giornale, – era piccolo: piedi piccoli ce ne sono a migliaia. La giarrettiera non prova nulla, e neppure la scarpa: scarpe e giarrettiere si vendono a pacchi. Altrettanto dicasi dei fiori sul cappello. M. Beauvais insiste sul fatto che la fibbia della giarrettiera era stata spostata all'indietro, cosí da accorciarla. Non significa nulla; per lo piú le signore preferiscono portarsi a casa un paio di giarrettiere e poi adattarle alle loro misure, piuttosto che provarle nel negozio in cui le hanno acquistate». È difficile prendere sul serio un ragionamento siffatto. Se M. Beauvais, cercando il corpo di Marie, avesse scoperto un corpo corrispondente per taglia e aspetto a quello della fanciulla scomparsa, avrebbe avuto buone ragioni (tralasciando la questione dell'abbigliamento) per convincersi di aver appunto trovato ciò che cercava. Se, in aggiunta alla taglia e all'aspetto, avesse avuto modo di notare sul braccio una pelosità peculiare, che egli aveva già notato su Marie da viva, la sua convinzione sarebbe stata fondatamente rafforzata; e la certezza sarebbe stata accresciuta in proporzione diretta alla peculiarità, o rarità, della specifica peluria. Se i piedi di Marie erano minuti, e tali sono quelli della salma, la probabilità che quello sia appunto il corpo di Marie cresce non in modo semplicemente aritmetico, ma decisamente geometrico, o cumulativo. Si aggiungano scarpe quali, come si sapeva, la giovane calzava il giorno della scomparsa e, anche se codeste scarpe «si vendono a pacchi», la probabilità cresce al punto da sfiorare la certezza. Ciò che isolatamente non basterebbe a garantire una identità, cosí collocato offre una conferma, che diventa una prova. Dateci, poi, fiori sul cappello, corrispondenti a quelli che portava la giovane scomparsa, e non cercheremo oltre. Se basta un fiore a non farci cercare altro, che faremo se i fiori sono due o tre, o piú? Ogni unità aggiunta è prova multipla: non già prova aggiunta a prova, ma moltiplicata per centinaia o migliaia. Ed ecco che scopriamo sulla salma giarrettiere quali Marie usava, e sarebbe poco meno che stolto insistere. Ma si scopre che queste giarrettiere sono state accorciate spostando una fibbia, allo stesso modo in cui le aveva accorciate Marie, poco prima di uscire da casa. A questo punto dubitare è follia o ipocrisia. Quel che dice in proposito «L'Étoile», che questo modo di accorciare le giarrettiere è del tutto consueto, mostra solo la sua tenacia nell'errore. La giarrettiera a fibbia è elastica, e dunque è evidente che quel modo di accorciarla non è consueto. Ciò che è stato fatto in modo da accomodarsi da sé all'uso che se ne fa, di rado esigerà un intervento esterno. Senza dubbio le giarrettiere di Marie dovettero essere accorciate in conseguenza di un qualche fatto del tutto accidentale. Quelle giarrettiere bastavano da sole a stabilire l'identità. Ma il corpo non venne trovato con le giarrettiere della giovane scomparsa, o con le sue scarpe, o il cappellino o, su quest'ultimo, i fiori, o quei tali piedi, o il contrassegno di quella peluria sul braccio, o la statura e l'aspetto; quel corpo aveva ciascuno di questi elementi, e li aveva tutti insieme. Se si potesse provare che in tali circostanze il direttore di «L'Étoile» continuava sul serio a dubitare, nel suo caso non ci sarebbe stato bisogno di una commissione *de lunatico inquirendo*. Ha ritenuto astuto echeggiare le chiacchiere degli avvocati, che, per la maggior parte, si accontentano di riecheggiare le rigide e monotone ordinanze della corte. Vorrei qui osservare che molto di ciò che una corte rifiuta come prova è per l'intelligenza la prova migliore. Giacché la corte, che si affida ai principî generali della dimostrazione, principî riconosciuti e inscritti nei testi, rilutta a scostarsene nei singoli casi. Questa ostinata fedeltà al principio, rigorosamente trascurando l'irriducibile eccezione, è modo sicuro per conseguire il massimo della verità in una lunga serie temporale. Il procedimento è, nell'insieme, razionale; ma non è meno certo che genera gravi errori individuali[15].

Per quel che riguarda le insinuazioni ai danni di Beauvais, puoi ben disperderle con un soffio. Già avrai intuito il vero carattere di questo brav'uomo. Gli piace darsi da fare, ha molta fantasia e poco spirito. Chi abbia tale carattere, in una situazione senza dubbio inquietante, si comporterà probabilmente in modo tale da insospettire tanto l'indagatore che il diffidente. M. Beauvais (come risulta dai tuoi appunti) ha avuto alcuni colloqui privati con il direttore di «L'Étoile», e l'ha oltraggiato, osando avanzare l'opinione che quel corpo, a dispetto della teoria del direttore, era, per l'appunto, quello di Marie. «Costui insiste, – scrive il giornale, – ad affermare che si tratta della salma di Marie, ma non è in grado di proporre una circostanza, in aggiunta a quelle che abbiamo esaminato, per rendere ciò credibile ad altri». Ora, senza ribadire che prove piú decisive per «rendere credibile ad altri» che si trattava del corpo di Marie, mai sarebbe stato possibile addurre, si può osservare che è del tutto ragionevole supporre che, in un caso del genere, qualcuno si formi una convinzione, senza essere in grado di proporre una ragione per convincere altri. Non v'è impressione piú vaga di ciò che definiamo identità individuale. Ciascuno di noi riconosce il proprio vicino di casa, e tuttavia di rado è possibile render ragione di questo riconoscimento. Il direttore di «L'Étoile» non aveva il diritto di adontarsi per la non corroborata convinzione di M. Beauvais.

Le circostanze sospette che lo investono, assai meglio si acconciano alla mia ipotesi che si tratti di fantasiosa inframet-

[15] «Una teoria basata sulle qualità di un oggetto non potrà adattarsi alla sua destinazione; e colui che dispone gli argomenti a seconda delle cause non potrà piú apprezzarli a seconda degli esiti. Cosí la giurisprudenza di ogni nazione mostra che la legge, quando diventa scienza e sistema, cessa di essere giustizia. Gli errori in cui la cieca devozione ai principî classificatori ha condotto il diritto comune, li si può capire dalla frequenza con cui il potere legislativo è dovuto intervenire per ristabilire l'equità disattesa dalla regola» (Landor).

tenza, che non alle insinuazioni sospettose dell'argomentante giornalista. Se adottiamo l'interpretazione piú indulgente, non faticheremo a comprendere quella rosa nella serratura; quel «Marie» sulla lavagna; quella maniera di «mettere da parte i parenti maschi»; e che abbia «ostinatamente cercato di impedire che i parenti vedessero il corpo»; il monito a Madame B. di non rivolgere la parola al gendarme fino a che egli, Beauvais, non fosse ritornato; e, in fine, la sua evidente determinazione, che «nessuno debba occuparsi dell'inchiesta, se non lui». Mi sembra fuor di dubbio che Beauvais fosse un corteggiatore di Marie; che costei un poco gli civettasse; e lo lusingava lo si credesse nell'intimità e confidenza di costei. Altro in proposito non dirò; e, poiché le testimonianze smentiscono quel che afferma «L'Étoile» dell'apatia della madre e degli altri parenti (apatia incompatibile con la supposizione che essi ritenessero che la salma fosse quella della *grisette*), noi procederemo come se la questione dell'identità fosse chiarita con nostra completa soddisfazione.

– E che cosa, – chiesi a questo punto, – pensi delle opinioni di «Le Commercial»?

– Che, nello spirito, sono piú degne di considerazione di qualsiasi altra opinione avanzata in proposito. Date le premesse le deduzioni sono ragionate e acute; ma le premesse, almeno in due casi, si fondano su inadeguate osservazioni. «Le Commercial» sostiene che Marie cadde nelle mani di una banda di abbiette canaglie, non lontana dalla porta di casa. «Non è possibile, – osserva, – che una persona ben nota, come questa giovane donna, a migliaia di persone, abbia superato tre isolati senza che nessuno la vedesse». A questo modo può pensare un uomo che da tempo vive a Parigi, un uomo pubblico, abituato a percorrere, in città, i quartieri dei pubblici uffici. Costui sa che di rado gli accade di allontanarsi dal suo ufficio per una dozzina di isolati, senza che lo si riconosca, gli si rivolga la parola. E, avendo presente la propria consuetudine con altri, e di altri con lui, confronta la propria notorietà con quella della *grisette*, non vi trova differenza, e giunge subito alla conclusione che costei, per la strada, sarebbe stata altrettanto riconoscibile. Potrebbe essere il caso ove le passeggiate della giovane avessero avuto lo stesso carattere regolare, metodico, e si fossero svolte entro una zona limitata e specifica. Quell'uomo passa e ripassa, a intervalli regolari, entro un perimetro definito, popolato da persone spinte a notarlo dall'interesse per la sua professione, che è loro familiare. Ma si potrà supporre che le camminate di Marie saranno state irregolari. In questo caso, poi, apparirà probabile che costei seguisse un itinerario insolito piú del consueto. Il parallelo che ci sembra suggerito da «Le Commercial» potrebbe sostenersi solo nel caso che l'una e l'altra persona attraversasse l'intera città da un capo all'altro. In tal caso, a parità di conoscenze personali, si avrebbero uguali probabilità di incontrare un ugual numero di persone note. Per quel che mi riguarda, io ritengo non solo possibile, ma assai piú che probabile, che Marie possa aver percorso, a qualsiasi ora, una qualsiasi delle nostre strade che dalla sua residenza vanno a quella della zia, senza imbattersi in una sola persona che ella conoscesse, e cui fosse nota. Per porre il problema in modo adeguato e pertinente, dobbiamo tenere presente la grande sproporzione tra le conoscenze personali anche del piú illustre parigino, e l'intera popolazione della città.

Ma quel tanto di persuasivo che potrebbe ancora rintracciarsi nell'ipotesi di «Le Commercial», diminuirà di molto se prendiamo in considerazione l'ora in cui la giovane è uscita di casa. «Allorché uscí di casa le strade erano affollate», scrive «Le Commercial». Ma non è cosí. Erano le nove del mattino. Ora, alle nove, in qualsiasi mattina della settimana, *eccettuata la domenica*, le strade cittadine sono certamente affollate. Ma alle nove di domenica, la gente comune è in casa, e si apparecchia alle funzioni religiose. A nessuna persona dotata di spirito di osservazione sarà sfuggito l'aspetto della città, stranamente deserta, all'incirca dalle otto alle dieci della mattina di una qualsiasi festività religiosa. Tra le dieci e le undici le strade sono affollate, ma non cosí all'ora che s'è detto.

Su un altro punto sembra che l'osservazione di «Le Commercial» sia stata manchevole. «Un brandello, – scrive, – di una delle sottovesti della sventurata giovane, lungo due piedi, e largo uno, venne strappato e fatto passare sotto il suo mento, e annodato sulla nuca, probabilmente per impedire che gridasse. Chi ha fatto ciò era dunque gente che non aveva pezzuola da tasca o foulard». Se questa idea sia o meno fondata, vedremo piú avanti, ma con «gente che non aveva pezzuola o foulard» lo scrivente intende la categoria infima dei delinquenti. Ma sarà questa appunto la qualità tipica di costoro: che avranno foulard, e magari saranno senza camicia. Avrai certo notato come in questi ultimi anni il foulard sia diventato assolutamente indispensabile alla perfetta canaglia.

– E che dovremo pensare, – chiesi, – dell'articolo di «Le Soleil»?

– Che è gran peccato che il redattore non sia nato pappagallo, nel qual caso sarebbe il piú illustre della razza. Si è limitato a ripetere, uno per uno, gli argomenti delle opinioni rese note; le ha messe assieme, con lodevole industria, ricavandole da questo o quel giornale. «Era evidente che quegli oggetti si trovavano in quel posto, – cosí scrive, – da almeno tre o quattro settimane, e non v'è dubbio che sia stato scoperto il luogo dove è stato perpetrato questo infame oltraggio». I fatti qui ripetuti da «Le Soleil» sono ben lontani, in verità, dal togliermi ogni dubbio in proposito, e piú avanti li esamineremo piú minutamente, trattando di altra parte dell'argomentazione.

Al momento dobbiamo occuparci di altre indagini. Non ti sarà sfuggita l'estrema trascuratezza con cui si procedette all'esame della salma. Certo, l'identità venne prontamente stabilita o, almeno, cosí si sarebbe dovuto fare; ma vi erano altri punti da porre in chiaro. Il corpo aveva subito spoliazioni? La giovane aveva gioielli indosso quando si allontanò da casa? In tal caso, ne aveva anche quando venne ritrovata? Si tratta di problemi importanti che la testimonianza non tocca in alcun modo; ad altri, non meno importanti, non è stata dedicata alcuna attenzione. Dobbiamo venirne a capo con un'indagine diretta. Il caso di St-Eustache va riesaminato. Non ho sospetti su di lui; ma dobbiamo procedere con metodo.

Accerteremo la fondatezza delle testimonianze sul suo alibi di domenica. Testimonianze di questo genere sono oggetto di facile manipolazione. Se non si troverà nulla di sospetto, non insisteremo nell'indagare su St-Eustache. Il suo suicidio, che potrebbe confermare i sospetti nel caso si scoprisse frode nelle testimonianze, mancando la frode, non sarebbe accadimento inspiegabile, o tale da farci deflettere dal consueto procedimento dell'analisi.

In quella che ora propongo, trascureremo gli elementi centrali della tragedia, e concentreremo l'attenzione sugli elementi periferici. Non ultimo errore, in investigazioni quali la presente, si ha allorché ci si limita ad indagare sui fatti puri e semplici, trascurando totalmente gli eventi o le circostanze collaterali. È mal uso dei tribunali confinare testimonianze e discussioni entro i limiti di ciò che ha manifesta rilevanza. E tuttavia l'esperienza ha dimostrato, e la vera razionalità dimostrerà sempre, che una larga, forse la piú ampia parte della verità, si ritrova in ciò che apparentemente è irrilevante. Grazie allo spirito di questo principio, se non della sua lettera, la scienza moderna ha risolto di *calcolare sull'imprevisto*. Ma forse non mi segui. La storia della conoscenza umana mostra da sempre che ad eventi collaterali o incidentali o accidentali, siamo debitori delle piú numerose e piú preziose scoperte, cosí che nella prospettiva di una ricerca si giudica ora necessario tener conto, in modo non solo grande ma massimo, di quelle scoperte che nascono dal caso, fuori dei confini della comune previsione. Non è procedere filosofico fondare su ciò che è stato l'idea di ciò che sarà. L'accidente è accettato come parte della struttura portante. Il caso soggiace al calcolo rigoroso; l'imprevisto e l'inatteso, alle formule matematiche delle scuole.

Lo ripeto, è un fatto che la parte piú ampia di ogni verità è scaturita da questa regione collaterale; e in accordo con il principio in ciò implicito, vorrei, nel caso presente, dirottare l'inchiesta dal terreno battuto e sterile dell'evento in sé, alle circostanze contemporanee che gli stanno attorno. Mentre tu verifichi l'attendibilità delle testimonianze, io intendo esaminare i giornali in modo piú generico di quel che tu hai fatto. Finora, abbiamo solo esplorato il terreno dell'indagine; ma strano sarebbe se un esame complessivo dei giornali, quale io ho in animo, non ci offrirà qualche minuscolo indizio che proporrà una direzione in cui indagare.

Obbedendo ai suggerimenti di Dupin, esaminai scrupolosamente tutta la materia delle testimonianze su St-Eustache. Il risultato fu una fondata convinzione che esse fossero attendibili, e pertanto St-Eustache innocente.

Nel frattempo, Dupin si dedicava, con una minuziosità apparentemente senza scopo, ad un esame delle varie raccolte di giornali. Alla fine della settimana mi pose davanti i seguenti estratti:

«Circa tre anni e mezzo or sono, un turbamento non dissimile dall'attuale venne causato dalla sparizione della medesima Marie Rogêt dalla *parfumerie* di Monsieur Le Blanc, al Palais Royal. Trascorsa una settimana costei tuttavia riapparve al consueto *comptoir*, con l'aspetto di sempre, se si eccettua un lieve, insolito pallore. Monsieur Le Blanc, e la madre della giovane, fecero circolare la voce che costei s'era recata a far visita ad un'amica in campagna; e la faccenda venne prontamente messa a tacere. Supponiamo che l'attuale assenza sia un capriccio dello stesso genere, e che, al termine di una settimana, o forse un mese, ella sarà nuovamente tra noi». «L'Espresso», lunedí 23 giugno[16].

«Un quotidiano della sera faceva ieri riferimento ad una precedente misteriosa sparizione di Mademoiselle Rogêt. Ora è ben noto che quella settimana d'assenza dalla *parfumerie* di Le Blanc, costei la trascorse in compagnia di un giovane ufficiale navale, noto libertino. Si suppone che una qualche lite la inducesse provvidenzialmente a far ritorno a casa. Di questo Don Giovanni, attualmente di stanza a Parigi, conosciamo il nome; ma per ovvie ragioni ci asteniamo dal renderlo noto». «Le Mercure», martedí 24 giugno[17].

«Un'infamia delle piú atroci venne perpetrata presso questa città due giorni or sono. Un signore, accompagnato da moglie e

[16] «Express» di New York.
[17] «Herald» di New York.

figlia, verso sera noleggiò i servigi di sei giovanotti e la loro imbarcazione, che oziosamente portavano lungo la Senna, perché li traghettassero sull'opposta riva. Qui giunti, i tre passeggeri scesero, e già s'erano allontanati quanto bastava per esser fuori di vista dell'imbarcazione, quando la figlia si accorse di aver dimenticato il parasole. Ritornata per riprenderlo, venne catturata dai criminali, imbavagliata, brutalizzata, e alla fine ricondotta a riva in un punto non lontano da quello in cui la donna s'era imbarcata con i genitori. Per il momento i delinquenti sono latitanti ma la polizia è sulle loro tracce, e presto alcuni di loro saranno catturati». «Il Mattino», 25 giugno[18].

«Abbiamo ricevuto un paio di messaggi, che si propongono di imputare il recente atroce crimine a Mennais[19]; ma poiché questo signore è stato sottoposto ad inchiesta e del tutto assolto, e poiché gli argomenti dei corrispondenti ci appaiono piú accaniti che ragionevoli, non ci pare opportuno renderli pubblici». «Il Mattino», 28 giugno[20].

«Abbiamo ricevuto da varie fonti messaggi che con persuasiva eloquenza sostengono, come cosa certa, che la sventurata Marie Rogêt è stata vittima di una delle numerose bande di malfattori che la domenica infestano le vicinanze della nostra città. La nostra opinione concorda con tale ipotesi. Cercheremo prossimamente di riprendere alcune di queste argomentazioni». «La Sera», martedí 31 giugno[21].

«Lunedí, un battelliere degli uffici daziari notò una imbarcazione vuota che scendeva lungo la Senna. Le vele stavano ripiegate sul fondo dell'imbarcazione. Il battelliere la rimorchiò fino all'ufficio di navigazione. Il mattino successivo, senza che alcuno se ne avvedesse, venne asportata. Il timone si trova ora all'ufficio navigazione». «Le Diligence», martedí 26 giugno[22].

[18] «Courier and Inquirer» di New York.

[19] Mennais fu tra i primi sospettati ed arrestati, ma rilasciato per totale mancanza di indizi.

[20] «Courier and Inquirer» di New York.

[21] «Evening Post» di New York.

[22] «Standard» di New York.

Quando ebbi letto i vari estratti, non solo mi parvero irrilevanti, ma non riuscii a vedere in che modo potessero aver attinenza con la questione di cui ci occupavamo. Attesi qualche spiegazione da Dupin.

– Non intendo per ora, – disse Dupin, – insistere sui primi due estratti; li ho trascritti soprattutto per farti notare l'estrema incuria della polizia, la quale, per quel che posso capire dalle parole del Prefetto, non si è data pena in nessun modo di esaminare la posizione dell'ufficiale di marina cui si allude. E tuttavia sarebbe dissennato affermare che tra la prima e la seconda scomparsa di Marie non sia ipotizzabile alcun rapporto. Ammettiamo che la prima fuga si sia conclusa con una lite tra gli innamorati, e il conseguente ritorno a casa della giovane irretita e ingannata. Ci pare ragionevole considerare una seconda fuga, se siamo certi che di fuga nuovamente si tratti, come indizio di rinnovate *avances* del seduttore, piuttosto che conseguenza di nuove proposte di un nuovo corteggiatore; siamo inclini a vedervi un antico *amour* rappattumato, piuttosto che l'inizio di uno nuovo. Le proporzioni sono dieci a uno, che colui che già una volta è fuggito con Marie, torni a fare la stessa proposta, piuttosto che costei, cui già un uomo ha proposto la fuga, riceva da un altro la medesima proposta. E vorrei attirare la tua attenzione sul periodo intercorso tra la prima fuga, accertata, e la seconda, supposta: periodo che supera di alcuni mesi il consueto tempo delle crociere delle nostre navi da guerra. Forse l'innamorato era stato frustrato nella prima trama di adescamento dalla necessità di riprendere il mare, ed ha afferrato il primo momento del suo ritorno per rinnovare le sue ignobili insidie non ancora recate a conclusione… o che a lui non era riuscito di concludere. Di tutto ciò non sappiamo nulla.

Tu dirai che nel secondo caso non vi è stata fuga, come si immagina. Certamente no; ma possiamo dire che un piano non sia stato frustrato? A parte St-Eustache, e forse Beauvais, non abbiamo notizia di altri ammessi, dichiarati, onorevoli corteggiatori di Marie. Di altri non si sa nulla. Chi, dunque, è il segreto innamorato, del quale i parenti (o almeno alcuni di questi) non sanno nulla, ma che Marie incontra la mattina di domenica, e che a tal punto gode della sua fiducia, che la giovane non esita a restare con lui finché scende la sera, tra i boschi solitari della Barrière du Roule? Chi è mai questo clandestino amoroso, chiedo io, del quale almeno la maggior parte dei parenti nulla sa? E che significa la singolare profezia di Madame Rogêt, la mattina della partenza di Marie: «Temo che non la rivedrò mai piú»?

Ma se non possiamo immaginare che Madame Rogêt sia complice dei piani di fuga, non possiamo almeno supporre che la giovane accarezzasse un piano del genere? Allontanandosi da casa, lasciò intendere che si accingeva a far visita a sua zia in Rue des Drômes, e St-Eustache venne pregato di raggiungerla sul far della sera. Ora, a prima vista, questo fatto sembra del tutto inconciliabile con la mia ipotesi; tuttavia, riflettiamo. Che costei abbia incontrato qualcuno a lei ben noto, e con costui abbia attraversato il fiume, giungendo alla Barrière du Roule ad ora tarda, addirittura le tre pomeridiane, lo sappiamo. Ma, acconsentendo ad accompagnare questo individuo (*quale si fosse il motivo, noto o meno alla madre*), avrà certamente pensato all'intenzione espressa lasciando la casa, alla sorpresa, al sospetto che si sarebbero destati nel cuore del suo corteggiatore e fidanzato, St-Eustache, quando, essendo andato all'ora stabilita in Rue des Drômes, costui avrebbe scoperto che non vi si era recata, e soprattutto quando, ritornato alla *pension* con quella inquietante notizia, avrebbe appreso che neppure era tornata a casa. Ritengo che non può non averci pensato. Non può non aver tenuto conto del cruccio di St-Eustache, dei sospetti di tutti. Non poteva avere in animo di tornare a casa ad affrontare questi sospetti; ma il sospetto diventa per lei questione di scarsa importanza, se supponiamo che *non* avesse in animo di tornare a casa.

Possiamo immaginare che abbia pensato a questo modo: «Debbo incontrare un uomo per fuggire con lui, o per altri scopi che io sola conosco. È necessario che nulla e nessuno si frapponga – deve esserci tempo a sufficienza per sfuggire ad un inseguimento –, farò credere che andrò a far visita per l'intero giorno a mia zia in Rue des Drômes – dirò a St-Eustache di non raggiungermi prima di sera –, in questo modo si spiegherà, senza causare sospetti o ansie, la mia assenza da casa per il piú lungo periodo possibile, ed io guadagnerò piú tempo che in qualsiasi altro modo. Se chiedo a St-Eustache di venirmi a prendere di sera, certamente egli non verrà prima; ma, se non glielo chiedo, il tempo a disposizione per la fuga sarà diminuito, giacché mi si aspetterà di ritorno anche prima, e prima, quindi, la mia assenza susciterà allarme. Ora, se mi proponessi di tornare, se meditassi niente piú che una passeggiata con costui, sarebbe inopportuno chiedere a St-Eustache di raggiungermi; in tal caso, egli non potrebbe non scoprire che io l'ho ingannato, cosa che potrei nascondergli lasciando la casa senza comunicargli le mie intenzioni, ritornando prima di sera, e comunicando di esser stata a trovare mia zia in Rue des Drômes. Ma poiché è mio disegno non far ritorno, mai, o solo dopo qualche settimana, o solo quando abbia posto in atto certi accorgimenti per stornare i sospetti, il solo punto che mi deve interessare è guadagnare tempo».

Avrai annotato, in quei tuoi appunti, che su tutta questa triste storia l'opinione piú diffusa è, e fu fin da principio, che la giovane sia stata vittima di *una banda* di delinquenti. Ora, la comune opinione, a certe condizioni, non va presa alla leggera. Quando sorge per conto proprio, e si manifesta in modo affatto spontaneo, dovremmo considerarla analoga a quella *intuizione* che è specifica qualità dell'uomo di genio. In novanta casi su cento io accetterei le sue conclusioni. Ma è importante non vi sia traccia alcuna di manipolazione. Deve trattarsi unicamente dell'opinione popolare, ma spesso è assai difficile notare e tener presente tale distinzione. Nel caso attuale, sembra a me che la «pubblica opinione», a proposito di una banda, sia stata ispirata dall'accadimento collaterale descritto nel terzo dei miei estratti. Tutta Parigi è eccitata dalla scoperta del corpo di Marie, donna giovane, bella e ben nota. Il corpo viene trovato a galla sul fiume, e reca segni di violenza. Ma si viene ora a sapere che, nello stesso periodo di tempo, piú o meno, in cui si suppone sia stata assassinata la giovane, analogo misfatto, anche se meno atroce, viene perpetrato da una banda di manigoldi ai danni di altra giovane donna. C'è da stupirsi che un delitto noto influenzi l'opinione pubblica a proposito di un altro, misterioso? L'opinione attendeva una indicazione, e il delitto noto sembrava per l'appunto fornirla. Marie fu inoltre rinvenuta nel fiume; e su quel fiume venne compiuto l'altro delitto. La connessione tra i due avvenimenti era a tal punto evidente che ci sarebbe da stupirsi, se la gente non se ne fosse accorta e non se ne fosse servita. Ma, in realtà, una atrocità, commessa in modo ben noto, è caso mai indizio che l'altro delitto, commesso pressoché contemporaneamente, non venne commesso a quel modo. Sarebbe veramente un prodigio se, mentre una banda di canaglie, in un dato luogo, compie un delitto inaudito, un'altra banda, in un posto simile, nella stessa città, nelle stesse circostanze, con gli stessi mezzi e allo stesso modo, fosse intenta a perpetrare analogo delitto, nello stesso periodo di tempo! E tuttavia l'opinione pubblica cosí accidentalmente orientata in che cosa ci chiede di credere, se non in questa assurda serie di coincidenze?

Prima di procedere, esaminiamo il supposto luogo dell'assassinio, nel folto alla Barrière du Roule. La macchia, sebbene fitta, è assai prossima ad una strada cittadina. Lí si trovano tre o quattro grandi pietre, che formano una sorta di sedile, con schienale e poggiapiedi. Sulla pietra superiore venne scoperta una sottoveste bianca; sulla seconda, una sciarpa di seta. Si trovarono anche un parasole, guanti, una pezzuola da tasca. Su questa era ricamato il nome «Marie Rogêt». Sui rami tutt'attorno si scorgevano frammenti delle vesti. La terra era calpestata, spezzati gli arbusti, evidenti gli indizi di una violenta colluttazione.

Malgrado il precipitoso entusiasmo con cui la stampa salutò la scoperta del boschetto, e l'unanime supposizione che quello appunto fosse il luogo in cui si era consumato il delitto, è difficile non notare ottime ragioni per dubitarne. Che quello fosse il posto, posso crederlo o meno, ma ragioni per dubitarne ce n'erano, ed eccellenti. Se il luogo del delitto, come «Le Commercial» suggeriva, si fosse trovato in prossimità di Rue Pavée St-Andrée, i criminali, supponendo fossero rimasti a Parigi, sarebbero stati colti dal terrore, vedendo come l'attenzione pubblica fosse appunto diretta nella giusta direzione; e la loro disposizione mentale li avrebbe indotti a far qualcosa per stornare quell'attenzione. E poiché il boschetto della Barrière du Roule era già stato sospettato, poteva apparire naturale l'idea di collocare i vestiti di Marie nel luogo in cui furono poi rinvenuti. Non vi è prova alcuna, sebbene «Le Soleil» lo supponga, che quegli oggetti siano rimasti in quel posto piú di qualche giorno; mentre vi sono molte e precise prove che non è possibile siano rimasti in quel luogo senza attirare l'attenzione durante i venti giorni trascorsi tra quella fatale domenica e il pomeriggio in cui i ragazzi ne fecero la scoperta. «La pioggia li aveva ricoperti di muffa, – scrive "Le Soleil", adottando l'opinione dei predecessori, – che li aveva incollati insieme. Attorno a quegli oggetti e sopra era cresciuta l'erba. La seta del parasole era robusta, ma all'interno i fili di seta erano aggrovigliati e impastati. La parte superiore dell'ombrello, rinforzata e arrotolata, era fradicia di muffa, e quando si provò ad aprirlo si lacerò». Quanto all'erba «attorno e sopra» è evidente che l'osservazione poteva fondarsi solo sulle parole, e su quel che ricordavano i ragazzi; poiché i ragazzi si presero quegli oggetti e se li portarono a casa prima che altri li vedesse. Ma, specialmente quando il tempo è caldo ed umido, l'erba cresce anche di due o tre pollici in un solo giorno. Un parasole, posto su un terreno recentemente appratito, in una sola settimana può venir interamente nascosto alla vista dall'erba in crescita. E quanto alla muffa, su cui il redattore di «Le Soleil» tenacemente insiste, tanto da ricorrere a quella parola non meno di tre volte in poche righe, forse egli ignora veramente la natura di questa muffa? Occorre dunque informarlo che si tratta di una delle molte specie di *fungus*, che spuntano, crescono e decadono nel giro di ventiquattr'ore?

Ci basta dunque un'occhiata per capire che ciò che è stato baldanzosamente addotto come prova che gli oggetti erano rimasti «tre o quattro settimane» nel boschetto, è totalmente inetto a dimostrare alcunché. D'altro canto, è estremamente difficile credere che quegli oggetti possano essere rimasti nel boschetto per un periodo piú lungo di una settimana, diciamo da una domenica all'altra. Coloro che hanno pratica dei dintorni di Parigi, sanno quanto sia difficile trovare un luogo appartato, a meno non ci si spinga assai lontano dai sobborghi. Neppure per un istante possiamo fantasticare l'esistenza di un luogo inesplorato, un recesso raramente frequentato, in mezzo a quei boschi e boschetti. L'innamorato della natura, che il dovere incatena alla polvere, alla calura della metropoli, si provi, anche durante la settimana, a placare la sua sete di solitudine nella bella natura dei paesaggi che ci si dispiegano tutt'attorno. Ad ogni passo l'incanto cresce, ma lo disperdono la voce, l'invadenza di qualche canaglia, di una comitiva di canori malfattori. Cercherà solitudine in mezzo alla vegetazione piú fitta: invano. Questi appunto sono gli angoli soprattutto invasi da quei sordidi bruti, i templi piú profanati. Il nauseato errabondo tornerà di corsa alla turpitudine di Parigi, meno odiosa perché meno incongrua sentina di immondezza. Ma se i dintorni della città sono cosí sfregiati durante i giorni feriali, quanto piú ciò accadrà nei giorni festivi! Allora appunto, sciolto dalle catene della quotidiana fatica, o privo delle consuete scellerate occasioni, il malfattore urbano va a frugare i dintorni della città, non già per amore della campagna, che in cuor suo disprezza, ma per sfuggire ai ritegni, alle convenzioni della società. Desidera meno l'aria fresca e i verdi alberi, che non la completa *licenza* della campagna. Qui, nella taverna campagnola, o al riparo del fogliame dei boschi, indulge, senza che lo sorvegli nessun occhio, eccetto quello dei suoi soci di baldoria, in tutti gli sregolati eccessi di una mentita ilarità, nata dalla tresca della sfrenatezza e del rum. Dico solo quanto non può non essere palese al piú spassionato osservatore, quando insisto che se quegli oggetti fossero rimasti inosservati per un periodo piú lungo di quello che intercorre tra una domenica e l'altra, in un qualsiasi boschetto negli immediati dintorni di Parigi, la cosa sarebbe da considerare poco meno che miracolosa.

Ma non mancano altri motivi per insinuare il sospetto che

quegli oggetti siano stati collocati nel boschetto con l'intenzione di distogliere l'attenzione dal vero luogo del delitto. In primo luogo, vorrei che tu notassi la *data* della scoperta degli oggetti. Confrontala con la data del quinto dei miei estratti; noterai che la scoperta è venuta subito dopo quegli insistenti messaggi inviati al giornale. Tali messaggi, sebbene diversi, e secondo ogni apparenza provenienti da varia fonte, tendevano tutti al medesimo obiettivo: vale a dire, indicare una qualche *banda*, come responsabile del crimine, e i dintorni della Barrière du Roule come luogo del delitto. Ora, naturalmente, non si sospetta che in conseguenza dei messaggi, o dell'attenzione del pubblico che questi avevano suscitato, i ragazzi finissero per trovare quegli oggetti; ma ben si può sospettare che gli oggetti non siano stati trovati *prima*, perché prima non si trovavano in quel boschetto, essendovi stati collocati solo contemporaneamente, o poco prima della data dei messaggi, proprio dai loro criminali autori.

Quel boschetto era singolare, estremamente singolare. Era fitto in modo insolito. All'interno, protette dalla muraglia naturale, si trovavano tre pietre straordinarie, *che formavano un sedile, con schienale e posapiedi.* E questo boschetto, entro il quale l'arte nasceva dalla natura, si trovava a pochi passi dalla abitazione di Madame Deluc, i cui figli avevano l'abitudine di frugare tra cespugli e rovi, in cerca della corteccia del sassofrasso. Sarebbe forse temerario scommettere, mille contro uno, che mai un giorno trascorse senza che almeno uno di questi ragazzi andasse ad acquattarsi in quel salone ombroso, o maestosamente assidersi su quel trono naturale? Chi esiterebbe davanti a tale scommessa, o non è mai stato ragazzo, o ha dimenticato la natura dei ragazzi. Lo ripeto, è estremamente difficile comprendere come quegli oggetti potessero restare inosservati in quel boschetto, per un periodo piú lungo di uno o due giorni; e pertanto, malgrado l'ignoranza dogmatica di «Le Soleil», vi è buon motivo per sospettare che furono collocati ad una data relativamente tarda là dove vennero rinvenuti.

Ma vi sono altre ragioni, anche piú forti di quelle su cui ho insistito, per credere che siano stati ivi posti a quel modo. Ora, vorrei attirare la tua attenzione sulla disposizione degli oggetti, affatto innaturale. Sulla pietra *piú alta* era stesa una sottoveste bianca; sulla *seconda* pietra, una sciarpa di seta; sparsi tutt'attorno, un parasole, guanti, un fazzoletto, con il nome «Marie Rogêt». Ecco un modo di disporre gli oggetti quale poteva *naturalmente* escogitare una persona di non grande intelligenza, ansiosa per l'appunto di trovare una disposizione *naturale*. Ma questi oggetti non sono affatto collocati in modo naturale. Io mi sarei aspettato di vedere quelle cose buttate per terra e calpestate. Nei limiti angusti di quel ricetto, non era possibile che sottoveste e sciarpa rimanessero su quelle pietre, mentre venivano investite e urtate da numerose persone coinvolte in una rissa. «Chiari v'erano gli indizi di una colluttazione, – si è scritto, – la terra era smossa, i cespugli spezzati». Ma ecco che troviamo sottoveste e sciarpa accomodate, quasi riposte su due ripiani. «I brandelli del vestito strappati dai rami erano larghi circa tre pollici, e lunghi sei. Un lembo con tracce di rammendo era stato staccato dall'orlo del vestito, l'altro era un brandello della gonna, non dell'orlo. Sembravano strisce di stoffa staccate a forza». Senza farvi caso, «Le Soleil» ha adoperato una frase estremamente sospetta. Quei pezzi di stoffa cosí descritti sembrano veramente «strisce staccate a forza»; ma deliberatamente, e con le mani. È accidente ben raro che una spina faccia sí che un brandello venga «staccato a forza» da un indumento qual è quello di cui ora si parla. Per la qualità stessa di questi tessuti, una spina o un chiodo che vi s'appigli provocherà una lacerazione ad angolo retto: due strappi longitudinali che si incontreranno ad angolo retto in un punto culminante, là dove è penetrato lo spino; ma non è possibile immaginare che un tal brandello sia «staccato a forza». A me non è mai capitato di vederne, né, credo, a te. Per staccare del tutto un pezzo di questo tessuto sarà quasi sempre necessaria l'azione di due forze distinte, che agiscano in direzione opposta. Se il tessuto ha due orli, e solo allora (ad esempio, quando si tratti di un foulard e se ne voglia staccare una striscia), potrà bastare l'azione di un'unica forza. Ma qui si tratta di un vestito, che presenta un solo orlo.

Solo per un miracolo piú spine, e non mai una sola spina, potrebbero staccare un pezzo dalla parte interna del vestito, dove non esiste orlo. Ma, anche dove si dà un orlo, saranno necessarie due spine, una delle quali agisca in due diverse direzioni, e l'altra in una terza direzione. E questo supponendo che l'orlo non abbia bordatura. Se c'è anche bordatura, è cosa affatto impossibile. Vediamo dunque quanto numerosi, quanto grandi siano gli ostacoli all'ipotesi che bastino delle «spine» a staccare brandelli di stoffa; e poi ci si chiede di credere che non un solo brandello, ma piú brandelli siano stati strappati a questo modo. «Ed una parte, – inoltre, – era l'orlo del vestito»! Un altro veniva da «parte della gonna, non dall'orlo», vale a dire le spine l'avevano strappato dalla parte interna, senza orlo, del vestito. Credo che sia perdonabile non crederci; e tuttavia, questi elementi, presi tutti assieme, offrono meno fondato motivo di sospetto che la stupefacente circostanza che questi oggetti sarebbero stati abbandonati nel boschetto da assassini che avevano preso la precauzione di far sparire il cadavere. Non vorrei che tu pensassi che io voglia negare che il boschetto sia il luogo del delitto. Può darsi che qualcosa di tristo sia accaduto qui, o, piú probabilmente, presso Madame Deluc. Tuttavia questo è punto di scarsa importanza. Non è nostro scopo scoprire il luogo del delitto, ma indicare gli assassini. Quanto ho argomentato, e mi si perdoni la pedanteria dell'argomentazione, voleva dimostrare in primo luogo quanto fossero assurde le avventate e ostinate affermazioni di «Le Soleil», e in secondo luogo indurti, nel modo piú naturale, a considerare il problema, se questo delitto sia, o meno, opera di una banda.

Riprenderemo la questione limitandoci ad accennare alla rivoltante descrizione del perito settore, in occasione dell'inchiesta. Basterà ricordare che le sue conclusioni, rese pubbliche, riguardo al numero dei criminali, sono state fondatamente ridicolizzate da tutti i piú noti anatomisti di Parigi. Non voglio dire che è impossibile che le cose siano andate a quel modo, solo che quella conclusione non aveva fondamento; ma non era forse legittima una diversa conclusione?

Riflettiamo ora su quelle «tracce di colluttazione»; vorrei chiedere che cosa mai dovrebbero dimostrare quelle tracce. Una banda. Ma non dimostrano piuttosto l'assenza di una banda? Quale lotta violenta e prolungata, tanto da lasciar «tracce» dovunque, poteva aver luogo tra una giovane donna, debole e indifesa, e quella supposta banda di delinquenti? La presa ferma e tacita di poche braccia brutali; e tutto è finito. La vittima è alla mercé della volontà altrui. Ti sia chiaro che le argomentazioni addotte a dimostrazione che il boschetto non poteva essere il luogo del delitto, valgono principalmente per l'ipotesi che il delitto sia stato compiuto da piú persone. Se immaginiamo un solo stupratore, e solo in questo modo, possiamo capire una lotta tanto violenta e accanita da lasciare «tracce» evidenti.

E ancora. Ho già accennato a quanto sia sospetto il fatto che quegli oggetti siano stati abbandonati nel boschetto. Sembra pressoché impossibile che quegli indizi siano stati lasciati per puro caso là dove sono stati trovati. Si attribuisce al criminale una presenza di spirito bastevole per provvedere alla rimozione del corpo; e tuttavia si consente che sul luogo del delitto resti una prova assai piú concreta dello stesso corpo (i cui lineamenti la putrefazione avrebbe in breve reso irriconoscibili); alludo al foulard che reca il *nome* della vittima. Può essere accaduto per mero caso, ma allora non può trattarsi di una banda; dobbiamo pensare che si tratta di un solo individuo. Vediamo. Un uomo, da solo, ha commesso il delitto. È solo, con il fantasma di colei che ha ucciso. Ciò che immoto gli giace davanti lo atterrisce. È placata la furia della passione, e nel suo cuore v'è spazio bastevole per il naturale orrore di quel che ha fatto. Non vi è in lui traccia di quella baldanza che la presenza di altri complici inevitabilmente ispira. Egli è *solo* con la morta. Trema, è sconvolto. E tuttavia è assolutamente necessario far sparire quel corpo. Lo porta fino al fiume, ma si lascia alle spalle le altre prove del crimine. È difficile, se non impossibile, portare tutto il fardello in una sola volta, e sarà poi facile tornare e provvedere a quel che è rimasto. Ma durante il faticoso viaggio verso le acque i terrori gli si moltiplicano. I rumori della vita accompagnano il suo cammino. Spesso ode o fantastica di udire i passi di qualcuno che lo tien d'occhio. Le luci della città lo sgomentano. Tuttavia, procedendo lentamente, con lunghe e frequenti pause d'angoscia, raggiunge il fiume, e si libera di quel sinistro carico, forse adoperando un'imbarcazione. Ma, adesso, quale tesoro al mondo, quale vendicativa minaccia avrebbe la forza di indurre l'assassino solitario a ritornare per quel sentiero faticoso e pericoloso, fino al boschetto, ai suoi agghiaccianti ricordi? No, non ritorna, quali possano essere le conseguenze. Il suo solo pensiero è ora la fuga, volge per sempre la schiena a quell'orrenda macchia e fugge come si fugge davanti all'ira di Dio vendicatore.

Ma che accadrebbe ove si trattasse di una banda? Il numero li avrebbe imbaldanziti; se, in verità, v'è mai scarsa baldanza nel petto di un delinquente matricolato; e le bande, si suppone, sono formate solo da delinquenti matricolati. Il numero, affermo, avrebbe impedito lo sgomento, il terrore incapace di ragionamento, che secondo quel che ho immaginato paralizzerebbe l'uomo solo. Possiamo supporre un errore compiuto da uno, o due, o tre; ma il quarto interviene a rimediare. Non si sarebbero lasciati nulla alle spalle; giacché erano in numero sufficiente per portare *tutto* in una sola volta. Non sarebbe stato necessario *ritornare*.

Si consideri ora il particolare che, quando venne trovato il corpo, dal vestito «una striscia di stoffa larga circa un piede era stata strappata dall'orlo fin su alla vita, ed era stata avvolta in tre giri attorno alla vita, e fermata con un sorta di nodo sulla schiena». Tutto ciò venne fatto all'evidente scopo di apprestare una sorta di maniglia, un appiglio, grazie al quale trascinare il corpo. Ma un gruppo di uomini si sarebbe mai sognato di ricorrere ad un tale espediente? A tre o quattro uomini, le membra del corpo avrebbero offerto una presa non solo sufficiente, ma la migliore possibile. La soluzione fa pensare ad un individuo, da solo; e questo ci riconduce al fatto che «tra il boschetto e il fiume vennero trovati abbattuti paletti delle siepi, e tracce sul terreno indicavano il passaggio di un pesante fardello». Ma un certo numero di uomini si sarebbe forse imposta la fatica superflua di abbattere una siepe, allo scopo di trascinare un corpo che in un attimo avrebbero potuto sollevare al di là di qualsiasi siepe? Un certo numero di uomini avrebbe mai trascinato un corpo sul suolo, cosí da lasciarne evidenti tracce?

E qui dobbiamo riferirci ad una osservazione di «Le Commercial»; osservazione che ho già in certa misura commentata. «Un brandello, – scrive il giornale, – di una delle sottovesti della sventurata giovane venne strappato, e fatto passare sotto il mento, e annodato sulla nuca, probabilmente per impedire di gridare. Chi ha fatto ciò era dunque gente che non aveva pezzuola da tasca, o foulard».

Ho già osservato che un'autentica canaglia non è mai sprovvista di foulard. Ma non voglio insistere. Che non per la mancanza di un foulard si ricorresse a un tal legaccio allo scopo immaginato da «Le Commercial», lo dimostra il foulard abbandonato nel boschetto; e che non sia stato usato per impedire di gridare, lo dimostra il fatto che si è preferito un legaccio a ciò che assai meglio avrebbe risposto allo scopo. Ma, nelle parole della testimonianza, la striscia di stoffa «era stata annodata attorno al collo, lenta, ma tenuta ferma da un robusto nodo». Sono parole piuttosto vaghe, ma differiscono in modo importante da ciò che scrive «Le Commercial». La striscia era ampia diciotto pollici, e quindi, anche se di mussola, formava un legaccio solido, quando fosse stata ripiegata o arrotolata per il lungo, come appunto venne scoperta. La mia conclusione è la seguente. L'assassino solitario, fosse, o meno, partito da quel boschetto, s'era servito delle strisce che aveva legato a quel corpo, trasportandolo per un certo tratto, dopo di che s'era accorto che, procedendo a quel modo, il peso gli stremava le forze. Decise di trascinare il fardello: e le tracce mostrano che in effetti venne trascinato a quel modo. A tale scopo, divenne necessario legare qualcosa di simile ad una corda ad una delle estremità. Il punto piú adatto era il collo, giacché la testa avrebbe impedito che scivolasse via. E non v'è dubbio che a questo punto l'assassino si sovvenne di quella benda attorno ai fianchi. L'avrebbe usata, non fosse stato per il fatto che, avvolgendo il corpo, era impedita da quel nodo stretto, e non era stata completamente staccata dal vestito. Piú facile strappare un'altra striscia dalla sottoveste. L'ha staccata, l'ha annodata attorno al collo, e cosí ha trascinato la vittima fino alla riva del fiume. Questa, diciamo, «benda», si poteva apprestare solo con fatica e perdita di tempo, e mal rispondeva allo scopo; che si facesse ricorso a tale espediente dimostra che esso divenne indispensabile quando ormai il foulard era fuori portata; vale a dire, dopo che aveva lasciato ormai il boschetto (se si tratta proprio del boschetto), lungo la strada tra quel luogo e il fiume.

Ma la testimonianza, dirai, di Madame Deluc (pensa un po') fa riferimento alla presenza di una *banda*, nella prossimità di quel boschetto, piú o meno quando venne commesso il delitto. D'accordo. Il dubbio è se alla Barrière du Roule o lí attorno non vi fossero, piú o meno all'ora del delitto, almeno una dozzina di *bande*. Ma le canaglie che hanno attirato la precisa attenzione, e la testimonianza a dire il vero alquanto tardiva e assai sospetta di Madame Deluc, sono le sole denunciate dall'onesta signora, perché hanno mangiato le sue focacce e bevuto il suo brandy senza darsi poi la pena di pagare. *Et hinc illae irae?*

Ma qual è la precisa prova di Madame Deluc? «Una banda di mascalzoni entrò nel locale, vi tenne contegno insolente, mangiò e bevve senza pagare, proseguí lungo la strada presa dal giovane e dalla ragazza, ritornò alla taverna verso il *crepuscolo*, e attraversò nuovamente il fiume, in gran fretta».

Ora, questa gran fretta probabilmente parve ancora maggiore agli occhi di Madame Deluc, giacché costei lamentosamente indugiava sulle brutalizzate sue focacce con birra, per le quali forse coltivava una vaga speranza di indennizzo. Perché, altrimenti, giacché era prossimo il crepuscolo, dovrebbe sottolineare quella fretta? Non mi pare ci sia da stupirsi che anche una banda di canaglie abbia fretta di tornarsene a casa, quando bisogna attraversare su minuscole imbarcazioni un ampio fiume, quando v'è aria di temporale, e la notte è *vicina*.

Dico: è vicina; poiché non ancora era scesa la notte. Quando la fretta indecorosa di questi teppisti offese gli occhi dabbene di

Madame Deluc era il crepuscolo. Ma ci si dice che fu appunto quella sera che Madame Deluc e il suo figlio maggiore «udirono grida di donna non lontano dalla taverna». E con quali parole Madame Deluc descrive l'ora in cui si udirono quelle grida? «Era da poco sceso il buio», cosí dice. Ma se è sceso il buio, vuol dire che è buio; e «verso il crepuscolo», non v'è dubbio, significa che è ancora giorno. Dunque, è ben chiaro che quei giovinastri lasciarono la Barrière du Roule prima che a Madame Deluc sembrasse di udire quelle grida. E sebbene, in tutti i racconti dell'istruttoria, le espressioni su citate siano chiaramente e invariabilmente enunciate come io le ho riportate nella nostra conversazione, nessun giornale, nessuno dei mirmidoni polizieschi ha rilevato la grossolana contraddizione.

Aggiungerei un unico argomento contro la teoria della banda; ma, almeno a mio modo di vedere, questo ha un peso irresistibile. Viene offerta una generosa ricompensa, e completo perdono per chi testimoni per la giustizia; ora, non è credibile che un qualche membro della supposta banda di abbietti criminali, o di qualsiasi gruppo di individui, non avrebbe già da tempo tradito i complici. Chiunque faccia parte di una banda in queste circostanze, non tanto è ansioso di fuggire, quanto timoroso di essere tradito. E tradisce in fretta e furia *per evitare di essere tradito*. Che il segreto non sia stato svelato, è la prova migliore che, per l'appunto, è un segreto. Gli orrori di questa tenebrosa impresa sono noti solo ad uno, o al piú due, esseri umani, oltre che a Dio.

Riassumiamo dunque gli esigui ma certi frutti della nostra lunga analisi. Abbiamo avanzato l'ipotesi o di un fatale accadimento sotto il tetto di Madame Deluc, o di un assassinio perpetrato, nel folto della Barrière du Roule, da un amante, o almeno da un amico intimo e segreto della vittima. Costui è uomo di carnagione scura. Il colorito, il nodo che tiene ferma «la benda», «il nodo da marinaio» che stringe il soggolo del cappellino, tutto fa pensare ad un marinaio. Che costui s'accompagni con la giovane, disinvolta ma non abbietta, induce a credere che fosse di grado piú elevato che non il comune marinaio. E qui sembrano darcene conferma quei messaggi ai giornali, scritti correttamente e insistenti. La circostanza di quella prima fuga, come ne parla «Le Mercure», pone a contatto l'immagine di questo marinaio con quella dell'ufficiale navale, che si sa esser stato il primo a portare a traviamento la sventurata.

A questo punto, è opportuno prendere in considerazione la costante assenza di quest'uomo dal colorito scuro. Vorrei insistere su questa osservazione; il colorito di quest'uomo è scuro, abbronzato; e deve trattarsi di abbronzatura non comune, che costituiva il solo ricordo comune tanto a Valence che Madame Deluc. Ma perché mai è assente costui? Venne forse assassinato dalla banda? In tal caso, perché ci sono solo tracce della fanciulla assassinata? Il luogo in cui sarebbero avvenuti i due delitti sarebbe stato probabilmente il medesimo. Ma dov'è il corpo? Probabilmente gli assassini se ne sarebbero liberati nello stesso modo. Ma si può dire che quest'uomo è vivo, e gli impedisce di rivelarsi il timore di essere accusato di omicidio. Questa considerazione potrebbe operare su di lui ora, dopo tanto tempo, giacché esistono testimonianze che egli sia stato visto con Marie; ma all'epoca del delitto, non avrebbe avuto alcuna rilevanza. Primo impulso di un uomo innocente sarebbe stato quello di denunciare il delitto; e collaborare all'identificazione dei manigoldi. Tanto avrebbe suggerito una ragionata accortezza. Era stato visto con la giovane. Con costei aveva attraversato il fiume su un traghetto aperto. La denuncia degli assassini sarebbe apparsa, anche ad un idiota, il solo mezzo, il piú sicuro per allontanare da sé i sospetti. Non possiamo ritenerlo, nella fatale notte di quella domenica, insieme innocente e ignaro del delitto. Tuttavia solo in tali circostanze è possibile immaginare che egli avrebbe mancato di denunciare gli assassini.

E quali mezzi abbiamo per scoprire la verità? Scopriremo che questi mezzi si moltiplicano e acquistano nitidezza man mano che procediamo. Setacciamo fino in fondo la storia di quella prima fuga. Accertiamo la storia dell'«ufficiale», dove attualmente si trova costui e dove si trovava all'ora esatta del delitto. Confrontiamo con cura i vari messaggi inviati al giornale della sera, il cui scopo era di accusare una banda. Poi confrontiamo questi messaggi, per quel che riguarda stile e grafia, con quelli inviati precedentemente ai giornali del mattino, che con particolare calore insistevano sulla colpa di Mennais. E, fatto questo, confrontiamo nuovamente questi messaggi con quelli scritti di mano dall'ufficiale. Cerchiamo di apprendere, ripetutamente interrogando Madame Deluc, i suoi figli, e il guidatore dell'omnibus, Valence, qualcosa di piú sull'aspetto personale e il portamento dell'uomo «dal colorito scuro». Accorte domande non mancheranno di trarre, da alcuni di costoro, informazioni su questo punto, o su altri, che gli stessi interrogati forse ignorano di possedere. Ma ora seguiamo la barca che venne trovata e rimorchiata dal battelliere la mattina di lunedí, 23 giugno, e che venne sottratta all'ufficio navale, senza che l'ufficiale di guardia se ne avvedesse, e *priva del timone*, qualche tempo prima della scoperta del cadavere. Con abilità e perseveranza non v'è dubbio che rintracceremo la barca; giacché, non soltanto può riconoscerla il battelliere che la trovò, ma *il timone è nelle nostre mani*. Non abbandona, senza nemmeno curarsi di cercarlo, il timone di una imbarcazione a vela, chi abbia animo lucido e tranquillo. E qui mi si consenta di far sosta per lasciar cadere una domanda. Non si diede alcuna notizia del rinvenimento di questa imbarcazione. Senza farne parola venne portata fino all'ufficio navale, e allo stesso modo ne scomparve. Ma come accadde che il proprietario, il noleggiatore... come accadde, dico, che costui, già la mattina di martedí fosse informato, senza che se ne fosse data notizia, del posto in cui si trovava una imbarcazione scomparsa il lunedí; non dovremmo noi supporre che costui abbia un qualche rapporto con la *marineria*, un rapporto personale, stabile, che gli consente di accertarne i traffici piú minuti, le trascurabili notiziole locali?

Parlando del solitario assassino che si trascina quel fardello fino alla spiaggia, ho già dichiarato probabile che costui si sia servito di una imbarcazione. Ora è chiaro che Marie Rogêt venne gettata in acqua da una barca. Né poteva essere diversamente. Il cadavere non poteva essere affidato alle acque basse lungo la riva. Quei segni sulla schiena e le spalle della vittima ci rimandano alle costole sul fondo dell'imbarcazione. Che il corpo sia stato trovato senza pesi, conferma l'ipotesi. Ove il corpo fosse stato gettato in acqua dalla riva, certamente sarebbe stato aggiunto un peso. Possiamo spiegarne l'assenza solo supponendo che l'assassino abbia trascurato di procurarsene prima di allontanarsi dalla riva. Al momento di abbandonare il corpo alle acque, senza dubbio si sarà accorto della dimenticanza; ma ormai non aveva piú a disposizione nulla che servisse allo scopo. Meglio qualsiasi rischio, piuttosto che tornare a quella spiaggia maledetta. Liberatosi del sinistro impaccio, l'assassino si sarà affrettato a tornare in città. A un qualche oscuro molo sarà balzato a terra. Ma, la barca, forse l'avrebbe saldamente fermata? Aveva troppa fretta. Inoltre, assicurandola a quel molo, avrebbe avuto l'impressione di testimoniare contro di sé. Suo naturale pensiero sarebbe stato quello di allontanare da sé, quanto piú possibile, tutto ciò che aveva rapporto con il delitto. Non solo si sarebbe allontanato di furia da quel molo, ma non avrebbe tollerato che in quel posto restasse la barca. Certamente l'avrebbe abbandonata alla corrente. Continuiamo con le nostre fantasie. Al mattino, lo sciagurato scopre con indicibile orrore che la barca è stata trovata e portata in un luogo che egli per quotidiana consuetudine frequenta, o che, forse, fa parte dei suoi doveri frequentare. La notte successiva, senza osare di procurarsi il timone, la rimuove. Ora, dove è mai quella barca senza timone? Tra i nostri primi obiettivi, dovrebbe esserci questo appunto. Non appena avremo scorto quella barca, comincerà l'alba del nostro successo. La barca ci guiderà, con una rapidità che stupirà anche noi, a colui che se ne è servito la mezzanotte di quella domenica fatale. Conferma si aggiungerà a conferma, e l'assassino verrà rintracciato.

[Per ragioni che non specifichiamo, ma che a molti dei nostri lettori appariranno ovvie, ci siamo presi la libertà di omettere, dal manoscritto consegnatoci, quelle parti che descrivono in qual modo si procedette alle indagini, muovendo dalla tenue traccia scoperta da Dupin. Riteniamo opportuno soltanto comunicare brevemente che lo scopo che si augurava venne conseguito; e che il Prefetto puntualmente, anche se non senza riluttanza, tenne fede al suo patto con il Cavaliere. L'articolo del signor Poe si conclude con le seguenti parole. La Redazione][23].

Sarà chiaro che io parlo di coincidenze, e nient'altro. Quanto ho detto in proposito deve bastare. Nella mia anima non alberga alcuna fede nel soprannaturale. Che Natura e Dio siano distinti, nessun essere pensante vorrà negare. Che quest'ultimo, creando la prima, può, di propria volontà, governarla o modificarla, è altresí fuori di ogni dubbio. Ho detto: «Di propria volontà»; giacché è questione di volontà, non già di potenza, come pretende la dissennatezza della logica. Non affermo che la Divinità non possa modificare le proprie leggi, ma la insultiamo ritenendo che una modificazione possa essere necessaria. Dalla loro origine, queste leggi vennero formulate in modo da abbracciare tutte le possibili contingenze future. *Presso Dio tutto è Adesso.*

Ripeto, dunque, che di queste cose parlo solo in quanto coincidenze. Di piú: dalla mia relazione, si sarà notato che tra il destino della infelice Mary Cecilia Rogers, per quel che se ne sa, e il destino di una certa Marie Rogêt, fino ad un certo punto della sua storia, si è dato un parallelo, la cui incredibile esattezza turba la ragione. Ciò non può sfuggire. Ma non si supponga che, procedendo nella malinconica storia di Marie a partire dal periodo ora indicato, e portando al suo *dénouement* il mistero che avvolge costei, sia mio disegno estendere il parallelo, o magari suggerire che le misure adottate a Parigi per scoprire l'assassino di una *grisette*, o misure comunque fondate su analogo ragionamento, potrebbero condurre ad analoghi risultati.

Infatti, per quel che riguarda il secondo corno, si dovrà tener presente che la piú trascurabile diversità negli eventi delle due vicende può dar origine alle piú gravi inesattezze di calcolo, radicalmente divaricando le due serie di eventi; piú o meno come, in aritmetica, un errore che, preso a sé, può essere trascurabile, alla fine, moltiplicandosi lungo tutti i passaggi, pro-

[23] Della rivista sulla quale l'articolo venne originariamente pubblicato.

duce un risultato che nulla ha a che fare con la verità. Quanto al primo corno, non dobbiamo dimenticare che lo stesso Calcolo delle Probabilità cui ho accennato proibisce ogni ulteriore estensione del parallelo; e tanto piú forte e decisamente lo vieta, quanto piú a lungo ed esattamente si sia protratto il parallelo. È, questa, una di quelle enunciazioni anomale, che apparentemente si rivolgono ad una intelligenza del tutto estranea alla matematica, ma che solo il matematico può pienamente apprezzare. Per esempio, niente di piú difficile che convincere il lettore comune che, se un giocatore lancia ai dadi un sei per due volte consecutive, ciò basterà per scommettere con un buon margine che al terzo colpo il sei non uscirà. In genere l'intelligenza rifiuta una tale proposizione. Non è chiaro come i due lanci già conclusi, e che ormai giacciono nel Passato, possano avere influenza su di un lancio che esiste solo nel Futuro. Le probabilità di gettare un «sei» sembrano le stesse che in un qualunque altro momento – dunque, condizionate solo da tutti i possibili lanci dei dadi. È una considerazione cosí apparentemente ovvia, che ogni tentativo di controbatterla è accolto piú spesso con un sorriso ironico che non con rispettosa attenzione. L'errore implicito – grossolano errore, che sa di maliziosa frode – non pretendo di chiarirlo entro i limiti assegnatimi ora; né l'intelligenza del pensatore esigerà che io lo chiarisca. Basterà dire che si colloca nell'infinita serie degli errori che si incontrano sulla strada della Ragione, a causa della sua inclinazione a cercare la verità *nel particolare*.

Émile Gaboriau

Il vecchietto delle Batignolles

I.

Alla fine degli studi per diventare ufficiale sanitario – che bei tempi, avevo ventitre anni – vivevo in Rue Monsieur-le-Prince, quasi all'angolo con Rue Racine.

Pagavo trenta franchi al mese, spese comprese, per una camera ammobiliata che oggi ne varrebbe cento.

Era cosí grande che potevo infilarmi le maniche del cappotto senza aprire la finestra.

Siccome uscivo di buon'ora per seguire le visite in ospedale, e rientravo tardi la sera perché il caffè Leroy esercitava su di me un fascino irresistibile, conoscevo a malapena gli altri inquilini del caseggiato, tutte persone tranquille, redditieri o piccoli commercianti.

Ma ce n'era uno con cui a poco a poco entrai in confidenza.

Era un uomo di media statura, dalla fisionomia insignificante, sempre scrupolosamente sbarbato, che tutti chiamavano con affettazione «signor Méchinet».

Il portinaio lo trattava con una deferenza particolare e, quando lo vedeva passare davanti alla guardiola, non mancava di togliersi il berretto.

Poiché l'appartamento di Méchinet e la mia camera davano sullo stesso pianerottolo, e la sua porta era proprio di fronte alla mia, piú volte ci trovammo a faccia a faccia. In simili occasioni, avevamo l'abitudine di salutarci.

Una sera, venne da me per chiedermi qualche fiammifero; una notte, gli domandai di prestarmi un po' di tabacco; una mattina, ci capitò di uscire nello stesso momento e di camminare a fianco a fianco chiacchierando per un pezzo di strada.

Furono questi i nostri primi contatti.

Non che fossi curioso o diffidente, non lo si è mai a ventitre anni. Ma tutti vogliamo sapere come regolarci con le persone con cui entriamo in confidenza.

Anche se non mi misi proprio a ficcare il naso nell'esistenza del mio vicino, cominciai a occuparmi in modo naturale dei fatti suoi.

Era sposato, e sembrava che sua moglie, la signora Caroline Méchinet, bionda e pallida, bassa, ridanciana e paffuta, lo adorasse.

Eppure, il comportamento del marito non era proprio normale. Spesso levava le tende prima del tramonto, spesso lo sentivo rientrare quando il sole era già sorto. A volte spariva per intere settimane.

Che la piccola e graziosa signora Méchinet tollerasse tutto ciò, non riuscivo a spiegarmelo.

Intrigato, pensai che avrei ottenuto qualche delucidazione dal nostro portinaio, una rana dalla bocca larga, di solito.

Che errore! Appena ebbi pronunciato il nome di Méchinet, mi mandò a quel paese, perché, disse roteando gli occhi, non aveva l'abitudine di parlare alle spalle dei suoi inquilini.

Le sue parole fecero crescere la mia curiosità a tal punto che, bandendo ogni pudore, presi a spiare il mio vicino.

Scoprii allora cose che mi sembrarono fenomenali.

Una volta, lo vidi rientrare con addosso un abito all'ultima moda, e cinque o sei decorazioni all'occhiello. L'indomani, lo scorsi per le scale: portava uno squallido camiciotto, e in testa aveva uno straccio di panno che gli dava un aspetto sinistro.

Ma non è tutto. Un bel giorno, di pomeriggio, mentre stava per uscire, vidi la moglie baciarlo con passione sulla porta e dirgli:

– Ti supplico, sii prudente, pensa alla tua mogliettina.

Sii prudente! Perché? Per cosa? In che senso? La moglie, dunque, era complice!

Ma il mio stupore era destinato ad aumentare.

Una notte, stavo dormendo profondamente quando qualcuno bussò alla mia porta con impeto.

Mi alzai, aprii...

Méchinet entrò, o meglio, si precipitò in casa mia: aveva gli abiti ridotti a uno straccio, la cravatta e il davanti della camicia strappati, il viso pieno di sangue.

– Cosa succede? – urlai spaventato.

Ma lui, facendomi segno di star zitto:

– Piano, qualcuno potrebbe sentirla. Magari non è nulla, ma soffro da morire. Ho pensato che lei, studiando medicina, forse sa come curarmi.

Senza fiatare, lo feci sedere e mi sbrigai a visitarlo, per dargli le cure necessarie.

Nonostante l'effusione di sangue, la ferita era leggera. A dire il vero, si trattava solo di una scalfittura superficiale, che partiva dall'orecchio sinistro per arrivare alla commessura delle labbra.

– Bene, anche stavolta ho salvato la pelle, – disse Méchinet quando ebbi finito di medicarlo. – Grazie mille, caro Godeuil. Soprattutto, per favore, non racconti a nessuno di questo incidente e... buonanotte.

Buonanotte... Come se pensassi a dormire, in quel momento!

Oggi, a ricordare tutto ciò che mi passò per la testa allora, dalle ipotesi piú strampalate alle fantasie da romanzo, non riesco a non ridere.

Méchinet acquisí, nella mia immaginazione, proporzioni favolose.

E lui, l'indomani, tornò a ringraziarmi e mi invitò a cena.

Che entrando dai miei vicini fossi tutt'occhi e tutt'orecchi, lo si può intuire. Ma per quanto cercassi di concentrarmi, non scoprii nulla in grado di dileguare il mistero che mi intrigava.

A partire da quella cena, però, i nostri contatti furono piú assidui. Ormai era chiaro, Méchinet mi considerava un amico. Di rado lasciava passare una settimana senza «offrirmi la sua minestra», diceva proprio cosí; e quasi tutti i giorni, all'ora dell'assenzio, mi raggiungeva al caffè Leroy, per fare una partita a domino.

Cosí, una certa sera del mese di luglio, un venerdí verso le cinque, quando Méchinet era sul punto di battermi con un doppio sei, un tizio armato – dall'aspetto abbastanza sgradevole, lo ammetto –, entrò all'improvviso e gli sussurrò all'orecchio alcune parole che non riuscii a udire.

Méchinet si tirò su di colpo, con un'espressione turbata.

– Vengo, – disse. – E avvisa che arrivo, presto.

L'uomo uscí a gambe levate.

– Mi scusi, – fece il mio vicino tendendomi la mano, – prima il dovere, poi il piacere. Riprenderemo la partita domani.

E siccome io, mosso da una curiosità ardente, manifestai parecchio disappunto, dicendo che mi dispiaceva davvero di non poterlo accompagnare, lui borbottò:

– Perché no? In effetti... Vuole venire? Magari sarà interessante.

Per tutta risposta presi il mio cappello. E uscimmo.

2.

Certo, neppure immaginavo di avere appena azzardato uno di quei colpi in apparenza insignificanti, e che invece hanno un'influenza decisiva sulla nostra vita.

«Stavolta, – pensavo, – ho la chiave dell'enigma».

Pieno di una soddisfazione stupida e puerile, correvo come una lepre al fianco di Méchinet.

E dico «correvo» perché dovevo darmi da fare per non essere seminato dal brav'uomo.

Ah, come marciava lungo Rue Racine, spintonando i passanti, quasi che la sua sorte dipendesse dalla velocità delle gambe.

In Place de l'Odéon, per fortuna, incrociammo una carrozza.

Méchinet la fermò e mi disse, aprendo la portiera:

– Su, salga, Godeuil.

Obbedii. Lui prese posto accanto a me dopo aver gridato al vetturino, con tono imperioso:

– Al 39 di Rue Lécluse, alle Batignolles. Presto!

L'idea di fare un tragitto cosí lungo strappò al vetturino una sfilza di improperi. Ma poco importava, l'uomo strigliò i ronzini con una frustata da manuale, e la carrozza partí.

– Ah, andiamo alle Batignolles? – chiesi con un sorriso da cortigiano.

Ma Méchinet non rispose, dubito persino che mi avesse sentito.

Si stava operando in lui una completa metamorfosi. Per essere precisi, non pareva agitato, ma il modo in cui stringeva le labbra e aggrottava le sopracciglia, grosse e folte, tradiva una forte preoccupazione. Sembrava che il suo sguardo, perso nel vuoto, stesse studiando i termini di un qualche problema senza soluzione.

Aveva tirato fuori la tabacchiera, da cui attingeva di continuo grosse prese di tabacco, plasmandole tra l'indice e il pollice, per poi avvicinarle al naso. Senza nemmeno annusarle, alla fine.

Avevo notato che era uno dei suoi tic, e mi divertiva molto.

Quel brav'uomo, che odiava il tabacco, era sempre armato di una tabacchiera da impresario teatrale.

Appena gli succedeva qualcosa d'imprevisto, piacevole o meno, tac, la tirava fuori dalla tasca e si metteva a stabaccare con furia.

Spesso continuava anche quando la tabacchiera era vuota.

Piú tardi ho saputo che si trattava di un modo per dissimulare le sue impressioni e sviare l'attenzione degli interlocutori.

Comunque, la carrozza avanzava, risalendo a fatica lungo Rue de Clichy. Attraversò il viale esterno, s'infilò in Rue Lécluse e presto si fermò ad alcuni metri dall'indirizzo indicato.

Andare oltre sarebbe stato materialmente impossibile, tanto compatta era la folla che ostruiva la via.

Di fronte al 39 sostavano due o trecento individui dagli sguardi bramosi. Allungavano il collo, pieni di curiosità, mentre una mezza dozzina di guardie ripeteva invano, con voce rude:
– Circolare, signori, circolare!

Dopo essere scesi dalla vettura, ci avvicinammo facendoci largo tra i ficcanaso.

Stavamo per raggiungere la porta del 39 quando una guardia ci cacciò via con durezza.

– Indietro, non si passa!

Il mio vicino la squadrò e fece, raddrizzandosi:

– Cos'è, non mi riconosce? Sono Méchinet. E questo giovanotto, – aggiunse indicandomi, – è con me.

– Mi scusi... mi perdoni... – balbettò l'agente portando la mano al tricorno, – non lo sapevo... Ma prego, entrate pure...

Entrammo.

Nell'atrio una grossa comare – la portinaia, evidentemente –, rossa come un peperone, pontificava e gesticolava in mezzo a un gruppo di inquilini.

– Dove? – chiese bruscamente Méchinet.

– Terzo piano, signore, – rispose lei. – Terzo piano, porta a destra. Dio santo, che disgrazia! In un palazzo come il nostro! Un uomo tanto a modo!

Non sentii niente di piú. Méchinet si era lanciato su per le scale, e io lo seguivo, facendo i gradini a due a due, con il cuore che mi batteva cosí forte da togliermi il fiato.

Al terzo piano, la porta di destra era aperta.

Entrammo, attraversammo l'ingresso, la sala da pranzo, il salone, e alla fine arrivammo in camera da letto.

Dovessi campare mille anni, non potrei dimenticare un tale spettacolo. Anche adesso che scrivo, dopo molti anni, rivedo la scena nei minimi dettagli.

Al camino, che si trovava di fronte alla porta, erano appoggiati due uomini: un commissario di polizia, avvolto nella sua fusciacca, e un giudice istruttore.

A destra, un giovane cancelliere, seduto a un tavolo, scriveva.

Al centro della stanza, sul pavimento di legno, in una pozza di sangue nero, coagulato, giaceva il cadavere di un vecchio dai capelli bianchi. Era disteso sulla schiena, con le braccia incrociate.

Per il terrore rimasi impietrito sulla soglia, talmente vicino allo svenimento che, per non cadere, fui costretto ad appoggiarmi allo stipite.

Ero abituato alla morte per via del mio lavoro, e avevo superato già da tempo il disgusto per la sala anatomica. Ma era la prima volta che mi trovavo sulla scena di un delitto.

Perché una cosa era evidente: un delitto orribile era stato commesso.

Il mio vicino, meno impressionabile di me, si era fatto avanti con passo deciso.

– Ah, è lei, Méchinet, – gli disse il commissario. – Mi spiace averla disturbata.

– Perché?

– Perché non avremo bisogno del suo talento. Sappiamo chi è il colpevole. Ho già dato disposizioni in merito, e a quest'ora, ormai, l'avranno arrestato.

Quanto fu strano il gesto di Méchinet! Sembrava contrariato da tanta sicurezza.

Tirò fuori la tabacchiera, si esibí in un paio delle sue fatidiche prese, e disse:

– Ah! Sapete chi è colpevole?

Fu il giudice istruttore a rispondere:

– Esatto, Méchinet. Dopo aver commesso il delitto, l'assassino è fuggito credendo che la vittima fosse morta. Ma si sbagliava. La Provvidenza vegliava sul povero vecchio, che respirava ancora. Raccogliendo tutte le forze, ha immerso un dito nel sangue che sgorgava a fiotti dalla ferita, e là, sul pavimento, ha scritto il nome del colpevole, denunciandolo cosí alla giustizia umana. Guardi pure.

Solo allora notai ciò che all'inizio non avevo visto.

Sul pavimento, in lettere deformate ma leggibili, era scritto: MONIS.

– E quindi? – chiese Méchinet.

– Comincia cosí, – rispose il commissario, – il cognome del nipote a cui la povera vittima era molto affezionata: Monistrol.

– Che diamine! – fece il mio vicino.

– Non credo, – riprese il giudice istruttore, – che il miserabile cercherà di negare. Le cinque lettere sono una prova schiacciante. E poi, chi poteva trarre vantaggio da un delitto tanto vile? Soltanto lui, l'erede universale del vecchio, che si dice avesse un grande patrimonio. Ma c'è di piú: l'omicidio è stato commesso ieri sera. Ebbene, ieri sera nessuno è venuto a trovare il povero vecchio a parte il nipote. La portinaia l'ha visto arrivare verso le nove e uscire poco dopo mezzanotte.

– Chiaro, – annuí Méchinet, – tutto molto chiaro. Monistrol è un idiota totale.

Poi domandò, stringendosi nelle spalle:

– Non è che ha rubato o rotto qualcosa per tentare di portarci fuori strada sul movente?

– Niente, finora ci sembra che non ci sia niente fuori posto, – rispose il commissario. – Anche lei l'ha detto, non è proprio una volpe. Quando lo prenderemo, confesserà.

A quel punto, il commissario e Méchinet andarono verso la finestra e parlarono a bassa voce, mentre il giudice istruttore dava indicazioni al cancelliere.

3.

Ormai non avevo dubbi.

Avevo voluto sapere che cosa facesse esattamente il mio vicino, e lo sapevo.

Ecco spiegate le situazioni assurde, le assenze, i rientri a tarda ora, le sparizioni improvvise, le paure e la complicità della moglie, la ferita che avevo curato.

Ma quanto mi interessava quella scoperta!

A poco a poco mi ero ripreso, avevo recuperato la capacità di intendere e volere, e studiavo ogni cosa attorno a me con avida curiosità.

Dal punto in cui mi trovavo, appoggiato allo stipite della porta, potevo abbracciare con lo sguardo l'intero appartamento.

Nulla, assolutamente nulla, faceva pensare a una scena del delitto.

Tutto, invece, rivelava allo stesso tempo una certa agiatezza e l'abitudine al risparmio, alla meticolosità.

Ogni cosa era al proprio posto: le tende non avevano una

piega, e i mobili di legno, per essere cosí lucidi, dovevano essere stati puliti quotidianamente.

Sembrava che le congetture del giudice e del commissario fossero esatte, e che il povero vecchio fosse stato assassinato la sera precedente, quando si preparava per andare a dormire.

Infatti, il letto era aperto, e sulla coperta si trovavano una camicia e un foulard da notte. Sul comodino, al capezzale, notai un bicchiere d'acqua e zucchero, una scatola di fiammiferi e un giornale della sera, «La Patrie».

In un angolo del camino brillava un candeliere, un grosso e solido candeliere di rame. Ma la candela che aveva gettato luce sul delitto si era consumata.

L'assassino era scappato senza soffiarci sopra, e la candela, esaurendosi, aveva annerito il bruciamoccoli d'alabastro in cui era ficcata.

Quei dettagli, li avevo colti al primo sguardo, senza sforzo, come se la mia volontà non c'entrasse.

Il mio occhio funzionava come l'obiettivo di una macchina fotografica: la scena del delitto si era impressa nella mia mente come su una lastra,con una precisione millimetrica, tanto che oggi potrei disegnare l'appartamento del vecchietto delle Batignolles senza dimenticare niente. Neppure il tappo mezzo coperto di cera verde che mi sembra ancora di vedere a terra, sotto la sedia del cancelliere.

Avevo appena scoperto di possedere una dote straordinaria, la mia dote principale, che fino ad allora non avevo avuto la possibilità di sfruttare.

E in quel momento ero troppo emozionato per sottoporre al vaglio della ragione le mie impressioni.

Avevo un solo desiderio, ostinato, bruciante, irresistibile: avvicinarmi al cadavere, disteso a due metri da me.

All'inizio cercai di lottare, di difendermi da quella voglia morbosa. Ma la sorte ci mise lo zampino, e mi avvicinai.

Mi avevano notato? Non credo.

Nessuno, infatti, badava a me.

Méchinet e il commissario continuavano a parlare vicino alla finestra; il cancelliere stava rileggendo il verbale al giudice istruttore con un filo di voce.

Nulla, quindi, si opponeva al mio disegno.

E poi, devo ammetterlo, ero come preda di una febbre che mi rendeva insensibile alle circostanze esterne, isolandomi da tutto.

Lo dimostra il fatto che osai inginocchiarmi accanto al cadavere per vedere meglio.

Al posto di pensare che mi avrebbero gridato: «Ma cosa vuol fare?», agivo con calma e lentezza, come chi esegue un compito che gli è stato affidato.

Il poveretto sembrava avere tra i sessanta e i sessantacinque anni. Era basso e magrissimo, ma di costituzione solida. Uno che sarebbe arrivato senza problemi ai cent'anni. Aveva ancora molti capelli, di un bianco tendente al giallo, ricci sulla nuca. La barba era grigia, dura e ispida, vecchia, forse, di cinque o sei giorni. Doveva essere cresciuta da quando era morto, dettaglio che non mi stupí piú di tanto: lo avevo notato spesso nei soggetti della sala anatomica.

A stupirmi, invece, fu la fisionomia dello sventurato. Il volto era calmo. Anzi, dirò di piú: sorridente. Le labbra si aprivano appena, come in un saluto amichevole.

Se aveva conservato quell'espressione, la morte doveva essere stata improvvisa.

Fu la prima cosa che mi passò per la testa.

Sí, ma come conciliare due circostanze opposte? La morte improvvisa e le cinque lettere di sangue – MONIS – sul pavimento?

Di quali forze aveva bisogno un moribondo per scrivere? Solo il desiderio di vendetta avrebbe potuto concedergli tanta energia. E quanta rabbia doveva aver provato sentendosi morire prima di poter tracciare per intero il nome dell'assassino.

Tuttavia, sembrava che il cadavere sorridesse.

Il povero vecchio era stato colpito alla gola, e la lama gli aveva trapassato il collo.

Probabilmente l'arma del delitto era un pugnale, o meglio uno di quei temibili coltelli catalani, larghi e a doppio taglio, ma appuntiti come un ago.

Non avevo mai provato in vita mia sensazioni cosí strane.

Le tempie mi pulsavano con una violenza inaudita, il cuore si gonfiava fino a scoppiare.

Cosa avrei scoperto?

Spinto da una forza misteriosa e irresistibile, che mi aveva tolto ogni volontà, presi le mani fredde e rigide del cadavere tra le mie, per esaminarle.

La destra era pulita. Ad apparire sporco di sangue era un dito della sinistra, l'indice.

Cosa? Il vecchio aveva scritto con la sinistra? Impossibile!

Colto da una specie di vertigine, con gli occhi fuori dalle orbite e i capelli dritti, e piú pallido del morto che giaceva ai miei piedi, mi alzai lanciando un grido terribile:

– Mio Dio!

Al che, tutti gli altri sobbalzarono e mi chiesero sgomenti:

– Che c'è? Che succede?

Provai a rispondere, ma l'emozione era soffocante: mi sembrava di avere la bocca piena di sabbia. Riuscii appena a indicare le mani del morto balbettando:

– Là! Là!

In un lampo Méchinet si gettò in ginocchio accanto al cadavere. Vide quello che avevo visto io, ed ebbe la mia stessa impressione. Infatti dichiarò, tirandosi su prontamente:

– Non è stato il vecchio a tracciare quelle lettere.

Siccome il giudice istruttore e il commissario lo guardarono a bocca aperta, spiegò loro che solo la mano sinistra era sporca di sangue.

– E dire che non ci avevo fatto caso! – ripeteva, desolato, il commissario.

Méchinet stabaccava con furore.

– Capita, – disse. – È quando abbiamo le cose sotto gli occhi che non le vediamo. Ma non importa! La situazione, adesso, è completamente diversa: a scrivere non è stato il vecchio ma l'assassino.

– Evidentemente! – confermò il commissario.

– Ora, – continuò il mio vicino, – si può immaginare che un

assassino sia tanto stupido da denunciarsi tracciando il proprio nome di fianco al corpo della vittima? Impossibile. Quindi...

Il giudice istruttore aveva un'aria inquieta.

– Certo, le apparenze ci hanno tratto in inganno, – fece. – Monistrol non è il colpevole. Ma chi? Ecco il suo compito, Méchinet: scoprirlo.

Si fermò. Era entrato un agente che si rivolse al commissario dicendo:

– Gli ordini sono stati eseguiti, signore. Monistrol è stato arrestato e imprigionato nel Carcere provvisorio. Ha confessato tutto.

4.

La batosta fu tanto forte quanto inaspettata.

Descrivere lo stupore di tutti sarebbe impossibile.

Che cosa? Mentre noi stavamo là, a sforzarci di trovare le prove dell'innocenza di Monistrol, lui si era dichiarato colpevole!

Il primo a riprendersi fu Méchinet.

Mosse rapidamente le dita dalla tabacchiera al naso per cinque o sei volte, poi avanzò verso l'agente dicendogli:

– O ti sei ingannato o inganni noi, non c'è altra spiegazione.

– Glielo giuro, signor Méchinet...

– Ma sta' zitto! Forse non hai capito quel che ha detto Monistrol, oppure hai pensato di stupirci annunciando che il caso è chiuso.

L'agente, dimesso e rispettoso fino ad allora, si inalberò.

– Chiedo scusa, – lo interruppe, – ma non sono né un imbecille né un bugiardo. So quel che dico.

La discussione stava per trasformarsi in un litigio, tanto che il giudice istruttore sentí di dover intervenire.

– Si calmi, Méchinet. Prima di sputare sentenze, aspetti.

Poi proseguí, girandosi verso l'agente:

– E lei, amico, ci dica quel che sa e perché ne è cosí sicuro.

L'agente, forte di quell'aiuto, fulminò Méchinet con uno sguardo ironico ed esordí con aria notevolmente soddisfatta:

– Il signor giudice istruttore e il signor commissario qui presenti hanno incaricato l'ispettore Goulard, il collega Poltin e il sottoscritto di arrestare il suddetto Monistrol, mercante di bigiotteria, residente al 75 di Rue Vivienne, accusato di delitto contro la persona dello zio.

– Esatto, – approvò il commissario a mezza voce.

– A quel punto, – proseguí l'agente, – abbiamo preso una carrozza e ci siamo fatti portare all'indirizzo indicato. Siamo arrivati e abbiamo trovato il signor Monistrol nel retrobottega, mentre stava per mettersi a tavola per la cena con la sua signora, una donna tra i venticinque e i trent'anni, di notevole bellezza. Vedendoci tutti e tre in fila indiana, il privato cittadino si è alzato. «Cosa volete?», ci ha chiesto. E immediatamente, l'ispettore Goulard ha tirato fuori dalla tasca il mandato e ha risposto: «In nome della legge, lei è in arresto!»

Méchinet stava sulle spine.

– Non potresti arrivare al dunque? – disse all'agente.

Ma l'altro continuò come se non avesse sentito, con lo stesso tono tranquillo:

– Ho già arrestato alcuni privati cittadini nella mia vita. Ebbene, non avevo mai visto nessuno crollare cosí. «State scherzando, – ci disse, – o vi siete sbagliati». «No, non ci siamo sbagliati». «Ma allora perché volete arrestarmi?»

Goulard ha alzato le spalle e gli ha detto: «Non faccia il bambino. Come la mette con suo zio? È stato rinvenuto il cadavere, e le prove contro di lei sono schiaccianti».

Ah, che furfante! E che guaio! Prima ha vacillato. Poi si è lasciato cadere su una sedia singhiozzando e balbettando una risposta che non ho avuto modo di comprendere.

Al che, Goulard lo ha preso per il colletto della giacca e lo ha scrollato dicendogli: «Mi creda, la soluzione piú rapida è confessare».

Ci ha guardato con aria ebete e ha mormorato: «Va bene, sí, confesso».

– Ben fatto, – annuí il commissario.

L'agente, raggiante, continuò:

– Non potevamo stare nel negozio a tergiversare. Ci era stato raccomandato di evitare le scenate, ma si stava già formando un capannello di curiosi. Allora Goulard ha afferrato l'imputato per il braccio, gridandogli: «Su, andiamo! Ci aspettano in questura». Monistrol si è rialzato alla bell'e meglio, e ha detto, con il tono di un uomo che prende il coraggio a due mani: «Andiamo!»

Pensavamo che il grosso fosse fatto, ma non avevamo calcolato la moglie.

Fino a quel momento era rimasta come priva di sensi su una poltrona, senza proferire parola. Senza capire, sembrava, quello che succedeva.

Ma quando ha visto che stavamo davvero portando via suo marito, è balzata in piedi come una leonessa e si è piazzata di traverso sulla soglia urlando: «Da qui non si passa!» Parola d'onore, era magnifica. Ma Goulard le ha detto: «Su, su, non si arrabbi. Le restituiremo il suo maritino».

Al posto di lasciarci passare, si aggrappava sempre di piú allo stipite: giurava che suo marito era innocente, e diceva che, se fosse stato portato in prigione, lo avrebbe seguito. Un po' ci minacciava apostrofandoci, un po' ci supplicava con una voce dolcissima.

Poi, quando ha capito che nulla ci avrebbe impedito di compiere il nostro dovere, si è allontanata dalla porta e ha buttato le braccia al collo dell'uomo. «Oh, tesoro caro, – diceva piangendo, – come possono accusarti di un delitto? Tu! Diglielo che sei innocente!»

Eravamo tutti commossi, sí. Ma lui, piú insensibile di noi, ha avuto l'ardire di respingere la moglie con una violenza tale da farla cadere come un sacco di patate in un angolo del retrobottega.

Per fortuna era finita.

Siccome la donna era svenuta, ne abbiamo approfittato per caricare l'uomo sulla carrozza che ci aveva portato fin là.

Caricare è la parola giusta, perché si era come trasformato in una cosa inerte: non riusciva a stare in piedi, bisognava sorreggerlo. Devo anche dire che il suo cane, un botolo nero, voleva assolutamente salire con noi sulla vettura, e abbiamo fatto parecchia fatica a sbarazzarcene.

Lungo il tragitto, giustamente, Goulard ha cercato di distrarre il prigioniero e di farlo parlare, ma non riusciva a tirargli fuori una parola di bocca. Monistrol si è ripreso solo quando siamo arrivati in questura. L'abbiamo sistemato per bene in una cella isolata, e lui si è buttato sul letto a peso morto ripetendo: «Cosa ti ho fatto, Dio, cosa ti ho fatto?»

In quel momento Goulard gli si è avvicinato e gli ha chiesto per la seconda volta: «Allora riconosce di essere colpevole?» L'altro ha annuito e poi ha detto, con voce roca: «Lasciatemi da solo, per favore».

Ed è quello che abbiamo fatto, dopo esserci presi la briga di piazzare un sorvegliante davanti alla grata, nel caso in cui il tizio cercasse di attentare alla propria vita.

Goulard e Poltin sono rimasti là. Quanto a me, eccomi qui.

– Preciso, – mormorò il commissario, – non si può essere piú preciso.

Il giudice era dello stesso parere, visto che sussurrò:

– Come dubitare, a questo punto, della colpevolezza di Monistrol?

Anche se ero confuso, le mie convinzioni rimanevano salde. Aprii addirittura la bocca per avanzare un'obiezione, ma Méchinet mi precedette.

– Come fila tutto liscio! – esclamò. – Solo che, ammettendo che l'assassino sia Monistrol, siamo anche costretti ad ammettere che abbia scritto lui il proprio nome, là a terra. E non è credibile, direi.

– Ne ho abbastanza! – lo interruppe il commissario. – Visto che l'imputato ha confessato tutto, a che pro preoccuparsi di una circostanza che sarà chiarita nella fase istruttoria?

Ma l'osservazione del mio vicino aveva risvegliato le perplessità del giudice. Che dichiarò, senza prendere posizione:

– Andrò in questura, voglio interrogare Monistrol stasera stessa.

Dopo aver raccomandato al commissario di adempiere a tutte le formalità e di aspettare i medici per l'autopsia, si allontanò, seguito dal cancelliere e dall'agente che aveva annunciato l'arresto.

– Sempre che questi maledetti medici non ci facciano aspettare troppo! – tuonò il commissario, che pensava soltanto alla cena.

Io e Méchinet non rispondemmo. Ce ne stavamo in piedi, l'uno di fronte all'altro, palesemente assillati dalla stessa idea.

– Dopotutto, – mormorò il mio vicino, – forse è stato il vecchio a tracciare le lettere.

– Con la mano sinistra? Su, è possibile? Senza contare che il poveraccio deve essere morto sul colpo.

– Ne è sicuro?

– Con quella ferita? Ci giurerei. E comunque stanno per arrivare i medici. Glielo diranno loro, se ho ragione o torto.

Méchinet si torturava il naso in modo davvero frenetico.

– Forse, effettivamente, – disse, – sotto sotto c'è qualcosa. Vedremo. Le indagini, intanto, bisogna rifarle. Per cominciare, interroghiamo la portinaia.

A quel punto corse verso la scala e, sporgendosi dal parapetto, si mise a urlare:

– Portinaia! Portinaia! Può salire un momento, per favore?

5.

Nell'attesa, Méchinet procedette a un esame rapido ma attento della scena del delitto.

A colpirlo fu soprattutto la serratura della porta d'entrata. Era intatta, e la chiave vi girava senza problemi. Perciò, si poteva scartare del tutto l'idea che uno sconosciuto si fosse introdotto di notte grazie a una chiave falsa.

Io avevo appena raccolto da terra, in un modo meccanico – o

forse ispirato dall'istinto sorprendente che si era manifestato in me –, il tappo mezzo coperto di cera verde.

Era usato e, dal lato della cera, conservava le tracce del cavatappi; ma dall'altra parte si vedeva una specie di taglio abbastanza profondo, ottenuto con uno strumento appuntito.

Intuendo l'importanza della mia scoperta, ne parlai a Méchinet, che non riuscí a trattenersi dall'esclamare con piacere:

– Finalmente! Finalmente abbiamo un indizio. Il tappo, l'ha fatto cadere l'assassino. L'ha infilzato con la punta dell'arma di cui si è servito. Conclusione: un pugnale, ma non a serramanico. Con questo tappo sono sicuro di poter arrivare al colpevole, chiunque sia.

Il commissario stava compiendo il proprio dovere in camera, mentre io e Méchinet eravamo rimasti nel salone, quando fummo interrotti da un rumore di fiato corto.

Quasi subito comparve la grossa comare che avevo visto pontificare nell'atrio.

Era ancora piú rossa di quando eravamo arrivati. Sempre che fosse possibile.

– Che cosa posso fare per lei, signore? – chiese a Méchinet.

– Si sieda, – rispose lui.

– Ma giú ho un sacco di gente.

– La aspetteranno. Le ho detto di sedersi, signora.

A quel punto obbedí, sconcertata dal tono di Méchinet. Che attaccò, fissandola con i suoi terribili occhietti grigi:

– Ho bisogno di qualche informazione, e voglio farle un interrogatorio. Le consiglio, nel suo interesse, di rispondere senza tanti giri di parole. Partiamo dall'inizio. Come si chiamava il poveretto che è stato assassinato?

– Pigoreau, signore, ma tutti lo conoscevamo da tempo come Anténor. Aveva scelto questo nomignolo perché piú in linea con la sua attività.

– Abitava qui da molto?

– Otto anni.

– E dove viveva prima?

– In Rue Richelieu, dove aveva il negozio. Facendo il parrucchiere, si era creato una reputazione solida, oltre a una bella fortuna.

– Quindi la gente credeva che fosse ricco?

– Una volta ho sentito dire a sua nipote che non avrebbe perso la testa nemmeno per un milione di franchi.

Dovevano essere state prese misure preventive a riguardo, perché tutti i documenti del vecchio erano stati catalogati.

– Ora, – continuò Méchinet, – che tipo d'uomo era Pigoreau, detto Anténor?

– Oh, uno tra i migliori che conoscessi, – rispose la portinaia. – Un po' una seccatura, pieno di fissazioni, taccagno come pochi, ma per nulla borioso. E poi era cosí divertente! Avresti passato notti intere ad ascoltarlo, quando era in buona, con tutte le storie che sapeva. Pensi un po', un vecchio parrucchiere che, diceva, aveva fatto la permanente alle donne piú belle di Parigi.

– E come viveva?

– Come tutti. Cioè, come le persone che hanno delle rendite ma ci tengono, al denaro.

– Può farmi qualche esempio?

– Oh, sí, se è per questo, visto che ero io a occuparmi delle faccende domestiche. Cosa che non mi procurava nessun fastidio, perché pensava già a tutto lui: spazzava, spolverava, lucidava... Era la sua fissazione. Tutti i santi giorni, alle dodici in punto, gli portavo su una tazza di cioccolata. Lui la tracannava e ci beveva dietro un bicchierone d'acqua. Quello era il suo pranzo. Poi si vestiva, impiegandoci un paio d'ore: era vanitoso e si preoccupava delle apparenze piú di una donna sposata. Cosí conciato, usciva a fare una passeggiata per le strade di Parigi. Alle sei, cenava in una locanda a conduzione familiare, gestita dalle signorine Gomet, in Rue de la Paix. Poi andava a bersi un bicchierino e a fare la sua bella figura al caffè Guerbois. Alle undici rientrava, per mettersi a dormire. Aveva solo un difetto, il poveretto. Gli piaceva un po' troppo quella cosa lí. Io glielo dicevo spesso: «Ma alla sua età, non si vergogna?» Nessuno è perfetto, però. E poi era comprensibile: un vecchio profumiere che aveva avuto cosí tante avventure nella sua vita...

Un sorriso ossequioso spuntò sulle labbra della grossa portinaia. Ma nulla avrebbe strappato una risata a Méchinet.

– Pigoreau riceveva molte persone? – continuò.

– Pochissime. Veniva a trovarlo giusto suo nipote Monistrol. Ogni domenica, Pigoreau lo portava a mangiare Chez le père Lathuille e gli offriva la cena.

– E com'erano insieme, lo zio e il nipote?

– Sembravano davvero legati.

– Non discutevano mai?

– Mai! Tranne quando si mettevano a bisticciare per colpa della signora Clara, s'intende.

– Che sarebbe?

– La moglie di Monistrol, una creatura meravigliosa. Il vecchio Anténor non la sopportava. Diceva che suo nipote la amava troppo, che quella donna lo prendeva in giro, che gliene faceva di tutti i colori. Sosteneva che lei non gli volesse bene, che fosse troppo raffinata per la propria condizione sociale, e che alla fine avrebbe commesso qualche stupidaggine. La signora Clara e Anténor avevano pure litigato, alla fine dell'anno scorso. Lei voleva che il brav'uomo prestasse centomila franchi a Monistrol per acquistare dei fondi di magazzino al Palais-Royal. Ma lui si era rifiutato, dichiarando che della sua fortuna avrebbero potuto fare quello che volevano dopo la sua morte; ma fino ad allora, dato che se l'era guadagnata, se la sarebbe tenuta e goduta lui.

Credevo che Méchinet avrebbe insistito su questo punto, che mi sembrava molto importante. Niente. Mi sbracciai invano, e lui continuò:

– Resta da appurare una cosa. Chi ha scoperto il corpo?

– Io, signore, io! – disse la portinaia gemendo. – Ah, che orrore! Si immagini che stamattina, a mezzogiorno in punto, sono venuta su come al solito, per portare al vecchio Anténor la cioccolata. Siccome, ripeto, mi occupavo delle faccende, avevo la chiave. Ho aperto, sono entrata e quello che ho visto... Ah, mio Dio!

E si mise a lanciare grida acute.

– La sua sofferenza, signora, dimostra le sue buone intenzioni, – disse Méchinet con gravità. – Però, dato che sono di fretta, cerchi di dominarsi. Cos'ha pensato, vedendo l'inquilino assassinato?

– L'ho detto a chiunque: è stato quel delinquente di suo nipote, l'ha ucciso per l'eredità.

– E perché ne è cosí certa? In fondo, accusare un uomo di un delitto simile significa mandarlo alla forca.

– E chi potrebbe essere stato? Monistrol è venuto a trovare suo zio ieri sera. Quando se n'è andato, era quasi mezzanotte. E poi mi dice sempre qualcosa, mentre stavolta non mi ha rivolto la parola. Dopo di lui, e finché non ho scoperto tutto, nessuno è salito da Anténor, ne sono sicura.

Lo ammetto, quella deposizione mi confondeva le idee.

Ingenuo com'ero, non avrei mai pensato di continuare con l'interrogatorio. Ma per fortuna Méchinet aveva una grande esperienza e conosceva appieno la delicata arte di tirare fuori dai testimoni tutta la verità. Cosí insisté:

– Quindi, signora, lei è sicura che Monistrol sia venuto ieri sera?

– Sicura.

– Nel senso che l'ha visto, l'ha riconosciuto.

– Ah! Mi permetta... Non è che sia stata a squadrarlo. È passato velocemente, cercando di nascondersi, da delinquente qual è. E poi l'atrio non è illuminato benissimo.

A quella risposta, di un'importanza incalcolabile, sobbalzai e, avanzando verso la portinaia, dissi ad alta voce:

– Se è cosí, come osa affermare di averlo riconosciuto?

Lei mi guardò da capo a piedi, e rispose con un sorriso ironico:

– Non avrò visto il padrone, ma il muso del cane sí. Gli faccio sempre qualche carezza, e lui si è infilato nella guardiola. Stavo per dargli un osso d'agnello quando il padrone ha fischiato.

Osservavo Méchinet, ansioso di sapere che cosa ne pensasse, ma la sua espressione proteggeva fedelmente le sue idee.

Aggiunse solo:

– Di che razza è il cane di Monistrol?

– Un volpino, come quelli che i vetturini avevano un tempo. È tutto nero, e ha una macchia bianca sopra l'orecchio. Si chiama Pluton.

Méchinet si alzò e disse alla portinaia:

– Può andare, per me è tutto.

Quando fu uscita, fece:

– Mi sembrava impossibile che il colpevole fosse il nipote.

Intanto, durante l'interrogatorio, erano arrivati i medici. Finita l'autopsia, ne conclusero: «La morte del signor Pigoreau è stata immediata. Perciò non può essere stato lui a tracciare le cinque lettere – MONIS – che si vedono sul pavimento, accanto al cadavere».

Quindi non mi ero sbagliato.

– Ma se non è stato lui, – esclamò Méchinet, – chi è stato, allora? Monistrol... Ecco cosa non mi entrerà mai in testa.

Mentre il commissario, felice di poter andare finalmente a cena, lo prendeva in giro per le sue perplessità, perplessità ridicole visto che Monistrol aveva confessato, disse:

– Forse, in effetti, sono solo uno stupido. Ma sarà il destino a dirlo. Intanto, nell'attesa, venga con me, mio caro Godeuil, mi accompagni in questura.

6.

Prendemmo una carrozza anche per andare in questura.

Méchinet era molto preoccupato. Le sue dita non la smettevano di spostarsi dalla tabacchiera vuota al naso, mentre borbottava:

– Voglio vederci chiaro. Devo vederci chiaro.

Poi tirava fuori dalla tasca il tappo che gli avevo dato, se lo rigirava facendo le smorfie di una scimmia che sguscia una noce, e alla fine mormorava:

– È un corpo del reato, insomma... Potrà pur essere utile in qualche modo, questo pezzo di cera verde.

Io, sprofondato in un angolo, non fiatavo.

Certo, mi trovavo in una situazione bizzarra, ma non ci pensavo. Tutta la mia mente era assorbita dal caso: rimuginavo sui diversi elementi e sulle incoerenze, sforzandomi di penetrare il segreto del dramma che avevo intuito.

Quando la vettura si fermò, era notte fonda.

Il Quai des Orfèvres era deserto e silenzioso: non un rumore, non un passante. I pochi negozi nei dintorni erano chiusi. Tutto il quartiere si era rifugiato nel ristorante all'angolo con Rue de Jérusalem. Sulle tende in vetrina si stagliavano le ombre degli avventori.

– Le lasceranno vedere l'imputato? – chiesi a Méchinet.

– Ovvio, – rispose lui. – Non mi hanno forse affidato il caso? Non debbo poter interrogare il detenuto a qualsiasi ora del giorno e della notte, a seconda delle necessità improvvise dell'inchiesta?

Poi si inoltrò sotto una volta, con passo rapido, dicendomi:

– Su, presto, non abbiamo tempo da perdere.

Ma non c'era bisogno che mi spronasse. Gli stavo alle calcagna. Ero agitato, tutto preso da una vaga curiosità, in preda a emozioni che non saprei definire.

Era la prima volta che varcavo la soglia della questura, e lo sapeva il cielo quali fossero i miei pregiudizi.

– Là, – dicevo tra me e me, – ci sono le segrete di Parigi.

Ero talmente immerso nelle mie riflessioni che dimenticai di guardare dove mettevo i piedi, e per poco non cascai.

Fu cosí che tornai alla realtà.

In quel momento stavamo fiancheggiando un corridoio immenso: i muri erano umidi; la pavimentazione, sconnessa. Presto il mio vicino entrò in una stanzetta in cui due uomini giocavano a carte, mentre altri tre o quattro, sdraiati su una branda, fumavano la pipa. Scambiò con loro qualche battuta che io, restando fuori, non compresi. Poi uscí e ci rimettemmo in marcia.

Subito dopo aver attraversato un cortile ed esserci infilati in un secondo passaggio, arrivammo davanti a un cancello di ferro, chiuso da catenacci pesanti e da una serratura pazzesca.

A una parola di Méchinet, una guardia venne ad aprirci. Ci lasciammo, sulla destra, un'ampia sala, dove mi sembrò di vedere agenti comunali e di polizia. Poi ci inerpicammo su per una scala abbastanza ripida.

In cima, all'entrata di un corridoio stretto, con tante porticine ai lati, se ne stava seduto un omone dal viso gioviale, che non aveva nulla della classica guardia carceraria.

Non appena ebbe intravisto il mio vicino, gridò:

– Ehi, c'è Méchinet! Cavoli, la aspettavo. Scommetto che è venuto per l'assassino del vecchietto delle Batignolles.

– Esatto. Qualche novità?

– No.

– Ma il giudice istruttore dev'essere arrivato.

– Ed è già uscito.

– Allora?

– Sarà rimasto con l'imputato un paio di minuti. Quando se n'è andato, aveva un'espressione molto soddisfatta. In fondo alla scala ha incontrato il direttore e gli ha detto: «È fatta, l'assassino non ha neppure cercato di negare».

Méchinet sobbalzò visibilmente, ma la guardia, che non se n'era accorta, riprese:

– Del resto, non mi sorprende. Mi è bastato vedere il soggetto per dire: «Ecco uno che non è capace di controllarsi».

– E adesso cosa fa?

– Piagnucola. Mi hanno raccomandato di tenerlo d'occhio, hanno paura che si suicidi. E io lo tengo d'occhio, niente da dire. Ma è del tutto inutile: è uno di quei mascalzoni che alla propria pelle ci tiene piú che a quella degli altri.

– Andiamo a vedere, – lo interruppe Méchinet. – Ma soprattutto non facciamo rumore.

Avanzammo tutti e tre in punta di piedi fino a una massiccia porta di quercia, sulla quale si apriva, ad altezza d'uomo, uno sportello fornito di una grata.

Da lí si poteva osservare tutto quello che accadeva nella cella, illuminata da una minuscola luce a gas.

Il primo a dare un'occhiata fu il carceriere. Poi toccò a Méchinet, e infine venne il mio turno.

Su uno stretto lettino di ferro con sopra una coperta di lana grigia a strisce gialle, c'era un uomo sdraiato a pancia in giú, con la testa nascosta tra le braccia piegate a metà.

Piangeva: il rumore sordo dei suoi singhiozzi mi giungeva alle orecchie. A tratti un movimento convulso lo scuoteva dalla testa ai piedi.

– Adesso ci apra, – ordinò Méchinet alla guardia.

Lui obbedí, e noi entrammo.

Udendo cigolare la chiave, il prigioniero si tirò su e si sedette sul giaciglio. Ci guardava con un'aria inebetita: le gambe e le braccia penzolavano nel vuoto; la testa affondava nel petto.

Era un uomo tra i trentacinque e i trentotto anni, di statura un po' superiore alla media, con un collo taurino incassato tra un paio di spalle larghe. Era brutto: il vaiolo lo aveva sfigurato; la fronte sfuggente e il naso lungo e dritto gli davano l'aspetto stupido di un montone. Ma i suoi occhi, azzurri, erano molto belli, e aveva denti di una bianchezza sorprendente.

– Cos'è, signor Monistrol, stiamo qui ad affliggerci? – attaccò Méchinet.

Siccome lo sfortunato non rispondeva, continuò:

– Lo so, non siamo a una festa. Però, se mi trovassi al suo posto, cercherei di comportarmi da uomo. Me ne farei una ragione, e proverei a dimostrare la mia innocenza.

– Non sono innocente.

A quel punto non si poteva né dubitare né diffidare dell'intelligenza di un agente: la confessione era appena uscita dalla bocca dell'imputato.

– Cosa? – esclamò Méchinet. – E lei avrebbe...

L'uomo si era alzato sulle gambe malferme, in preda a un accesso di rabbia. Aveva gli occhi iniettati di sangue e la bava alla bocca.

– Sí, io, – lo interruppe, – solo io. Quante volte ancora dovrò ripeterlo? È appena venuto un giudice, ho fatto una confessione e l'ho firmata. Cosa volete di piú? Su, lo so quel che mi aspetta, e non ho paura. Ho ucciso e devo essere ucciso! Tagliatemi il collo, il piú presto possibile.

Méchinet, dapprima stordito da quelle parole, riprese:

– Aspetti, e che diamine! Mica lo si taglia cosí, il collo alla gente. All'inizio bisogna dimostrare che una persona è colpevole. E poi la giustizia contempla certe sregolatezze, certe fatalità, ecco perché sono state inventate le circostanze attenuanti.

L'unica risposta di Monistrol fu un gemito inarticolato. Méchinet continuò:

– Ce l'aveva con suo zio?

– Oh, no!

– E allora perché?

– Per l'eredità. Gli affari andavano male, chieda all'ufficio informazioni. Avevo bisogno di denaro, e mio zio, che era molto ricco, si rifiutava di darmelo.

– Capisco, sperava di sfuggire alla giustizia.

– Lo speravo.

Fino ad allora mi ero stupito di come Méchinet aveva condotto il rapido interrogatorio. Ma in quel momento cominciai a capire e a immaginare il seguito, quasi vedessi la trappola che stava per tendere all'accusato.

– Un'altra cosa, – riprese bruscamente. – Dove ha acquistato la rivoltella che ha usato per commettere il delitto?

Sul viso di Monistrol non apparve nessuna espressione di sorpresa.

– Ce l'avevo da tempo, – rispose.

– E cosa ne ha fatto, dopo il crimine?

– L'ho buttata via, sulla circonvallazione.

– Bene, – disse Méchinet con serietà. – Di sicuro, facendo qualche ricerca, la troveremo.

Dopo un attimo di silenzio, aggiunse:

– Quel che non riesco a spiegarmi è perché si è portato dietro il cane.

– Cosa? Come? Il cane...

– Sí, Pluton. La portinaia l'ha riconosciuto.

Monistrol strinse i pugni, aprí la bocca per rispondere, ma poi, attraversato da un pensiero improvviso, si ributtò sul letto dicendo, con un tono deciso, irremovibile:

– Mi ha torturato abbastanza. Non le dirò nulla di piú.

Era chiaro che insistere sarebbe stata fatica sprecata.

Rinunciammo. Fuori, sul lungosenna, dissi a Méchinet, afferrandolo per il braccio:

– L'ha sentito, quel poveraccio non sa nemmeno com'è morto suo zio. E si può dubitare ancora della sua innocenza?

Ma quanto era scettico, il poliziotto navigato!

– Chissà, – rispose. – Ne ho incontrati, di attori, nella mia vita. Ma per oggi basta. Stasera le offro un po' della mia minestra. Domani il sole sorgerà di nuovo, e vedremo.

7.

Erano quasi le dieci quando Méchinet, sempre con me al suo fianco, suonò alla porta del suo appartamento.

– Non ho mai dietro il passe-partout, – disse. – Con questo maledetto lavoro, non si sa quel che ti può capitare. È pieno di mascalzoni che ce l'hanno con il sottoscritto. E se non sono prudente per me, devo esserlo per mia moglie.

La spiegazione era inutile, avevo capito. Avevo addirittura notato che suonava in un modo particolare: doveva essere una sorta di segnale convenuto tra lui e la moglie.

La graziosa signora Méchinet venne ad aprirci.

Con un movimento rapido ed elegante, da gatta, gettò le braccia al collo del marito esclamando:

– Eccoti qui! Non so perché, ero quasi preoccupata.

Ma subito si bloccò, vedendomi. Si incupí facendo qualche passo all'indietro. Poi riprese, rivolgendosi a entrambi:

– Cosa? Siete usciti dal caffè a quest'ora? Roba da pazzi!

Méchinet aveva il sorriso indulgente di chi è sicuro di essere amato e sa di poter placare, con una sola parola, il litigio che sta per scoppiare.

– Non sgridarci, Caroline, – rispose coinvolgendo, con quel plurale, anche me. – Non siamo appena usciti dal caffè e non abbiamo perso tempo. Sono venuti a cercarmi per un caso, un assassinio commesso alle Batignolles.

La giovane donna ci guardò con sospetto, a turno: prima suo marito, poi me. Quando fu convinta che non la stessimo prendendo in giro, fece soltanto:

– Ah!

Ma ci vorrebbe una pagina intera per esporre con minuzia tutte le implicazioni di quell'esclamazione.

Rivolgendosi in quel modo a Méchinet, voleva dire: «Cosa? Ti sei affidato a questo ragazzetto, gli hai rivelato la tua situazione, l'hai iniziato ai nostri segreti!»

Ecco come interpretai quell'«ah!» cosí eloquente. Il mio vicino dovette interpretarlo allo stesso modo, poiché rispose:

– Ebbene sí. Che male c'è? Se devo aver paura delle ritorsioni dei miserabili che ho consegnato alla giustizia, che cosa ho da temere dalle persone oneste? Per caso, farei meglio a nascondermi, a vergognarmi del mio lavoro?

– Hai capito male, caro, – obiettò la giovane donna.

Ma Méchinet non l'aveva neppure sentita.

Aveva appena attaccato con uno dei suoi argomenti preferiti, uno di quelli che lo infiammavano di piú, come avrei avuto modo di scoprire in seguito.

– Diamine, mia cara mogliettina, – continuò, – hai delle idee proprio bislacche. Sono una sentinella perduta della civiltà, metto a rischio la mia tranquillità e la mia esistenza per difendere la società... e dovrei provare vergogna! Sarebbe ridicolo. Mi dirai che molte persone hanno stupidi pregiudizi, legati al passato, verso noi poliziotti. E cosa me ne importa? Sí, lo so che certi signoroni ci guardano dall'alto in basso. Ma per Dio! Vorrei vedere la loro espressione se da domani io e miei colleghi facessimo sciopero, lasciando libere le schiere di mascalzoni che teniamo a bada.

La signora Méchinet, probabilmente abituata a uscite del genere, non fiatò, e fece bene, perché il mio prode vicino, non incontrando alcuna opposizione, si calmò come per incanto.

– Ma ora basta, – disse infine, – bisogna pensare a cose piú importanti. Non abbiamo cenato, moriamo di fame. Ci puoi dare qualcosa da mettere sotto i denti?

Ciò che era successo quella sera doveva essere accaduto molte altre volte, perché la moglie di Méchinet non si fece prendere alla sprovvista.

– Tra poco i signori saranno serviti, – rispose con un sorriso amabilissimo.

Effettivamente, un attimo dopo, eravamo seduti a tavola, davanti a un bel pezzo di manzo freddo, con la signora Méchinet che continuava a riempirci i bicchieri con un eccellente vinello di Mâcon.

Mentre il mio vicino, in tutta coscienza, si dava da fare con la forchetta, cominciai a pensare a quella casa cosí calma, a quella moglie cosí premurosa, chiedendomi se Méchinet fosse davvero uno di quegli agenti tanto «efferati», protagonisti di troppe storie assurde.

Placata rapidamente la fame, si mise a raccontare la nostra spedizione.

Non restava sul vago, esponeva anche i piú piccoli dettagli. Lei gli si era seduta di fianco, e da come ascoltava, con aria consapevole, chiedendo spiegazioni se non le era chiaro qualcosa, si poteva immaginare che fosse una sorta di Egeria borghese, abituata a essere interpellata e ad aver voce in capitolo.

Appena Méchinet ebbe finito, lei gli disse:

– Hai commesso un grosso errore, un errore irreparabile.

– Quale?

– Non bisognava andare in questura, al ritorno dalle Batignolles.

– Eppure, Monistrol...

– Sí, volevi interrogarlo. Ma che beneficio ne hai avuto?

– Mi è servito, mia cara...

– A niente. Dovevi filare in Rue Vivienne, dalla moglie. L'avresti sorpresa in preda all'emozione per l'arresto del marito. Se è sua complice, come si può supporre, con un po' di astuzia le avresti strappato la confessione.

A quelle parole, sobbalzai sulla sedia.

– Cosa, signora? Crede che Monistrol sia colpevole?

Dopo un attimo di esitazione, rispose:

– Sí.

Poi continuò con prontezza:

– Ma sono sicura, mi ascolti, assolutamente sicura, che l'idea dell'omicidio sia venuta alla donna. Su venti delitti commessi dagli uomini, quindici sono concepiti, elaborati e ispirati dalle mogli... Chieda a Méchinet. La deposizione della portinaia avrebbe dovuto chiarirvi le idee. Chi è la signora Monistrol? Una persona estremamente bella, vi ha detto, civettuola, ambiziosa, divorata dall'avidità, che tratta il marito come le pare. In che situazione si trovava? Una situazione meschina, angusta, precaria. Ne soffriva, e lo dimostra il fatto che abbia chiesto a Pigoreau un prestito di centomila franchi. Lui glielo ha rifiutato, distruggendo le sue speranze. E credete che non si sia infuriata mortalmente? Andiamo, deve aver pensato spesso: «Se questo vecchio avaro morisse ora, io e mio marito saremmo ricchi». Ma vedendolo sano e forte come una quercia, non poteva che dirsi: «Quello campa cent'anni. Quando ci lascerà i soldi in eredità, avremo il pane ma non i denti. E chissà, magari ci sotterrerà tutti!» Da qui a concepire un omicidio la strada è breve. Presa la decisione, avrà preparato a lungo il marito, l'avrà fatto abituare all'idea dell'assassinio, gli avrà messo, come si suol dire, il coltello in mano. E un giorno lui, terrorizzato dal fallimento, stordito dai lamenti della moglie, ha portato a segno il colpo.

– La logica regge, – annuí Méchinet.

Reggeva, eccome. Ma tutti gli elementi che avevamo scoperto?

– Dunque, signora, – dissi. – Supponga che Monistrol sia stato cosí sciocco da denunciarsi scrivendo il proprio nome...

Lei rispose facendo spallucce:

– Chi l'ha detto che è una sciocchezza? Penso di no. Anche perché l'argomento piú forte a favore della sua innocenza è quello che ha avanzato lei, Godeuil.

Il ragionamento era talmente sottile che per un momento rimasi interdetto. Poi, riprendendomi, insistetti:

– Ma ha confessato, signora.

– Una trovata eccellente per spingere la giustizia a dimostrare la sua innocenza.

– Oh!

– Lei ne è la prova, mio caro.

– Eh, signora, ma il poveretto non sa nemmeno come suo zio sia stato ucciso.

– Scusi, ha mostrato di non saperlo, che non è proprio la stessa cosa.

La discussione si stava animando e sarebbe durata ancora a lungo, se Méchinet non vi avesse posto fine dicendo:

– Su, su, stasera le tue idee sono un po' troppo da romanzo.

E continuò rivolgendosi a me:

– Passerò a prenderla domani e andremo insieme dalla signora Monistrol. E adesso, visto che muoio dal sonno, buonanotte.

Probabilmente il mio vicino dormí, ma io non riuscii a chiudere occhio.

Una voce segreta sorgeva dalla mia anima e si faceva sempre piú forte, arrivando a urlare che Monistrol era innocente.

La mia immaginazione mi mostrava, con un'intensità dolorosa, le sofferenze di quel poveraccio, solo nella sua cella del Carcere provvisorio.

Ma perché aveva confessato?

8.

Era l'esperienza che allora mi mancava, la pratica del mestiere, come spesso ho avuto modo di rendermi conto in seguito; era soprattutto l'esatta percezione dei mezzi di azione e di investigazione della polizia.

Sentivo confusamente che l'inchiesta era stata condotta male, o forse con leggerezza; ma sarei stato in difficoltà se avessi dovuto dire perché o che cosa bisognava fare.

E Monistrol non mi incuriosiva meno del caso.

Mi sembrava che la sua causa fosse la mia. Naturale, visto che in gioco c'era la mia vanità giovanile. Non era stata una mia osservazione a sollevare i primi dubbi sulla sua colpevolezza?

«Ho il dovere, – pensavo, – di dimostrare la sua innocenza».

Sfortunatamente le discussioni della sera prima mi avevano confuso a tal punto che non sapevo piú su cosa erigere il mio sistema.

Come capita spesso quando si rimugina troppo sulla soluzione di un problema, avevo le idee sempre piú ingarbugliate, quasi fossero un gomitolo tra le mani di un bambino. Non c'era nulla di chiaro, solo un gran caos.

Sprofondato in poltrona, mi spremevo le meningi, quando, verso le nove del mattino, Méchinet venne a prendermi, mantenendo la promessa del giorno prima.

– Su, su! – disse dandomi uno scossone, poiché non l'avevo sentito entrare. – In marcia!

– Sono tutto suo, – risposi alzandomi.

Scendemmo velocemente, e notai che il mio vicino era vestito con una cura maggiore del solito.

Era riuscito a darsi quell'aspetto da uomo bonario e facoltoso in grado di sedurre qualsiasi negoziante di Parigi.

Aveva la spensieratezza della persona sicura di sé, che avanza verso una vittoria annunciata.

Presto arrivammo in strada. Camminando, mi chiese:

– Ebbene, cosa ne pensa di mia moglie? In questura passo per un volpone, ma io la consulto sempre e comunque. Molière, per esempio, chiedeva consiglio alla propria domestica. Mi trovo bene a parlare con lei, anche se ha un punto debole: è convinta che i delitti stupidi non esistano; la sua immaginazione è pronta ad attribuire a qualsiasi miserabile le intenzioni piú diaboliche. Ma siccome io ho il difetto opposto, sono un po' troppo positivo, accade di rado che dai nostri colloqui non venga fuori la verità.

– Cosa? – esclamai. – Crede di aver risolto il caso?

Si fermò di botto, tirò fuori la tabacchiera, annusò tre o quattro prese immaginarie e rispose, con un tono tra il vanitoso e il discreto:

– Quantomeno ho trovato una via.

Nel frattempo eravamo arrivati in cima a Rue Vivienne, non lontani dal negozio di Monistrol.

– Stia attento, – mi disse Méchinet. – Mi segua e non si stupisca di niente. Di niente, inteso?

Fece bene ad avvisarmi. Sennò sarei stato particolarmente sorpreso nel vederlo entrare all'improvviso in un negozio di ombrelli.

Serio e composto come un inglese, si fece mostrare tutti gli articoli, ma non trovò nulla che gli andasse a genio. Alla fine domandò se fosse possibile realizzare un ombrello a partire da un modello che avrebbe fornito lui.

Gli risposero che sarebbe stata la cosa piú semplice del mondo, e uscí annunciando che sarebbe tornato l'indomani.

Ma quella mezz'ora non era stata perduta.

Esaminando gli oggetti che gli venivano proposti, Méchinet si era misurato nell'arte di carpire ai negozianti tutto quello che sapevano sui Monistrol.

Arte facile, perché l'affare del vecchietto delle Batignolles e l'arresto avevano sconvolto il quartiere, ed erano gli argomenti principali di ogni conversazione.

– Ecco, – mi disse Méchinet una volta fuori, – come si ottengono informazioni esatte. Se le persone sanno con chi hanno a che fare, si danno un tono, parlano in maniera ampollosa, e addio verità.

Méchinet ripeté la stessa scenetta per sette o otto volte nei negozi dei dintorni.

In una bottega, i cui padroni erano burberi e silenziosi, fece addirittura un acquisto da venti franchi.

Dopo aver speso due ore in quella strana occupazione, che mi divertiva molto, capimmo qual era esattamente l'opinione generale. Sapevamo per filo e per segno cosa pensava la gente del quartiere dei Monistrol, che vivevano lí da quattro anni.

Dell'uomo si diceva che fosse il migliore al mondo: dolce, disponibile, onesto e intelligente. Un gran lavoratore. Se non aveva avuto successo negli affari, era perché non sempre la sorte aiuta chi lo merita davvero. Aveva avuto la sfortuna di rilevare un negozio votato al fallimento, perché per oltre quindici anni i vari commercianti lo avevano mandato a picco.

Adorava sua moglie, lo sapevano tutti e tutti lo dicevano. Ma quel grande amore non aveva mai superato i limiti della decenza: Monistrol non si era mai reso ridicolo.

Nessuno poteva credere che fosse colpevole.

– La polizia deve aver commesso un errore, – dicevano.

Quanto alla signora Monistrol, le opinioni erano divise.

Alcuni la trovavano troppo elegante per la sua condizione; altri sostenevano che, siccome gestiva un'attività di lusso, era obbligata a vestirsi alla moda.

In generale, la gente era convinta che amasse molto suo marito.

Non c'era nessuno, per esempio, che non celebrasse il suo buon senso, tanto piú che era una donna molto bella e corteggiata. Non faceva parlare di sé, e nessun sospetto aveva mai neppure sfiorato la sua reputazione immacolata.

Cosa che, lo vedevo, disorientava notevolmente Méchinet.

– Straordinario, – diceva. – Nessun pettegolezzo, nessuna diceria, nessuna calunnia. Una situazione ben diversa da quella che aveva prospettato Caroline. Secondo lei, avremmo dovuto trovare una di quelle negozianti che se ne stanno al bancone, mostrando piú che altro le proprie, di mercanzie, e che relegano nel retro il marito, uno stupido con le fette di prosciutto sugli occhi o uno sporcaccione compiacente. E invece!

Non risposi, dato che ero sconcertato quanto lui.

Avevamo raccolto deposizioni lontane dalle parole della portinaia di Rue Lécluse. Vero, il punto di vista cambiava a seconda del quartiere: quello che alle Batignolles sembrava un atteggiamento civettuolo e riprovevole, in Rue Vivienne appariva come un'esigenza dettata dalle circostanze.

– E adesso, prima di introdurci nel negozio, – disse Méchinet, – studiamo i dintorni.

Era abituato a quelle indagini discrete nel caos di Parigi, e mi fece segno di seguirlo sotto un portone, proprio di fronte alla bigiotteria di Monistrol.

Era un locale modesto, quasi povero, se paragonato a quelli che lo circondavano. La facciata avrebbe avuto bisogno di una riverniciata. Nella parte superiore, le lettere del nome, un tempo dorate, erano ormai annerite e sporche di fumo. Sui vetri si leggeva la scritta: ORO E IMITAZIONI.

Ed erano proprio le imitazioni a luccicare in vetrina: alle aste di metallo erano appese catenelle placcate, parure di giaietto, diademi tempestati di pietruzze del Reno, collane che ricordavano il corallo, gemelli, spille e anelli valorizzati con gemme di tutti i colori, ma non originali.

Una vetrina davvero povera, me ne accorsi al primo sguardo: non doveva rappresentare una grande tentazione per gli scassinatori.

– Entriamo! – feci.

Ma Méchinet, che era meno impaziente di me o forse si dominava meglio, mi afferrò per il braccio dicendomi:

– Un attimo. Vorrei almeno vedere la signora Monistrol.

Restammo appostati là per piú di venti minuti, ma invano: il negozio sembrava vuoto, la donna non compariva.

– No, decisamente, non possiamo continuare a stare qui impalati, – esclamò alla fine il mio vicino. – Via, Godeuil, corriamo questo rischio.

9.

Per entrare nel negozio di Monistrol bastava attraversare la strada.

Cosa che facemmo in un batter d'occhio.

Al rumore della porta che si apriva, uscí dal retrobottega una piccola domestica, sporca e spettinata, tra i quindici e i sedici anni.

– Cosa posso fare per voi? – chiese.

– Signora Monistrol?

– È di là. Vado ad avvisarla, perché vedete…

Méchinet non le lasciò il tempo di finire.

La spostò con un gesto brutale ed entrò nel retro dicendo:

– Bene, dato che è qui, le parlo.

Io, convinto che non saremmo usciti da lí senza aver risolto l'enigma, stavo alle calcagna del mio bravo vicino.

Quanto era triste, quella stanza, che faceva allo stesso tempo da salotto, sala da pranzo e camera da letto.

Regnava ovunque il disordine, un'accozzaglia di oggetti da poveri che si sforzavano di sembrare ricchi.

In fondo c'era un letto con le cortine di damasco blu e i cuscini ricamati di pizzo; davanti al camino, una tavola piena di avanzi di un pranzo piú che frugale.

Una donna giovane e bionda, biondissima, se ne stava seduta, anzi, accasciata, su una grande poltrona, con in mano un foglio di carta bollata.

Era la signora Monistrol.

Tutti i vicini, parlandoci della sua bellezza, si erano tenuti al di sotto della realtà... Ero abbagliato.

Mi spiacque solo una cosa: osservava il lutto stretto e portava un vestito scuro, appena scollato, che però le stava a meraviglia.

Aveva troppa presenza di spirito per provare un dolore cosí forte. Mi parve di riconoscere lo stratagemma dell'attrice che indossa in anticipo il costume del personaggio da interpretare.

Quando entrammo, si tirò su con un movimento da cerbiatta impaurita, e chiese, con una voce rotta dai singhiozzi:

– Cosa volete, signori?

Méchinet aveva notato tutto quello che avevo notato io.

– Signora, – rispose con durezza, – sono stato inviato dalla giustizia, sono un agente investigativo.

A quelle parole, lei si lasciò ricadere sulla poltrona con un gemito che avrebbe intenerito una tigre.

Poi, all'improvviso, colta da una specie di esaltazione, urlò, con gli occhi lucidi e il labbro tremante:

– Allora è venuto ad arrestarmi! Che il cielo la benedica. Ecco, sono pronta, mi porti via. Cosí raggiungerò l'uomo onesto che avete catturato ieri sera. Qualunque sia la sua sorte, voglio condividerla con lui, non m'importa! Se deve essere vittima di un errore della giustizia umana, per me sarà una gioia morire insieme a lui!

Fu interrotta da un ringhio che giungeva da un angolo.

Guardai e vidi un cane nero, con il pelo ritto e gli occhi iniettati di sangue: mostrava i denti ed era pronto a saltarci addosso.

– Zitto, Pluton! – fece la donna. – Su, vai a dormire, i signori non vogliono farmi del male.

Lentamente, e senza smettere di fissarci con rabbia, il cane si rifugiò sotto il letto.

– Ha ragione, signora, non vogliamo farle del male, – riprese Méchinet. – Non siamo venuti ad arrestarla.

Ma lei non sembrò avere udito.

– Già stamattina ho ricevuto questo foglio, che mi intima di presentarmi oggi pomeriggio, alle tre, al palazzo di giustizia, nell'ufficio del giudice istruttore. Cosa vogliono da me, mio Dio? Cosa?

– Chiarimenti che dimostreranno, lo spero, l'innocenza di suo marito. Non mi consideri come un nemico. Voglio solo che la verità venga a galla.

Méchinet tirò fuori la tabacchiera, ci infilò precipitosamente le dita e continuò con un tono solenne, che non gli avevo mai sentito usare:

– Perciò capisce, signora, quanto siano importanti le sue risposte alle domande che avrò l'onore di porle. Ha voglia di parlarmi in tutta franchezza?

Lei chiuse a lungo gli occhi, quei grandi occhi blu colmi di lacrime, e disse con un tono di dolorosa rassegnazione:

– Mi interroghi pure.

Lo ripeto per la terza volta, ero assolutamente senza esperienza, ma stavo male per il modo in cui Méchinet aveva iniziato l'interrogatorio.

Mi pareva che facesse trasparire le proprie perplessità e che, al posto di puntare verso un bersaglio fissato in anticipo, sparasse colpi a casaccio.

Ah, se mi avesse lasciato fare! Ah, se avessi osato!

Lui, intanto, si era seduto di fronte alla signora Monistrol.

– Deve sapere, – riprese, – che due sere fa, verso le undici, è stato assassinato il signor Pigoreau, detto Anténor, lo zio di suo marito.

– Ah!

– Dove si trovava a quell'ora il signor Monistrol?

– Mio Dio, che fatalità!

Méchinet non batté ciglio e insisté:

– Le ho chiesto, signora, dove si trovava suo marito due sere fa.

La donna ebbe bisogno di tempo per rispondere: sembrava che stesse soffocando per i singhiozzi. Poi, dominandosi, disse con voce sommessa:

– L'altro ieri mio marito ha passato la serata fuori casa.

– E sa dov'era?

– Oh, sí, se è per questo. Uno dei nostri operai, che vive a Montrouge, tardava a consegnarci una parure di perle finte. Rischiavamo che l'ordine non venisse evaso, e sarebbe stato un disastro per noi, che non siamo ricchi. Ecco perché, durante la cena, mio marito mi ha detto: «Vado da quel tizio!» Effettivamente è uscito verso le nove. Io stessa l'ho accompagnato fino all'omnibus: è salito in Rue Richelieu, sotto i miei occhi.

Ricominciai a respirare. Poteva essere un alibi, in fondo.

Méchinet pensò la stessa cosa e riprese, piú piano:

– Se è cosí, l'operaio potrà confermare di avere visto Monistrol da lui alle undici.

– Ohimè, no!

– E perché?

– Perché era già uscito. Mio marito non l'ha incontrato.

– Proprio una fatalità. Ma è possibile che la portinaia abbia intravisto il signor Monistrol…

– Dal nostro operaio, non c'è la portinaia.

Poteva essere la verità. E, di sicuro, un terribile indizio a carico del povero imputato.

– E a che ora è tornato suo marito? – continuò Méchinet.

– Un po' dopo la mezzanotte.

– Non le è parso che si fosse assentato per troppo tempo?

– Oh, certo! E l'ho anche rimproverato. Lui si è scusato e

mi ha risposto che aveva fatto la strada piú lunga bighellonando, e che si era fermato in un caffè a bersi una birra.

– Che aspetto aveva, quando è rientrato?

– Normale. Forse un po' contrariato.

– E cosa indossava?

– Gli stessi abiti che portava quando l'hanno arrestato.

– E non ha notato niente di strano?

– Niente.

10.

Dalla posizione in cui mi trovavo, in piedi, appena dietro Méchinet, potevo osservare il viso della signora Monistrol quanto volevo, e cogliere le manifestazioni piú fugaci delle sue emozioni.

Sembrava sopraffatta da un dolore immenso: grosse lacrime le scendevano lungo le guance pallide. Ma io avevo l'impressione, a volte, di scorgere un lampo di gioia nel fondo dei suoi occhi.

«Che sia lei la colpevole?», pensai.

Siccome l'idea, che avevo già avuto, mi assillava sempre di piú, mi feci avanti all'improvviso e chiesi, con un tono brusco:

– E lei, signora, dove si trovava quella sera fatale, mentre suo marito si precipitava invano verso Montrouge a cercare l'operaio?

La donna mi fissò con uno sguardo pieno di stupore, e rispose piano:

– Ero qui. Glielo confermeranno i testimoni.

– I testimoni!

– Sí, signore. Faceva cosí caldo che mi è venuta voglia di prendermi un gelato. Ma non da sola. Cosí ho mandato la mia cameriera dalla signora Dorstrich, la moglie del calzolaio qui accanto, e dalla signora Rivaille, la guantaia che sta di fronte. Entrambe hanno accettato il mio invito, e sono rimaste da me fino alle undici e mezza. Interrogatele, ve lo diranno. Tra tutte queste prove crudeli, un caso fortuito è una benedizione del cielo.

Ma era davvero un caso fortuito?

Ecco cosa ci chiedemmo io e Méchinet, scambiandoci un'occhiata piú veloce di un lampo.

Quando la sorte si dimostra cosí intelligente, quando si mette al servizio di una causa con una tale accuratezza, è difficile non dubitare che ogni cosa sia preparata e studiata.

Ma non era ancora giunto il momento per dire tutto quello che pensavamo.

– Nessuno ha sospetti su di lei, signora, – dichiarò spudoratamente Méchinet. – Alla peggio, si può pensare che suo marito le abbia rivelato qualcosa prima di commettere il delitto.

– Se solo ci conoscesse...

– Ci hanno detto che gli affari non vanno tanto bene, che siete in ristrettezze.

– Al momento, sí.

– Suo marito doveva essere scontento e preoccupato, per questa situazione precaria. Magari soffriva per lei, visto che la adora, per lei che è giovane e bella. Per lei, piú che per sé, forse desiderava ardentemente i piaceri del lusso e le soddisfazioni dell'amor proprio.

– Glielo ripeto, mio marito è innocente.

Méchinet, con aria riflessiva, fece per riempirsi il naso di tabacco, ma poi disse all'improvviso:

– E che diamine! Come spiega la sua confessione? Un innocente che si dichiara colpevole solo perché si è sentito accusare, è una cosa rara, signora. Anzi, un miracolo!

Un rossore fugace colorò le guance della giovane donna.

Il suo sguardo, fino ad allora fermo e chiaro, si offuscò e vacillò per la prima volta.

– Credo, – rispose con voce confusa, raddoppiando le lacrime, – penso che mio marito, stupito e spaventato per un'accusa simile, abbia perso la testa.

Méchinet scrollò il capo dicendo:

– Al massimo, si potrebbe supporre un delirio passeggero. Ma stamattina, dopo una lunga notte di riflessioni, ha confermato la confessione iniziale.

Era vero? Il mio vicino se lo stava inventando di sana pianta, oppure, prima di passarmi a prendere, era andato a informarsi al Carcere provvisorio?

La giovane donna sembrava sul punto di svenire. E mormorò, nascondendo il viso tra le mani:

– Oh, Dio, è impazzito!

Non era quella la mia opinione, anzi.

Ormai ero convinto di assistere a una messinscena, e che tanta disperazione fosse solo una menzogna. Mi chiedevo anche se, per certe ragioni che non riuscivo a cogliere, la signora Monistrol non avesse spinto il marito a prendere quella decisione terribile, e se non fosse a conoscenza del vero colpevole.

Ma non sembrava che Méchinet arrivasse a immaginare tanto.

Dopo aver consolato la donna con qualche frase di rito, le fece capire che si sarebbe evitata molti grattacapi se non si fosse opposta alla perquisizione minuziosa dell'appartamento.

Lei accolse la richiesta con una sollecitudine sincera.

– Cercate, esaminate, frugate ovunque. Mi farete un piacere, e non sarà una cosa lunga. Non possediamo che il negozio, il retrobottega, la stanza della ragazza al sesto piano, e una piccola cantina. Ecco le chiavi.

Ero davvero stupito. Ma Méchinet si lanciò in una serie di indagini tanto precise quanto pazienti.

Cosa voleva dimostrare? Non poteva avere uno scopo segreto, perché quelle ricerche non avrebbero portato a nulla, era palese.

Quando ebbe finito, o cosí pareva, disse:

– Resta la cantina.

– Vi accompagno, – replicò la signora Monistrol.

E subito, armandosi di una candela accesa, ci fece attraversare il cortile su cui dava il retrobottega. Ci guidò giú per una scala molto ripida, fino a una porta che aprí dicendo:

– Ecco, entrate pure.

Cominciai a capire.

Il mio vicino diede un'occhiata veloce ed esperta. La cantina era tenuta male, era completamente sguarnita. In un angolo c'era un barilotto di birra; di fronte, fissata ai ceppi, una botte di vino, con una cannella di legno per spillarlo. A destra, sopra alcuni listelli di ferro, erano sistemate una cinquantina di bottiglie piene.

Méchinet trovò il modo di spostarle a una a una.

Notammo la stessa cosa: nemmeno una bottiglia era chiusa con la cera verde.

Quindi, il tappo che avevo raccolto, e che era servito per proteggere la punta dell'arma del delitto, non veniva dalla cantina di Monistrol.

– Niente, – disse Méchinet mostrando un certo disappunto, – niente di niente. Possiamo risalire.

E lo facemmo, ma in ordine diverso rispetto a quando eravamo scesi, perché ero io il primo della fila.

E fui sempre io ad aprire la porta del retro: immediatamente, il cane si precipitò verso di me, abbaiando con una rabbia tale che dovetti tirarmi indietro.

– Diamine, se è cattivo! – disse Méchinet alla giovane donna.

Ma lei lo aveva già cacciato con un gesto della mano.

– No che non è cattivo, – replicò, – fa solo la guardia. Abbiamo un negozio di bigiotteria, siamo piú esposti ai ladri. L'abbiamo addestrato.

Come si fa sempre quando si è minacciati da un cane di cui si conosce il nome, lo chiamai:

– Pluton! Pluton!

Ma lui, al posto di avvicinarsi, indietreggiava ringhiando e mostrando i denti aguzzi.

– Oh, è inutile, – replicò la signora Monistrol sbadatamente, – non le obbedirà.

– E perché?

– Perché è fedele, come tutti quelli della sua razza, e riconosce solo me e il suo padrone.

Apparentemente quella frase non aveva importanza.

Ma per me fu illuminante. Senza riflettere, piú pronto a reagire di quanto non lo sarei oggi, le chiesi:

– E dove si trovava questo cane cosí fedele la sera del delitto?

La domanda a bruciapelo ebbe un effetto tale che a momenti la signora Monistrol non fece cadere la candela.

– Non lo so, – balbettò, – non me lo ricordo.

– Forse era con suo marito.

– Sí, effettivamente, adesso mi sembra che…

– Quindi è addestrato anche a seguire i mezzi pubblici. Perché ci ha detto di aver accompagnato il signor Monistrol fino alla fermata dell'omnibus.

La donna taceva. Stavo per continuare quando Méchinet mi interruppe. Al posto di approfittare del momento di confusione, si mise quasi a consolarla e, dopo averle raccomandato di comparire dal giudice istruttore, mi trascinò via.

Fuori, mi disse:

– Ma è impazzito?

Il rimprovero mi ferí.

– Per risolvere un problema bisogna essere impazziti? E io l'ho risolto. Sarà il cane di Monistrol a portarci alla verità.

Il mio entusiasmo strappò un sorriso al mio vicino, che disse con tono paterno:

– Ha ragione, ho capito. È solo che la signora Monistrol ha intuito i suoi sospetti. E il cane, prima di questa sera, sarà morto o sparito.

11.

Avevo commesso un'imprudenza enorme, lo ammetto.

Ma avevo anche trovato l'anello debole, la soluzione con cui far saltare anche il piú solido sistema di difesa.

Io, coscritto volontario, ci avevo visto chiaro laddove la vecchia volpe della polizia avanzava alla cieca.

Un altro, forse, sarebbe stato invidioso e se la sarebbe presa. Lui no.

Pensava solo a trarre vantaggio dalla mia scoperta: diceva che non doveva essere troppo difficile, perché ormai i sospetti avevano un punto d'appoggio forte.

Entrammo in un ristorante lí vicino, per confrontarci e pranzare.

Ecco a che punto era il caso che, fino a un'ora prima, sembrava senza soluzione.

Che Monistrol fosse innocente, era palese. Ma perché aveva confessato? Forse lo intuivamo, ma non era quello il cuore del problema.

Eravamo anche sicuri che la signora Monistrol non si fosse mossa da casa la sera del delitto. Tutto, però, faceva pensare che fosse moralmente complice del crimine, che ne fosse al corrente, che addirittura avesse potuto ispirarlo o pianificarlo, e che conoscesse molto bene l'assassino.

Ma chi era il colpevole, allora?

Un uomo a cui il cane obbediva come ai padroni, dato che se l'era portato dietro fino alle Batignolles.

Un amico intimo dei Monistrol, insomma.

Doveva odiare il marito, però. Infatti, aveva organizzato tutto con un'astuzia diabolica, affinché i sospetti ricadessero sullo sfortunato.

Ma doveva anche essere particolarmente caro alla donna, che non esitava a sacrificare il proprio coniuge per lui.

Quindi...

Oh, mio Dio! La conclusione era chiara. L'assassino non poteva essere che un miserabile ipocrita: si era approfittato dell'affetto e della fiducia del marito per conquistare la moglie.

Pienamente convinto, mi arrovellai il cervello immaginando qualche trucco infallibile che ci conducesse al criminale.

– Ecco come agire, – dissi a Méchinet. – Probabilmente la signora Monistrol e l'assassino hanno deciso di non vedersi per un po' dopo l'omicidio. Una precauzione elementare. Ma presto lei diventerà impaziente e vorrà incontrarlo. Mettetele una spia alle calcagna e, nel giro di qualche giorno, il caso sarà risolto.

Accanendosi sulla tabacchiera vuota, Méchinet non rispose subito, ma borbottò qualcosa di incomprensibile.

Poi, all'improvviso, disse, allungandosi verso di me:

– Non ci siamo. Lei ha del talento, questo è sicuro. Però le manca il mestiere. Per fortuna ci sono io. Una frase la mette sulla strada giusta, e lei decide di cambiare direzione?

– Scusi?

– Il cane fedele. Bisogna sfruttarlo.

– Non ho capito.

– Allora abbia pazienza. La signora Monistrol uscirà verso le due, per essere alle tre al palazzo di giustizia. La domestica rimarrà da sola in negozio e... Ma lo vedrà con i suoi stessi occhi, non aggiungo altro.

Effettivamente, per quanto insistessi, lui non diceva nulla di piú, vendicandosi, con quello scherzo innocente, della propria sconfitta. Poi, volente o nolente, dovetti seguirlo nel caffè piú vicino, dove mi obbligò a giocare a domino.

Preoccupato com'ero, giocavo male, e lo spudorato ne approfittò per battermi. Quando suonarono le due, mi disse, lasciando lí le tessere:

– In piedi, sentinella!

Pagò, uscimmo e, un attimo dopo, ci trovavamo sotto il portone di prima.

Non eravamo lí nemmeno da dieci minuti quando la signora Monistrol apparve sulla soglia: era vestita di nero e portava un velo da lutto, come una vedova.

– Che bell'abito da istruttoria! – borbottò Méchinet.

Diede le ultime indicazioni alla domestica e se ne andò.

Il mio vicino attese, con grande pazienza, per cinque minuti. Quando pensò che la donna fosse abbastanza lontana, disse:

– Ora.

Ed entrammo per la seconda volta nel negozio.

La domestica era da sola, seduta al bancone: per passare il tempo rosicchiava qualche zolletta di zucchero rubata alla padrona.

Ci riconobbe subito e si alzò, rossa in viso e un po' spaventata.

Méchinet le chiese, senza darle il tempo di fiatare:

– Dov'è la signora Monistrol?

– Uscita.

– Non mi prenda in giro: è là, nel retro.

– Lo giuro, signori, non... Ma guardate pure.

Méchinet si batté la fronte con un'aria molto contrariata, ripetendo:

– Che cosa orribile, mio Dio. E come sarà scontenta, la povera signora Monistrol!

La ragazza lo guardava a bocca aperta, con le pupille dilatate per lo stupore. E lui continuò:

– Ma forse lei può fare le veci della sua padrona. Sono tornato indietro perché ho perso l'indirizzo di quel signore da cui mi aveva pregato di recarmi.

– Quale signore?

– Lo sa, su. Non mi ricordo il cognome. Il signor... Che diamine! Lo conosce... Il signore a cui quel diavolo di un cane obbedisce sempre.

– Ah! Il signor Victor...

– Ecco, lui. Cos'è che fa?

– Operaio orafo. È un grande amico del signor Monistrol: lavoravano insieme quando il padrone era ancora un operaio. Ecco perché può permettersi di fare qualsiasi cosa a Pluton.

– Allora mi saprà dire dove abita.

– Certo, in Rue du Roi-Doré, al 23.

Sembrava talmente felice, la poveretta, di conoscere tutte quelle cose. Provai pena nel sentirla denunciare cosí la sua padrona, senza nemmeno sospettarlo.

Méchinet, invece, era piú duro, mancava di tatto.

Addirittura, dopo aver ricevuto le informazioni, concluse la scenetta con una trovata infelice.

Nello stesso momento in cui aprivo la porta per uscire, disse alla ragazza:

– Grazie, grazie! Ha appena fatto un grosso favore alla signora Monistrol, ne sarà felice.

12.

Camminando sul marciapiede, non pensavo che a una cosa: elaborare una strategia comune e andare al piú presto in Rue du Roi-Doré, per arrestare Victor, che evidentemente era il vero colpevole.

Ma l'uscita di Méchinet fu come una doccia fredda per il mio entusiasmo:

– E la legge? Non possiamo far nulla senza un mandato del giudice istruttore. Dobbiamo andare al palazzo di giustizia.

– Ma incontreremo la signora Monistrol. Se ci vedrà, farà avvisare il suo complice.

– E sia, – disse Méchinet con malcelata amarezza. – Il colpevole scapperà, però, almeno, salveremo le apparenze. O magari troverò un modo per aggirare il pericolo. Ma intanto andiamo, su, piú veloce.

La speranza del successo gli metteva le ali ai piedi. Al palazzo di giustizia, salí a due a due i gradini ripidi che portavano alla sezione dei giudici istruttori. Poi, rivolgendosi al capo degli uscieri, gli chiese se il magistrato che si occupava del caso del vecchietto delle Batignolles fosse in ufficio.

– C'è, – rispose l'usciere, – con un testimone, una signora vestita di nero.

– Proprio lei! – disse Méchinet rivolgendosi a me.

Poi, di nuovo all'usciere:

– Lei sa chi sono. Presto, mi dia il necessario per scrivergli un messaggio, e glielo porti.

L'usciere se ne andò con il biglietto, trascinando i piedi sulle piastrelle polverose. Non ci mise molto a tornare da noi, annunciando che il giudice istruttore ci aspettava al numero 9.

Per ricevere Méchinet, il magistrato aveva lasciato la signora Monistrol nel proprio ufficio, sotto gli occhi attenti del cancelliere, e aveva chiesto lo studio a uno dei suoi colleghi.

– Che succede? – chiese con un tono che mi permise di misurare l'abisso esistente tra un giudice istruttore e un povero agente investigativo.

Méchinet gli espose in modo succinto e chiaro quanto avevamo scoperto, e quali fossero le nostre speranze.

Il magistrato, bisogna dirlo, non sembrava convinto come noi.

– Ma se Monistrol ha confessato! – ripeteva con un'ostinazione esasperante.

Dopo parecchie spiegazioni, disse:

– Firmerò comunque un mandato.

Ottenuto l'indispensabile pezzo di carta, Méchinet schizzò via cosí velocemente che, per seguirlo, a momenti non caddi dalle scale. Manco un cavallo sarebbe riuscito a stargli dietro. Forse non impiegammo neanche un quarto d'ora per arrivare in Rue du Roi-Doré.

Una volta là, Méchinet mi disse:

– Stia attento!

E s'infilò, con aria molto tranquilla, nella stretta entrata dell'edificio al numero 23.

– Il signor Victor? – chiese al portinaio.

– Al quarto piano. La porta a destra nel corridoio.

– È in casa?

– Sí.

Méchinet fece un passo verso la scala, ma poi, come se avesse cambiato idea, disse all'uomo:

– Vorrei regalargli una bella bottiglia. Sa dove compra il vino di solito?

– Nel negozio di fronte.

Ci arrivammo in un soffio, e Méchinet chiese, con il tono del cliente abituale:

– Una bottiglia di vino buono, per favore. Di quelle con il tappo verde.

Ah, diamine! A quel tempo un'idea del genere, per quanto semplice, non mi sarebbe mai venuta.

Quando il negoziante ci portò la bottiglia, il mio vicino tirò fuori il tappo trovato a casa di Pigoreau, constatando che la cera era identica.

Alla convinzione, ormai, si aggiungeva la certezza materiale. E Méchinet bussò alla porta di Victor con mano sicura.

– Prego, – disse una bella voce.

La chiave era attaccata alla porta. Entrammo, e vidi, in quella camera cosí pulita, un uomo sulla trentina, gracile, pallido e biondo, seduto a un bancone da lavoro.

La nostra presenza non parve turbarlo.

– Desiderano? – chiese educatamente.

Méchinet avanzò verso di lui e, afferrandogli il braccio, disse:

– In nome della legge, sei in arresto.

L'uomo sbiancò ancora di piú, ma non abbassò lo sguardo.

– Mi prende in giro? – disse con insolenza. – Cos'avrei combinato?

Méchinet alzò le spalle.

– Non fare il bambino, – rispose, – è finita. Ti hanno visto uscire dalla casa del vecchio Anténor. E in tasca ho il tuo tappo, quello che hai usato per evitare che il pugnale si smussasse.

Per il miserabile fu come ricevere un pugno in testa. Si accasciò sulla sedia e balbettò:

– Sono innocente.

– Lo dirai al giudice, – replicò semplicemente Méchinet, – ma temo che non ti crederà. La tua complice, la signora Monistrol, ha confessato ogni cosa.

Victor si tirò su, come animato da una molla.

– Impossibile! – gridò. – Non ne sapeva niente.

– Allora l'hai ucciso da solo? Bene, benissimo, è comunque una confessione.

Poi continuò, rivolgendosi a me con l'aria di uno che sa il fatto suo:

– Cerchi nei cassetti, Godeuil. Ci troverà, forse, il pugnale del ragazzo. Di sicuro, le lettere d'amore e il ritratto della sua dulcinea.

Nell'occhio dell'assassino, che digrignava i denti, apparve un lampo di furore, ma Méchinet, con la sua presenza e il suo pugno di ferro, soffocò qualsiasi tentativo di resistenza.

Io trovai tutto quello che era stato previsto in un cassetto del comodino.

Venti minuti dopo, Victor, «caricato per bene» su una carrozza, si dirigeva verso la questura, tra il sottoscritto e Méchinet.

«Quindi, – pensavo, stupito dalla semplicità della scena, – l'arresto di un assassino, di un uomo destinato alla forca, è tutto qui?»

In seguito, avrei scoperto che ci sono criminali ben piú terribili.

Appena ebbe messo piede nella cella del Carcere provvisorio, Victor si sentí perduto e si lasciò andare, spiegandoci per filo e per segno la dinamica del delitto.

Dichiarò che lui e il vecchio Pigoreau erano amici da molto tempo. Sperava, con l'assassinio, di far ricadere la responsabilità su Monistrol. Ecco perché si era vestito come lui e si era portato dietro Pluton. Dopo aver ucciso Pigoreau, aveva avuto l'ardire di immergere il dito del cadavere nel sangue e di tracciare quelle cinque lettere, MONIS, che avrebbero fatto condannare l'innocente.

– L'avevo organizzato bene, – si vantò con cinismo. – Se il colpo fosse riuscito, avrei preso due piccioni con una fava: mi sarei sbarazzato del mio caro Monistrol, che odio e di cui sono geloso, e avrei fatto diventare ricca la donna che amo.

Semplice e terribile, lo ammetto.

– Sfortunatamente, ragazzo mio, – obiettò Méchinet, – hai perso la testa proprio alla fine. Cosa vuoi, nessuno è perfetto. Infatti, hai immerso l'indice sinistro nel sangue.

Victor si tirò su di colpo:

– Eh? È per questo che...

– Proprio cosí.

Il miserabile levò le braccia al cielo con l'aria del genio incompreso.

– E tutto per fare un lavoro a regola d'arte! – gridò.

Poi aggiunse, guardandoci con aria pietosa:

– Il vecchio Pigoreau era mancino!

Dunque, il colpevole era stato scoperto in cosí poco tempo grazie a un errore nelle indagini.

Da quell'episodio trassi un insegnamento, che, per fortuna, ricordai in seguito, in circostanze molto piú drammatiche, di cui prima o poi parlerò.

L'indomani, Monistrol fu rilasciato.

Mentre il giudice istruttore lo rimproverava per la falsa confessione, che avrebbe fatto commettere alla giustizia uno sbaglio terribile, lui non poté che rispondere:

– Amo mia moglie, volevo sacrificarmi per lei, credevo che fosse colpevole.

E lo era davvero, colpevole? Giurerei di sí.

Fu arrestata, ma il giudice, che condannò Victor ai lavori forzati a vita, la assolse.

Oggi, i Monistrol gestiscono un negozietto di vini in Cours de Vincennes. L'eredità dello zio è un sogno lontano. Vivono in una miseria spaventosa.

Agatha Christie

Nido di vespe

John Harrison uscí di casa e si fermò un momento sulla terrazza che dava sul giardino. Era un uomo alto, con il viso emaciato, cadaverico. Generalmente aveva un aspetto piuttosto triste e cupo, ma quando, come in quel momento, le sue fattezze irregolari si addolcivano in un sorriso, diventava subito molto attraente.

John Harrison aveva una vera passione per il giardino, che mai era sembrato tanto bello come in quella sera di agosto, piena di tutto il languore dell'estate. Le rose rampicanti erano ancora magnifiche; l'aria era colma degli effluvi profumati del pisello odoroso.

Un cigolio familiare gli fece voltare di scatto la testa. Chi stava entrando dal cancelletto del giardino? Un attimo ancora e, sul viso, gli apparve un'espressione di profonda meraviglia: la figura elegante e ricercata della persona che stava venendo avanti sul vialetto era l'ultima che si sarebbe aspettato di vedere in quella parte del mondo.

– Ma è meraviglioso! – esclamò Harrison. – Monsieur Poirot!

Ed effettivamente si trattava proprio del famoso Hercule Poirot, la cui fama di investigatore era dilagata per tutto il Regno Unito e all'estero.

– Sí, – disse quest'ultimo, – sono io. Una volta mi avete detto: «Se dovesse capitarvi di passare da queste parti, venite a trovarmi». Vi ho preso in parola ed eccomi qui!

– E io ne sono felicissimo, – disse Harrison, con calore. – Venite a sedervi e a bere qualcosa.

Con un gesto ospitale, indicò un tavolo sulla veranda, sul quale era radunato un assortimento di bottiglie.

– Grazie, – disse Poirot, lasciandosi cadere su una poltrona di vimini. – Immagino che non abbiate qualche sciroppo, vero? No, no, lo pensavo infatti. Allora un po' di acqua di selz semplice... senza whisky –. E aggiunse con voce piena di rammarico mentre l'altro gli metteva vicino un bicchiere: – Ahimè! mi si sono afflosciati i baffi. È il caldo!

– E cosa vi ha condotto in questo angolino sperduto? – domandò Harrison mentre si lasciava cadere anche lui su una poltrona. – Una gita di piacere?

– No, *mon ami*, sono venuto per affari.

– Affari? In questo posto fuori dal mondo?

Poirot annuí gravemente. – Ma certo, caro amico, non tutti i delitti vengono commessi in mezzo alla folla, eh?

L'altro si mise a ridere. – Immagino che sia stata un'osservazione un po' stupida, la mia. Ma su quale delitto, in particolare, siete venuto a indagare qui... ve lo posso chiedere, oppure è meglio evitarlo?

– Potete chiederlo, – rispose l'investigatore. – Anzi, preferisco che me lo chiediate.

Harrison lo squadrò incuriosito. Intuí che c'era qualcosa di insolito nel comportamento del suo interlocutore. – Avete detto che state facendo delle indagini su un atto criminoso, – disse sondando il terreno con una certa esitazione. – Si tratta di un caso grave?

– Del genere piú grave che ci sia.

– Volete dire...

– Un delitto.

Hercule Poirot pronunciò quella parola con un tono tanto grave che Harrison ne rimase profondamente colpito. L'investigatore lo stava guardando fisso e, ancora una volta, Harrison credette di scorgere qualcosa di tanto insolito in quello sguardo da non sapere come proseguire. Infine disse: – Non ho sentito parlare di nessun delitto.

– No, – disse Poirot, – non potreste averne sentito parlare.

– Chi è stato assassinato?

– Finora, – ribatté Hercule Poirot, – nessuno.

– Cosa?

– Ecco perché ho detto che era impossibile che ne aveste sentito parlare. Sto facendo delle indagini su un delitto che non è ancora avvenuto.

– Ma, sentite un po', è assurdo!

– Niente affatto. Se si possono fare le indagini su un delitto prima che accada, è molto meglio che non essere costretti a farle in un secondo tempo. Si potrebbe perfino... ma è una modesta probabilità... impedirlo.

Harrison lo fissò con gli occhi sbarrati. – Non starete parlando seriamente, Monsieur Poirot, vero?

– E invece sí. Sono serissimo.

– Siete davvero convinto che stia per essere commesso un assassinio? Oh, ma è inconcepibile!

Hercule Poirot concluse la prima parte della frase senza badare all'esclamazione di stupore dell'altro.

– A meno che non riusciamo a impedirlo. Sí, *mon ami*, è proprio questo che voglio dire.

– Noi?

– Sí, lo avete notato, vero? Ho detto «riusciamo». Mi occorre la vostra collaborazione.

– È per questo che siete venuto qui?

Di nuovo, Poirot lo guardò e, di nuovo, qualcosa di indefinibile diede a Harrison una vaga sensazione di inquietudine.

– Sono venuto qui, signor Harrison, perché... be'... perché mi siete simpatico –. E subito aggiunse, con un tono di voce completamente diverso: – Vedo, Monsieur Harrison, che avete un nido di vespe, qui. Dovreste distruggerlo.

Il modo brusco in cui aveva cambiato argomento lasciò perplesso Harrison, che aggrottò le sopracciglia senza capire. Seguí lo sguardo di Poirot e disse, con voce alquanto stupita: – Effettivamente, è quello che ho intenzione di fare. O, diciamo meglio, è quello che farà il giovane Langton. Ricordate Claude Langton? Era invitato anche lui alla stessa cena durante la quale ci siamo conosciuti noi due. Deve venire stasera a distruggerlo. Pare che sia un genere di lavoro che gli piace.

– Ah! – esclamò Poirot. – E come avrebbe intenzione di farlo?

– Adoperando petrolio e un nebulizzatore da giardino. Anzi, porterà qui il suo: ha una misura piú comoda del mio.

– Però c'è anche un altro mezzo per distruggerli, vero? – domandò Poirot. – Non lo si fa anche con il cianuro di potassio?

Harrison parve leggermente sorpreso. – Sí, ma è roba un po' pericolosa, quella. È sempre un rischio averla in casa.

Poirot annuí gravemente. – Sí, è un veleno mortale –. Attese un attimo e poi ripeté con la stessa voce grave di prima: – Veleno mortale.

– Molto utile a chi vuole far fuori la suocera, eh? – rincarò Harrison con una risata.

Ma Hercule Poirot rimase serio. – Siete proprio sicuro, Monsieur Harrison, che Monsieur Langton sia deciso a distruggere quel vespaio con il petrolio?

– Sicurissimo, perché?

– Una semplice curiosità. Nel pomeriggio, poco fa, ero nel negozio del farmacista di Barchester e, per uno degli acquisti che ho fatto, sono stato obbligato a firmare il registro in cui si annotano le vendite di sostanze velenose. Ho osservato la registrazione precedente alla mia, l'ultima. Si trattava di un acquisto di cianuro di potassio ed era stato firmato da Claude Langton.

Harrison lo squadrò sbalordito. – È strano, – disse. – Proprio l'altro giorno Langton mi diceva che non gli sarebbe mai saltato in mente di adoperare quella roba; anzi, ha dichiarato che non dovrebbe neppure essere venduto per questo scopo.

Poirot spostò lo sguardo sulle rose. La sua voce era molto sommessa, e pacata, quando chiese: – Vi è simpatico Langton?

L'altro trasalí. Sembrava che la domanda lo cogliesse del tutto impreparato. – Io... io... voglio dire... certo che mi è simpatico. Perché dovrebbe essere il contrario?

– Mi chiedevo semplicemente se vi è simpatico, – disse Poirot placidamente.

E, poiché il suo interlocutore non rispondeva, continuò: – Mi sono chiesto anche un'altra cosa, e cioè se voi siete simpatico a Langton!

– Si può sapere a che cosa volete mirare, Monsieur Poirot? C'è qualcosa in queste vostre parole che mi sfugge.

– Ebbene, sarò sincero. Siete fidanzato, Monsieur Harrison. State per sposarvi. Conosco la signorina Molly Deane. È una ragazza affascinante, molto bella. Prima di essere fidanzata con voi, era fidanzata con Claude Langton. Lo ha piantato per voi!

Harrison fece segno di sí.

– Non chiedo quali siano stati i motivi che l'hanno spinta a farlo; può darsi che avesse delle giustificazioni. Però c'è una cosa che voglio dirvi: non mi sembra illogico supporre che Langton non abbia né dimenticato né perdonato.

– Siete in errore, Monsieur Poirot. Vi garantisco che sbagliate. Langton è sempre stato uno sportivo e ha accettato la situazione da vero uomo. È stato incredibilmente bravo e buono nei miei confronti... anzi, ha cercato addirittura di dimostrarsi pieno di simpatia e cordialità.

– E questo non vi colpisce come un fatto insolito? Avete usato la parola «incredibilmente», eppure non mi sembra che consideriate «incredibile» il comportamento di quel giovane!

– Cosa vorreste dire, Monsieur Poirot?

– Voglio dire, – disse Poirot, e una nuova tonalità si era insinuata nella sua voce, – che un uomo può nascondere il proprio odio finché non giunge il momento opportuno.

– Odio? – Harrison scosse la testa e scoppiò in una risata.

– Gli inglesi sono molto sciocchi, – disse Poirot. – Credono di poter ingannare chiunque. Ma sono convinti di non poter essere ingannati da nessuno. E proprio perché sono coraggiosi ma sciocchi, qualche volta muoiono quando potrebbero benissimo evitarlo.

– È un avvertimento quello che mi volete dare? – chiese Harrison a bassa voce. – Adesso capisco... ciò che mi ha lasciato perplesso e dubbioso. Mi volete mettere in guardia contro Claude Langton. Oggi siete venuto qui per avvertirmi...

Poirot annuí. Harrison si alzò di scatto. – Ma siete pazzo, Monsieur Poirot. Questa è l'Inghilterra. Non succedono cose di questo genere, qui. I corteggiatori respinti non vanno in giro a pugnalare alle spalle la gente o ad avvelenarla. E poi, vi sbagliate su Langton. Quel ragazzo non farebbe male a una mosca.

– Non è la vita delle mosche che mi preoccupa, – disse Poirot senza perdere la calma. – E per quanto diciate che Monsieur Langton non sarebbe capace di ucciderne neanche una, dimenticate che, già in questo momento, si sta preparando a togliere la vita a parecchie migliaia di vespe.

Harrison non rispose subito. A sua volta il piccolo detective scattò in piedi e, avanzando verso l'amico, gli pose una mano sulla spalla. Era talmente agitato che si mise quasi a scuotere l'altro, che era un omone, mentre gli sussurrava nell'orecchio: – Su, amico mio, svegliarsi, bisogna svegliarsi! E poi, guardate... guardate dove vi sto indicando. Là, sull'argine, vicino alla radice di quell'albero. Vedete le vespe che tornano pacificamente a casa alla fine della giornata? Fra neppure un'ora tutto sarà distrutto, ma loro non lo sanno. Non c'è nessuno che glielo vada a dire. A quanto sembra, non hanno un Hercule Poirot. Vi ho detto, Monsieur Harrison, che sono venuto giú per affari. Be', il delitto è il mio mestiere. Ed è affar mio occuparmene prima che sia avvenuto, come dopo. A che ora verrà Monsieur Langton per distruggere il vespaio?

– Langton non oserebbe mai...

– A che ora?

– Alle nove. Ma vi dico che vi sbagliate, Langton non...

– Questi inglesi! – gridò Poirot, accalorandosi. Poi afferrò cappello e bastone e si avviò per il vialetto, fermandosi un attimo ad aggiungere, voltando appena la testa sulla spalla: – Non rimango a discutere con voi. Finirei soltanto per andare in collera. Però mi avete capito? Avete capito che tornerò alle nove?

Harrison aprí la bocca per parlare, ma Poirot non gliene offrí l'occasione. – So bene ciò che direste: «Langton non oserebbe mai» eccetera, eccetera. Ah, Langton non... Comunque, sarò di ritorno per le nove. Ma, sí, mi divertirà... mettiamola cosí...

mi divertirà veder distruggere un nido di vespe! Un altro dei vostri sport anglosassoni!

Non attese risposta e percorse a passo rapido il vialetto; poi uscí dal cancelletto cigolante. Non appena si trovò sulla strada, il suo passo si fece meno affrettato, la sua vivacità scomparve, diventò serio e assunse un'espressione preoccupata. A un certo punto tirò fuori da una tasca l'orologio e lo consultò. Le lancette segnavano le otto e dieci. – Piú di tre quarti d'ora, – mormorò. – Chissà, forse avrei fatto meglio ad aspettare.

Il suo passo si fece ancora piú lento; sembrò quasi sul punto di tornare indietro. Parve assalito da qualche vago presentimento. Tuttavia se ne liberò risolutamente e continuò a camminare in direzione del villaggio. Ma aveva l'aria ancora preoccupata, e un paio di volte scosse la testa come una persona che non è del tutto soddisfatta.

Mancavano ancora pochi minuti alle nove quando si avvicinò nuovamente al cancello del giardino. Era una serata limpida e silenziosa; soltanto una lievissima brezza faceva frusciare appena le foglie. Forse c'era qualcosa di vagamente sinistro in tanto silenzio, come la quiete che precede la tempesta.

Il passo di Poirot si fece impercettibilmente piú affrettato. D'un tratto si sentí in preda all'angoscia... e pieno di incertezza. Temeva qualcosa, ma senza sapere bene di cosa si trattasse.

E in quel momento il cancello del giardino si aprí e Claude Langton uscí rapidamente. Quando vide Poirot trasalí.

– Oh... ehm... buonasera.

– Buonasera, Monsieur Langton. Siete in anticipo.

Langton lo fissò. – Non capisco cosa volete dire.

– Avete già distrutto il nido di vespe?

– A dire la verità, no.

– Oh! – disse Poirot sottovoce. – Cosí, non avete distrutto il nido di vespe. E cos'avete fatto, allora?

– Oh, mi sono semplicemente seduto un po' a fare quattro chiacchiere con il vecchio Harrison. Adesso, però, devo scappare, Monsieur Poirot. Non immaginavo che foste rimasto da queste parti!

– Avevo qualche affare da sbrigare, capite?

– Oh! Bene, troverete Harrison sulla terrazza. Spiacente, ma non posso fermarmi.

E si allontanò a passo affrettato. Poirot lo seguí con lo sguardo. Un giovane nervoso, di aspetto piacente, ma con la bocca della persona debole di carattere!

– Cosí, troverò Harrison sulla terrazza, – mormorò Poirot. – Strano –. Oltrepassò il cancelletto e percorse il piccolo viale. Harrison era seduto su una sedia, vicino al tavolo. Era immobile e non voltò neanche la testa quando Poirot gli si avvicinò.

– Ah, *mon ami*, – disse Poirot. – Vi sentite bene, vero?

Ci fu una lunga pausa, e infine Harrison disse con una voce molto strana, attonita: – Come avete detto?

– Ho detto... vi sentite bene?

– Bene? Sí, sto bene. Perché non dovrei stare bene?

– Nessun brutto sintomo? Ottimo!

– Brutto sintomo? E perché dovrei avere qualche brutto sintomo?

– Per via della soda da bucato.

Harrison si riscosse di colpo. – Soda? Che cosa state dicendo?

Poirot fece un gesto di scusa. – Mi rammarico infinitamente che sia stato necessario, ma ve ne ho messa un po' in tasca.

– Mi avete messo qualcosa in tasca? E perché diavolo l'avete fatto?

Harrison lo stava fissando. Poirot, allora, si mise a parlare sommessamente, in tono impersonale, come un conferenziere che si adatti a dare spiegazioni a un bambino.

– Vedete, uno dei vantaggi, o degli svantaggi, di essere investigatore sta nel fatto che si può fare la conoscenza di molte persone che rientrano nella classe dei criminali. E questa gente può insegnare un sacco di cose interessanti e curiose. Una volta, per esempio, c'era un borseggiatore... mi sono interessato a lui perché, per un caso molto raro, non aveva fatto quello che tutti dicevano che avesse fatto, e cosí sono riuscito a farlo assolvere. E costui, pieno di gratitudine, mi ha ripagato nell'unico modo che gli è venuto in mente... cioè, mi ha insegnato qualche trucchetto del mestiere.

Di conseguenza, sono capace di vuotare le tasche a un individuo, se ne ho voglia, senza che lui se ne accorga. Gli metto una mano sulla spalla, mi eccito, tremo tutto e lui non sente niente. Eppure, cosí riesco a trasferire dalla sua tasca alla mia ciò che vi era contenuto, lasciandoci, invece, un po' di soda da bucato.

Vedete, – continuò Poirot con voce assorta, – se un uomo vuole versare rapidamente un po' di veleno in un bicchiere, senza che nessuno lo osservi, deve tenerlo nella tasca destra della giacca: è l'unico posto adatto. Cosí sapevo che sarebbe stato lí.

Si infilò una mano in tasca e ne estrasse qualche cristallino bianco, dalla forma irregolare. – Pericolosissimo... – mormorò, – portarlo in giro cosí... sciolto.

Con calma, senza affrettarsi, tirò fuori da un'altra tasca una bottiglietta con l'imboccatura larga, vi fece scivolare i cristalli, si avvicinò al tavolo e la riempí di acqua naturale. Poi, dopo averla ben chiusa con il turacciolo, la agitò finché i cristalli non si furono completamente disciolti. Harrison lo fissava affascinato.

Soddisfatto della soluzione ottenuta, Poirot si avvicinò al vespaio. Tolse il turacciolo alla bottiglietta, allungò una mano restando distante il piú possibile e versò la soluzione nel vespaio, poi indietreggiò di uno o due passi e rimase a guardare.

Qualche vespa che stava ritornando al nido vi si posò, ebbe un lieve tremito e poi rimase immobile. Altre ne uscirono per morire. Poirot continuò a osservarle per un minuto o due e infine, dopo aver fatto segno di sí piú volte con la testa, tornò alla veranda.

– Una morte rapida, – disse. – Una morte rapidissima.

Harrison aveva ritrovato la voce. – Fino a che punto sapete?

Poirot guardò dritto davanti a sé. – Come vi dicevo, ho letto sul registro della farmacia il nome di Claude Langton. Ciò che non vi ho raccontato, invece, è che quasi subito dopo mi è capitato di incontrarlo. Mi ha detto di aver acquistato del cianuro di potassio dietro vostra richiesta, Harrison... per distruggere un vespaio. La cosa mi ha colpito perché mi sembrava un po' strana, caro amico, soprattutto perché ricordavo bene come, al pranzo di cui mi avete parlato, voi stesso avevate sostenuto i meriti superiori del petrolio e denunciato l'acquisto di cianuro come pericoloso e inutile.

– Proseguite.

– Sapevo qualcos'altro. Avevo visto Claude Langton e Molly Deane insieme in un momento in cui non credevano di essere visti da nessuno. Non so quale litigio da innamorati li avesse spinti, in origine, a lasciarsi e avesse fatto finire Molly tra le vostre braccia, Harrison, ma mi sono accorto subito che ogni malinteso era stato dimenticato e che la signorina Deane stava tornando al primo amore.

– Andate avanti.

– Sapevo anche qualcosa di piú, amico mio. L'altro giorno mi trovavo in Harley Street e vi ho visto uscire dallo studio di un medico. È un medico che conosco, so per quale malattia lo si va a consultare, e poi avevo notato l'espressione della vostra faccia! Mi è capitato di vederla solo una o due volte in vita mia, ma è difficile confonderla. Si tratta dell'espressione di un uomo che ha sentito pronunciare la propria sentenza di morte, sbaglio, o no?

– Avete perfettamente ragione. Mi ha dato due mesi di vita.

– Voi, caro amico, non mi avete visto, perché avevate ben altro a cui pensare. Ma io ho letto qualcos'altro sulla vostra faccia... proprio quello che gli uomini cercano di nascondere, come dicevo questo stesso pomeriggio. Ho visto l'odio, amico mio. Non vi preoccupavate minimamente di nasconderlo, perché eravate persuaso che non ci fosse nessuno a osservarvi.

– Avanti! – disse Harrison.

– Non c'è molto altro da dire. Sono venuto giú, ho visto per puro caso il nome di Langton sul registro delle sostanze velenose, come vi ho spiegato, ho incontrato il giovanotto e sono venuto qui da voi. Vi ho preparato qualche trappola. Avete negato di aver chiesto a Langton di procurarsi il cianuro, o perlomeno vi siete mostrato sorpreso sentendo parlare dell'acquisto del veleno. Non appena mi avete visto apparire, siete rimasto sorpreso ma, subito dopo, avete intuito come capitasse a proposito la mia visita qui, e avete incoraggiato i miei sospetti. Da Langton sapevo che sarebbe venuto qui alle otto e mezzo. Voi mi avete detto di aspettarlo per le nove, pensando che sarei tornato e avrei trovato tutto già finito. Quindi sapevo tutto.

– Perché siete venuto? – esclamò Harrison. – Ah, se almeno non vi foste fatto vedere!

Poirot si raddrizzò. – Vi ho spiegato che il delitto è il mio mestiere, – disse.

– Delitto? Suicidio, vorrete dire.

– No –. La voce di Poirot si levò, alta e sonante. – Parlo di delitto. La vostra morte sarebbe stata rapida e facile, ma la morte che avevate preparato per Langton era la peggiore di cui un uomo possa morire. Era stato lui ad acquistare il veleno, lui a venire a trovarvi, Harrison: e – qui – sareste rimasti soli. Voi morite improvvisamente, nel vostro bicchiere si trova il cianuro e Claude Langton viene impiccato. Ecco il vostro piano.

Di nuovo Harrison si lasciò sfuggire un gemito.

– Perché siete venuto? Perché?

– Ve l'ho già detto, ma c'è anche un'altra ragione. Mi eravate simpatico. Ascoltate, *mon ami*; voi state per morire, avete perduto la ragazza che amavate, ma c'è una cosa che non siete assolutamente: un assassino. E adesso ditemi: siete contento o no della mia visita?

Ci fu una brevissima pausa e poi Harrison si raddrizzò. Sul suo volto era affiorata una dignità nuova... l'espressione di un uomo che ha sconfitto quanto di piú abbietto e vile può esserci in lui. Allungò una mano attraverso il tavolo.

– Grazie a Dio, siete venuto! – esclamò. – Grazie a Dio, siete venuto!

Catherine Louisa Pirkis

Il fantasma di Fountain Lane

– Potreste avere la bontà di dirmi come siete riuscito a procurarvi il mio indirizzo? – chiese la signorina Brooke, leggermente seccata. – Ho lasciato ordini precisi di non darlo a nessuno.

– L'ho ottenuto con grande fatica dal signor Dyer; in realtà ho dovuto telegrafare tre volte prima di averlo, – rispose il signor Clampe, l'individuo che era stato apostrofato in quella maniera. – Le assicuro che mi dispiace interrompere la vostra vacanza cosí, ma... perdonatemi se vi dico che pare essere tale soltanto di nome –. A quel punto l'uomo lanciò un'occhiata eloquente ai giornali, agli appunti e ai testi di consultazione sparsi sul tavolo a cui era seduta Loveday.

La ragazza sospirò.

– Credo che abbiate ragione, – rispose, – è una vacanza solo di nome. Sono convinta che i lavoratori indefessi come me dopo un po' perdano la capacità di prendersi una pausa. Credevo di desiderare una settimana di pigrizia totale e brezza marina, cosí ho chiuso lo scrittoio e sono partita. Tuttavia, non appena mi sono ritrovata davanti a questo magnifico panorama, con questo mare e questo cielo, ho distolto lo sguardo per posarlo sui quotidiani e mi sono spremuta le meningi, *con amore*, su un caso assurdo che non ha alcuna possibilità di finire nelle mie mani.

Il «magnifico panorama» era quello incorniciato dalle finestre di una stanza al quinto piano del Métropole di Brighton, dove Loveday, sfinita nel corpo e nella mente, era fuggita per una breve tregua dal duro lavoro. Qui l'aveva scovata l'ispettore Clampe, della polizia locale, per richiamare la sua attenzione su quello che, a suo parere, era un caso importante. Clampe era un uomo ordinato ed elegante sulla cinquantina, con maniere meno brusche e pragmatiche della maggior parte dei colleghi.

– Oh, vi prego, abbandonate il vostro caso assurdo, – disse con fervore, – e mettetevi a lavorare, *con amore*, su un altro caso per nulla assurdo ed estremamente interessante.

– Non credo che risveglierebbe in me un quarto dell'interesse di questo.

– Aspettate a dirlo finché non avrete ascoltato i dettagli. Sentite qua –. A quel punto l'ispettore estrasse dal taccuino un ritaglio di giornale e lesse ad alta voce:

> Il reverendo Charles Turner, vicario di East Downes, ha subito il furto di un assegno in circostanze alquanto peculiari. Pare che il gentiluomo si sia dovuto allontanare improvvisamente da casa alla notizia della morte di un parente, e, pensando che sarebbe potuto rimanere assente per qualche tempo, abbia lasciato alla moglie quattro assegni in bianco, firmati, perché li riempisse secondo necessità. Potevano essere pagati a lui o al portatore, ed erano stati emessi dalla West Sussex Bank. La signora Turner, la prima volta che è stata interrogata sulla questione, ha dichiarato di aver chiuso a chiave gli assegni nello scrittoio non appena il marito è partito. Tuttavia, in seguito ha corretto la sua affermazione e ha ammesso di averli lasciati sul tavolo mentre andava in giardino a cogliere i fiori. In tutto è rimasta assente, a suo dire, per circa dieci minuti e, dopo aver colto i fiori, ha subito messo via gli assegni. Quando li aveva ricevuti dal marito, non li aveva contati; e quando, riponendoli nello scrittoio Davenport, ha visto che ce n'erano soltanto tre, ha concluso che lui non gliene avesse lasciati di piú. Si è scoperto che l'assegno era stato smarrito solo al ritorno del reverendo, circa una settimana piú tardi. Non appena è venuto a conoscenza del fatto, Turner ha telegrafato alla West Sussex Bank per bloccare il pagamento, ma ha appreso con rammarico che l'assegno, dell'importo di seicento sterline, era stato presentato e incassato (in oro) due giorni prima. L'impiegato non aveva fatto molto caso alla persona da cui era stato riscosso, a parte notare che aveva un aspetto signorile, e si è detto incapace di identificarla. La consistenza dell'importo non ha destato sospetti, in quanto il signor Turner è un uomo benestante e, da quando si è sposato, circa sei mesi fa, ha riarredato la canonica e speso somme importanti per l'acquisto di dipinti e mobili antichi di quercia.

– Ecco, signorina Brooke, – disse l'ispettore appena finita la lettura. – Se oltre a questi particolari vi dicessi che sono sorte un paio di questioni che paiono indirizzare i sospetti sulla giovane moglie, sono certo che ammettereste l'impossibilità di trovare un caso piú interessante e degno del vostro talento.

Per tutta risposta, Loveday prese un giornale che si trovava sul tavolo accanto a lei. – E questo è il vostro caso interessante, – disse. – Adesso ascoltate il mio caso assurdo –. Poi lesse ad alta voce:

> Una vera storia di fantasmi. Gli abitanti di Fountain Lane, una stradina che si dirama da Ship Street, sono stati infastiditi dall'improvvisa comparsa di un fantasma. Martedí sera, tra le dieci e le undici, una bambina di nome Martha Watts, che lavora al servizio di un calzolaio e di sua moglie al numero 5 del vicolo, è corsa in strada in camicia da notte in preda al terrore, dicendo che al suo capezzale era comparso un fantasma. La bambina si è rifiutata di tornare a casa a dormire, pertanto è stata ospitata da alcuni vicini. Quando il calzolaio e la moglie, i signori Freer, sono stati interrogati sulla faccenda dagli abitanti del quartiere, hanno ammesso con grande riluttanza di aver visto anche loro lo spettro, che hanno descritto come una persona di aspetto militaresco, con un'ampia fronte bianca e le braccia incrociate sul petto. Tale descrizione è stata confermata puntualmente dalla bambina, Martha Watts, la quale sostiene che il fantasma ricordi alcune illustrazioni di Napoleone il Grande. I Freer affermano che sia comparso per la prima volta a casa loro, durante un incontro di preghiera la sera precedente, quando è stato visto distintamente dal signor Freer. Successivamente la moglie, svegliatasi all'improvviso nel cuore della notte, ha visto lo spettro ai piedi del letto. Non riescono a spiegarsi la faccenda, che ha provocato una certa agitazione in tutto il quartiere; al momento in cui andiamo in stampa, il vicolo è talmente affollato da gente desiderosa di vedere il fantasma che gli abitanti hanno difficoltà a uscire di casa e a rientrarvi.

– Si tratta di una psicosi, di una volgare psicosi e niente piú, – disse l'ispettore mentre Loveday posava il giornale. – Ora, signorina Brooke, vi chiedo in tutta serietà: supponendo che riusciate a venire a capo di un inganno stupido e banale come questo, pensate che la vostra reputazione ne trarrà vantaggio?

– E ipotizzando che io venga a capo di un inganno stupido e banale quanto un assegno rubato, mi chiedo, la mia reputazione ne trarrà vantaggio?

– Be', mettiamola diversamente: lasciate che prevalga la carità cristiana. Pensate alla sofferenza che regnerà nella casa di quel gentiluomo se la giovane moglie non verrà scagionata e i sospetti non andranno nella giusta direzione.

– Pensate all'infelicità del proprietario delle case di Fountain Lane se tutti i suoi inquilini se la svignassero in massa, come senz'altro faranno, a meno che il mistero del fantasma non venga risolto.

L'ispettore sospirò.

– Bene, immagino di dover dare per scontato che non vi occuperete affatto del caso, – disse. – Ho portato l'assegno con me, pensando che vi avrebbe fatto piacere vederlo.

– Immagino che sia simile a tutti gli altri, – disse Loveday con aria indifferente, sfogliando gli appunti come se volesse tornare al fantasma.

– S-sí, – disse il signor Clampe, estraendo l'assegno dal suo taccuino e dandogli un'occhiata. – Immagino che sia simile agli altri. Queste cifre scarabocchiate a matita sul retro, 144 000, non possono certo essere definite un segno caratteristico.

– Come, signor Clampe? – chiese Loveday, accantonando gli appunti. – Avete detto 144 000?

I suoi modi erano improvvisamente cambiati, passando dall'apatia al piú vivo interesse.

Il signor Clampe, soddisfatto, si alzò e depose l'assegno sul tavolo davanti a lei.

– La grafia delle parole «seicento sterline», – disse, – presenta una notevole somiglianza con la firma del signor Turner. Tanto che il gentiluomo in persona mi ha detto che, se non fosse stato certo di non avere emesso un assegno di tale cifra in quella data, avrebbe pensato si trattasse della sua scrittura. Come vedete è la tipica grafia tonda, da scolaro, cosí facile da imitare. Potrei riprodurla persino io esercitandomi per mezz'ora: non ci sono svolazzi, nulla di particolare.

Loveday non replicò. Aveva voltato l'assegno e adesso stava esaminando da vicino le cifre scritte a matita sul retro.

– Ovviamente, – proseguí l'ispettore, – le cifre non sono state tracciate dalla persona che ha scritto quelle sulla parte anteriore. Ma questo ha ben poca importanza. Non credo sia rilevante per il caso. Potrebbero essere state scarabocchiate da qualcuno che stava facendo dei calcoli su quanti penny ci sono in seicento sterline; e ce ne sono, come voi senza dubbio saprete, esattamente 144 000.

– Chi ha richiesto i vostri servigi per questo caso, la banca o il signor Turner?

– Il signor Turner. Quando ha scoperto di aver perso l'assegno si è agitato e arrabbiato parecchio, e l'altro ieri, quando è venuto a trovarmi, ho faticato molto a convincerlo che non era necessario telegrafare a Londra perché inviassero una mezza dozzina di investigatori, visto che noi avremmo potuto svolgere il lavoro altrettanto bene. Tuttavia, ieri, quando sono andato a East Downes per dare un'occhiata e fare qualche domanda, ho scoperto che la situazione era cambiata. Turner era fin troppo riluttante a rispondere alle mie domande, e quando ho insistito ha perso la calma, e in pratica mi ha detto che avrebbe preferito non aver sollevato la faccenda. È stato il suo improvviso cambiamento a farmi pensare alla signora Turner. Un uomo deve avere un motivo molto valido per rimanere inerte dopo aver perso seicento sterline, dal momento che, ovviamente, date le circostanze, la banca non sarà certo disposta a rimetterci.

– Potrebbe avere altre ragioni: una certa considerazione per un domestico di vecchia data, il desiderio di evitare uno scandalo familiare.

– Certamente. Il fatto, di per sé, non darebbe adito a sospetti, ma di certo assume tutta un'altra luce se lo si collega a una vicenda che ho verificato: durante l'assenza del marito, la signora Turner ha rimborsato alcuni debiti che aveva contratto a Brighton prima del matrimonio, per un ammontare di quasi cinquecento sterline. E li ha ripagati in oro. Mi pare di avervi accennato che il gentiluomo che ha presentato in banca l'assegno rubato ha richiesto il corrispettivo in oro.

– Quindi state ipotizzando non soltanto l'esistenza di un complice, ma anche una notevole dose di astuzia oltre che di ingenuità da parte della donna.

– Esatto. Le criminali hanno per l'appunto tre quarti di astuzia e uno di ingenuità. E di norma è il quarto di ingenuità a tradirle e a farle scoprire.

– Per il resto, che tipo di donna è la signora Turner?

– È giovane, bella e di buona famiglia, ma ben poco adatta alla posizione di moglie del vicario in una parrocchia di campagna. Ha trascorso molto tempo in società e ama gli svaghi; inoltre è cattolica e, cosí mi hanno detto, si disinteressa completamente delle funzioni del marito e va a messa tutte le domeniche a Brighton.

– E che mi dite dei domestici? Vi sono sembrati seri e rispettabili?

– All'apparenza non c'è niente che desti sospetti nei loro confronti. Ma è proprio in questo ambito che i vostri servigi sarebbero impagabili. Tuttavia vi sarà impossibile varcare le mura della canonica: sono certo che il signor Turner non vi aprirebbe mai la porta.

– Che cosa suggerite?

– Non posso suggerire niente di meglio della casa della maestra del paese, anzi, di sua madre, la signora Brown. È a un tiro di schioppo dalla canonica; di fatto le sue finestre si affacciano sul giardino di quest'ultima. È un cottage di quattro stanze; e la signora Brown, una persona molto rispettabile, in estate raggranella un po' di soldi ospitando pensionanti desiderose di respirare aria di campagna. Non sarà affatto difficile farvi entrare: in questo momento la camera degli ospiti è libera.

– Avrei preferito soggiornare nella canonica, ma se non mi è possibile devo sfruttare al massimo la permanenza dalla signora Brown. Come facciamo ad andare da lei?

– Sono venuto da East Downes con un calesse che ho noleggiato alla locanda del paese, in cui ho pernottato ieri e alloggerò stasera. Se me lo consentite, vi accompagnerò; sono soltanto sette miglia. È una bellissima giornata per una gita, con una brezza leggera e dunque poca polvere. Pensate di essere pronta, diciamo, tra mezz'ora?

– Impossibile, – disse Loveday. Quel pomeriggio aveva un

impegno; in città c'era un servizio religioso al quale desiderava molto partecipare. Non sarebbe finito prima delle tre; e, di conseguenza, sarebbe stata pronta a partire per East Downes solo alle tre e mezza.

Sebbene il signor Clampe fosse sbalordito e senza parole di fronte alla pretesa che una funzione religiosa venisse prima del dovere professionale, non avanzò alcuna obiezione; pertanto alle tre e mezza Loveday e l'ispettore si ritrovarono su un calesse dalle ruote alte che sferragliava lungo il porticciolo in direzione di East Downes.

Loveday non fece altre allusioni alla storia di fantasmi; perciò il signor Clampe, per educazione, si sentí in dovere di menzionarla.

– Ieri, prima di partire per East Downes, sono venuto a conoscenza della storia del fantasma di Fountain Lane, – disse, – e mi è sembrata, con tutto il rispetto, signorina Brooke, una vicenda banale, una di quelle situazioni che si possono spiegare con una cena pesante o un bicchiere di birra in piú.

– La faccenda presenta alcuni elementi che la differenziano da una banale storia di fantasmi, – rispose Loveday. – Per esempio, ci si aspetterebbe che persone che vivono la religione in modo irrazionale come, da quanto ho visto finora, i Freer, abbiano visioni di angeli o almeno di santi eremiti. E invece vedono un soldato! E per di piú un soldato che rappresenta una maledizione per tutti i credenti: Napoleone il Grande.

– A quale chiesa appartengono i Freer?

– Sono wesleyani. Anche i loro genitori lo erano; parenti e amici sono tutti quanti wesleyani, mi hanno detto, e, fatto ancora piú importante, il marito fornisce scarpe e stivali esclusivamente a ministri di questo culto. È stato lui a raccontarmi che è la clientela piú redditizia per un piccolo calzolaio. Sei pastori wesleyani fruttano piú del triplo rispetto ai diversi esponenti del clero anglicano, perché, mentre un ministro wesleyano si sposta sempre a piedi tra la sua gente, gli altri sacerdoti di campagna riescono in qualche modo ad avere un cavallo, oppure si dedicano allo studio e si rinchiudono nella loro stanza.

– Ah ah, fantastico! – disse il signor Clampe ridendo. – Riferitelo alla Church Defence Society del Galles. Ma ditemi, questo cavallino non vi sembra di prima categoria? Tra dieci minuti saremo in vista di East Downes.

La lunga strada polverosa sulla quale avevano viaggiato terminava in un viottolo stretto in discesa, costeggiato su entrambi i lati da siepi di biancospino e lauroceraso. I raggi obliqui del sole di agosto iniziavano a lambirle, mentre da un bosco lontano proveniva un debole zufolio, come se i merli stessero cercando armonie per i loro inni serali.

Una curva improvvisa e brusca del viottolo, e alla loro vista si spalancò East Downes, un minuscolo borgo di circa trenta case di campagna dominato dal campanile di un'antica chiesa inglese. Annessa alla chiesa sorgeva la canonica, un edificio di notevoli dimensioni con un ampio giardino, e in un viottolo che correva al margine di quest'ultimo erano situate le scuole del paese e la casa della maestra: un semplice cottage di quattro stanze in un grazioso giardino, con rose e caprifoglio che, nel pieno rigoglio d'agosto, si arrampicavano fin sul tetto.

Giunto al cottage, il signor Clampe tirò le redini.

– Se mi concedete cinque minuti, – disse, – andrò a dire alla brava donna che le ho portato una pensionante, una mia amica, che desidera allontanarsi per qualche tempo dal rumore e dalla luce accecante di Brighton. Ovviamente tutti conoscono la storia dell'assegno rubato, ma credo che, al momento, nessuno mi abbia collegato a quella faccenda. In teoria sono un gentiluomo di Brighton che vuole acquistare un cavallo dal vicario e che non riesce a concludere l'accordo.

Mentre Loveday aspettava sul calesse, una carrozza aperta le passò accanto e poi proseguí varcando il cancello della canonica. A bordo c'erano un gentiluomo e una signora, e il saluto rispettoso rivolto loro dai bambini del paese fece pensare alla ragazza che si potesse trattare del reverendo Charles Turner e della sua compagna. Il curato era rubicondo, aveva i capelli rossi e un'espressione preoccupata. Per quanto riguarda l'aspetto della signora Turner, Loveday non ne fu favorevolmente colpita. Sebbene fosse una donna decisamente bella, aveva i tratti duri e le labbra increspate da una piega sprezzante. Era vestita secondo l'ultima moda londinese.

Nel passare, i due rivolsero un'occhiata interrogativa a Loveday, e lei ebbe la certezza che ben presto in paese la gente si sarebbe interrogata sull'ospite della signora Brown.

Poco dopo, il signor Clampe fece ritorno e disse che la signora era ben felice che qualcuno occupasse la stanza libera. Mentre si avviavano all'ingresso del cottage, in mezzo a folte aiuole di resede e violacciocche, l'uomo consigliò a Loveday in un sussurro:

– Non rivolgetele alcuna domanda, altrimenti si irrigidirà come un paletto e dirà che non presta mai ascolto ai pettegolezzi. Al contrario, lasciatela tranquilla e vedrete che parlerà come un fiume in piena e vi racconterà quello che volete sapere, di tutto e tutti. È una grande amica della postina, e fra tutte e due riescono a sapere ciò che accade in ogni casa del paese.

La signora Brown era una donna robusta e rubizza sulla cinquantina, con un semplice abito di stoffa scura, e una grande cuffia e un grembiule bianchi. Accolse rispettosamente Loveday e le presentò orgogliosamente la figlia, maestra del paese, una ragazza di circa ventotto anni che parlava bene.

Il signor Clampe ripartí in calesse, diretto alla locanda, annunciando che sarebbe ripassato dal cottage di Loveday il mattino seguente, prima di fare ritorno a Brighton.

Anche la signorina Brown uscí dalla stanza, dicendo che avrebbe preparato il tè. Rimasta sola con Loveday, la signora Brown sciolse subito la lingua. Aveva in serbo una dozzina di domande sul signor Clampe e i suoi affari in paese. Era vero che era venuto a East Downes al solo e unico scopo di acquistare uno dei cavalli del vicario? Aveva sentito dire che era stato inviato dalla polizia a tenere d'occhio la servitú della canonica. Sperava che non fosse vero, perché era impossibile trovare un gruppo di domestici piú onesti in qualunque casa vicina o lontana. La signorina Brooke aveva sentito parlare dell'assegno scomparso? Che vicenda terribile! Le avevano detto che la storia era arrivata fino a Londra. Per caso la signorina Brooke ne aveva letto il resoconto su qualche giornale londinese?

A quel punto la risposta negativa di Loveday costituí per la donna una scusa sufficiente per riferire con minuzia di dettagli la storia dell'assegno rubato. A parte la minuzia, il racconto differiva poco da quello che Loveday aveva già sentito.

Ascoltò pazientemente, tenendo presente il suggerimento del signor Clampe, e senza fare domande. Quando, dopo circa un quarto d'ora, la signorina Brown fece ritorno con il vassoio del tè, Loveday sarebbe stata in grado di superare un esame sulla vita quotidiana nella canonica. Avrebbe potuto rispondere a domande su quanto fosse male assortita la coppia di sposini; sapeva che litigavano dalla mattina alla sera, che gli argomenti principali di disaccordo erano la religione e il denaro, che il vicario era irascibile e diceva tutto quello che gli passava per la mente, che la bella e giovane moglie, anche se meno impulsiva nel parlare, era feroce e sarcastica e che, per di piú, era una grande scialacquatrice, sprecava denaro in ogni modo possibile.

Oltre a questi fatti interessanti, Loveday sarebbe stata in grado di fornire informazioni sul numero di domestici della canonica, sui loro nomi, età e compiti.

Mentre prendevano il tè, la conversazione fu alquanto stentata; evidentemente la presenza della signorina Brown inibiva la madre. Solo quando ebbero finito di mangiare e Loveday venne accompagnata nella sua stanza dalla signora Brown, le due ebbero la possibilità di proseguire la chiacchierata.

Loveday aprí le danze con un'osservazione: in paese non c'erano luoghi di culto diverso da quello anglicano.

– In genere, quando c'è una manciata di case, si trova la chiesa anglicana da una parte e la cappella dei dissenzienti dall'altra, – continuò. – Ma qui, volenti o nolenti, bisogna andare in chiesa.

– Voi non siete anglicana? – fu la replica della signora Brown. – La vecchia signora Turner, la madre del vicario che è morta piú di un anno fa, amava a tal punto la sobrietà nel culto da preferire quasi i dissenzienti, e spesso andava fino a Brighton, nella chiesa della contessa di Huntingdon. La gente diceva che non era affatto bello da parte della madre del vicario, ma non era niente rispetto a ciò che accade adesso: sua moglie va tutte le domeniche a Brighton in una chiesa cattolica a pregare davanti a candele e immagini sacre. Sono contenta che vi piaccia la stanza, signorina. Cuscini e rullo di piume, vedete? Sui miei letti non metto niente di lana o di fibra, fa venire il mal di testa –. A quel punto la signora Brown, per sottolineare il discorso, picchiettò e pizzicò i grossi cuscini e il rullo alla francese che spiccavano sul copriletto, di un bianco immacolato.

Loveday rimase davanti alla finestra del cottage ad assaporare la dolcezza dell'aria di campagna, che in quel momento della sera era carica dei profumi intensi del garofano e del gelsomino. Dalla canonica, situata dall'altra parte della strada, si udí il clangore del gong che segnalava la cena e, quasi allo stesso tempo, la campana della chiesa batté le sette.

– Chi è quella persona sul viottolo? – chiese Loveday, la cui attenzione fu improvvisamente richiamata da una figura alta e magra, vestita con un frusto abito nero e una grande cuffia fuori moda, che portava un cestino come se stesse tornando dalle compere. La signora Brown sbirciò da dietro le spalle di Loveday.

– Ah, è quella ragazza un po' strana di cui le parlavo prima, signorina... Maria Lisle, l'ex cameriera della vecchia signora Turner. Non è che sia piú tanto giovane, come minimo ha trentacinque anni. Dopo la morte della vecchia signora, il vicario l'ha tenuta perché facesse da cameriera alla moglie, ma la giovane signora Turner non vuole saperne, Maria non è alla sua altezza; perciò il signor Turner la paga trenta sterline all'anno per fare niente. Ed è difficile dire come Maria impieghi tutti quei soldi: non li spende per vestirsi, questo è certo, e non ha parenti, nemmeno un familiare a cui dare un penny.

– Magari li dà in beneficenza a Brighton. Là ci sono tante possibilità di impiegare il denaro.

– Può darsi che lo faccia, – disse la signora Brown con aria dubbiosa. – Va a Brighton ogni volta che può. Ai tempi della vecchia signora Turner era wesleyana e andava regolarmente a tutte le Riunioni di Risveglio nel raggio di miglia e miglia; è difficile dire che culto segua adesso. Nessuno sa quale chiesa frequenti a Brighton; ci va con la signora Turner ogni domenica, ma tutti sanno che niente potrebbe indurla ad avvicinarsi a candele e immagini sacre. Thomas, il cocchiere, dice che la fa scendere all'angolo di una stradina sporca del centro, dove ripassa a prenderla dopo essere andato a prelevare la signora Turner in chiesa. Insomma, si comporta in un modo molto strano.

Maria varcò il cancello della canonica. Camminava con la testa china, gli occhi bassi.

– Si comporta in un modo molto strano, – ripeté la signora Brown. – Se non sono gli altri a rivolgerle la parola per primi, non parla ad anima viva e se ne sta in disparte ogni volta che può. Vedete quel vecchio capanno laggiú, nel giardino della canonica, tra il frutteto e l'orto? Be', tutte le sere al tramonto, Maria esce, sparisce lí dentro e vi rimane per piú di un'ora. E Dio solo sa che cosa combina!

– Forse vi custodisce dei libri e li studia.

– Studiare! L'altro giorno mia figlia le ha mostrato alcuni libri nuovi della quinta elementare, e Maria le si è rivoltata contro e le ha detto in tono secco che c'è soltanto un libro al mondo che la gente deve studiare, e che quel libro è la Bibbia.

– Com'è grazioso il giardino della canonica, – disse Loveday un po' bruscamente. – Il vicario permette mai alla gente di visitarlo?

– Oh, sí, signorina; non lo disturba che la gente vi passeggi. Giusto ieri mi ha detto: «Signora Brown, se mai vi sentirete costretta, – sí, ha detto proprio «costretta»! – uscite dal cancello del vostro giardino, entrate nel mio e godetevi tranquillamente il frutteto». Io non vorrei approfittare della sua cortesia e prendermi troppe libertà, ma se voi, signora, desiderate fare una passeggiata in giardino, vi accompagnerò con piacere. Accanto al laghetto c'è un meraviglioso vecchio cedro che la gente viene a vedere da molto lontano.

– Quello che mi attira è il vecchio capanno con il piccolo frutteto, – disse Loveday, mettendosi il cappello.

– Se Maria vede che ci avviciniamo tanto al suo rifugio, si

spaventerà a morte, – disse la signora Brown facendole strada per le scale. – Da questa parte, prego, signorina, il mio orto porta direttamente al frutteto.

Il crepuscolo lasciava rapidamente spazio all'oscurità. Il canto degli uccelli si era interrotto, e gli unici suoni che turbavano la quiete della sera erano il ronzio degli insetti e il gracidare di una rana in lontananza.

Non appena la signora Brown richiuse il cancello che separava l'orto dal frutteto, dalla direzione opposta apparve la figura cupa e scura di Maria Lisle che si avvicinava.

– Be', in effetti non capisco perché si aspetti di avere il frutteto tutto per sé ogni sera, – disse la signora Brown, scuotendo leggermente la testa. – Fate attenzione ai cespugli di uva spina, signorina, vi si attaccano al vestito. Mamma mia, quanta bella frutta ha il vicario, quest'anno! Non ho mai visto peri piú carichi di questi!

Erano arrivate al «piccolo frutteto» che si vedeva dalle finestre del cottage. Mentre giravano l'angolo del sentiero sul quale sorgeva il vecchio capanno, Maria Lisle spuntò all'altra estremità e all'improvviso si ritrovò a faccia a faccia con loro. Se i suoi occhi non fossero stati costantemente fissi a terra, avrebbe subito notato l'arrivo delle intruse, come loro avevano notato il suo. In quell'istante, vedendole per la prima volta, si fermò di colpo, rimase immobile per un attimo, indecisa sul da farsi, poi si voltò bruscamente e si allontanò in fretta nella direzione opposta.

– Maria, Maria! – la chiamò la signora Brown, – non scappate. Ci fermeremo soltanto un minuto.

Le sue parole non ebbero risposta. La donna non si voltò nemmeno.

Loveday si arrestò all'ingresso del vecchio capanno. Era alquanto malridotto e probabilmente non vi entrava mai nessuno, a parte Maria Lisle; il fatto che non fosse stato spazzato né spolverato suggeriva la presenza di colonie di ragni e di altre creature striscianti.

Loveday le sfidò mettendosi a sedere sulla panca che correva a semicerchio lungo le pareti.

– Cercate di raggiungere la ragazza e ditele che ce ne andremo tra un minuto, – disse rivolgendosi alla signora Brown. – Io vi aspetterò qui. Mi dispiace molto di averla spaventata tanto da indurla alla fuga.

La signora Brown, borbottando e protestando su quanto fossero assurde «le persone incapaci di guardare in faccia gli altri», si avviò per raggiungere Maria.

Dentro il capanno si stava facendo buio. C'era però luce a sufficienza per consentire a Loveday di scorgere una pila di libri in un angolo della panca su cui era seduta.

Li prese in mano uno per uno e li esaminò attentamente. Il primo era una Bibbia molto usata e sottolineata a matita; gli altri erano rispettivamente un «innario della congregazione», un volume intitolato *La fine dei tempi*, con la copertina di cartoncino sulla quale era stampata l'immagine a colori accesi di un angelo rosso e giallo che versava sangue e fuoco da una grande bottiglia nera, e un libro piú piccolo, anche questo con la copertina di cartoncino, su cui era raffigurato un enorme cavallo nero che sbuffava il fuoco dell'inferno verso nuvole color ocra. Il volume si intitolava *L'annuario dei santi* ed era semplicemente un'agenda a righe con massime a effetto per ogni giorno dell'anno. Alcune pagine erano ricoperte da una scrittura molto grande e disordinata.

La spiegazione dell'amore di Maria Lisle per la solitudine serale e il vecchio capanno isolato pareva trovarsi in quei volumi.

La signora Brown seguí Maria fino all'ingresso di servizio, ma non riuscí a raggiungerla, dal momento che la ragazza si era già rifugiata in casa.

Fece ritorno da Loveday un po' accaldata, senza fiato e vagamente irritata. Era assurdo, disse; per quale ragione quella donna non era rimasta a scambiare due parole con loro? La chiacchierata non le avrebbe certo fatto danno; sapeva bene, come lo sapevano tutti gli abitanti del paese, che lei, la signora Brown, non era una pettegola che parlava degli affari altrui.

Ma a quel punto Loveday interruppe in maniera un po' brusca le sue divagazioni.

– Signora Brown, – disse, e quest'ultima ebbe l'impressione che la sua voce e i suoi modi fossero completamente cambiati rispetto a quelli affabili e ciarlieri di mezz'ora prima, – mi duole dirvi che mi sarà impossibile restare anche soltanto una notte nella vostra bella casa; mi è appena tornata in mente una faccenda importante che devo sbrigare a Brighton stasera. Non ho ancora disfatto il baule, perciò se potete gentilmente farlo portare fino al cancello del giardino, lo prenderò quando vi passeremo davanti con il calesse. Adesso vado subito alla locanda a vedere se il signor Clampe può riaccompagnarmi a Brighton in serata.

La signora Brown non trovò parole per esprimere il suo stupore, e senza dubbio Loveday non le diede il tempo di cercarle. Dieci minuti piú tardi interruppe il signor Clampe che si era appena accomodato per la cena, sorprendendolo con l'annuncio che sarebbe dovuta tornare a Brighton il prima possibile: avrebbe avuto la gentilezza di accompagnarla?

– Se è necessario, prenderemo una pariglia, – aggiunse. – La strada è in buone condizioni, tra un quarto d'ora sorgerà la luna e dovremmo farcela in meno di metà del tempo che abbiamo impiegato all'andata.

Mentre veniva approntata una carrozza con due cavalli, Loveday ebbe il tempo per qualche parola di spiegazione.

Il diario di Maria Lisle trovato nel vecchio capanno le aveva fornito l'ultimo anello della catena di prove che avrebbe permesso di risalire al ladro dell'assegno.

– Sarà meglio andare direttamente alla stazione di polizia, – disse, – devono emettere tre mandati: uno per Maria Lisle e gli altri due rispettivamente per Richard Steele, l'ultimo pastore wesleyano di una chiesa in Gordon Street, a Brighton, e per John Rogers, ex presbitero della stessa chiesa. E lasciate che vi dica, – aggiunse con un sorrisetto, – che molto probabilmente queste tre persone rispettabili sarebbero state lasciate libere di proseguire con i loro furti ancora per un po', se non fosse stato per quel ridicolo fantasma di Fountain Lane.

Non ci fu il tempo di aggiungere altro; e quando, pochi minuti piú tardi, i due iniziarono a percorrere sferragliando la strada per Brighton, la presenza dell'uomo che erano stati costretti a portare perché riconducesse poi i cavalli a East Downes, impedí di aggiungere alla breve spiegazione grossi dettagli, se non occasionali e frammentari.

– Temo che John Rogers sia fuggito, – sussurrò Loveday.

E ancora, dopo un po', quando un tratto di strada liscia permise loro di parlare a bassa voce, disse: – Non possiamo aspettare il mandato per Steele: gli agenti devono portarlo quando ci raggiungeranno al 15 di Draycott Street.

– Ma io vorrei sapere dello spettro, – disse il signor Clampe, – mi interessa molto quel «ridicolo fantasma».

– Aspettate di arrivare al 15 di Draycott Street, – rispose Loveday. – Non appena saremo lí, sono certa che capirete tutto.

Quando entrarono a Kemp Town a una velocità che ai passanti fece pensare a una questione di vita o di morte, le campane della chiesa stavano battendo le nove meno un quarto.

Alla stazione di polizia, Loveday non scese e al signor Clampe fu sufficiente parlare cinque minuti con l'ispettore incaricato per far partire le pratiche per l'arresto dei tre criminali.

Era evidente che a Brighton quello era stato il «giorno dei gitanti». Le strade che portavano alla stazione erano affollate e nelle vie secondarie la carrozza era ostacolata dal traffico che giungeva dall'arteria principale.

– Ci muoveremo meglio a piedi; Draycott Street è a un tiro di schioppo da qui, – disse Loveday. – C'è una svolta all'estremità nord di Western Road che ci condurrà direttamente là.

Detto questo, congedarono il cocchiere e Loveday, ancora nel ruolo di cicerone, fece strada all'ispettore tra le viuzze del quartiere, metà paese e metà campagna, situato ai margini della strada che porta al Devil's Dyke.

Non fu difficile trovare Draycott Street: comprendeva due file di case di recente costruzione, tipo pensione o affittacamere con otto stanze. Al primo piano del numero 15 baluginava una luce fioca, ma la finestra in basso era buia e senza tende, e un cartello appeso alle sbarre del balcone affermava che era «in affitto, non ammobiliata». La porta della casa era leggermente socchiusa e, spalancandola, Loveday salí per prima una rampa di scale, il cui tratto iniziale era illuminato da una lampada a paraffina. Poi si fermò al primo piano.

– Conosco la strada. Sono stata qui oggi pomeriggio, – sussurrò al suo compagno. – Questo è l'ultimo sermone di Steele prima che parta per la Giudea. O, in altre parole, prima che scappi con i soldi che è riuscito a trasferire con tanta facilità dal borsellino altrui al proprio.

La porta della stanza in cui erano diretti era aperta, forse a causa del caldo. Lasciava intravedere una doppia fila di panche su cui erano sedute otto o dieci persone, che ascoltavano rapite. Guardavano all'insú, come se fissassero un predicatore in fondo alla sala, e avevano quell'espressione incantata e sofferente che si scorge a volte sul viso dei membri di una congregazione di revivalisti prima che l'ardore dell'esaltazione li infiammi.

Salendo l'ultima rampa di scale, Loveday e il suo compagno sentirono la voce del predicatore – piena, coinvolgente, sonora – e, dal piccolo pianerottolo, riuscirono a scorgere Steele attraverso la fessura della porta semiaperta.

Era un uomo alto e dall'aria distinta, di circa quarantacinque anni, con i capelli cortissimi e bianchi, le sopracciglia nere e occhi estremamente luminosi ed espressivi. Nel complesso il suo aspetto si intonava alla voce: era senz'altro quello di un uomo nato per influenzare, guidare, governare le moltitudini.

Dalla stanza accanto uscí un ragazzo e chiese rispettosamente a Loveday se non le sarebbe piaciuto entrare ad ascoltare il sermone. Lei scosse il capo.

– Non sopporterei il caldo, – rispose. – Potresti per cortesia portare qui delle sedie?

Il sermone stava giungendo al termine, e Loveday e il signor Clampe, seduti fuori ad ascoltare, non poterono reprimere un occasionale fremito di ammirazione per i modi abili con cui il predicatore conduceva i suoi ascoltatori da una figura retorica all'altra, fino a raggiungere il climax declamatorio.

– Quell'uomo è un oratore nato, – sussurrò Loveday, – e, oltre al potere della parola, ha quello dello sguardo. Gli ascoltatori sono ipnotizzati, come se si fossero arresi al mesmerismo di un professionista.

A giudicare da ciò che sentirono, il predicatore era membro di una delle molte sette note con il nome generico di «millenariste». Il suo discorso verteva su Apollion e la grande battaglia dell'Armageddon, descritta in modo vivido, come se fosse stata combattuta sotto i suoi occhi; non sarebbe certo esagerato affermare che l'uomo faceva udire agli ascoltatori il rombo del cannone e i terribili lamenti dei feriti. Descrisse in un quadro sconvolgente la carneficina su quel campo di battaglia, il sangue che scorreva a fiumi attraverso la pianura, lo scempio di uomini e cavalli mentre i rapaci scendevano in picchiata da ogni lato e tigri e leopardi uscivano furtivi dalle loro tane di montagna. – E nel frattempo, – disse, alzando improvvisamente la voce, che passò da un sussurro a un tono pieno ed emozionante, – chi osservava tranquillamente il campo del massacro, con lo sguardo corrucciato e le braccia conserte? Il maestoso Apollion. Ho detto Apollion? No, gli darò il nome che gli spetta, il nome con cui sarà rivelato in quel temibile giorno: Napoleone! Colui che, quel giorno, incarnerà la maestà di Satana sarà un Napoleone. Improvvisamente uscirà dalle nebbie, una figura imponente e scura, la fronte corrugata e un'espressione determinata sulla bocca. Un uomo che comanda, guida, uccide! Apollion il potente, Napoleone il Grande sono la stessa persona...

A quel punto il singhiozzo e le grida soffocate di una delle donne sedute in prima fila interruppero il discorso e indussero il ragazzino che fungeva da sacrestano a entrare nella stanza con un bicchiere d'acqua.

– Ha già tenuto questo sermone, – disse Loveday. – Adesso capite com'è nato il fantasma di Fountain Lane?

– Si sta diffondendo l'isterismo: ecco un'altra donna fuori di sé, – disse il signor Clampe. – È l'ora di mettere un freno a queste cose. Pearson dovrebbe essere qui a minuti con il mandato.

Non aveva ancora finito di pronunciare quelle parole che una serie di passi pesanti sulle scale annunciò l'arrivo di Pearson e del suo mandato.

– Non credo di poter fare altro per voi, – disse Loveday alzandosi per congedarsi. – Se volete venire al mio albergo domani mattina alle dieci, vi racconterò, passo per passo, come sono arrivata a stabilire un collegamento tra un assegno rubato e un «assurdo fantasma».

– È scoppiata una rissa: all'inizio ha lottato, – disse il signor Clampe quando, alle dieci in punto del mattino seguente, andò a trovare la signorina Brooke al Métropole. – Se avesse avuto il tempo di rendersi conto della situazione e avesse chiamato in aiuto qualcuno degli uomini nella stanza, sono convinto che ci avrebbero malmenati e che, nonostante tutto, il predicatore ci sarebbe potuto sfuggire di mano. Il potere che questi «oratori nati», come li chiamate voi, esercitano sulla gente di basso ceto è incredibile.

– Oh, sí, – rispose Loveday pensierosa, – parliamo di «magnetismo» con una certa disinvoltura, ma non ci rendiamo quasi conto di quanto sia vera questa definizione. Sono fermamente convinta che i «condottieri», come vengono definiti, abbiano un potere ipnotico reale e assoluto, pari a quello di qualunque ipnotizzatore francese di oggi, anche se forse lo esercitano in maniera meno consapevole. Adesso ditemi di Rogers e Maria Lisle.

– Come vi aspettavate, Rogers era già fuggito con le seicento sterline che era stato cosí gentile da incassare per conto del suo compare reverendo. Ha fatto credere di essere partito per la Giudea per riunire gli eletti, cosí li chiamava, sotto una sola bandiera. In realtà si è imbarcato per New York dove, grazie al telegrafo, sarà arrestato all'arrivo e rispedito indietro a stretto giro. Maria Lisle è stata arrestata questa mattina con l'accusa di aver rubato l'assegno alla signora Turner. A proposito, signorina Brooke, mi sembra quasi un peccato che non vi siate impossessata del suo diario quando ne avete avuto l'occasione. Avrebbe costituito una prova inestimabile contro di lei e quei furfanti dei suoi compari.

– Non ne ho proprio vista la necessità. Come ricorderete, la donna non è una criminale ma una fanatica: quando dovrà difendersi, confesserà immediatamente e invocherà il fervore religioso come circostanza attenuante; o, quantomeno, lo farà se avrà un buon avvocato. Non ho mai letto niente che rivelasse piú apertamente di quel diario il male causato dalle predicazioni sensazionalistiche di questi millenaristi. Ma non è il caso che vi faccia perdere tempo con la morale: so che siete impaziente di scoprire che cosa mi ha condotto fin da subito a identificare in un predicatore millenarista il destinatario di un oggetto rubato.

– Sí, è cosí; vorrei sapere del fantasma. È questo il punto che mi interessa.

– Benissimo. Come vi ho detto ieri pomeriggio, la prima cosa che mi ha colpito in quella storia di fantasmi è stata l'apparenza militaresca dello spettro. In genere ci si aspetta che le persone che vivono la religione in modo irrazionale come Freer e sua moglie abbiano visioni, ma anche che tali visioni siano in linea con la loro indole, e quindi indistinte ed estatiche. Ero certa che per quella gente il fantasma con le sembianze di Napoleone dovesse avere un qualche senso spirituale. È stata questa convinzione a indirizzare i miei pensieri sui millenaristi, che attribuiscono un significato religioso (anche se non lusinghiero) al nome di Napoleone, rappresentando il malvagio Apollion nella persona di un discendente del grande Imperatore e assegnandogli tutte le caratteristiche del suo illustre antenato. Sono andata a trovare i Freer, ho ordinato un paio di stivali e, mentre l'uomo mi prendeva la misura, gli ho rivolto qualche domanda molto diretta su queste idee millenariste. All'inizio ha tergiversato, ma dopo un po' è stato costretto ad ammettere che in fondo lui e la moglie erano millenaristi e che, in effetti, l'incontro di preghiera in cui lo spettro di Napoleone aveva fatto la sua comparsa per la prima volta era millenarista: era stato tenuto da un uomo che un tempo era predicatore wesleyano presso la cappella di Gordon Street, ma che poi era stato sollevato dal suo incarico perché i suoi insegnamenti erano ritenuti poco ortodossi. Freer aveva inoltre detto che l'uomo era talmente benvoluto che parecchi membri della congregazione non perdevano occasione di seguire i suoi sermoni. Alcuni apertamente, altri, come lui e la moglie, in segreto, per timore che i presbiteri e i pastori della loro chiesa si offendessero.

– E che gli affari ne risentissero in proporzione, – disse il signor Clampe ridendo.

– Esattamente. Visitando la cappella wesleyana in Gordon Street e facendo una chiacchierata con il custode, sono riuscita a ricostruire tutta la storia del predicatore destituito, il reverendo Richard Steele. Dal custode ho appurato che un presbitero della loro chiesa, di nome John Rogers, aveva abbandonato la comunità, si era unito a Richard Steele e se ne andava in giro per il paese con lui, predicando che la fine del mondo sarebbe giunta giovedí 11 aprile 1901 e che cinque anni prima dell'evento, ossia il 5 marzo 1896, 144 000 santi viventi sarebbero stati assunti in cielo. Avevano inoltre annunciato che la traslazione avrebbe avuto luogo nella terra di Giudea, che, a breve, i santi di tutto il mondo si sarebbero affrettati a raggiungerla, e che in vista di tale evento era stata fondata un'organizzazione per fornire alloggio (una serie di alloggi, immagino) alle moltitudini che altrimenti sarebbero rimaste senza casa. Inoltre, e questo è un punto fondamentale, entrambi i gentiluomini si rendevano disponibili ad accogliere le adesioni a tale gruppo. Ero a questo punto della mia indagine sul fantasma, quando siete venuto da me con l'assegno rubato su cui era scritta a matita la cifra 144 000.

– Ah, adesso comincio a capire! – mormorò il signor Clampe.

– Mi è subito venuto in mente che un uomo capace di far visualizzare a comando la personificazione del proprio pensiero avrebbe avuto ben poche difficoltà a indurre soggetti altrettanto ricettivi a infrangere i dieci comandamenti. Mi pare che al mondo abbondino individui simili a fogli bianchi, su cui una mano decisa può scrivere ciò che vuole. «Isterici» li definirebbe un medico, mentre altri li chiamerebbero «soggetti ricettivi all'ipnosi». In effetti il confine che separa lo stato di isteria dalla predisposizione all'ipnosi è molto vago. Perciò, in quel momento, quando ho visto l'assegno rubato, mi sono detta: «Da qualche parte in quella canonica di campagna c'è un foglio bianco; tutto sta nel trovarlo».

– E qui i pettegolezzi della cara signora Brown vi sono venuti in aiuto.

– Infatti. Non solo la signora mi ha fornito la storia completa delle persone che abitano tra le mura della canonica, ma ha anche aggiunto tanti di quei dettagli incisivi che quasi le vedevo muoversi davanti ai miei occhi. Per esempio, mi ha detto che Maria Lisle aveva l'abitudine di definire la signora Turner una «figlia della grande meretrice» o «di Babilonia» e mi ha fornito parecchi altri particolari che mi hanno permesso, per cosí dire, di vedere Maria Lisle mentre svolgeva i suoi compiti quotidiani, offrendo con riluttanza i propri servigi alla padrona, detestandola in cuor suo in quanto seguace di una fede immorale, e pensando di essere al servizio di Dio nel momento in cui la privava di parte delle sue ricchezze per consacrarle a quella che le sembrava una causa benedetta. Adesso vorrei leggervi due brani che ho copiato dal suo diario, riportati rispettivamente in data 3 agosto (giorno in cui è sparito l'assegno) e 7 agosto (la domenica seguente), quando Maria ha senza dubbio avuto l'occasione di vedere Steele a un incontro di preghiera a Brighton.

A quel punto Loveday estrasse il taccuino e lesse ciò che segue:

«Oggi ho derubato gli egiziani! Ho sottratto alla figlia di Babilonia ciò che avrebbe dovuto accrescere il potere della Bestia!»

– E ancora, alla data del 7 agosto, la donna scrive: «Oggi ho portato al mio amato pastore ciò che avevo sottratto alla figlia di Babilonia. Era in bianco, ma lui mi ha detto che lo avrebbe compilato in modo che 144 000 eletti potessero essere piú ricchi di un penny. Che pensiero santo! E tale è stata l'opera della mia mano indegna».

Questo diario è un fantastico guazzabuglio di affermazioni distorte tratte dalle Scritture: panegirici sull'amato pastore, estasi malsane che si penserebbe possano nascere solo da una mente malata. Mi sembra che i manicomi di Portland o Broadmoor e le cure spirituali di un cappellano serio siano la cosa migliore che possa capitare a Maria Lisle in questo periodo della sua vita. A tale proposito devo accennare al fatto che, quando alla funzione religiosa di ieri pomeriggio (per la quale ho rimandato il viaggio a East Downes) ho sentito Steele elogiare con fervore coloro che gli avevano preparato la strada per la battaglia che presto i suoi avrebbero dovuto intraprendere contro Apollion, non mi sono stupita che persone fragili di mente come Maria Lisle, influenzate da una simile eloquenza, si siano date nuovi principî in base ai quali giudicare il bene e il male.

– Signorina Brooke, ancora un paio di domande. Potete dare conto in qualche modo del fatto che la signora Turner abbia improvvisamente pagato i suoi debiti, circostanza che sulle prime mi ha condotto un po' fuori strada?

– È stata la signora Brown a spiegare la cosa senza difficoltà. Mi ha detto che un paio di giorni prima, mentre passeggiava dietro la siepe della canonica e marito e moglie in giardino bisticciavano come al solito per questioni di soldi, ha sentito il signor Turner esclamare indignato: «Nemmeno due settimane fa ti ho dato quasi cinquecento sterline per pagare i tuoi debiti a Brighton, e ora ecco che arriva un'altra fattura».

– Ah, questo chiarisce le cose. Un'altra domanda e ho finito. Non ho dubbi sul fatto che la vostra teoria sul potere ipnotico (esercitato in modo inconsapevole) di uomini come Richard Steele abbia un qualche fondamento, tuttavia al contempo mi pare un po' inverosimile e bizzarra. Ma anche ammettendo che sia vera, non capisco come possiate spiegare il fatto che la bambina, Martha Watts, abbia visto il fantasma. Non era presente all'incontro di preghiera in cui è stato evocato lo spettro, né pare essere entrata in alcun modo in contatto con il reverendo Richard Steele.

– Non pensate anche voi che vedere un fantasma sia come prendere la scarlattina o il morbillo? – rispose Loveday con un sorrisetto. – Se un membro della famiglia scorge un fantasma ben riconoscibile e facile da descrivere, come quello avvistato da questa brava gente, dieci a uno che altre persone che vivono nella stessa casa lo scorgeranno prima della fine della settimana. Abbiamo l'abitudine di sostenere che «vedere equivale a credere». Non pensate che sia vero anche l'opposto, che «credere equivalga a vedere»?

Arthur Conan Doyle

L'avventura della scatola di cartone

Fra tutti i casi che illustrano le straordinarie doti mentali del mio amico Sherlock Holmes, ho cercato, per quanto mi era possibile, di selezionare quelli meno sensazionali ma piú adatti a mettere in luce le sue qualità. Tuttavia, è impossibile scindere del tutto il sensazionale dal criminale, e un cronista si trova perennemente dibattuto fra il sacrificare particolari che sono essenziali per il racconto, dando cosí una falsa impressione del problema, e il servirsi di quegli elementi che il caso, e non la scelta, gli ha messo a disposizione. Con questa breve premessa, rielaborerò i miei appunti relativi a una concatenazione di eventi assai singolare e particolarmente tragica.

Era una torrida giornata d'agosto, Baker Street era un forno e il riverbero del sole sui mattoni gialli della casa di fronte faceva male agli occhi. Era difficile credere che quelle dall'altra parte della strada fossero le stesse tetre mura che si distinguevano a stento nella nebbia invernale. Avevamo abbassato a metà le imposte delle finestre e Holmes era rimasto tutto il giorno raggomitolato sul divano, leggendo e rileggendo una lettera che aveva ricevuto con la posta del mattino. Quanto a me, dopo aver prestato servizio in India ero abituato a resistere piú al caldo che al freddo, tanto che tolleravo novanta gradi senza alcuna difficoltà. Il giornale non offriva alcun interesse, il Parlamento era chiuso, tutti erano fuori città e io bramavo una vacanza nelle radure del New Forest o sulle spiagge di Southsea. Ma avevo prosciugato il mio conto in banca, perciò ero stato costretto a rimandare le vacanze; quanto al mio amico, né il mare né la campagna presentavano per lui la minima attrattiva. Gli piaceva vivere in mezzo a cinque milioni di persone, aggirandosi fra loro con le fibrille sempre in movimento per captare il piú lieve sentore di un crimine insoluto. Tra le sue molte doti mancava completamente la sensibilità verso le bellezze della natura; le uniche occasioni in cui lasciava la città erano quelle in cui distoglieva la sua attenzione dal delinquente cittadino per seguire le tracce di quello di campagna.

Vedendo che Holmes era troppo assorto per fare conversazione, avevo messo da parte l'inutile giornale e mi ero abbandonato nella poltrona, cadendo in una specie di sogno a occhi aperti. All'improvviso, però, la voce del mio amico interruppe il corso dei miei pensieri.

– Ha ragione, Watson, – disse. – Anche a me sembra un modo molto assurdo di regolare una disputa.

– Completamente assurdo! – esclamai. Poi, rendendomi conto che aveva espresso ad alta voce i miei pensieri piú intimi, mi rimisi a sedere di scatto e lo fissai stupefatto. – Ma come ha fatto, Holmes? – domandai. – Questo supera ogni possibile immaginazione!

Il mio amico rise di gusto di fronte alla mia perplessità. – Ricorderà, – rispose, – che qualche tempo fa, quando le lessi un brano di un racconto di Poe in cui un serrato ragionatore segue i pensieri inespressi del suo compagno, sosteneva che si trattasse soltanto di una trovata dello scrittore. E quando io le feci notare che era mia costante abitudine fare lo stesso, espresse una certa incredulità.

– Oh, no!

– Forse non con le parole, mio caro Watson, ma certamente con le sopracciglia. Perciò, quando le ho visto accantonare il giornale e immergersi nei suoi pensieri, sono stato ben felice di avere l'opportunità di seguirli e poi di farvi irruzione, per dimostrarle che ero rimasto in contatto con lei.

Ma io ero tutt'altro che soddisfatto da quella spiegazione. – Nell'esempio che mi lesse, – obiettai, – il ragionatore aveva tratto le sue conclusioni dalle azioni dell'uomo che stava osservando; se non ricordo male, l'uomo era inciampato in un mucchio di sassi, aveva guardato le stelle e cosí via. Io, invece, ero seduto tranquillamente in poltrona, perciò quali indizi ho potuto fornirle?

– Fa torto a se stesso. I lineamenti sono stati dati all'uomo come un mezzo per esprimere le emozioni, e i suoi svolgono egregiamente questa funzione.

– Vuole forse sostenere di aver letto il corso dei miei pensieri attraverso i miei lineamenti?

– Attraverso i suoi lineamenti e, soprattutto, attraverso i suoi occhi. Forse lei stesso non ricorda com'è cominciata la sua fantasticheria.

– No.

– Allora glielo dirò io. Dopo aver gettato via il giornale, gesto che ha attratto la mia attenzione su di lei, è rimasto seduto per mezzo minuto con uno sguardo vacuo. Poi i suoi occhi si sono fissati sul ritratto del generale Gordon, che ha fatto incorniciare da poco, e ho intuito dal cambiamento della sua espressione che aveva iniziato una serie di riflessioni, che però non l'ha portata molto lontano. Quindi il suo sguardo si è posato sul ritratto senza cornice di Henry Ward Beecher, che sta in cima alla pila dei suoi libri. Poi ha guardato la parete, e la sua riflessione mi è sembrata ovvia: stava pensando che se quel ritratto fosse stato incorniciato, avrebbe potuto benissimo coprire lo spazio nudo sulla parete e fare da pendant al ritratto di Gordon.

– Mi ha seguito in modo mirabile! – esclamai.

– Fin qui era difficile che potessi sbagliare. In seguito, però, i suoi pensieri sono tornati su Beecher e ha corrugato le sopracciglia, fissando lo sguardo su di lui come se volesse studiare il carattere celato sotto quei lineamenti; quando ha smesso di aggrottare la fronte, il suo viso ha mantenuto un'espressione pensierosa. Stava rievocando gli avvenimenti della carriera di Beecher. Ero sicuro che non avrebbe potuto non pensare alla missione che compí a favore dei nordisti al tempo della guerra civile, perché ricordo di averla sentita esprimere una profonda indignazione per il modo in cui fui accolto dagli elementi piú turbolenti del nostro popolo. Quando me ne parlò, era cosí appassionato che sapevo che non avrebbe potuto pensare a Beecher senza pensare anche a questo. Un attimo dopo, ho visto che i suoi occhi si staccavano dal ritratto e ho avuto il sospetto che la sua mente si fosse ormai rivolta alla guerra civile e, osservandole le labbra serrate, gli occhi scintillanti e le mani contratte, ho capito che stava pensando al coraggio dimostrato da entrambe le parti in quella lotta furiosa. Ma poi il suo viso si è intristito e ha scosso la testa. Rifletteva sulla tristezza, l'orrore e l'inutilità di un tale spreco di vite umane. La sua mano si è posata sulla sua vecchia ferita e un sorriso le ha increspato le labbra, il che mi ha indotto a credere che si fosse fatto strada nella sua mente il lato ridicolo di questo metodo per regolare le questioni internazionali. A questo punto ho concordato con lei che si tratta di un sistema assurdo e sono stato assai compiaciuto di constatare che tutte le mie deduzioni erano corrette.

– Assolutamente sí! – esclamai. – Ma, ora che me lo ha spiegato, confesso di essere sbalordito quanto prima.

– È soltanto una sciocchezza, mio caro Watson, glielo assicuro. Non l'avrei portata alla sua attenzione, se l'altro giorno non avesse manifestato una certa incredulità in proposito. Ma ho qui per le mani un problemino che forse si dimostrerà piú difficile da risolvere che non il mio piccolo exploit nella lettura del pensiero. Ha notato nel giornale un articolo sul bizzarro contenuto di un pacchetto spedito alla signorina Cushing, di Cross Street, Croydon?

– No, non ci ho fatto caso.

– Ah! Deve esserle sfuggito. Mi lanci il giornale. Eccolo, è qui, sotto la colonna finanziaria. Vuole essere cosí gentile da leggerlo ad alta voce?

Presi il giornale che mi aveva gettato di nuovo e lessi il trafiletto, intitolato *Un macabro pacchetto*.

> La signorina Susan Cushing, abitante in Cross Street, Croydon, è stata oggetto di quello che possiamo ritenere uno scherzo particolarmente rivoltante, a meno che l'incidente non risulti avere un significato piú sinistro.

Alle due di ieri pomeriggio, il postino le ha recapitato un pacchetto, avvolto in carta marrone, che conteneva una scatola di cartone piena di sale grosso. Rovesciandola, la signorina Cushing è rimasta inorridita vedendo due orecchie umane, in apparenza mozzate molto di recente. La scatola era stata spedita come pacco postale da Belfast, il mattino precedente. Il mittente è sconosciuto e la faccenda è tanto piú misteriosa in quanto la signorina Cushing, una nubile di cinquant'anni, ha sempre condotto una vita molto ritirata e ha cosí poche conoscenze e corrispondenti che raramente riceve posta. Qualche anno fa, però, quando viveva a Penge, aveva affittato delle camere a tre giovani studenti di medicina, che era stata poi costretta a mandare via a causa delle loro abitudini chiassose e irregolari. Secondo la polizia, questo atto oltraggioso nei confronti della signorina Cushing potrebbe essere riconducibile ai tre giovani, che le serbavano rancore e intendevano spaventarla mandandole quei resti provenienti da una sala anatomica. La teoria sembrerebbe in parte avvalorata dal fatto che uno degli studenti proveniva dall'Irlanda del Nord, e in particolare, secondo il parere della signorina Cushing, da Belfast. Nel frattempo, la polizia ha avviato le indagini e il caso è stato affidato al signor Lestrade, uno dei nostri piú brillanti investigatori.

– Questo per quanto riguarda il «Daily Chronicle», – disse Holmes quando ebbi terminato la lettura. – Veniamo ora al nostro amico Lestrade, che stamattina mi ha inviato questo biglietto:

Credo che questo caso rientri pienamente nel suo campo. Abbiamo ottime speranze di risolverlo, ma abbiamo qualche difficoltà a reperire elementi su cui lavorare. Naturalmente abbiamo telegrafato all'ufficio postale di Belfast, ma quel giorno sono stati spediti moltissimi pacchi e non hanno modo di identificare questo in particolare, né ricordano il mittente. Si tratta di una comune scatola da mezza libbra per tabacco conciato con melassa, e non ci è di alcun aiuto. Sono sempre del parere che la teoria piú probabile sia quella dello studente di medicina ma, se avesse qualche ora da dedicarmi, sarei felicissimo di incontrarla qui. Mi troverà per tutta la giornata nella casa o al comando di polizia.

– Che ne dice, Watson? Se la sente di sfidare il caldo e fare un salto con me a Croydon? Potrebbe rivelarsi una vicenda degna dei suoi annali.

– Speravo proprio di distrarmi un po'.

– Benissimo. Faccia chiamare una carrozza. Vado a cambiarmi e a riempire il portasigari. Sarò pronto fra un attimo.

Il nostro viaggio in treno fu accompagnato da un acquazzone

e a Croydon il caldo era molto meno opprimente che in città. Holmes aveva spedito un telegramma per avvertire del nostro arrivo Lestrade, che ci stava aspettando alla stazione, impettito e azzimato come sempre e con la sua inconfondibile aria da furetto. Dopo una camminata di cinque minuti giungemmo in Cross Street, dove abitava la signorina Cushing.

Era una strada molto lunga, fiancheggiata da case a due piani, linde e sobrie, con i gradini di pietra bianca e gruppetti di donne con il grembiule che chiacchieravano sulla porta. A metà della via, Lestrade si fermò e bussò a una porta. Ci aprí una giovane cameriera, la quale ci introdusse nella stanza dove ci aspettava la signorina Cushing. Era una donna dall'aria placida, con occhi grandi e gentili e capelli grigi e lisci, tirati sulle tempie. Teneva in grembo un coprischienale ricamato e, su un tavolino lí accanto, un cestino di matassine di seta colorate.

– Quegli orrori sono nel casotto qui fuori, – disse appena Lestrade entrò. – Vorrei proprio che le portasse via.

– Lo farò, signorina Cushing. Le ho lasciate qui solo perché il mio amico, il signor Holmes, potesse vederle in sua presenza.

– E perché in mia presenza, signore?

– Nel caso volesse rivolgerle qualche domanda.

– A che scopo farmi domande, se le dico che non ne so nulla?

– Certo, signora, – intervenne Holmes nel suo tono accomodante. – Senza dubbio, è stata disturbata piú che abbastanza per questa storia.

– Proprio cosí, signore. Sono una persona tranquilla e conduco una vita ritirata. È una novità per me vedere il mio nome sui giornali e trovarmi la polizia in casa. Non voglio quella roba qui, signor Lestrade. Se desidera vederle, deve andare nel capanno.

Raggiungemmo dunque il casotto nel piccolo giardino sul retro della casa. Lestrade vi entrò e uscí con una scatola gialla di cartone, un foglio di carta marrone e dello spago. Sedemmo su una panca alla fine del vialetto, mentre Holmes esaminava a uno a uno gli oggetti che Lestrade gli aveva consegnato.

– Questo spago è interessantissimo, – commentò, annusandolo e sollevandolo per osservarlo meglio alla luce. – Che ne pensa di questo spago, Lestrade?

– È stato catramato.

– Precisamente. È un pezzo di corda catramata. Senza dubbio, avrà notato che la signorina Cushing l'ha tagliata con le forbici, come si vede dalla sfrangiatura sulle due estremità. Questo è importante.

– Non vedo che importanza abbia, – ribatté Lestrade.

– L'importanza sta nel fatto che il nodo è rimasto intatto e che si tratta di un nodo molto particolare.

– È legato con molta precisione. Ne ho già preso nota, – disse Lestrade con condiscendenza.

– Con lo spago, allora, abbiamo finito, – replicò Holmes sorridendo. – Veniamo ora all'imballaggio. Carta marrone, con un inconfondibile profumo di caffè. Come, non l'ha notato? Credo che non ci siano dubbi. Indirizzo scritto in stampatello con una grafia piuttosto disordinata: «Signorina S. Cushing, Cross Street, Croydon». È stata usata una penna a punta larga, probabilmente una J, con inchiostro molto scadente. La parola «Croydon» era stata scritta con la «i», poi corretta in «y». Perciò il pacco è stato spedito da un uomo – lo stampatello è decisamente maschile – non molto istruito, che non conosce Croydon. Fin qui, tutto bene! La scatola è una scatola gialla da mezza libbra per tabacco alla melassa, che non ha nulla di particolare salvo due impronte di pollice nell'angolo inferiore sinistro. È piena di sale grosso, del tipo usato per conciare pelli e cose del genere, della qualità piú ordinaria in commercio. E, affondati nel sale, ci sono questi due stranissimi allegati.

Parlando, aveva preso le orecchie e, appoggiandosi di traverso sulle ginocchia un'assicella di legno, le esaminò meticolosamente mentre Lestrade e io, chinandoci alle sue spalle, guardavamo ora quei macabri resti, ora il viso attento e pensoso di Holmes. Alla fine, le rimise nella scatola e rimase immerso per un po' in profonda meditazione.

– Certo avrà notato, – disse poi, – che le due orecchie non appartengono alla stessa persona.

– Sí, l'ho notato. Ma se si tratta dello scherzo di uno studente di medicina, può aver preso due orecchie a caso dalla sala anatomica; non era necessario che appartenessero a un'unica persona.

– Già. Ma questo non è uno scherzo.

– Ne è sicuro?

– Tutti i presupposti suggeriscono il contrario. In sala anatomica, nei cadaveri si inietta un fluido conservante, e queste orecchie non ne recano traccia. Inoltre, sono state tagliate da poco con uno strumento smussato, mentre uno studente si sarebbe servito di una lama affilata. E ancora, un futuro medico penserebbe all'acido fenico o alla formaldeide come conservante, non certo al sale grosso. Ripeto che qui non si tratta di uno scherzo, ma di un grave delitto.

Un brivido mi corse lungo la schiena mentre ascoltavo le parole del mio amico, pronunciate con un'espressione seria e preoccupata. Quelle brutali premesse lasciavano intravedere uno sfondo pervaso di inspiegabile orrore. Ma Lestrade scosse la testa, poco convinto.

– Senza dubbio, esistono obiezioni all'ipotesi dello scherzo, – replicò, – ma ne esistono ancora di piú a quella del delitto. Sappiamo che per vent'anni questa donna ha condotto una vita molto tranquilla e rispettabile, prima a Penge e poi qui. E in tutto questo tempo non si è mai assentata da casa per un giorno intero. Per quale motivo, dunque, un criminale dovrebbe spedirle le prove della sua colpevolezza, specialmente quando, se non è un'attrice consumata, la signorina ne sa quanto noi di questa faccenda?

– Questo è il problema che dobbiamo risolvere, – rispose Holmes, – e, per quanto mi riguarda, partirò dal presupposto che il mio ragionamento sia giusto e che sia stato commesso un duplice omicidio. Una delle orecchie appartiene a una donna; è piccola, delicata ed è forata per l'orecchino. L'altra è di un uomo, abbronzata, macchiata e a sua volta forata per portare un orecchino. Presumibilmente sono entrambi morti, altrimenti ne avremmo già sentito parlare. Oggi è venerdí. Il pacchetto è stato spedito giovedí mattina. La tragedia, quindi, deve aver avuto luogo martedí o mercoledí, o forse anche prima. Se le due persone sono state uccise, chi, se non l'assassino, avrebbe mandato alla signorina Cushing questo pegno della sua impresa? Se presumiamo che l'uomo che cerchiamo sia quello che ha spedito il pacchetto, deve aver avuto delle valide ragioni per farlo. Ma quali? Forse per informare la signorina Cushing che il lavoro era stato fatto. O forse per ferirla. In tal caso, lei ne conoscerebbe l'identità. La conosce? Ne dubito. Se cosí fosse, perché avrebbe chiamato la polizia? Avrebbe potuto seppellire le orecchie e nessuno ne avrebbe saputo niente. Si sarebbe comportata cosí, se avesse voluto proteggere l'assassino. Se invece non avesse voluto proteggerlo, ne avrebbe fatto il nome. È un bel pasticcio, e dobbiamo venirne a capo –. Aveva parlato rapidamente, ad alta voce, con lo sguardo fisso nel vuoto oltre lo steccato del giardino, ma d'un tratto balzò in piedi e si avviò verso la casa. – Devo fare qualche domanda alla signorina Cushing.

– Allora la lascio, – disse Lestrade. – Devo sbrigare un'altra piccola faccenda e non ho altro da chiedere alla signorina. Mi troverà alla stazione di polizia.

– Passeremo da lei andando alla stazione, – concluse Holmes.

Un attimo dopo, lui e io eravamo di nuovo nella stanza affacciata sulla strada, dove la signorina stava ancora lavorando tranquilla al suo poggiatesta. Quando entrammo, lo posò e ci rivolse uno sguardo diretto e inquisitore.

– Sono convinta, – esordí, – che questa storia sia soltanto un errore e che il pacchetto non fosse destinato a me. L'ho ripetuto varie volte a quel signore di Scotland Yard, ma mi ha riso in faccia. Per quanto ne so, non ho un nemico al mondo, perciò, perché mai qualcuno dovrebbe farmi uno scherzo simile?

– Tendo a condividere la sua opinione, signorina Cushing, – disse Holmes sedendosi accanto a lei. – Ritengo sia piú che probabile... – s'interruppe e, girandomi, rimasi molto sorpreso dall'intensità con cui osservava il profilo della donna. Per un attimo lessi sul suo volto sorpresa e soddisfazione, anche se quando la signorina si voltò, stupita dal suo silenzio, era tornato impassibile come sempre. Guardai a mia volta i capelli brizzolati e lisci della donna, la sua cuffietta, i piccoli orecchini d'oro, il suo viso pacato, ma non riuscii a vedere nulla che giustificasse l'evidente euforia del mio amico.

– Avrei un paio di domande…

– Oh, basta con le domande! – esclamò la signorina Cushing con impazienza.

– Se non sbaglio, ha due sorelle.

– Come lo sa?

– Appena sono entrato in questa stanza, ho notato che tiene sul caminetto un ritratto di gruppo di tre signore, una delle quali è senza dubbio lei, mentre le altre le somigliano cosí tanto che il legame di parentela è inequivocabile.

– Sí, ha ragione. Sono proprio le mie sorelle, Sarah e Mary.

– E qui accanto a me c'è un'altra fotografia, scattata a Liverpool, di sua sorella minore in compagnia di un uomo che dall'uniforme si direbbe un sottufficiale di Marina. Vedo che a quell'epoca sua sorella non era sposata.

– È un osservatore molto acuto.

– È il mio mestiere.

– Sí, ha indovinato. Ma sposò il signor Browner pochi giorni dopo. Quando è stata scattata quella foto, lui lavorava sulla rotta del Sud America, ma era innamoratissimo di mia sorella e non voleva stare lontano da lei per periodi cosí lunghi, quindi passò alle rotte fra Liverpool e Londra.

– Ah, sulla *Conqueror*, forse?

– No, sulla *May Day*, almeno quando lo vidi l'ultima volta. Jim venne a trovarmi qui, prima che infrangesse la promessa. Poi, però, ricominciò a bere, quando era a terra, e bastavano due dita di alcol per trasformarlo in un altro uomo. Ah! È stato davvero un brutto giorno quello in cui ha ripreso in mano un bicchiere. Prima ruppe i rapporti con me, poi litigò con Sarah e, ora che Mary ha smesso di scrivere, non sappiamo come vadano le cose fra loro.

Era evidente che l'argomento stava molto a cuore alla signorina Cushing. Come tutte le persone sole, dapprima si era mostrata piuttosto schiva ma in seguito divenne molto espansiva.

Ci raccontò molte cose sul cognato, il sottufficiale, poi, passando ai suoi ex inquilini, gli studenti di medicina, ci fece un accurato resoconto delle loro malefatte, fornendoci il loro nome e quello degli ospedali dove lavoravano. Holmes ascoltava attentamente, ponendole ogni tanto una domanda.

– A proposito dell'altra sua sorella, Sarah, – disse. – Dal momento che siete entrambe nubili, mi meraviglia che non viviate insieme.

– Ah, non si meraviglierebbe se conoscesse il carattere di Sarah. Ci provammo, quando venni a Croydon, e abbiamo diviso la casa fino a un paio di mesi fa, quando ci siamo dovute separare. Non voglio parlare male di mia sorella, ma Sarah è sempre stata intrigante ed esigente.

– Mi ha detto che aveva litigato con i vostri parenti di Liverpool.

– Sí, anche se un tempo erano in ottimi rapporti. Andò addirittura a vivere là per essere vicina a loro, mentre ora dice tutto il male possibile di Jim Browner. Gli ultimi sei mesi in cui è stata qui, non faceva che parlare di quanto bevesse e del suo pessimo comportamento. Credo che una volta lui l'abbia sorpresa a ficcare il naso in quello che non la riguardava e l'abbia rimessa al suo posto, e lei se l'è legata al dito.

– Grazie, signorina Cushing, – disse Holmes alzandosi e facendole un inchino. – A quanto ho capito, sua sorella Sarah abita in New Street, a Wallington, vero? Arrivederci, e sono davvero spiacente che sia stata coinvolta in una faccenda con la quale, come giustamente sostiene, non ha nulla a che fare.

Mentre uscivamo, Holmes fermò una carrozza di passaggio. – Quanto dista Wallington da qui?

– Solo un miglio, signore.

– Benissimo. Salti su, Watson. Dobbiamo battere il ferro finché è caldo. Per quanto sia semplice, questo caso non è privo di risvolti interessanti. Cocchiere, si fermi al primo ufficio postale.

Spedí un breve telegramma e per tutto il resto del tragitto rimase appoggiato allo schienale, con il cappello calato sul naso per ripararsi dal sole. Il vetturino ci depositò davanti a una casa simile a quella che avevamo appena lasciato. Il mio amico gli chiese di aspettare e stava per bussare, quando la porta si aprí e comparve sulla soglia un giovanotto dall'aria solenne, vestito di nero, con un cappello lucido.

– È in casa la signorina Cushing? – domandò Holmes.

– La signorina Sarah Cushing è molto ammalata, – rispose il giovane. – Da ieri soffre di una grave febbre cerebrale. Come suo medico, sono costretto a impedirle di ricevere visite. Le consiglio di tornare fra una decina di giorni –. Si infilò i guanti, chiuse la porta e si avviò impettito lungo la strada.

– Be', se non possiamo, non possiamo, – commentò Holmes con noncuranza.

– Forse, non avrebbe potuto, o voluto, dirvi molto.

– Non volevo che mi dicesse niente, volevo solo darle un'occhiata. In ogni caso, penso di avere ormai tutto ciò che mi serve. Vetturino, portateci in un albergo decente dove poter pranzare. Poi andremo a trovare il nostro amico Lestrade alla stazione di polizia.

Fu un pranzo piacevole, e Holmes non fece che parlare di violini, raccontandomi con grande entusiasmo di come avesse acquistato il suo Stradivari, che valeva almeno cinquecento ghinee, nel negozietto di un ebreo in Tottenham Court Road per cinquantacinque scellini. Dai violini passò a Paganini e rimanemmo seduti per un'ora davanti a una bottiglia di chiaretto, mentre mi snocciolava un aneddoto dopo l'altro su quell'uomo straordinario. Era già pomeriggio inoltrato e la luce accecante si era attenuata in un morbido lucore, quando arrivammo alla stazione di polizia.

Lestrade ci aspettava sulla porta. – C'è un telegramma per lei, signor Holmes, – disse.

– Ah! La risposta! – Lo aprí, gli diede un'occhiata, lo appallottolò e se lo ficcò in tasca. – Tutto bene, – annunciò.

– Ha scoperto qualcosa?

– Ho scoperto tutto!

– Come? – Lestrade lo fissò sbigottito. – Sta scherzando.

– Mai stato piú serio in vita mia. È stato commesso un delitto efferato e credo di averne ormai in mano tutti i particolari.

– E il colpevole?

Holmes scribacchiò qualche parola dietro uno dei suoi biglietti da visita e lo porse a Lestrade. – Questo è il nome, – disse. – Non potrà effettuare un arresto prima di domani sera, al piú presto. Vorrei che non facesse il mio nome in merito a questo caso, dal momento che preferisco essere associato a crimini che presentino una certa difficoltà di soluzione. Andiamo, Watson –. Con ciò, ci avviammo alla stazione, lasciando Lestrade a guardare con un'espressione trasognata il biglietto che Holmes gli aveva messo in mano.

– Il caso, – disse quella sera il mio amico, mentre chiacchieravamo fumando un sigaro nel nostro appartamento di Baker Street, – è uno di quelli per cui abbiamo dovuto compiere un ragionamento a ritroso, risalendo dagli effetti alle cause, come accadde per gli altri due che ha riportato come *Uno studio in rosso* e *Il segno dei quattro*. Ho scritto a Lestrade, chiedendogli di fornirci i particolari che ancora ci mancano e di cui entrerà in possesso solo dopo aver arrestato il nostro uomo. E lo arresterà di certo, perché, anche se non ha un briciolo di cervello, una volta che ha capito cosa deve fare è tenace come un bulldog e, in effetti, è proprio quella sua tenacia che lo ha portato ai vertici di Scotland Yard.

– Allora, il caso non è ancora completo? – domandai.

– Lo è nelle linee essenziali. Sappiamo chi è l'autore di questa disgustosa faccenda, anche se una delle vittime ancora ci sfugge. Sicuramente, sarà arrivato anche lei alle sue conclusioni.

– Presumo che sospetti di quel Jim Browner, il sottufficiale della nave di Liverpool.

– Oh, è piú che un sospetto!

– A me pare che esistano soltanto indicazioni molto vaghe.

– Al contrario, per me non ci potrebbe essere nulla di piú chiaro. Ripercorriamo le tappe principali. Ricorderà che abbiamo affrontato questo caso con la mente assolutamente sgombra da qualsiasi preconcetto, il che è sempre un vantaggio. Non avevamo elaborato alcuna teoria, eravamo lí unicamente per osservare e trarre delle deduzioni da ciò che osservavamo. Che cosa abbiamo visto prima di tutto? Una placida e rispettabile signora, apparentemente senza segreti, e una fotografia dalla quale ho capito che aveva due sorelle piú giovani. Ho immediatamente pensato che la scatola fosse destinata a una di loro e poi ho accantonato l'idea, che poteva essere confermata o scartata in un secondo tempo. Quindi, come ricorderà, siamo andati in giardino e abbiamo visto il singolare contenuto della scatoletta gialla. La corda era del tipo usato dai velai di bordo, ed ecco che sulle nostre indagini ha cominciato a tirare aria di mare. Quando ho visto che il nodo era un tipico nodo da marinaio, che il pacchetto era stato spedito da un porto e che l'orecchio maschile era forato per metterci un orecchino, cosa assai piú comune fra gli uomini di mare che non di terra, sono stato pressoché certo che tutti gli attori di quella tragedia erano dei naviganti. Esaminando l'indirizzo sul pacchetto, ho notato che c'era scritto «Signorina S. Cushing». Il cognome era quello della nostra signorina Cushing, ma l'iniziale «S» poteva anche appartenere a una delle sorelle. In tal caso, saremmo dovuti ripartire da zero, e sono rientrato in casa con l'intenzione di chiarire questo punto. Stavo per rassicurare la signorina Cushing, dicendole che a mio parere si trattava di un errore di persona quando, come forse rammenterà, mi sono bloccato di colpo. Il fatto era che avevo appena visto qualcosa che mi aveva sorpreso moltissimo e, al contempo, restringeva considerevolmente il nostro campo di indagine. Come medico, sa benissimo, Watson, che nessuna parte del corpo presenta tante varianti quante l'orecchio umano. Ogni orecchio ha caratteristiche ben precise, che lo distinguono da qualsiasi altro. Troverà due miei brevi saggi sull'argomento nell'«Anthropological Journal» dell'anno scorso. Pertanto, ho analizzato le orecchie contenute nella scatola con l'occhio di un esperto, prendendo accuratamente nota delle loro peculiarità anatomiche. Immagini quindi la mia sorpresa quando, osservando la signorina Cushing, mi sono accorto che il suo orecchio corrispondeva esattamente all'orecchio femminile che avevo appena esaminato: lo stesso lobo accorciato, l'ampia curvatura dell'elice, le stesse circonvoluzioni della cartilagine interna. In tutti i particolari essenziali era lo stesso orecchio. Non poteva assolutamente trattarsi di una coincidenza. Ho compreso subito l'importanza di quell'elemento. Era evidente che la vittima era una consanguinea, probabilmente una parente molto stretta, perciò ho cominciato a parlarle della sua famiglia, e ricorderà che la signorina ci ha fornito particolari assai importanti. In primo luogo, la sorella si chiamava Sarah e fino a poco tempo prima viveva con lei; era quindi ovvio come si fosse verificato l'errore e a chi fosse indirizzato il pacchetto. Poi ci ha parlato del sottufficiale, il marito della terza sorella, e abbiamo saputo che una volta era stato in ottimi rapporti con la signorina Sarah, al punto che lei si era trasferita a Liverpool per essere vicina ai Browner, ma che poi avevano litigato e si erano separati. Dopodiché, non avevano avuto alcun contatto, perciò, se Browner avesse voluto mandare un pacchetto alla signorina Sarah, l'avrebbe senz'altro spedito al vecchio indirizzo. A questo punto, la faccenda cominciava a chiarirsi. Avevamo saputo dell'esistenza di questo sottufficiale, un uomo impulsivo, passionale – rammenterà che aveva rinunciato a un ottimo incarico per rimanere vicino alla moglie – e soggetto a occasionali crisi di alcolismo. Avevamo motivo di credere che la moglie fosse stata uccisa e che al tempo stesso anche un uomo, presumibilmente un marinaio, avesse subito la stessa sorte. Naturalmente, pensai subito alla gelosia come movente del crimine. Ma perché le prove del delitto erano state mandate alla signorina Sarah Cushing? Probabilmente perché, durante la sua permanenza a Liverpool, aveva in qualche modo provocato gli eventi che avevano poi scatenato la tragedia. Dal momento che le navi della linea su cui lavora Browner fanno scalo a Belfast, Dublino e Waterford, se l'assassino era lui e subito dopo si era imbarcato sulla *May Day*, Belfast sarebbe stato il primo porto da dove avrebbe potuto spedire quel raccapricciante pacchetto. D'altro canto, era possibile anche una seconda soluzione e, pur ritenendola estremamente improbabile, ero deciso a scartarla, prima di procedere. Un amante respinto avrebbe potuto uccidere i due Browner e l'orecchio maschile poteva essere quello del marito. C'erano molti elementi che si opponevano a questa ipotesi, senza però inficiarla del tutto. Ho quindi mandato un telegramma al mio amico Algar, della polizia di Liverpool, pregandolo di controllare se la signora Browner era a casa e se il marito si era imbarcato sulla *May Day*. Poi, siamo andati a Wallington, a trovare la signorina Sarah. In primo luogo, ero curioso di vedere fino a che punto le sue orecchie rispecchiassero quelle di famiglia. Inoltre, naturalmente, avrebbe potuto fornirci informazioni importanti, anche se non ero molto ottimista in proposito. Doveva aver saputo della faccenda il giorno prima, perché ne parlava tutta Croydon, e soltanto lei avrebbe potuto capire a chi era in realtà indirizzato il pacchetto. Se avesse voluto aiutare la giustizia, probabilmente si sarebbe rivolta subito alla polizia. In ogni caso, era necessario incontrarla, cosí siamo andati da lei e abbiamo scoperto che la notizia dell'arrivo del pacchetto – perché si era sentita male proprio allora – l'aveva talmente scossa da procurarle una febbre cerebrale. Era chiaro come il sole che ne avesse pienamente compreso il significato, ma era ugualmente chiaro che avremmo dovuto aspettare un certo tempo prima di poter avere il suo aiuto. Ma ormai quell'aiuto non ci serviva piú. Le nostre risposte ci aspettavano alla stazione di polizia, dove avevo chiesto ad Algar di inviarmele, e sono state risposte risolutive. La casa della signora Browner è chiusa da oltre tre giorni e i vicini pensano che sia andata al Sud a trovare i parenti. Gli uffici di navigazione hanno confermato che Browner è salpato a bordo della *May Day* che, secondo i miei calcoli, dovrebbe entrare nel Tamigi domani sera. Quando Browner arriverà, troverà ad accoglierlo l'ottuso ma risoluto Lestrade e allora avremo anche gli ultimi particolari.

Le aspettative di Holmes non andarono deluse. Due giorni dopo, ricevette una grossa busta contenente una lettera dell'ispettore e un documento dattiloscritto che occupava alcuni fogli protocollo.

– Lestrade l'ha acchiappato subito, – disse Holmes lanciandomi un'occhiata. – Forse le interesserà sentire che cosa dice.

Caro signor Holmes,

in base allo schema che avevamo elaborato per controllare le nostre teorie [quell'«avevamo» non è niente male, vero Watson?], ieri, alle sei del pomeriggio, mi sono recato all'Albert Dock e sono salito a bordo della S.S. *May Day*, della Liverpool-Dublino-Londra Steam Packet Company. Alle mie domande, mi è stato risposto che a bordo si trovava effettivamente un sottufficiale di nome James Browner, il quale durante il viaggio si era comportato in modo talmente strano che il capitano aveva dovuto sollevarlo dall'incarico. Scendendo nella sua cuccetta, l'ho trovato seduto su un baule con la testa fra le mani, che si dondolava avanti e indietro. È un omaccione senza barba né baffi, molto abbronzato, che somiglia un po' a Aldridge, quello che ci aiutò nel caso della lavanderia fantasma. Quando gli ho spiegato perché lo cercavo, è balzato in piedi e io avevo già il fischietto in bocca, pronto a chiamare due agenti della polizia fluviale che erano dietro l'angolo, ma Browner sembrava come svuotato e mi ha subito teso i polsi perché lo ammanettassi. Abbiamo portato via lui e il suo baule, pensando che potesse contenere qualcosa di incriminante, ma, tranne un grosso coltello del tipo che hanno quasi tutti i marinai, non c'era altro. In ogni caso, non ci servono ulteriori prove perché, quando l'abbiamo condotto davanti all'ispettore capo, ha chiesto di fare una dichiarazione che, naturalmente, è stata messa a verbale dal nostro stenografo. Ne abbiamo fatto tre copie dattiloscritte e ve ne invio una. Come avevo sempre pensato, si trattava di un caso semplicissimo, ma le sono comunque grato per avermi assistito nelle indagini.

Con i migliori saluti,
Cordialmente suo G. Lestrade

– Mmm! In effetti, l'indagine è stata semplicissima, – commentò Holmes, – ma non credo che gli sembrasse tale quando si è rivolto a noi per un aiuto. In ogni caso, vediamo che cosa ha raccontato Jim Browner. Questa testimonianza è stata resa in presenza dell'ispettore Montgomery, al comando di polizia di Shadwell, e ha il vantaggio di essere trascritta fedelmente.

Ho qualcosa da dichiarare? Sí, ho molto da dichiarare. Voglio liberarmi di questo peso. Potete impiccarmi, o lasciarmi andare, non m'importa un accidente di quello che farete. Le dico che da allora non ho piú chiuso occhio e credo che mai ci riuscirò, fino al giorno in cui non ci sarà piú nessun risveglio. A volte è il viso di lui, ma quasi sempre è quello di lei. Uno o l'altro, li ho sempre davanti agli occhi. Lui ha l'aria risentita e infuriata, ma lei ha un'espressione quasi di sorpresa. Povero agnellino, aveva tutte le ragioni di sorprendersi, leggendo la morte su un viso su cui aveva sempre visto l'amore.

Ma la colpa è stata di Sarah, e che la maledizione di un uomo annientato ricada su di lei e le faccia marcire il sangue nelle vene! Non sto cercando di giustificarmi. Lo so che avevo ricominciato a bere, da quell'animale che ero. Ma lei mi avrebbe perdonato. Mi sarebbe sempre rimasta accanto, se quella donna non fosse mai comparsa sulla soglia di casa nostra. Perché Sarah Cushing mi amava... da qui è cominciato tutto... mi amava, fino a quando l'amore non si trasformò in odio feroce, perché si rese conto che per me valeva piú l'impronta del piede di mia moglie nel fango che non lei, anima e corpo.

Le sorelle erano tre. La maggiore era una brava donna, la seconda un demonio e la terza un angelo. Quando mi sposai, Sarah aveva trentatre anni e Mary ventinove. Mettemmo su casa ed eravamo felicissimi; in tutta Liverpool non c'era donna migliore della mia Mary. Poi invitammo Sarah a venire a trovarci per una settimana, la settimana diventò un mese e infine, non so come, venne a vivere con noi.

All'epoca guadagnavo bene, stavamo mettendo da parte un po' di soldi e tutto filava a gonfie vele. Mio Dio, chi avrebbe mai pensato che sarebbe finita cosí? Chi se lo sarebbe sognato?

Molto spesso ero a casa il fine settimana e a volte, se la nave si tratteneva per imbarcare il carico, avevo tutta la settimana libera, perciò vedevo spesso mia cognata Sarah. Era una bella donna, alta, bruna, vivace e spavalda, con un portamento fiero e uno scintillio ardente negli occhi. Ma quando c'era la piccola Mary, lei non la vedevo nemmeno, lo giuro, che Dio abbia pietà di me.

Qualche volta mi era parso che volesse rimanere sola con me, o che cercasse di convincermi a fare una passeggiata con lei, ma non avevo mai dato peso alla cosa. Una sera, però, mi si aprirono gli occhi. Ero arrivato dalla nave e mia moglie non c'era, ma Sarah era in casa. «Dov'è Mary?», le domandai. «Oh, è andata a pagare dei conti». Io la aspettavo impaziente, camminando su e giú per la stanza. «Non riesci a essere felice cinque minuti senza Mary, Jim? – disse. – Non è gentile nei miei confronti che tu non ti accontenti della mia compagnia nemmeno per cosí poco tempo». «D'accordo, ragazza mia», risposi, tendendole gentilmente la mano. Lei la prese nelle sue, che bruciavano come se avesse la febbre. La guardai e lessi tutto nei suoi occhi. Non c'era bisogno di parlare. Mi accigliai e ritirai la mano. Allora lei rimase accanto a me in silenzio per un po', poi mi batté la mano su una spalla. «Il fedele, vecchio Jim!», disse con una risatina ironica, e corse fuori dalla stanza.

Be', da quel momento Sarah mi odiò con tutto il cuore, e le assicuro che è una donna che sa odiare. Sono stato un imbecille a permetterle di restare con noi, un maledetto imbecille, ma non ne parlai mai con Mary perché sapevo che le avrei dato un dispiacere. Le cose continuarono piú o meno come prima ma, dopo un po', cominciai a notare un certo cambiamento in mia moglie. Era sempre stata fiduciosa e innocente, invece adesso era diventata diffidente e sospettosa, voleva sapere dov'ero stato e cosa avevo fatto, chi mi scriveva, che cosa avevo in tasca e mille altre sciocchezze del genere. Ogni giorno diventava piú strana e piú irritabile, e litigavamo in continuazione per un nonnulla. Io non riuscivo a capire che cosa stesse succedendo. Sarah mi evitava, mentre lei e Mary erano inseparabili. Ora so che stava tessendo le sue trame per avvelenare la mente di mia moglie e metterla contro di me, però in quel momento ero talmente cieco e ottuso che non riuscii a capirlo. Poi ricominciai a bere, ma credo che non l'avrei fatto se Mary fosse rimasta quella di sempre. Ora sí che aveva motivi di avercela con me, e ci allontanammo sempre piú. Quando arrivò quell'Alec Fairbairn, le cose peggiorarono ulteriormente.

La prima volta venne per vedere Sarah, ma ben presto continuò a venire per tutti noi, perché era un tipo affascinante e si faceva amici dappertutto. Era un giovane focoso e brillante, con i capelli ricci, che aveva girato mezzo mondo e aveva una gran parlantina. Era molto simpatico, non lo nego, ed era educatissimo per essere un marinaio, tanto che credo ci fosse stato un tempo in cui stava piú a poppa che negli alloggi dell'equipaggio. Per un mese non fece che entrare e uscire da casa mia, e non avrei mai immaginato tutto il male che avrebbe provocato, con quei suoi modi insinuanti e melliflui. Poi, alla fine, qualcosa mi insospettí e da quel giorno non ebbi piú pace.

Fu una cosa da niente: entrai all'improvviso in salotto e, varcando la soglia, notai un lampo di gioia negli occhi di mia moglie. Ma, appena vide che ero io, quella luce si spense e Mary si voltò con aria delusa. Quello mi bastò. Poteva aver confuso i miei passi solo con quelli di un altro: Alec Fairbairn. Se lo avessi avuto fra le mani in quel momento l'avrei ammazzato, perché quando sono cosí arrabbiato mi comporto sempre come un pazzo. Mary vide il mio sguardo furioso e mi corse incontro, prendendomi per un braccio. «No, Jim, no!», gridò. «Dov'è Sarah?», le domandai. «In cucina», rispose. Allora andai di là e le dissi: «Sarah, quel Fairbairn non deve piú mettere piede casa mia». «Perché no?», fece lei. «Perché lo dico io». «Oh, se i miei amici non sono all'altezza di questa casa, allora non lo sono nemmeno io», ribatté. «Fa' quello che ti pare, – dissi, – ma se quel Fairbairn si fa vedere ancora da queste parti, ti mando in regalo una delle sue orecchie». Credo che la mia faccia l'avesse spaventata, perché non replicò e quella sera stessa se ne andò da casa nostra.

Be', non so se fosse pura malvagità da parte sua o se credesse di potermi mettere contro mia moglie, incoraggiandola a comportarsi male, fatto sta che andò ad abitare a due strade di distanza e cominciò ad affittare le stanze ai marinai. Fairbairn stava da lei e Mary andava a prendere il tè con loro. Quante volte ci sia andata non lo so, ma un giorno la seguii ed entrai con la forza, e vidi Fairbairn che filava via scavalcando il muro del giardino sul retro, da quel vigliacco farabutto che era. Giurai a mia moglie che l'avrei ammazzata, se l'avessi trovata di nuovo lí con lui, e la riportai indietro con me, tremante e singhiozzante, bianca come un cencio. Ormai fra noi non c'era piú traccia d'amore. Vedevo che mi odiava e mi temeva e quando, ossessionato da quel pensiero, mi diedi sempre piú al bere, cominciò anche a disprezzarmi.

A un certo punto, Sarah si accorse che non ce la faceva a tirare avanti da sola a Liverpool e, a quanto ne so, tornò a vivere da sua sorella a Croydon, mentre a casa nostra le cose si trascinavano come prima. Poi arrivò quest'ultima settimana, e con questa tutto il dolore e la rovina.

È andata cosí. Ci eravamo imbarcati sulla *May Day* per un viaggio di andata e ritorno che sarebbe durato una settimana, ma un fusto si era slegato e aveva danneggiato una paratia, perciò dovemmo rientrare in porto per dodici ore. Lasciai la nave e andai a casa, pensando di fare una sorpresa a mia moglie, nella speranza che sarebbe stata contenta di rivedermi cosí presto. Quello avevo appunto per la testa quando svoltai nella strada di casa. Proprio allora, mi passò accanto una carrozza; dentro c'erano mia moglie e Fairbairn che ridevano e chiacchieravano, mentre io ero lí impietrito sul marciapiede a guardarli.

Le do la mia parola che da quel momento persi completamente il controllo e, se ci ripenso, è come se vedessi tutto in un sogno. In quei giorni avevo bevuto molto, e certo quello contribuí a ottenebrarmi ancor di piú la mente. Ora la testa mi pulsa continuamente, ma quella mattina mi sembrava di sentire nelle orecchie il fragore scrosciante delle cascate del Niagara.

Inseguii la carrozza, e le assicuro che vedevo rosso. Ma, mentre correvo, ebbi un lampo di astuzia e rallentai un po', per osservarli senza essere visto. Presto si fermarono davanti alla stazione; c'era molta gente agli sportelli, quindi arrivai vicino a loro senza che se ne accorgessero. Presero i biglietti per New Brighton e io feci altrettanto, ma salii tre carrozze dietro di loro. Quando arrivammo a New Brighton andarono a passeggiare sul lungomare, mentre io li seguivo a meno di cento metri di distanza. Alla fine, vidi che noleggiavano una barca e si avviavano per fare una gita in mare; faceva molto caldo e sicuramente avevano pensato che al largo sarebbe stato piú fresco.

Fu come se si fossero consegnati nelle mie mani: noleggiai anch'io una barca e mi misi a remare dietro di loro. C'era un po' di foschia e la visibilità era di poche centinaia di metri. Intravedevo la loro imbarcazione, ma andavano quasi alla mia stessa velocità e dovevano essere a poco piú di un miglio dalla spiaggia, quando li raggiunsi. La foschia ci avvolgeva e noi tre eravamo lí in mezzo. Mio Dio, potrò mai dimenticare le loro facce quando videro chi c'era nella barca che si stava avvicinando? Mary gridò. Lui imprecò e cercò di spingermi via con il remo, perché doveva aver letto la morte nei miei occhi, ma io lo schivai e lo colpii a mia volta con il remo, fracassandogli la testa come un uovo. Forse lei l'avrei risparmiata, ma quando gli gettò le braccia al collo, piangendo e invocando il suo nome, la colpii e la vidi crollare accanto a lui. Ero come una belva che ha assaggiato il sangue. Per Dio, se Sarah fosse stata lí, avrebbe fatto la stessa fine. Tirai fuori il coltello e... be', lo sa. Ho detto abbastanza. Provai una specie di gioia selvaggia, pensando a come si sarebbe sentita Sarah ricevendo quei pegni, che erano il risultato delle sue macchinazioni. Poi legai i corpi, divelsi un'asse dal fondo della barca e aspettai finché affondò. Sapevo benissimo che il proprietario avrebbe pensato che si fossero persi nella foschia e fossero stati trascinati al largo. Mi ripulii, tornai a terra e risalii sulla nave, senza che nessuno avesse il minimo sospetto di ciò che era successo. Quella sera stessa preparai il pacchetto per Sarah Cushing e la mattina dopo lo spedii da Belfast.

E ora sa tutta la verità. Potete impiccarmi, o fare di me quello che volete, ma non potete punirmi piú di quanto sia già stato punito. Non riesco a chiudere gli occhi senza vedermi davanti quelle due facce che mi fissano... mi fissano come mi fissarono quando la mia barca sbucò dalla foschia. Io li ho uccisi in fretta, ma loro mi stanno uccidendo lentamente; se avrò un'altra notte come questa, prima che sorga il sole sarò morto o impazzito. Non vorrà mettermi in una cella da solo, signore? Per pietà, non lo faccia, e che nel giorno della sua agonia possa essere trattato come ora tratterà me.

– Che senso ha tutto questo, Watson? – disse solennemente Holmes posando i fogli. – A che serve questo circolo vizioso di dolore, violenza e paura? Deve avere uno scopo, altrimenti il nostro universo sarebbe governato dal caso, il che è impensabile. Ma quale scopo? Questo è l'immenso, perpetuo interrogativo al quale la mente umana è ancora ben lungi dal trovare risposta.

Fred Vargas

Salute e libertà[*]

[*] Il titolo parafrasa l'espressione «Salut et fraternité» che, durante la Rivoluzione francese, sostituí le formule di cortesia usate nell'*ancien régime* in chiusura di una lettera [*N. d. T.*].

Appostato su una panchina, di fronte al commissariato del quinto arrondissement di Parigi, il vecchio Vasco sputava noccioli di oliva. Cinque punti se colpiva il basamento del lampione. Aspettava che comparisse un poliziotto biondo, alto, corporatura floscia, che ogni mattina usciva verso le nove e mezzo e, con aria imbronciata, lasciava una moneta sulla panchina. In quel momento il vecchio, di professione sarto, era davvero a secco. Come spiegava a chiunque lo stesse a sentire, la nostra epoca aveva suonato la campana a morto per i virtuosi dell'ago. La confezione su misura aveva i giorni contati.

Il nocciolo passò a due centimetri dal basamento di metallo. Vasco sospirò e bevve a canna qualche sorso di birra da una bottiglia da un litro. Il mese di luglio era caldo e già alle nove ti veniva sete, senza contare le olive.

Stando su quella panchina da piú di tre settimane, ogni santo giorno fuorché la domenica, il vecchio Vasco aveva finito per identificare un bel po' di facce, al commissariato. Era un buon passatempo, meglio del previsto. Allucinante quanto si sbattessero quei tizi. Per fare che, c'era da chiederselo. Fatto sta che si agitavano dalla mattina alla sera, ognuno a modo suo. Tranne il piccoletto bruno, il commissario, che si muoveva sempre molto lentamente, come se fosse sott'acqua. Usciva a fare due passi piú volte al giorno. Il vecchio Vasco gli diceva due parole e lo guardava allontanarsi lungo la via, con un'andatura un po' beccheggiante, le mani sprofondate nelle tasche dei pantaloni stropicciati. Quello era uno che non si stirava gli abiti.

Il poliziotto alto e biondo scese i gradini dell'ingresso verso le dieci, con un dito appoggiato alla fronte. Quella mattina era in ritardo, forse aveva mal di testa o sul commissariato era piombato un grosso caso. Poteva capitare, dopotutto, a furia di sbattersi a quel modo. Vasco lo chiamò con grandi cenni mostrando la sua sigaretta spenta. Ma a quanto pare il tenente Adrien Danglard non aveva fretta di attraversare per accendergliela. Guardava fisso un grande attaccapanni di legno, vicino alla panchina, con appesa una giacca bisunta.

– È lui a innervosirti, fratello? – domandò il vecchio Vasco indicando l'attaccapanni.

– Cos'è questa schifezza che hai piazzato in strada? – gridò Danglard attraversando.

– Per tua informazione, questa schifezza si chiama servo muto, e si usa per appenderci l'abito senza gualcirlo. Cosa ti hanno insegnato, in polizia? Vedi, metti i pantaloni su questa sbarra e qui sistemi delicatamente la giacca.

– E hai intenzione di lasciarlo sul marciapiede?

– Nossignore. L'ho trovato ieri nella spazzatura, in Rue de la Grande-Chaumière. Tra poco me lo porto a casa e lo riporterò qui domani mattina. E così via.

– E così via? – gridò Danglard. – Ma perché, Dio santo?

– Per appenderci l'abito. Per fare conversazione.

– E devi proprio appenderlo per strada?

Danglard gettò un'occhiata alla giacca lisa del vecchio.

– E allora? – ribatté Vasco. – Sto attraversando un brutto momento. Questa giacca viene da uno dei migliori sarti di Londra. Vuoi vedere l'etichetta?

– Me l'hai già mostrata, la tua etichetta.

– Uno dei migliori sarti, ti dico. Con un bello scampolo, vedrai che fodera le faccio. Mi supplicherai per averlo, il mio completo inglese. Perché si vede che a te gli abiti piacciono. Hai buon gusto.

– Non puoi tenere qui questo aggeggio. È vietato.

– Non dà fastidio a nessuno. Non cominciare a fare il poliziotto, non mi piace sentirmi represso.

Invece al tenente non piaceva sentirsi bistrattato. E aveva mal di testa.

– Fai sparire il servo muto, – disse in tono fermo.

– No. È la mia proprietà. È la mia dignità. Non si possono togliere a un uomo queste cose.

– Vaffanculo! – ribatté Danglard voltandogli le spalle.

Il vecchio si grattò la testa guardandolo allontanarsi. Quella mattina, niente moneta. Buttare via il servo muto? Un simile tesoro? Neanche a parlarne. Teneva ben dritta la sua giacca. E, soprattutto, teneva compagnia. È vero, lui su quella panchina si rompeva le palle da morire, tutti i giorni. Il poliziotto biondo non sembrava uno che capisse queste cose.

Vasco scrollò le spalle, tirò fuori di tasca un libro e si mise a leggere. Inutile aspettare che passasse il piccolo commissario bruno. Era arrivato all'alba, come al solito. Lo si vedeva andare e venire dietro la finestra dell'ufficio. Quel tizio camminava molto, sorrideva spesso, parlava volentieri, ma non sembrava uno con tanti soldi in tasca.

Danglard entrò nell'ufficio del commissario Adamsberg con due compresse in mano. Adamsberg sapeva che cercava dell'acqua e gli porse una bottiglia senza quasi rivolgergli lo sguardo. Si rigirava fra le dita un foglio di carta, sventagliandosi. Danglard conosceva abbastanza il commissario per capire, dalla variazione d'intensità del suo volto, che quella mattina era successo qualcosa d'interessante. Ma diffidava. Lui e Adamsberg avevano due concezioni molto diverse di ciò che si suole definire una «cosa interessante». Per esempio, il commissario trovava piuttosto interessante non far niente, mentre Danglard andava totalmente nel panico. Il tenente gettò un'occhiata sospettosa al foglio bianco che svolazzava fra le mani di Adamsberg. Inghiottí le compresse, fece una smorfia per puro automatismo, e rimise il tappo alla bottiglia. In realtà, si era abituato a quell'uomo, pur irritandosi per il suo comportamento, inconciliabile con il proprio modo di vivere. Adamsberg si fidava dell'istinto e credeva nelle risorse dell'umanità, Danglard si fidava della riflessione e credeva nelle risorse del vino bianco.

– Il vecchio della panchina sta passando i limiti, – annunciò Danglard riponendo la bottiglia.

– «Vasco de Gama»?

– Proprio lui, «Vasco de Gama».

– E che limiti sta passando?

– I miei limiti.

– Ah. Adesso è piú chiaro.

– Si è portato un grosso attaccapanni che chiama servo muto, su cui ha appeso uno straccio che chiama giacca.

– Ho visto.

– E ha intenzione di coabitare con quell'aggeggio sulla pubblica via.

– Gli ha chiesto di sbarazzarsene?

– Sí. Ma dice che è la sua dignità, che a un uomo non la si può togliere.

– Certo... – mormorò il commissario.

Danglard spalancò le lunghe braccia aggirandosi per la stanza. Da quasi un mese quel vecchio, che per di piú esigeva di essere chiamato Vasco de Gama, come se non fosse già abbastanza ingombrante, si era accampato per l'estate sulla panchina di fronte. Mangiava, dormiva, leggeva, e sputava tutt'intorno un'infinità di noccioli d'oliva e gusci di pistacchi. E da un mese, sotto sotto, il commissario lo proteggeva come se fosse di porcellana. Danglard aveva tentato piú volte di dare il benservito a Vasco, la cui sorveglianza gli sembrava, piú che sospetta, spiacevole, e ogni volta Adamsberg aveva svicolato, borbottando che ci avrebbero pensato dopo, che il vecchio avrebbe finito per cambiare posto. Morale: era già luglio e non solo Vasco de Gama stava ancora lí, ma ci portava il servo muto.

– Ce lo teniamo ancora a lungo, quel vecchio? – domandò Danglard.

– Non è nostro, – rispose Adamsberg alzando un dito. – Le dà cosí fastidio?

– Mi costa. E mi fa venire il nervoso, stando lí a non combinare un cavolo per tutta la giornata, a guardare la strada e raccogliere mucchi di porcherie che si ficca in tasca.

– Io credo che faccia qualcosa.

– Sí. Mette un rametto in una busta e la infila nel portafoglio. Lei lo chiama qualcosa?

– È qualcosa, ma non mi riferivo a questo. Credo che intanto faccia qualcos'altro.

– Perciò lo lascia lí? Le interessa? Vuole sapere?

– Perché no?

– Si vede proprio che è estate e abbiamo tempo da buttar via.

– Perché no?

Danglard decise di lasciar perdere, per l'ennesima volta. In ogni caso, Adamsberg era passato a un altro ordine di idee. Giocherellava con il foglio di carta bianca.

– Mi apra un fascicolo nuovo, Danglard, c'è una cosetta da archiviare.

Gli rivolse un bel sorriso, porgendogli il foglio con la punta delle dita. Sopra c'erano solo tre righe, composte di piccoli caratteri ritagliati, incollati e allineati con cura.

– Lettera anonima? – domandò Danglard.

– Proprio cosí.

– Ne abbiamo a carrettate.

– Questa è un po' diversa: non accusa nessuno. Legga, legga, Danglard, si divertirà, sono sicuro.

Danglard aggrottò le sopracciglia per leggere.

4 luglio

Egregio Commissario,

lei avrà anche una bella faccia, ma in fondo è un vero cretino. Quanto a me, ho ucciso impunemente.

Salute e libertà

X

Adamsberg rideva.

– Mica male, no? – domandò.

– È uno scherzo?

Adamsberg smise di ridere. Dondolò sulla sedia scuotendo il capo.

– Non sembrerebbe, – rispose alla fine. – Questa faccenda m'interessa molto.

– Perché dice che ha una bella faccia o perché dice che è un vero cretino?

– Semplicemente perché mi dice qualcosa. Ecco un assassino, se poi è davvero un assassino, che dice qualcosa. Un assassino che parla. Che ha commesso occultamente un crimine, e ne è fiero, ma non gli serve a niente perché non c'è nessuno ad applaudirlo. Un provocatore, un esibizionista, incapace di tenere per sé le sue porcherie.

– Sí, – disse Danglard. – È banale.

– Ma questo complica la partita, Danglard. Possiamo sperare in un'altra lettera, ma può anche darsi che si fermi qui, sazio di aver sputato il suo lerciume e troppo prudente per spingersi oltre. Non si può fare niente. È lui a decidere. È sgradevole.

– Lo si può provocare. A mezzo stampa?

– Danglard, lei non è mai stato capace di aspettare.

– Mai.

– Peccato. Rispondere comprometterebbe le probabilità di ricevere un'altra lettera. La frustrazione fa girare il mondo.

Adamsberg si era alzato e guardava dalla finestra. Osservava la strada, e Vasco, giú in basso, intento a frugare in una sacca di stoffa.

– Vasco ha trovato un tesoro, e se lo incamera, – commentò sottovoce. – Scendo a camminare un po', Danglard. Poi torno. Porti la lettera al laboratorio e li avverta che ci ho messo sopra le dita.

Adamsberg non riusciva a stare in ufficio tutto il giorno. Doveva camminare, guardare, contemplare. Senza per altro approfittarne per riflettere in modo coerente. Formulare un problema per trovare una soluzione era un procedimento diretto a cui aveva rinunciato da tempo. In lui, le azioni precedevano i pensieri, e mai il contrario. Come con quel vecchio, Vasco de Gama. Ci teneva che rimanesse sulla panchina, ma non avrebbe saputo dire perché. Ci teneva, semplicemente. E dato che ci teneva, doveva esserci un buon motivo. Un giorno l'avrebbe saputo, non restava che aspettare che si manifestasse a tempo debito. Un giorno, camminando, avrebbe saputo perché.

O come con quella lettera. Danglard aveva ragione, era solo una lettera anonima fra tante altre. Ma gli sembrava singolare, e un po' allarmante. A preoccuparlo o a sorprenderlo non era sentirsi dare del cretino, no, spesso gli veniva in mente anche da solo. Quando si bloccava di fronte a un computer o quando tornava dopo due ore di camminata, incapace di dire a cosa avesse pensato. O quando non riusciva a decidere se la G venisse prima o dopo la K senza recitare a bassa voce tutto l'alfabeto. Ma che poteva saperne, l'assassino? Nulla, ovviamente. Dovevano arrivare altre lettere. Quella faccenda non sembrava affatto uno scherzo. Ma non avrebbe saputo dire perché. Un omicidio commesso chissà dove, e chi s'è visto s'è visto. Ora l'assassino sbucava dal suo nascondiglio, con cautela e sfacciataggine. Qualcosa del genere. Al tempo stesso, Adamsberg aveva la vaga impressione di essere attirato in una nassa. Quando i suoi passi lo riportarono al commissariato, si stava ripetendo che doveva fare attenzione, che era cominciato qualcosa di piuttosto brutto. – Attenzione, soprattutto, – mormorò fra sé e sé. – La G prima della K.

– Parli da solo?

Vasco de Gama lo guardava sorridendo. Il vecchio, che del resto non era poi cosí vecchio, settant'anni al massimo, aveva un bel volto scarno incorniciato da capelli folti, lunghi, argentei. Le labbra non si vedevano, sotto i baffi spioventi, ma con quel grosso naso, gli occhi umidi, la fronte alta, i suoi discorsi caotici e il volume di poesie che appoggiava con noncuranza sulla panchina, sembrava una caricatura un po' sfacciata del Filosofo da marciapiede. Gli si vedevano le scapole sotto la camicia. Adamsberg non credeva che il personaggio fosse fasullo, ma quella mattina preferiva fare attenzione a tutto.

– Parlo da solo, sí, – disse sedendosi sulla panchina. – Mi do qualche piccolo consiglio.

– Vuoi un'oliva? Cinque punti se colpisci il lampione.

– No, grazie.

– Vuoi un biscotto?

Vasco gli agitava sotto il naso una scatola di cartone.

– Non hai fame? Sono biscotti buoni, sai. Li ho comperati per te.

– Non è vero.

– Non è vero, ma non c'è niente di male a dirlo.

– Che ci fai, qui?

– Sto seduto. È un mestiere come un altro.

– Perché stai seduto qui?

– Perché c'è una panchina. Qui o da un'altra parte...

Adamsberg sospirò.

– Ti piace stare di fronte a un commissariato? – riprese.

– È un diversivo. C'è movimento. E poi, è come per tutte le cose: ti affezioni. Io mi affeziono in fretta. Una volta mi sono affezionato a un gamberetto. Un coniglio, passi ancora, ma un gamberetto, t'immagini? Ogni due giorni gli cambiavo l'acqua della bacinella. Ne ho consumato, di sale, credimi. Be', era contento, nella sua bacinella. Allora ti rendi conto che gamberetti e uomini... è tutto lo stesso. Il tuo collega biondo, quello senza spalle, si è incavolato di brutto, stamattina. Non per il gamberetto, che adesso è morto, ma per questo servo muto. Il biondo è un bel rompiballe, ma a me piace davvero, e poi è generoso. Si fa delle domande arzigogolate, si preoccupa, il che produce il rumore delle onde, la conosco questa solfa. Tu, invece, fai il rumore del vento. Si vede dal tuo modo di camminare, segui il ritmo del respiro. Se mi toccasse farti cambiare idea, dovrei sudare sette camicie. To', guarda la scatola di fiammiferi che ho dipinto. Mica male, no?

Vasco, fedele a una delle sue principali manie, si svuotava meticolosamente le tasche e sciorinava il contenuto sulla panchina e sul marciapiede, come se lo vedesse per la prima volta. E le sue tasche, numerosissime, contenevano enormi quantità di oggetti inclassificabili. Adamsberg gettò un'occhiata a una scatoletta ammaccata e colorata.

– Come fai a sapere queste cose su Danglard o su di me? – domandò.

– Cosí. Sono un poeta, io, tutto mi parla. Senti un po', non mi chiamo mica Vasco per niente. Qui dentro le idee viaggiano, – aggiunse battendosi un dito sulla tempia.

– L'hai già detto.

– E viaggiano in modo strano, anche. Immagina per un momento che sul marciapiede ci sia una grossa pozzanghera d'acqua sporca. Inquadri la situazione?

– Perfettamente.

– Bene. Il tuo amico biondo arriva, vede la pozzanghera. Si ferma, esamina la cosa e ci gira intorno, pianifica per bene la faccenda. Tu invece non vedi nemmeno la pozzanghera, ma la eviti senza rendertene conto, a naso. È una percezione del mondo tutta diversa. Capito? Sei come un mago. Il biondo non si fida della tua magia. Proprio per niente. Vedi questa faccia su questa foto? Non sciuparla, è mio padre. E questa, rimarrai a bocca aperta, è mia madre. Le somiglio, vero? L'ho messa in una cornicetta dorata. Questa è la foto tessera di uno sconosciuto che ho trovato per terra. Non chiedermi chi sia. Lui invece è Valentin. Mio padre ha salvato sua nonna dai turchi, un bel po' di tempo fa. Aspetta, ecco un rametto d'albero. Sta' a sentire, ieri camminavo e questo rametto mi cade sui capelli. Attento a non romperlo. Aspetta, ecco un portacenere giallo pieghevole. Me l'ha dato una ragazza in un bar, la ragazza non l'ho piú rivista. Le forbicine, invece, non so da dove arrivino.

– Posso prenderle?

– Ah no! Le forbici, no! Troppo utili. Prendi il portacenere, se vuoi. O questo, to', un cinturino da orologio.

– Ti ringrazio, non porto l'orologio.

– Eppure è utile. Che cretino.

– Sí. Me l'hanno già detto stamattina.

– Davvero? Sui giornali dicono il contrario.

– Sai tante cose, Vasco. Sul serio.

– Vorrei vedere! Pubblico un mio giornale, e lo vendo, anche. Perciò leggo quelli degli altri, per tenermi al corrente. Due mesi fa hanno parlato di te, con la tua foto e tutti gli annessi e connessi. Sei un tipo rispettato. È una bella cosa. Io, se fossi rispettato, potrei confezionare dei completi in seta, meglio che a Londra.

– Sei davvero un sarto?

– Sicuro, un sarto. Ma i clienti sono rari, la confezione su misura ha i giorni contati. Vuoi che ti legga quell'articolo su di te? Ce l'ho in una tasca.

– Ti sembra normale portarti dietro un articolo che parla di me?

– Tu non c'entri. È per via di quel poveraccio che si è fatto scaraventare nella Senna, il barbone del ponte Henri IV che chiamavano «Dieci di quadri». Un amico. Parola d'onore, non sapevo nemmeno il tuo nome prima di leggere l'articolo. Hai sbattuto dentro il suo assassino nel giro di tre settimane. Mica male, no?

– Non so.

– Ma sí, dicono che sei furbo. Che, anche se non sembra, sei portato per quelle cose. Io invece sono portato per la poesia, a ognuno la sua croce. Ti assicuro: sono portato, scrivo poesie per il mio giornale. Solo che, per comporre versi bisogna aver mangiato, sai. In questo momento butta malissimo.

Adamsberg diede a Vasco le monete che aveva in tasca.

– Torni a lavorare?

– Sí.

– Ad ogni buon conto, sappi che davanti alla porta del tuo commissariato c'è una pozzanghera d'acqua lurida. Fa' attenzione. Il biondo alto l'ha individuata subito.

Adamsberg ringraziò e attraversò lentamente la strada.

Nelle due settimane successive, al commissariato non arrivò nessuna lettera. Jean-Baptiste Adamsberg, che si era sorpreso a spiare l'arrivo della posta con una passione per lui piuttosto inusitata, era passato per tutte le fasi dell'amore deluso, dalla speranza all'elucubrazione. Era all'ultima tappa, cioè ribellione e alterigia, e ormai si costringeva a fingere indifferenza quando arrivava in ufficio il fascio di lettere.

Il rapporto del laboratorio era stato deludente. Né la carta né la busta né la colla avevano rivelato alcunché di particolare. I caratteri erano stati ritagliati con un paio di forbicine e non con un taglierino. Nessuna impronta. Niente errori d'ortografia. Era probabile che i caratteri venissero dal quotidiano regionale «La Voix du Centre». Il che non significava niente perché la busta era stata imbucata a Parigi e quel giornale era venduto in tutte le stazioni. Quanto all'autore della lettera, infine, si poteva supporre che fosse colto e meticoloso. Quei brandelli di informazioni non portavano da nessuna parte, Adamsberg li conosceva a memoria.

La trasognata noncuranza del commissario raramente era scalfita dalle vicissitudini dei casi giudiziari. Adamsberg si lasciava trasportare senza impazienza dalle circostanze delle indagini fino alla conclusione che aveva presagito. Sapeva aspettare per settimane o per mesi, se necessario, prima di puntare al traguardo, il che esasperava Danglard. Sapeva prendere la mira tranquillamente. Durante il servizio militare si era ritrovato tiratore scelto, e i suoi superiori lo sballottavano da una gara all'altra, come un idiota. Aveva passato tutto l'anno a sparare a bersagli di cartone. Non aveva mai imparato a prendere la mira. Non si era mai allenato. Quando era il momento, appoggiava lentamente il fucile alla spalla, puntava, sparava. Un bel sistema per imboscarsi, si ammazzava solo il cartone. Nelle sue inchieste aveva l'impressione di agire un po' allo stesso modo, di tenersi alla larga dalle marce forzate, e poi, quando era il momento, puntare. Pensava che avrebbe percepito l'istante in cui l'assassino avrebbe attraversato il suo territorio, che in un modo o nell'altro ne sarebbe stato avvertito, e allora avrebbe agito. Danglard diceva che erano tutte cretinate.

Adamsberg non gli dava torto, ma comunque sorvegliava il proprio territorio, vi lasciava fluttuare lo sguardo, come una rete sott'acqua. Però questa volta le cose andavano un po' diversamente. Non fluttuava bene come al solito. Non c'era nessuna inchiesta e non c'era nessun reato. E per una semplice lettera che gli aveva dato del cretino, stava allerta, ed era scontento. Per questo motivo pensava che quel tale si fosse preso un vantaggio su di lui fin dall'inizio.

Viceversa, la mancanza di lettere legittimò lo scarso interesse che Danglard aveva manifestato per quella missiva. In compenso, era sempre piú contrariato dalla presenza fastidiosa di Vasco de Gama, ancora appostato sulla sua panchina. Ogni sera Vasco si portava via il servo muto, al quale adesso era appeso, oltre alla vecchia giacca, un paio di pantaloni piú o meno abbinati.

La mattina precedente, l'arrivo di Vasco con una lampada da ufficio aveva annientato Danglard. Era una lampada alta come un uomo, con la piantana arrugginita, il paralume di metallo verde scuro. Dalla finestra del corridoio vide Vasco fargli un cenno con la mano, posare sulla panchina una scatola di biscotti e un sacchetto di pistacchi, e sistemare la lampada di fronte al servo muto, come per farsi luce e leggere comodamente. Vasco aveva trasportato tutto il suo armamentario su un carrello malconcio. Indietreggiò di qualche passo per valutare l'effetto del suo nuovo salotto, appoggiò a terra i sacchetti di plastica, allineò alcune reliquie che tirò fuori di tasca dopo una scrupolosa indagine, e si apprestò a leggere. Incollato al vetro, Danglard era dilaniato fra l'impulso autoritario di sbatterlo dentro per vagabondaggio e turbativa dell'ordine pubblico, e il sordo desiderio di andare a sedersi vicino a lui sulla panchina, in pieno sole, sotto quella lampada che non funzionava. Sentí avvicinarsi Adamsberg. Il commissario gli si mise accanto, la fronte contro il vetro.

– A quanto pare, sta proprio piantando le tende, – disse Adamsberg.

– Dobbiamo far sgombrare quel vecchio pazzo. Mi irrita. Mi disturba.

– Per il momento non bisogna toccarlo. Forse non è pazzo.

– Ci ha già parlato? Non si è accorto che è fuori di testa?

– Ognuno ha la sua croce, come dice lui. Quando l'ha portato, il servo muto?

– A oggi, sono sedici giorni.

– Quella mattina c'è stata la lettera.

Danglard lo guardò senza capire.

– Che c'entra?

– Niente. Vedo che ieri ha portato una lampada.

– E allora?

– Allora, oggi con la posta è arrivata una lettera.

Danglard fissò Adamsberg con un'espressione incredula, poi alzò le spalle.

– Una lampada non ha niente a che vedere con una lettera.

– Indubbiamente, – disse Adamsberg. – È solo una coincidenza che non si può fare a meno di notare.

– Con un piccolo sforzo, si può benissimo.

– Certo. Ma venga a leggere la lettera, Danglard.

La lettera e la busta erano già state infilate in una custodia di plastica. I caratteri erano disposti con cura, proprio come in quella precedente.

20 luglio

Egregio Commissario,

aspettava mie notizie? Sí, ovviamente. Eppure, per un pelo non l'ho lasciata perdere. Voi della polizia siete cosí cretini. Lei non può colpirmi. Non mi preoccupa. Per me, lei è già uno sconfitto.

Salute e libertà

X

– Misto di brutalità e ricercatezza, – commentò Danglard.

– Il tizio ha bisogno di parlare, allunga il suo messaggio. Un bel po' di lettere da incollare. È un tipo paziente, metodico. I caratteri, alla fine, sono ben allineati come all'inizio.

– Probabilmente dice la verità. Deve aver esitato prima di scrivere di nuovo, prima di entrare nell'ingranaggio. Deve aver soppesato i pro e i contro, il rischio e la voglia.

– La busta è stropicciata, l'ha tenuta in tasca. O quel tizio riflette prima di passare all'azione o viene fino a Parigi per imbucarla. Non è partita dallo stesso ufficio postale. Ha cambiato cassetta delle lettere.

– Al suo crimine, lei ci crede?

– Non lo so. Mi sembra di sí.

– Non sappiamo né dove, né quando, né chi.

– Lo so, Danglard. Non setacceremo mica tutto il passato della Francia. Siamo impotenti. A meno di non trovare un punto di partenza.

– Nella lettera?

– In strada. Un punto di partenza che da un mese e mezzo ci guarda dalla panchina di fronte.

Danglard sedette pesantemente, le spalle si afflosciarono.

– No, – disse.

– È cosí, vecchio mio. Capita che quel tizio sia lí. Le due cose sono intrecciate.

– Per forza sono intrecciate, – ribatté brutalmente Danglard. – Sono gli unici eventi degni di nota da quando è cominciata l'estate. Ma non è che funzionino insieme solo perché esistono insieme. Porca miseria, non si può sempre confondere tutto.

Adamsberg aveva preso un foglio di carta e si era alzato in piedi per disegnare. Da quando il commissario aveva assunto il suo incarico, Danglard lo aveva visto scarabocchiare su centinaia di fogli. Qualche volta, alla sera, capitava che Danglard ne recuperasse uno dal cestino della carta straccia. Adamsberg aveva abbandonato la serie di foglie d'albero per passare a particolari di visi, e mani.

– Tenga, – disse Adamsberg porgendogli un foglio, – ho fatto il suo ritratto. Vado a camminare. Poi torno.

Certo che sarebbe tornato. Perché ripeterlo di continuo? Probabilmente, pensava Danglard, perché temeva di non aver voglia di tornare, un giorno, e di camminare dritto davanti a sé fino alle montagne.

Danglard sentí richiudersi piano la porta del commissariato e guardò Adamsberg allontanarsi per la via, sciamannato, le mani in tasca. Era la prima volta che Adamsberg gli giocava il tiro del ritratto. Gettò al disegno un'occhiata prudente, un'occhiata di sbieco, poi un'altra, piú rassicurato. Sembrava che quel ritratto volesse riconciliarlo con se stesso, e la commozione lo travolse di colpo. Danglard si commuoveva facilmente. Pensò che per dominare quel cedimento ci voleva un bicchiere di bianco. In realtà, era un'emozione resistente che per rifluire richiese un bel po' di bicchieri. Prima di mezzogiorno Danglard era fuori combattimento.

Nel giro di una settimana arrivarono altre tre lettere, imbucate in diversi quartieri di Parigi. Adamsberg era cosí soddisfatto che fischiettava spesso, senza rivolgere a Danglard nemmeno un appunto riguardo al vino bianco di mattina, e disegnava ancor piú del solito. Le cinque lettere nelle loro custodie di plastica erano appese alla parete dell'ufficio. Non riusciva piú a staccarsene. Danglard gli diceva che era intossicato dall'assassino, e Adamsberg non rispondeva. A intervalli regolari si alzava, si fermava di fronte alla parete e rileggeva. Danglard lo guardava.

23 luglio

Egregio Commissario,

evidentemente lei non cava un ragno dal buco. Ha un bel leggere e rileggere, sa di non avere nessuna possibilità. Il suo sgomento fa piacere. Penso a un nuovo crimine. I poliziotti sono cosí cretini. Lo commetterò quando mi farà comodo, senza guardare troppo per il sottile. Che ne dice? Forse la avvertirò.

Salute e libertà

X

– Stile ampolloso, – mormorò Adamsberg. – È pesante, è faticoso. Perché? Ecco la domanda.

Il suo sguardo passò alla lettera successiva.

26 luglio

Egregio Commissario,

le mie lettere sono per lei una delusione. Niente che le permetta di afferrare quel filo che potrebbe condurre fino a me. Sappia inoltre che ho un aspetto anonimo: occhi normali, capelli normali, segni particolari nessuno. Non ho nient'altro da offrirle.

Salute e libertà

X

Infine, l'ultima arrivata:

28 luglio

Egregio Commissario,

cominciamo a conoscerci bene, noi due, no? Peccato che io non possa leggere le sue risposte. La giornata è stata piuttosto tediosa.

Inutile scoraggiarla: lei è un incapace, ma chiunque avrebbe fallito. Avevo pianificato la mia impresa al millimetro. Diciamocelo senza peli sulla lingua: io sono un assassino, lei è un poliziotto, non siamo fatti per incontrarci.

Salute e libertà

X

Adamsberg passava da una lettera all'altra, fischiettava, tornava a sedersi. Adesso che l'assassino non riusciva piú a fare a meno di scrivere, si sentiva tranquillo. Ma quel tale non avrebbe rivelato altro. Probabilmente si sarebbe limitato a girare in tondo, per il piacere di esistere e la voglia di piacere, senza scoprirsi. Oscillava tra l'insulto e la confidenza, abbastanza astioso per osare, abbastanza furbo per trattenersi. Adamsberg aveva l'impressione che quelle confidenze fossero dettate dalla strana preoccupazione di guadagnarsi la sua indulgenza. Come se il tizio pensasse che non si abusa a quel modo del tempo e dell'attenzione altrui senza offrire in cambio una piccola ricompensa. Regalucci che non valevano granché, ma gli permettevano di continuare la sua attività epistolare.

– È un tipo cortese, – concluse Adamsberg.

– Non ci vede nient'altro? – domandò Danglard.

– Sí. I capelli.

– Ah, l'aveva notato?

– Aveva cominciato già con la seconda lettera. Infila capelli un po' dappertutto. Ci pensa troppo, quel tale.

– Nell'ultima lettera non usa la parola «capello».

– Dice «senza peli sulla lingua», è lo stesso.

Danglard fece una smorfia di scetticismo.

– Non c'è niente nemmeno nella lettera del 23, – disse.

– E invece sí, ma di rimbalzo. «Senza guardare troppo per il sottile» somiglia a «senza spaccare un capello in quattro». Quindi anche in quella lettera ci sono dei capelli, sotto sotto.

Danglard borbottò.

– Ma sí, Danglard. Certo. Funziona cosí. La parola cambia, sparisce, ma l'idea c'è, eccome.

– È strano, – sospirò Danglard. – È strano interessarsi dei capelli.

– Appunto. Molto strano. Che altro?

– Le date delle spedizioni: 23, 26, 28. Non sembra probabile che abiti lontano e venga a Parigi ogni due giorni per imbucare le lettere. Deve vivere nella capitale o nei dintorni. Si può comperare «La Voix du Centre» in tutte le stazioni. Se sorvegliassimo le stazioni?

Adamsberg scosse il capo. Adesso a Danglard sembrava brutto, mentre un momento prima era piuttosto bello. Quando il commissario lo contraddiceva, Danglard lo trovava improvvisamente brutto. Intanto il tenente si interrogava anche sulla propria incostanza e sulla relatività dei giudizi estetici. Se la bellezza scompare non appena uno è esasperato, che probabilità ha di sopravvivere in questo mondo? E su cosa fondare i criteri stabili della vera bellezza? E dove si trova questa maledetta vera bellezza? In una forma indipendente da qualunque altra cosa? Nell'unione tra una forma e un'idea? Nell'idea che una forma suggerisce?

– Cavolo, – disse Danglard. – Mi sta venendo sete.

– Non adesso. Eravamo alle stazioni. Non credo che il nostro tizio abiti necessariamente a Parigi o nell'area limitrofa. Ha tenuto in tasca le cinque buste. Meticoloso com'è, non deve certo esitare di fronte a qualche andirivieni per migliorare la sua copertura. Non è il caso di perdere tempo nelle stazioni. Non otterremo niente cominciando da lí.

– Ma è proprio obbligatorio cominciare? È proprio obbligatorio occuparsi di queste cinque lettere del cavolo?

– Questo merita una riflessione, – disse Adamsberg prendendo dal cassetto un altro foglio di carta.

Il commissario disegnò per qualche istante mentre Danglard continuava a meditare in silenzio sulla questione della bellezza relativa.

– E ci riconduce a Vasco, – riprese Adamsberg.

– Dopo la lampada non ha portato piú niente, eppure ci sono state altre tre lettere. Vede che non c'entra.

– Partiremo da qui, da Vasco, – insistette Adamsberg.

– Non ha senso, – disse Danglard sbrigativamente.

– Poco male, delle questioni di senso ci occuperemo in seguito. Mi serve sapere che cosa combina quel brav'uomo stando accampato di fronte alla nostra porta.

– A quest'ora se n'è già andato con la sua mercanzia.

– Non importa, possiamo aspettare domani.

La serata fu caldissima. Si poteva andare in giro in maniche di camicia. Danglard sudava portando la spesa su per le scale. Aveva comperato patate e salsicce per la cena dei figli, e anche delle fragole. Entro due giorni i suoi cinque figli sarebbero partiti per le vacanze. Non aveva ancora riflettuto su come ammobiliare quella breve solitudine. Pensava soprattutto che avrebbe dormito molto e magari bevuto un bel po', cosa che non poteva fare liberamente sotto lo sguardo contrariato delle figlie. Danglard sbucciava le patate, gli sembrava di essere portato per quell'attività. Pensava alla lampada di Vasco de Gama. Sarebbe stato curioso di vedere la stanza dove abitava il vecchio, in un vicolo del quattordicesimo arrondissement. Vasco gli aveva mostrato una fotografia in bianco e nero, e quel posto era cosí zeppo di roba che non era riuscito a distinguere il pavimento dal soffitto. «Questo è il basso», aveva precisato Vasco capovolgendo la fotografia con aria offesa. L'indomani Adamsberg non ne avrebbe cavato niente. Adamsberg dava i numeri. Era ora che arrivasse settembre, con qualche bel caso autentico. L'estate era fatta solo di scartoffie calde, di miraggi e di interrogativi illusori. Secondo lui, a Adamsberg l'estate non faceva bene. Avrebbe dovuto andarsene sulle sue montagne invece di aggirarsi come una bestia feroce intorno a quelle cinque maledette lettere. Cioè, una bestia feroce di piccola taglia, si corresse mentalmente, qualcosa di non molto grosso, tipo una lince, diciamo. Danglard schioccò la lingua, scontento, versando le patate in una bacinella per lavarle. No, Adamsberg non aveva niente in comune con una lince, non era abbastanza teso per il mestiere di felino. In quel momento, di sicuro, se ne andava a spasso con una matita nella tasca posteriore. Danglard lo invidiava un po'.

Adamsberg gironzolava sui lungosenna. Come a molti provinciali, quella passeggiata gli piaceva, mentre i parigini pensavano che puzzasse soprattutto di urina. La grande calura della giornata aveva intiepidito le pietre del parapetto su cui si era seduto. Il commissario aspettava, paziente, il temporale. Che cominciò con una bella raffica di vento e con qualche gocciolina esitante che gli fece temere che abortisse. Ma alla fine ci furono tutti gli ingredienti. Le esplosioni, le scariche di lampi, il diluvio. Seduto, con le mani appoggiate sul parapetto, Adamsberg non se ne perdeva una briciola. La gente se l'era data a gambe. Era solo, nella sera, in riva alla Senna. L'acqua gli scorreva già a torrenti sotto i piedi. Quel frastuono era proprio ciò che ci voleva dopo quelle giornate in cui si era limitato a chiudere fascicoli, aspettare il postino e guardare Vasco de Gama che sputava noccioli. I pantaloni gli si incollavano pesantemente alle cosce. Aveva l'impressione di non riuscire piú a muoversi, di essere sommerso dalla massa d'acqua, ma al tempo stesso di essere il centro e il demiurgo del temporale. Quell'immensa potenza acquisita gratuitamente, senza alcuno sforzo né alcun merito, lo mandava in estasi. Adamsberg si asciugò il volto grondante d'acqua. Se l'assassino avesse saputo trovare, come lui, il suo quarto d'ora di gloria a ogni temporale, se come lui si fosse davvero creduto Dio a ogni diluvio, di certo non avrebbe mai ammazzato nessuno. Bisognava pensare che i temporali lasciassero l'assassino indifferente, ed era un vero peccato. La cosa preoccupante era quel secondo omicidio preannunciato. Adamsberg tendeva a credere che la minaccia non fosse una semplice spacconata, che qualcuno potesse essere in pericolo. Ma chi, dove, quando? Era proprio quell'aspetto fantomatico ad attrarlo, quell'inchiesta che era fatta solo di vuoto, di assenza e di oscurità.

Profondamente soddisfatto, Adamsberg ascoltava il temporale che adesso si allontanava, il rumore della pioggia che pian piano cambiava registro. Mosse le braccia, quasi per controllare che funzionassero ancora. E come se tornasse da un mondo molto lontano, cominciò a risalire con cautela i gradini per tornare sul lungosenna. Sapeva in quale caffè Vasco passava le prime ore della notte, sedendosi ora a un tavolo, ora a un altro, intrufolandosi nelle conversazioni di chi stava mangiando, dandosi un sacco da fare per vendere il suo «settimanale», tutto scritto e illustrato a mano. Negli ultimi quindici giorni lo aveva seguito piú volte, senza dire niente a Danglard, che non era ancora maturo per interessarsi sinceramente di quel vecchio. Ci sarebbe arrivato, Adamsberg aveva un'assoluta fiducia in Danglard. Ogni volta, Vasco aveva concluso la serata in quell'american bar relativamente caro dove conosceva tutti e dove finiva per mangiare gratis piluccando a vari tavoli.

Adamsberg passò da casa. Si asciugò, indossò degli abiti asciutti e stropicciati, poi, sempre a piedi, raggiunse l'american bar. Erano le undici e mezzo. Il pianista suonava, chi era lí per cenare cenava, qualche cliente solitario adocchiava gli altri, Vasco aveva sciorinato su un tavolo il contenuto delle tasche e lo esaminava con occhio preoccupato: tutto come al solito. Adamsberg, piuttosto esausto per il gran lavoro che gli aveva dato quel temporale, si lasciò cadere su una sedia e ordinò. Vasco si voltò e lo guardò attentamente. Adamsberg si versò un bicchiere di vino e vuotò il cestino del pane aspettando l'ordinazione. Non fece neppure cenno a Vasco di avvicinarsi. Sapeva che sarebbe venuto al suo tavolo.

Poco dopo Vasco ripose le sue carabattole. Operazione che richiedeva sempre molto tempo. Infilava frammenti di chissà cosa in varie buste che poi ficcava in sacchetti di stoffa. Quindi se li metteva nelle tasche, un sacchetto dopo l'altro, e a seconda del formato della tasca. Dopo aver raccolto tutto, andò a sedersi di fronte a Adamsberg e ricominciò a tirar fuori tutto.

Mangiando, Adamsberg ascoltava i suoi commenti. Quella massa di oggetti disparati e le spiegazioni con cui Vasco li accompagnava lo ipnotizzavano. Gli toccarono di nuovo la foto del padre, della madre, dello sconosciuto, di Valentin, la scatola di fiammiferi decorata, il rametto, il portacenere giallo, e poi anche la fotografia della sua stanza dove non riuscí a distinguere l'alto e il basso, con grande irritazione di Vasco, il quale disse che i poliziotti erano decisamente tutti uguali, pezzetti di carta pieni di annotazioni illeggibili, abbozzi di caricature, campioni di stoffa, un rocchetto di filo di lino, un nocciolo di oliva lustro per l'usura. Adamsberg vedeva il tavolo riempirsi a poco a poco di quelle sacre cianfrusaglie. Rilassato dallo spettacolo, si ritrovava a pensare, come Danglard, che interrogare il vecchio era una scemenza, che a nessuno sarebbe venuto in mente di condurre un simile interrogatorio. Se fosse stato in ufficio, di certo avrebbe rinunciato. Ma in quel bar, mentre finiva di cenare, poteva discorrere con Vasco senza che nessuno se ne preoccupasse.

Stentò a interrompere la tiritera del vecchio, che adesso mescolava ai commenti citazioni di poesie e aneddoti senza capo né coda. Adamsberg non aveva mai conosciuto nessuno che passasse cosí in fretta da un argomento all'altro. Gli riempí il bicchiere per la quinta volta. L'eloquio di Vasco si faceva piú rapido. Batteva pacche sulla spalla a Adamsberg, gli diceva che era un tipo furbo, fantastico, e le sue resistenze si affievolivano. Ma Adamsberg intuiva chiaramente che, per quanto Vasco fosse di indole cordiale, un sordo istinto gli ordinava di stare attento ai poliziotti. E, nonostante il vino, si chiuse a riccio quando Adamsberg iniziò l'interrogatorio, a bruciapelo.

– Stavolta, Vasco, ho voglia di avere delle risposte. E anzi, ne ho bisogno. Non intendo sentirmi dire che stai seduto lí perché c'è una panchina. Non è vero. Su quella panchina ti rompi le palle, lo vedrebbe anche un cieco. Non appena suonano le cinque, tagli la corda come uno scolaro alla fine delle lezioni. Non stai lí per il piacere di farlo.

– Ti sbagli. Senti, oggi una donna ha perso il fazzolettino

per strada, te l'ho detto? Sai, un fazzolettino, quello che si infila nel taschino della giacca. L'ha perso mentre correva, e mi è caduto sulle ginocchia come un uccellino. Te lo faccio vedere. Come un uccellino.

– Me lo fai vedere dopo. Cosa cavolo combini su quella panchina? Che ci vai a fare, Dio santo?

– Niente di niente. Io viaggio. Le panchine sono le mie navi. Per questo mi chiamano Vasco. Vuoi un biscotto? Si issa la vela maestra, e vai con Dio!

Vasco si frugava nelle tasche alla ricerca della scatola di dolciumi.

– Non darmi biscotti. Rispondi alla mia domanda.

– Non mi piace, la tua domanda. Quando fai cosí non sei per niente simpatico.

Adamsberg non ribatté perché Vasco aveva ragione. Si appoggiò allo schienale bollente della sedia, e i due rimasero in silenzio. Adamsberg mangiava. Vasco riordinava e scompigliava i feticci sparsi sul tavolo, come se giocasse da solo un'assurda partita a scacchi, mordicchiandosi l'interno della guancia. A Adamsberg sembrò patetico.

– Sei solo un povero tonto, – mormorò, – e un poeta da quattro soldi, e un viaggiatore del cazzo, e un fanfarone.

Vasco levò sul commissario uno sguardo torbido.

– Ti credi bravissimo, furbissimo, a fare l'idiota originale sulla tua panchina, – continuò Adamsberg, – ma in realtà non vedi piú in là della punta del naso, ed è per questo che la tua nave approderà sotto forma di relitto nella cella del mio commissariato.

– Perché fai il bastardo? Cosa farnetichi?

– Metti via le tue schifezze, – disse bruscamente Adamsberg spazzando il tavolo con un ampio gesto del braccio. – Ti agiti come un chiacchierone puerile dietro alla tua siepe di chincaglieria e non si riesce a parlare. Metti via le tue schifezze, ti dico!

– Ma chi ti credi di essere per darmi degli ordini?

– Non ti do nessun ordine, Vasco, ti do una dritta. Una grossa dritta, una soffiata enorme che ti soffierà nelle orecchie il vento d'alto mare, e sballotterà la zattera a cui ti aggrappi: a noi, a noi poliziotti, sai che cosa arriva da quando ti sei installato lí? Dal giorno in cui hai portato il servo muto? Lettere, caro mio, le lettere di un assassino che fa lo spiritoso, le lettere di un tizio che ha ammazzato e che ammazzerà ancora, le lettere di un bastardo sicuro di sé e ben al riparo. Vedi, una storia per niente simpatica, come dici tu. E tutto ciò, mentre bivacchi di fronte a dove stiamo noi. Non mi credi?

– No, – rispose Vasco sistemando in fretta la sua spazzatura nelle varie buste.

– Non muoverti, Vasco, – disse Adamsberg afferrandolo per la manica.

Estrasse dalla giacca le fotocopie delle cinque lettere e gliele mise sotto il naso. Il vecchio gettò un'occhiata ai fogli e distolse lo sguardo. Adamsberg glieli ficcò in mano a viva forza, senza dire una parola. Vasco li scorse con aria tetragona, poi li gettò sul tavolo.

– Non mi dicono niente, – borbottò. – Non voglio entrarci, nei tuoi traffici.

– Non capisci, Vasco: tu ci sei già, nei miei traffici. Non si tratta piú di sapere se vuoi entrarci, ma se puoi uscirne. Perché, renditene conto, sei in un bel casino.

– Pensi che sono io a scriverti?

– Che sei tu a ritagliare i caratteri con le forbicine che tieni nella sesta tasca destra, e ad allinearli con la stessa cura con cui disponi i tuoi tesori? Sí, c'è da pensarlo.

Vasco scuoteva la testa, agitato.

– Oppure c'è qualcuno che ti sta appioppando un omicidio. Scegli. Pesca a caso.

– Non sei come credevo, – disse il vecchio con una smorfia di disgusto.

– E invece sí.

– Credevo che, nella vita, ti piacesse camminare per le strade; non rompere le palle alla gente.

– E invece mi piace anche rompere le palle alla gente. A te no?

– Può darsi, – borbottò il vecchio.

– E non mi piace che qualcuno venga ammazzato. E non mi piace che me lo annuncino prendendomi per il culo. E non mi piace il tizio che scrive queste lettere. E non mi piace che qualcuno si atteggi a invincibile, tranne che durante i temporali, esclusivamente durante i temporali. E non mi piace che tu reciti la parte del sognatore idiota. E non mi piacciono i poliziotti. E non mi piacciono i cani.

Adamsberg raccoglieva disordinatamente i suoi cinque fogli e se li ficcava in tasca alla rinfusa.

– Non arrabbiarti cosí, – disse Vasco. – Cerca di non arrabbiarti.

– Mi arrabbio quando mi pare e piace. Capirai che ho le mie ragioni. Qualcuno verrà ammazzato chissà dove, e impedirlo, cacciatelo bene in testa, è il mio lavoro. Che tu lo trovi divertente o meno, è comunque il mio lavoro. E non ho niente per cominciare questo lavoro. Nient'altro che te, forse. E tu non apri bocca. Fai il gran signore perché è nobile tenere la bocca chiusa davanti a un poliziotto. Be', non è il momento di essere nobili, perché sei il mio unico punto di partenza, l'unico!

– È la prima volta che mi dicono che sono un punto di partenza, – disse Vasco. – Sono lusingato, te l'assicuro.

Adamsberg, scontento, appoggiò le posate per traverso nel piatto. Si passò lentamente una mano sul viso, sfregandosi le guance, la fronte, come per attenuare l'irritazione con le dita. Vasco, invece, si grattava la testa a due mani, le sopracciglia corrugate.

– Dici che un tizio è stato assassinato?

– Cosí sembra proprio.

– Chi?

– Non ne ho idea.

– E io, cosa sarei, in questa faccenda?

– L'assassino, il capro espiatorio, il fantoccio, la coincidenza, o niente di niente. Scegli. Pesca a caso.

Adamsberg vuotò il bicchiere e mise due banconote nel piattino. Si era quasi calmato.

– Me ne vado, – disse. – Ti lascio il mio indirizzo, nel caso ti decidessi a dare una mano. Se ti viene voglia, non aspettare che ti passi, mi raccomando. Puoi farti vivo anche di notte. Ciao.

Uscí spingendo lentamente la pesante porta girevole, lasciando Vasco davanti al suo indirizzo e al guazzabuglio sparpagliato sul tavolo.

Adamsberg andò a dormire evitando di pensare. Non gli piaceva granché quel modo di tartassare Vasco, con la scusa che aveva solo lui da mettersi sotto i denti.

La notte era troppo calda per sopportare una coperta. Si sdraiò sopra il letto, dopo aver infilato un paio di calzoncini, nell'improbabile eventualità che capitasse Vasco.

Vasco rimase immobile al bar fino alla chiusura, senza neppure sedersi al tavolo degli ultimi avventori. Gli piaceva davvero quel piccolo commissario bruno, ma non gli piacevano i poliziotti. Suo padre, che era sfuggito ai turchi e se n'era andato dall'Armenia, gli aveva lasciato in eredità una vetusta macchina da cucire, una bella dose di diffidenza verso qualunque autorità costituita, e alcuni scampoli di tweed. Vasco si mordicchiava i baffi, riflettendo. D'altra parte, il piccoletto bruno non lo avrebbe mollato finché non avesse avuto una risposta. Vasco raccolse i suoi oggetti e si ficcò tutto nelle tasche. Non tornò a casa e camminò fino all'alba prima di decidersi a suonare alla porta del commissario.

I due sedettero in cucina davanti a una tazza di caffè. Vasco chiese pane e sardine da inzuppare. Adamsberg non aveva sardine.

– Bisogna sempre avere delle sardine, – disse Vasco in tono di rimprovero. – Non si sa mai.

– Non sono un tipo previdente.

– Sono venuto a trovarti perché tu pensi che ho qualcosa da riferire. Ma non ho niente da offrirti.

«Niente da offrirti». Adamsberg gettò una rapida occhiata al vecchio. Era piú o meno cosí che si concludeva la quarta lettera. Certo, al bar Vasco aveva dato una scorsa alle lettere. Poteva ripeterne inavvertitamente qualche frammento. Adamsberg si svegliò del tutto.

– Se non fossi venuto, – riprese Vasco, – avresti continuato a pensare chissà che. Sei un maledetto testone.

– E allora? – domandò Adamsberg. – Quella panchina, perché ci stai seduto sopra?

– Maledetto testone. Su una cosa hai ragione: su quella panchina mi rompo le palle.

– Ti pagano?

Vasco borbottò.

– Ti pagano per stare lí?

– Sí, mi pagano! Contento? Non c'è niente di male, cazzo.

– No, ma raccontami lo stesso.

– Una sera ero al bar. Quel bar che conosci. Mi hanno fatto avere un bigliettino.

– Ce l'hai ancora, quel bigliettino?

– No.

– Strano, di solito conservi tutto.

– Errore. Seleziono, seleziono tantissimo.

– D'accordo, selezioni, scusami. Continua.

– Diceva che c'era un lavoro per me. Che dovevo solo aspettare vicino a una cabina telefonica, il giorno dopo alle due.

– Quale cabina?

– Rue de Rennes. Che cavolo di importanza può avere?

Vasco inzuppò a lungo la sua fetta di pane e un pezzetto rimase nella tazza. Lo ripescò con le dita.

– Ho avuto la telefonata. Niente di impegnativo e, come ti ho detto, da qualche mese non avevo piú abiti da fare, neanche un orlo. La confezione su misura ha i giorni contati. Ho accettato. Non c'era niente di male, ti dico.

– Il lavoro, di che si trattava?

– Stare sulla panchina. Mi avrebbero contattato.

– Contattarti? Davanti a un commissariato?

Vasco alzò le spalle.

– E allora? Non sono mica tutti puliti, i poliziotti. Uno dei tuoi poteva passarmi un indirizzo, un sacchetto di coca, che ne so?

– E ti hanno contattato?

Vasco sorrise e accese una sigaretta.

– Ti preoccupi della tua ciurma? Ma no, fratello, non mi hanno contattato.

– E dopo varie settimane non ti è sembrato strano?

– Chissenefrega. Ogni venerdí ci sono duemila franchi sotto lo stuoino. Ho uno stuoino a forma di struzzo. Quindi, vedi, niente di impegnativo. Fortuna che c'è il commissariato per svagarmi.

– Chi ti ha telefonato? Un uomo? Una donna?

– Non so. Un uomo.

– Ti ha dato un nome?

– Niente nomi.

– E non hai visto nessuno?

– Nessuno.

Adamsberg si alzò e appoggiò le braccia sulla spalliera della sedia.

– Non sta in piedi, la tua storia.

– Non ti piace?

– No. Non è completa.

– Non c'è nient'altro.

– Non ti credo, Vasco, ma non è un problema. Quando avrai davvero capito cosa ti sta succedendo, quando avrai davvero paura, il resto verrà. Per quanto tempo devi ancora «lavorare» su quella panchina?

– Mi faranno sapere quando è finita. Adesso vado, devo essere puntuale.

Vasco si alzò, verificò automaticamente di non aver lasciato oggetti sul tavolo.

– A dopo, – disse Adamsberg.

Adamsberg era uno di quelli che temono di alzarsi tardi. Passate le otto, aveva l'impressione di correre un oscuro pericolo, di tentare il demonio. E quella mattina, contro ogni aspettativa, dopo la visita di Vasco si era riaddormentato. Fece la strada di corsa per compensare il pericolo in cui si era cacciato attardandosi a letto e arrivò al commissariato verso le dieci e mezzo sentendosi a disagio. Il vecchio non c'era. Turbato, andò da Danglard.

– Vasco? L'ha visto, stamattina?

– No. Sparisce proprio il giorno in cui lei vuole interrogarlo. Una bella sfortuna.

Adamsberg osservò Danglard, che sfogliava le pagine del suo rapporto.

– Non è che per caso gli ha detto di levarsi dai piedi? A lei non piaceva, quel vecchio.

Danglard alzò le spalle.

– Mi piaceva molto. Ma non mi piace sentirmi sorvegliato.

– Non sorveglia nessuno. Aspetta che lo «contattino».

Danglard alzò la testa.

– L'ho interrogato all'alba, – disse Adamsberg. – È tutto quello che è disposto a sputare: che è pagato per stare lí, e non sa da chi.

– Mente.

– Ovvio.

Danglard mollò il fascicolo e rifletté, facendo rotolare la matita sul labbro superiore.

– Pensa che abbia tagliato la corda per non essere interrogato di nuovo?

– Forse. A meno che il suo «datore di lavoro» non lo abbia visto con me e non gli pianti una grana.

– Può darsi.

– A meno che non sia stato proprio lui a scrivere le lettere. A meno che non abbia paura.

Danglard aggrottò le sopracciglia e questa volta fece rotolare la matita dalla radice del naso fino al mento. Adamsberg lo osservava. Aveva tentato anche lui, ma gli era sempre caduta la matita.

– Continuo a pensare, – disse Danglard, – che le lettere e lui sono due storie diverse. Solo un pazzo potrebbe venire a verificare di persona che effetto fa la sua posta.

– È stato lei a dire che era fuori di testa.

Danglard alzò pesantemente, con tre movimenti successivi, il torace, le natiche, le gambe.

– È vero, – rispose. – Ma un autore di lettere anonime è sempre un tipo che si nasconde, che colpisce da lontano, che si muove al riparo. Invece Vasco si espone come un oggetto da museo da varie settimane. Come si concilia una cosa simile? Come potrebbe essere tutte e due le persone? Essere al tempo stesso dietro e davanti?

Adamsberg annuí, poi tornò nel proprio ufficio. In piedi, esaminò la posta con un gesto lento e s'interruppe bruscamente. Aveva in mano la sesta lettera. – Bene, – borbottò, quasi fosse un mormorio d'incoraggiamento. Quel tizio non riusciva a fermarsi. In tal caso era fregato. Perché lui, Adamsberg, avrebbe pazientato fino alla fine del mondo, e il tizio no.

31 luglio

Egregio Commissario,

e la donna della Gare de l'Est? Si arrende? Sostanzialmente, è vero che lei è un cretino.

Devo assentarmi per motivi personali.

Peccato, non le scriverò di nuovo tanto presto.

Salute e libertà

X

– Puoi dirlo forte, – mormorò Adamsberg.

Raggiunse Danglard a passo relativamente rapido e mise il foglio sul suo tavolo.

– «La donna della Gare de l'Est». Me la cerchi, Danglard, il piú in fretta possibile. Non sapevo che ci fosse stato un omicidio alla stazione.

Danglard ottenne l'informazione nel giro di mezz'ora. Sette settimane prima avevano rinvenuto una donna spiaccicata sui binari. Un incidente. Era ubriaca, di certo era precipitata dal ponte ed era morta per la caduta. Avevano pensato a una rissa, senza prove. Anche a un suicidio, senza prove. Stavano archiviando il caso.

– Vada a trovare il collega del decimo arrondissement e raccolga tutto quello che può su questa donna. Come si chiamava?

– Colette Verny. Viveva da sola, senza...

– Me lo racconterà dopo. Scappo a cercare Vasco.

– Sa dov'è?

– Sí, lo so. Crede che abbia lasciato scomparire quel tizio senza informarmi su di lui? Senza seguirlo per sapere dove abita, chi lo conosce, cosa fa?

Danglard guardava il commissario senza dir nulla, stupefatto e sentendosi vagamente tradito.

– Danglard, lei crede sempre che non combino un accidente con la scusa che non combino un accidente. La realtà non è mai cosí semplice, e lei lo sa meglio di chiunque altro.

Prima di uscire, gli sorrise e gli fece un cenno con la mano.

La stanza in cui abitava Vasco era al settimo piano senza ascensore. Adamsberg e i suoi due agenti percorsero un primo corridoio, che puzzava di grasso e di sudore, poi un secondo corridoio completamente buio dove pendevano delle lampadine fulminate.

– Apri, Vasco, – disse a bassa voce bussando a una porta davanti alla quale si scivolava su uno stuoino grigio a forma di struzzo.

– Apri, – ripeté. – Ho ricevuto posta per te.

La porta si socchiuse e Vasco lanciò una rapida occhiata ai due agenti che affiancavano Jean-Baptiste Adamsberg.

– Non sei solo?

– Fammi entrare, loro restano fuori.

La stanza di Vasco era ben peggio di quanto lasciasse immaginare la fotografia. Non uno spazio in cui abitare, ma un pieno, un accumulo, una saturazione di oggetti fra i quali bisognava insinuarsi per chiedere il permesso di abitare. Adamsberg rimase in piedi, valutando la portata del compito, mentre il suo sguardo passava lentamente in rassegna la camera.

– Che vuoi? Che hai?

– Non sei venuto alla panchina, oggi?

– No. Mi hai mandato fuori fase, con le tue storie.

– E il datore di lavoro? L'hai avvertito?

– Non lo conosco, ti dico. E poi questa faccenda la mollo. Non è piú divertente come prima, con le tue minacce, le tue lettere. Non è che vada proprio in cerca di rogne.

– Le hai già. Adesso sappiamo di chi parla l'assassino. Si tratta di una donna che si è spiaccicata sui binari della Gare de l'Est, due mesi fa, appena prima che arrivassi tu. Completamente ubriaca. Si chiamava Colette Verny.

Vasco si era seduto su un'instabile pila di riviste e per la prima volta guardava Adamsberg con aria impaurita.

– La conosci? – domandò Adamsberg a bassa voce.

– No, – bisbigliò Vasco. – Sai che non c'entro niente.

– Io, Vasco, so soltanto di te, delle lettere e di questa donna. Parlami del tizio che ti ha affidato il lavoro.

– Non lo conosco, te l'ho detto.

– Sei proprio un deficiente, Vasco. Perché, invece, quel tizio non ti proteggerà, credimi. E se non mi sbaglio, ti ha già incastrato per bene.

Adamsberg fece un cenno ai due agenti che aspettavano in corridoio fumando.

– Perquisiamo questa stanza, – disse loro. – Il signore acconsente.

I due si guardarono intorno, preoccupati.

– Cominciamo da qui, qui, qui e lí, – disse Adamsberg indicando le poche parti di pavimento sgombre, o quasi. Cerchiamo forbici, carta, giornali e colla. Vedrai, – aggiunse rivolgendosi a Vasco, – che bel regalo ti ha fatto il tuo datore di lavoro.

Venti minuti dopo, i poliziotti trovavano il materiale sotto un'asse del pavimento.

Adamsberg afferrò Vasco per un braccio con una certa violenza.

– Adesso capisci, Vasco? Ti è chiaro? Sí o no?

Lo mollò, lo depositò di nuovo sulla sua pila di giornali, e andò a esaminare la porta.

– È facile entrare a casa tua?

– Sí, – rispose Vasco alzando le spalle. – Sono un poeta, io, un viaggiatore, non chiudo porte e serrature. Ah, no. Bisogna muoversi, galleggiare, circolare. Issiamo la vela maestra, e vai con Dio.

– Be', puoi essere soddisfatto, qualcuno c'è che non si è fatto scrupolo di venire a circolare a casa tua. Ma non so se la poesia ci abbia guadagnato qualcosa. Vieni, usciamo. Ti parlerò di quella donna.

Vasco s'infilò una giacca, la rassettò, verificò febbrilmente il contenuto di tutte le tasche, vi travasò da un'altra giacca certi sacchetti, buste, scatolette, si tirò su i calzini, esaminò la piega dei pantaloni, lisciò il colletto.

– Vieni, Vasco, – ripeté Adamsberg con un sospiro.

Adamsberg non pensò di portare Vasco in ufficio per interrogarlo. Rinchiuderlo là dentro gli pareva un'incongruenza, e addirittura un errore. Sembrava che Vasco riuscisse a parlare solo all'aperto o nei bar. Quando Adamsberg aveva chiacchierato con lui «in interni», a casa all'alba, o poco prima, nella sua stanza, non ne aveva ricavato un granché. Fra quattro mura il «viaggiatore» perdeva tutta la sua loquacità, si accigliava. In fondo, forse Vasco aveva ragione, la panchina poteva essere una nave, perché no? E sui ponti si può parlare comodamente. C'era bel tempo, si sarebbero sistemati sulla panchina. Adamsberg fece cenno a Vasco di sedersi a prua e dalla strada chiamò Danglard. Che si affacciò alla finestra con un'espressione immusonita, reggendosi la fronte.

– Danglard, porti giú carta e penna e ci raggiunga, – gridò Adamsberg. – Parliamo qui, – precisò.

Soltanto quando fu sulla panchina Danglard si accorse che non c'era il servo muto, e soprattutto non c'era la lampada. E curiosamente ne sentí la mancanza, specie della lampada spenta. Gli sarebbe piaciuto, almeno per una volta nella vita, prendere appunti al sole, sotto una lampada rotta, provare quella sensazione almeno per una volta e raccontarla ai suoi figli. Sentí svanire l'emicrania e prese posizione, stilografica alla mano. Sapeva per quale motivo Adamsberg delegava a lui tutte le annotazioni scritte a mano: il commissario scriveva adagio, tanto laboriosamente quanto disegnava in fretta.

– Va bene, – disse Vasco, – sono pronto.

Danglard lo guardò. Il vecchio aveva rinunciato a ogni resistenza. Masticava un'oliva con aria assorta e un po' sottomessa. La donna spiaccicata sui binari doveva averlo scosso e avergli fatto cambiare registro. Era passato dallo scherno superficiale a una gravità piuttosto sobria. Con la schiena dritta, le labbra un po' tremanti, ma l'occhio di nuovo rapido, Vasco voleva parlare.

Adamsberg, invece, accasciato contro lo schienale della panchina, il viso rivolto al sole, era calmo ed era ritornato al suo abituale livello di lentezza, ossia al di sotto della media.

– Il fatto è, – disse sottovoce a Vasco, – che oggi non voglio la tua solita conversazione: niente poesia, niente aneddoti, niente raccontini sorprendenti, niente patetici frammenti di vita, niente slanci lirici, no. Quello che voglio, Vasco, è il ritratto di un assassino. Il ritratto dell'uomo che ti ha pagato per venire a posare il culo qui, di fronte alle nostre finestre. E non voglio né tentennamenti, né scrupoli, né altro del genere. Te li tieni per dopo.

– Ho capito, – disse Vasco. – Ma l'ho visto solo due volte. Non so come si chiami, te lo giuro.

– Descrivilo. Che faccia ha?

– Una faccia da bastardo.

– Una «faccia da bastardo» è sempre poesia. Bisogna essere neutri e rigorosi, Vasco, bisogna che fra due ore io lo possa riconoscere per strada.

– Te l'assicuro, una faccia da bastardo. È cadaverico, capelli finissimi e nerissimi, e denti che non si vedono. Piuttosto ben vestito, ma non in stile inglese. La giacca è italiana, non c'è dubbio, la camicia è di una marca indefinibile, e i pantaloni sono di foggia francese, di circa tre anni fa. Per la cintura posso essere piú preciso, compresi i fornitori.

Danglard guardò Adamsberg con aria incerta.

– Sí, – gli disse Adamsberg, – annotiamo tutto.

Il commissario stirò le braccia e chiuse gli occhi. Danglard scribacchiava a ritmo sostenuto sotto il flusso di parole di Vasco. In fin dei conti il vecchio sapeva parecchie cose su quel tizio con la faccia da bastardo. Erano solo dettagli del portamento o dell'abbigliamento, ma il loro insieme formava un piccolo cumulo che attirava inevitabilmente l'attenzione. Un po' come l'accozzaglia di feticci nelle tasche di Vasco finiva inevitabilmente per attirare lo sguardo. L'uomo si delineava a poco a poco attraverso le parole del vecchio. E, particolare non trascurabile, era senza dubbio di Dreux. Vasco gli aveva visto sporgere dal portafoglio il biglietto ferroviario, andata e ritorno. In capo a un'ora e mezza Danglard, stringendo la penna, pensava che c'era di che catturare quell'assassino, con un po' di fortuna. Lanciò di nuovo un'occhiata al commissario. Adamsberg teneva ancora gli occhi chiusi, sembrava che sonnecchiasse nella calura, indifferente al chiacchiericcio del viaggiatore come alla fatica del suo vice. Ma Danglard sapeva che non gli era sfuggita una parola. Nel suo finto torpore Adamsberg sorrideva.

Adamsberg spedí a Dreux quattro uomini, con descrizioni dettagliate e identikit. Aveva dato ordine di cominciare dalla stazione, dove chi va e viene tutti i giorni è relativamente conosciuto. Poi di passare al setaccio i ristoranti, i bar, le tabaccherie, i parrucchieri, e cosí via. Anche il suo collega del decimo arrondissement mandava in giro due uomini nei dintorni della Gare de l'Est e nei luoghi frequentati da Colette Verny. Adesso su di lei ne sapevano di piú. Quarantatre anni, nubile, bel viso, occhi gonfi, lavori discontinui, bevute regolari e, stando ai vicini di un triste stabile in Rue des Deux-Gares, periodi di intensa solitudine oppure episodi turbolenti, popolati da una bella quantità di tizi e di serate rumorose.

A Dreux, un impiegato della stazione riconosceva l'uomo, ma non sapeva né il nome né l'indirizzo. Lo vedeva passare e andarsene in taxi. Anche una parrucchiera l'aveva identificato. Non era un cliente di lunga data, forse da sei mesi, probabilmente aveva appena traslocato nel quartiere. Cominciarono a controllare gli stabili vicino al negozio, con l'aiuto dei poliziotti di Dreux.

Per tutto agosto Danglard aspettò fiduciosamente e febbrilmente, mentre Adamsberg si occupava senza accelerare dell'ordinaria amministrazione. Il suo unico momento di tensione era all'ora della posta, poi passava. L'assassino non scriveva piú. Verso il 20 del mese Adamsberg non spiava piú l'arrivo del postino e se ne andava a passeggio sempre piú spesso. Aveva spiegato a Danglard che dopo il 15 bisognava approfittare in fretta degli ultimi caldi invece di gingillarsi con il lavoro d'ufficio.

In effetti il 27 agosto cominciò a piovere a catinelle fin dal mattino. Dalla finestra aperta Adamsberg, in piedi, con le mani dietro la schiena, guardò a lungo l'acqua che lavava le strade. C'erano stati solo pochissimi temporali dopo quello che aveva inaugurato quel caso. E gli dispiaceva. Ci sono certi mesi d'agosto in cui uno può credersi Dio tutte le sere, e altri in cui uno rimane semplicemente poliziotto tutte le mattine.

Decise di uscire senza la giacca. Era cosí che preferiva la pioggia.

– Danglard, se è libero, andiamo, – lo chiamò affacciandosi alla porta dell'ufficio accanto.

Danglard annuí, s'infilò l'impermeabile e prese l'ombrello. Preferiva non fare domande per non rischiare un'inutile umiliazione. Conosceva fin troppo bene Adamsberg e quel suo modo di tirare per le lunghe certi casi fino a ridurre, senza volerlo, i colleghi allo stremo, per poi un giorno, bruscamente, mettersi in moto, con relativa rapidità e senza dare spiegazioni. In un primo tempo Danglard aveva pensato, a torto, che il commissario mantenesse quel silenzio sorridente per pura perversione vessatoria. In realtà, se Adamsberg non dava spiegazioni, era semplicemente perché non ci pensava. Ma Danglard, stringendo a due mani l'ombrello sotto il violento acquazzone, si offendeva ancora per il fatto di dover seguire Adamsberg senza sapere dove fossero diretti.

Fradicio, con la camicia incollata al corpo, Adamsberg si rifugiò sotto lo stretto androne di un vecchio stabile.

– È qui che abita Vasco, – spiegò scrollando sbadatamente l'acqua dai vestiti. – Ci tocca salire fino al settimo, – aggiunse.

Questa volta Adamsberg bussò ed entrò senza attendere. La porta era aperta.

– Salve, – disse soltanto.

Riuscí a creare due spazi liberi per sé e per Danglard, poi costruí due pile di giornali dell'altezza giusta per sedersi.

– Ecco. Cosí parliamo comodamente, – riprese. – Tu, Vasco, rimani stravaccato sul letto, non muoverti, stai benissimo cosí.

Vasco si era sollevato dal letto disfatto, aveva gettato via il libro – al cui titolo Danglard diede una sbirciata – e, la schiena appoggiata al muro, guardava i due con curiosità e riserbo.

– È fatta? – domandò. – L'avete incastrato?

– Figurati se non l'abbiamo incastrato, – rispose Adamsberg.

– Dov'è successo? A Dreux?

– No, non a Dreux. Né a Dreux né da nessun'altra parte. Abbiamo incastrato aria fritta, Vasco, fanfaronate.

– Cazzo, – disse Vasco.

– È il tuo ritratto del tizio che forse non corrisponde, – suggerí Adamsberg.

– Eppure...

– No, non corrisponde. Troppo poetico, se vuoi il mio parere.

Vasco socchiuse gli occhi aspettando di capire. Danglard pure.

– E poi? – riprese Adamsberg. – Non ti fai piú vivo? Dimentichi gli amici?

– Avrei dovuto passare? – domandò Vasco con voce esitante.

– No, ma avresti potuto scrivere. Lettere. Adesso non abbiamo piú tue notizie. Quindi è meno divertente. Ci annoiamo.

Scese il silenzio. Danglard abbozzò un gesto brusco che fece crollare a terra una pila di scampoli di stoffa.

Vasco avvicinò un portacenere appoggiato in una piega della coperta e spense coscienziosamente il suo mozzicone.

– Bene, – disse con voce un po' tremula. – Sei un maledetto testone. Sí, proprio maledetto. A che punto sei, esattamente?

– Esattamente, alla fine.

– Cosa sai?

– Tutto.

– Dimmi, tanto per informazione.

– Hai un fratello minore.

– È vero, – disse Vasco accendendosi un'altra sigaretta.

– Anzi, lui è tutta la tua famiglia.

– È vero.

– Ma è uno che non vale niente.

Vasco si limitò a un cenno del capo.

– Sarto, come te, ma i suoi soldi vengono praticamente tutti dalle donne. Con loro è un vero duro, un autentico violento. Non tollera rifiuti, si offende. Basta che abbia bevuto e che una donna gli dica di no per cominciare a picchiarla.

– Sí, – disse Vasco sottovoce. – Un vero duro con loro.

– Ma è tuo fratello, e tu ci tieni piú che a qualunque altra cosa.

– È fragile, – disse Vasco con un tono un po' avvilito.

– Ai primi di giugno, il 5 per l'esattezza, ti telefona al mattino. Ha ammazzato una donna, e ti chiede aiuto.

– Sí, – disse Vasco attorcigliando le pieghe delle lenzuola. – Era uscito con lei la sera prima. Sono tornati ubriachi fradici tutti e due. Quando è cotto, non sa piú quel che fa. Ricorda solo che lei si è rifiutata di andare con lui, e che lui ha fatto una scenata sul ponte, sopra i binari. La mattina dopo, quando si è svegliato, non ricordava piú niente, tranne i binari e la donna che si difendeva e lui che la picchiava. Quando ha saputo che era morta di sotto, sulla massicciata, mi ha telefonato.

– E tu lo hai protetto.

Vasco annuí di nuovo, con gli occhi fissi, come sull'orlo delle lacrime.

– Hai deciso di scegliere un bravo idiota di poliziotto e di intossicarlo a poco a poco. Di portarlo un po' alla volta verso l'errore. Di farmelo costruire con le mie stesse mani, piano piano, con la provocazione, con piccole ammissioni bisbigliate, con espressioni impaurite, con fanfaronate, e con la confessione finale e il ritratto di un assassino. Ovviamente, nessuno ti ha mai pagato per stare lí. Sei stato tu a scrivere le lettere, sei stato tu a fare tutto. Ben fatto, Vasco, ma non perfetto. Lo stile era falso. I capelli, soprattutto. Ma ben fatto comunque: nel giro di due mesi mi ero convinto, identikit alla mano tracciato grazie a te, a dare la caccia all'assassino della stazione, l'uomo cadaverico dalle labbra sottili, l'uomo di Dreux, l'uomo con la giacca italiana. Avrei potuto cercarlo a lungo, quel tizio, vero, Vasco? Ma in fondo di questo te ne fregavi.

– Completamente.

– Una volta sistemato tuo fratello al riparo di quel miraggio, il tuo lavoro era finito. Salute e libertà. Hai levato le tende dalla panchina, rassicurato. Fra un po' il caso sarebbe stato archiviato, vista l'impossibilità di trovare il famoso assassino di Dreux.

Vasco tirò su col naso e se lo asciugò con la mano. Adamsberg alzò le spalle.

– Non dispiacerti, – disse. – Non vale niente, tuo fratello, ti dico. Non vale un soldo bucato.

Vasco lo guardò, strinse le mascelle.

– In fin dei conti, – sibilò fra i denti, – un poliziotto resta sempre un imbecille. Deve sempre tirar fuori delle porcate, presto o tardi. Ho fatto bene a scriverti.

Adamsberg sorrise, distese le gambe e stirò le braccia. Sembrava felice.

– Ti sei dato tanto da fare per niente, – disse. – Due mesi buoni di commedia per un fico secco. Vedi, non serve a niente, la tua poesia. Ma ci sono stati dei bei momenti, davvero. Mi sono proprio piaciuti. E poi hai recuperato questo, e questo, – aggiunse indicando il servo muto e la lampada, stretti l'uno all'altra in un angolo, come due amanti per strada. – Qualche volta ce li presterai, perché sono sicuro che, in fondo, Danglard li rimpiange.

Fece un cenno a Danglard sorridendo. Dato che Vasco, con il volto impietrito, non diceva piú niente, Adamsberg si alzò e si avvicinò al letto per afferrargli una spalla.

– Tanto da fare per niente, – ripeté a bassa voce, la mano appoggiata vicino al collo del vecchio. – Non è stato tuo fratello ad ammazzarla.

Vasco alzò lentamente gli occhi verso Adamsberg.

– Non è stato tuo fratello, hai sentito? Abbiamo preso l'assassino ieri, un amante di Colette, un pazzo che le dava la caccia. In questo momento se la vede brutta al commissariato del decimo arrondissement, e sputa l'osso. Un vero duro con le donne, ma non è tuo fratello.

Vasco si alzò dal letto, con una mano tesa verso Adamsberg.

– No, niente lirismo, Vasco. Dammi solo la lampada per i nostri uffici, se vuoi. Ma se non volessi privartene, capirei.

Vasco si precipitò nell'angolo e sgrovigliò l'aggeggio dal basamento del servo muto. Adamsberg lo passò a Danglard, che gli fece un cenno col capo.

– Ma tanto per sapere, – si azzardò Vasco, – riguardo alla donna della stazione, a che punto eravate, voi della polizia?

– A nessun punto. A un incidente. Archiviazione in corso.

– Quindi, – continuò, – l'assassino non l'avreste mai preso se...?

– Se tu non fossi venuto a romperci le palle? No, mai.

– Ah, vedi, – disse Vasco sorridendo, – a qualcosa serve, la poesia.

I due poliziotti scesero le scale dopo aver salutato Vasco, e Adamsberg volle camminare per asciugarsi, prima di andare a trovare il collega del decimo arrondissement. Il che a Danglard sembrò saggio, visto l'aspetto deprimente degli abiti fradici e stropicciati del commissario. Danglard scosse il capo. Adamsberg aveva l'aria di un tipo che non impressionava nessuno.

Il tenente propose di asciugarsi fuori da un bar, al sole, e di approfittarne per bere un bianchino. Poco dopo i due si sedevano a un tavolo, e Danglard sistemò la lampada fra loro, sul marciapiede in pendenza. Accorse un cameriere.

– Non può lasciare questa roba davanti al bar, – disse. – La faccia sparire immediatamente.

– No, – rispose Danglard. – È per vederci chiaro. È la mia proprietà, la mia dignità.

Fonti.

Il Sette di cuori di Maurice Leblanc è tratto da *Arsène Lupin, ladro gentiluomo*, Einaudi, Torino 2006. Titolo originale: *Le Sept de Cœur*. Traduzione di Giuseppe Pallavicini Caffarelli.

L'avventura dell'angelo caduto di Ellery Queen è tratto da *Il calendario del delitto*. Titolo originale: *The Fallen Angel* © 1951 Mercury Publications, Inc. Copyright renewed by Ellery Queen. Traduzione di Marcella Dellatorre © 2011 Arnoldo Mondadori Editore S.p.A., Milano. Pubblicato su licenza.

Il picnic del 4 luglio di Rex Stout è tratto da *Buon anno con Nero Wolfe*. Titolo originale: *Fourth of July Picnic*, in *And Four To Go* © 1956 e 1957 Rex Stout. Traduzione di Hilia Brinis © 2002 Arnoldo Mondadori Editore S.p.A., Milano. Pubblicato su licenza.

Dove? di Marcello Fois è tratto da *Crimini italiani* © 2009 Giulio Einaudi editore s.p.a., Torino.

Il problema della rosa rossa di Jacques Futrelle è uscito per la prima volta su «Boston American» nel 1907. Titolo originale: *The Problem of the Red Rose*. Traduzione di Francesca Cosi e Alessandra Repossi.

Il mistero di Marie Rogêt di Edgar Allan Poe è tratto da *I racconti*, Einaudi, Torino 2009. Titolo originale: *The Mystery of Marie Rogêt*. Traduzione di Giorgio Manganelli.

Il vecchietto delle Batignolles di Émile Gaboriau è uscito per la prima volta nel 1876 in volume per l'editore parigino Dentu. Titolo originale: *Le petit vieux des Batignolles*. Traduzione di Christian Delorenzo.

Nido di vespe di Agatha Christie è tratto da *Poirot. Tutti i racconti*. Titolo originale: *Wasps' Nest*. Traduzione di Grazia Maria Griffini © 2012 Arnoldo Mondadori Editore S.p.A., Milano. Pubblicato su licenza.

Il fantasma di Fountain Lane di Catherine Louisa Pirkis è uscito per la prima volta su «The Ludgate Monthly» nel 1907. Titolo originale: *The Ghost of Fountain Lane*. Traduzione di Francesca Cosi e Alessandra Repossi.

L'avventura della scatola di cartone di Arthur Conan Doyle è tratto da *Sherlock Holmes. Tutti i racconti*, Torino, Einaudi 2012. Titolo originale: *The Adventure of the Cardboard Box*. Traduzione di Luca Lamberti.

Salute e libertà di Fred Vargas è tratto da *Scorre la Senna*. Titolo originale: *Salut et liberté*, in *Coule la Seine* © 2002 Éditions Viviane Hamy. Traduzione di Margherita Botto © 2009 Giulio Einaudi editore s.p.a., Torino.

Indice

Stampato per conto della Casa editrice Einaudi
presso ELCOGRAF S.p.A. - Stabilimento di Cles (Tn)
nel mese di maggio 2014

C.L. 22188

Edizione							Anno			
1	2	3	4	5	6	7	2014	2015	2016	2017